T0030155

Las niñas sin nombre

SERENA BURDICK

Las niñas sin nombre

Traducción de
Andrea Montero Cusset

Grijalbo

Papel certificado por el Forest Stewardship Council®

Título original: *The Girls with No Names*

Primera edición: abril de 2022

Printed in Spain – Impreso en España

ISBN: 978-84-253-5970-5
Depósito legal: B-3.188-2022

Compuesto en La Nueva Edimac, S. L.

Impreso en Rodesa
Móstoles (Madrid)

GR 5 9 7 0 5

Para las chicas que perdieron sus voces
en la Casa de la Misericordia;
para las mujeres cuyas historias
nunca fueron contadas

Prólogo

Yacía con la mejilla contra el suelo de cemento, frío en contraste con mi ira agotada. Había gritado, mordido y arañado. En ese momento lo estaba pagando, pero me daba igual. Habría vuelto a hacerlo.

Me puse boca arriba y sostuve la mano delante de la cara, pero lo único que veía era negrura. Me habían dejado completamente a oscuras. Me palpitaba la palma, donde se me había clavado una astilla, una gloriosa herida de rebelión. Noté una ráfaga de aire frío en el rostro y me incorporé de golpe, segura de que se trataba del fantasma de una de las chicas olvidadas. El miedo me produjo un cosquilleo en las plantas de los pies, que se convirtió en pinchazos que me atravesaron hasta los gemelos. ¿Cuánto tiempo pensaban dejarme allí? ¿Me matarían de hambre y se olvidarían de mí hasta que empezara a pudrirme y a oler mal? Me imaginé a la hermana Gertrude arrojando mi cuerpo exangüe a una tumba junto a otras niñas sin nombre. Mi familia nunca sabría qué había ocurrido.

Me arrastré por el suelo, necesitaba orinar urgentemente. Mi hermana y yo nos habíamos pasado la vida inventándonos historias, fantaseando con el futuro, pero la vida no era un cuento. Estaba llena de hechos sólidos e irrefutables como el de que tenía que hacer pis; como esa celda fría y dura, y mi incapacidad de dar con una salida. Tensé el cuerpo para contraer la vejiga, aunque no sirvió de nada. En cuclillas, me subí la falda y me bajé las bragas. El pis me salpicó la pierna y dejé escapar un suspiro de cálido alivio. El olor acre de la orina se mezcló con el de las cebollas y los ajos que conservaban en toneles al otro lado de la puerta. Me habían plantado bajo tierra, enterrado con las hortalizas. Me encontrarían morada, magullada e irreconocible.

Intenté contar hacia atrás desde quinientos, luego desde mil. Recité las Escrituras, pero me enfurecí con Dios y pasé a Shakespeare. Pensé en los niños gitanos que representaban *Romeo y Julieta* bajo la lluvia, en Tray y Marcella, y en la predicción de mi futuro. Pensé en todos los errores que había cometido. Quería culpar a mi padre por traicionar a nuestra familia y provocar una rebelión en casa, pero ahí abajo, atrapada en las entrañas de la Casa de la Misericordia, le habría perdonado cualquier cosa solo con que fuera a buscarme.

Al cabo de un rato, el tiempo se volvió borroso e infinito, como cuando lloraba por mi hermana. Se me nubló la mente. En esa habitación sin ventanas no había nada que me permitiera distinguir el día de la noche. No había forma de saber si había pasado un minuto o una hora. Cuando la puerta se abrió y se coló una tenue franja de luz gris, traté de averiguar si amanecía o anochecía, pero no fui capaz. Al momento se cerró con un portazo de oscuridad ante mis ojos. Sorbí el agua y di un mordisco al pan, rancio y mohoso. Daba igual qué hora fuera. Tanto si estaba fuera como si estaba dentro de esa habitación, nadie acudiría en mi busca.

Cuando me cansé, me tumbé en aquel suelo implacable con las manos a modo de almohada bajo la mejilla. Fue un alivio escapar a una oscuridad diferente. Hizo mi miedo menos palpable. Bajo los párpados, podía estar en cualquier parte. Podía retroceder en el tiempo. Podía hacer otra elección aquella noche, cuando, en otra oscuridad impenetrable, nos atrajo el sonido sencillo y hermoso de un violín.

Ojalá no hubiesen tocado, o mi hermana y yo no hubiésemos prestado atención.

LIBRO PRIMERO

1

Effie

Luella y yo nos abrimos camino en el mundo juntas. Para ser más exactos, mi hermana lo abría y yo la seguía afianzando mis pasos en el contorno de los suyos. Ella era mayor, valiente e impredecible, de ahí que aquello fuera un error natural.

—¿Luella? —llamé. Tenía miedo de que me dejara atrás.

—Estoy aquí mismo —oí, aunque no la veía.

Una noche sin luna había engullido el bosque de la parte alta de la isla de Manhattan, que tan bien conocíamos a la luz del día. Avanzábamos a trompicones, corríamos a ciegas, chocábamos contra un árbol y girábamos para toparnos contra otro, con las manos extendidas por delante de nosotras, todo extraño e informe.

Desde las profundidades de mi ceguera, mi hermana me cogió del brazo y tiró de mí para que me detuviera. Boqueé tratando de recuperar el aliento; el corazón hacía que me vibrara todo el cuerpo. No había una sola estrella en el cielo. La mano de mi hermana era la única prueba que tenía de que se encontraba de pie junto a mí.

—¿Estás bien? ¿Puedes respirar? —me preguntó.

—Estoy bien, pero oigo el arroyo.

—Lo sé —gimió Luella.

Eso significaba que habíamos avanzado en la dirección equivocada. Deberíamos haber cruzado la colina directamente hasta Bolton Road. En cambio habíamos acabado cerca del arroyo Spuyten Duyvil y más lejos de nuestra casa que cuando empezamos.

—Deberíamos dar con la carretera y seguirla hasta casa —dije. Al menos desde allí contaríamos con las luces de las casas.

—Tardaremos el doble. Para cuando lleguemos, papá y mamá ya tendrán a la policía buscándonos.

Nuestros padres eran aprensivos: papá se preocupaba por nuestro bienestar físico; mamá, por nuestras almas. Aun así, yo prefería tomar la carretera, porque de todos modos no tardarían en buscarnos.

Luella empezó a avanzar tirando de mí hasta que se paró en seco.

—Noto algo. —Dio un paso más—. Es un montón de leña. Debe de haber alguna casa por aquí.

—Veríamos luz —susurré. Bajo mis pies, el suelo estaba blando y desprendía el olor acre del estiércol.

—Merece la pena averiguarlo. —Luella me soltó—. Voy a adelantarme. Tú sigue el montón de leña.

Con las manos enguantadas, reseguí los ásperos troncos hasta que acabaron y di un paso en el espacio vacío; la oscuridad era como una venda que deseaba arrancarme de los ojos. Oía la corriente del arroyo cerca. ¿Y si acabábamos en él? Unos pasos más y me raspé el hombro con un árbol. Estiré el brazo. El tronco era enorme. Lo palpé con los guantes, que se enganchaban en los surcos y estrías de la dura corteza, y de pronto supe dónde estábamos.

—¡Lu! —dije con la voz entrecortada—. Estamos en el Tulípero.

Luella detuvo sus pasos. Las dos creíamos en las historias de fantasmas a pies juntillas y todo el mundo conocía la del criador de ostras que se había colgado en la casa destartalada situada junto al Tulípero. Nunca nos habíamos atrevido a acercarnos tanto a ella; ni siquiera a la luz del día habíamos reunido valor más que para echar un vistazo desde la cima de la colina.

Luella siseó entre dientes y su tono se hizo más enérgico.

—Aunque esté encantada, aquí vive alguien. Al menos está demasiado oscuro para ver al fantasma del criador de ostras colgando de una soga en la ventana.

Aquello no me tranquilizó. Se me formó un nudo en la garganta y el aire quedó atrapado en mis pulmones. Desde pequeñas, Luella había sido la más valiente de las dos. Incluso en circunstancias normales, yo me dejaba llevar por el pánico. En ese momento me quedé paralizada y, como siempre que estaba asustada, mi imaginación asumió el control.

Al amanecer, las chicas no aparecen por ninguna parte. El sol se alza en lo alto y calienta la colina, donde estuvieron por última vez. El río crece a lo lejos, bajo el barco de un pescador madrugador que recoge su red; la luz destella sobre los peces plateados que se retuercen en señal de protesta. El hombre los arroja a cubierta y advierte algo que flota en el agua: una espalda, curvada, sale a la superficie empujada por una falda que burbujea como un pez hinchado. El rostro de la chica está en el agua; el cabello, oscuro y suelto, le envuelve la cabeza como algas enganchadas en una roca.

Aparté la idea de mi mente. El suelo bajo mis botas, el árbol contra mis manos y el olor a pescado podrido y a estiércol no eran cosa de mi imaginación. Las ramitas que se partían bajo los pies de Luella eran reales, los golpes rápidos contra la madera, el silencio, luego el sonido de un cerrojo pesado que se deslizaba y el chasquido de un pasador. Brilló una luz y apareció el rostro cadavérico de un hombre, con barba, ojos enrojecidos y dientes torcidos en una boca abierta de la sorpresa. Grité. El hombre se sobresaltó e hizo ademán de cerrar de un portazo cuando vio a mi hermana.

—¿Qué demonios? —Su voz reverberó, y el farol que llevaba en la mano se balanceó, esparciendo luz por los árboles.

Yo estaba a punto de gritar de nuevo cuando oí que mi hermana decía, con voz melosa:

—Disculpe las molestias, señor, pero parece que nos hemos desorientado en la oscuridad. Si pudiésemos pedirle su farol, solo para llegar a casa, nosotras se lo agradeceríamos mucho. Lo tendrá de vuelta mañana a primera hora.

El hombre sostuvo en alto el farol y dio un paso al frente, escudriñando el rostro de mi hermana. Luego echó un vistazo a su vestido.

—¿Nosotras? —dijo.

Me repugnó la forma en que la miró. Ya había visto a otros hombres mirarla así, pero nunca habíamos estado sin carabina y solas en medio de la oscuridad.

—Tengo a mi hermana justo detrás de mí. —Luella dio un paso atrás, con lo que se me acercó, pero seguía lejos de mi alcance.

—¿La gritona? —El hombre soltó una carcajada.

—Si no puede prestarnos un farol, iremos por la carretera. —A Luella le tembló un poco la voz al retirarse.

—Eh, espera. —El hombre la agarró del brazo.

Un fantasma habría sido preferible a ese hombre fornido de carne y hueso. Me planteé gritar para pedir ayuda, pero no había nadie para oírnos. Tal vez pudiera abalanzarme sobre él desde la oscuridad y pillarlo por sorpresa, tirarle el farol de la mano, agarrar a mi hermana y huir.

No hice ninguna de esas cosas. Me quedé ahí de pie, paralizada de miedo, mientras mi hermana se acercaba al hombre un paso más, rozándole la pierna con el dobladillo de la falda.

—Oh, cielo. —Luella apoyó una mano en la que le agarraba el brazo, y la muestra de afecto lo sorprendió lo suficiente para relajar la presión—. Qué amable eres por preocuparte. Tu caballerosidad se verá recompensada. —En un abrir y cerrar de ojos, lo besó en la mejilla picada al tiempo que deslizaba el brazo libre y tomaba el farol de su mano. Se volvió a toda velocidad y, con dos grandes zancadas, me cogió de la mano y me hizo correr colina arriba con ella todo lo rápido que pudo.

Sumido en la oscuridad, el hombre se quedó plantado en la entrada mudo de asombro, tan aturdido por ese beso que estaba segura de que pasaría años pensando que nosotras éramos los fantasmas que habíamos ido a atormentarlo.

No redujimos la velocidad hasta que llegamos a la puerta de casa, donde el miedo a enfrentarnos a nuestros padres sustituyó mi temor a la oscuridad y a los fantasmas de criadores de ostras ahorcados.

Sin aliento, me doblé hacia delante con la cabeza entre las rodillas.

—No irá a darte un ataque, ¿verdad?

Luella no mostró ninguna compasión. Si sufría un ataque, nuestros padres la culparían a ella, puesto que era mayor y, por lo tanto, responsable de mí. Yo no tenía permitido correr; era una regla sencilla.

Negué con la cabeza, incapaz de hablar mientras inspiraba lentamente recuperando el equilibrio.

—Bien.

Apagó el farol de un soplo y me sonrió mientras lo escondía detrás de un arbusto de abelia, orgullosa de su astucia para conseguirlo y en absoluto preocupada por la idea de vernos en un aprieto por habernos saltado el toque de queda. Papá se enfadaría. Mamá nos reñiría. Luella aparentaría el debido arrepentimiento. Se disculparía, besaría a mamá, rodearía a papá con los brazos y sería como si nunca hubiese hecho nada malo, porque, a pesar de la rebeldía de mi hermana, la adoraban.

Esa noche, sin embargo, no teníamos de qué preocuparnos. Neala estaba limpiando el polvo del cristal del reloj del abuelo cuando entramos en el vestíbulo. El tictac resonante anunció nuestro retraso.

—No pienso ni preguntar —dijo con su acento irlandés. Neala, nuestra criada, era joven y «animosa», como la calificaba mi madre. Tal vez por eso nunca nos delataba—. Vuestros padres han salido y Velma ha tenido la amabilidad de dejaros la cena en la cocina. No tiene sentido poner la mesa en el comedor para dos como vosotras. —Me atizó con el trapo del polvo cuando pasé al tiempo que sacudía la melena, de un rojo vivo, con desaprobación fingida.

La única persona de la que teníamos que preocuparnos en ese momento era la doncella francesa de mamá, Margot, que había viajado con ella desde París. Era una mujer fuerte y hermosa, con un cabello oscuro que se negaba a encanecer y los ojos del color del acero. Solo leal a su señora, informaba de todos nuestros tropiezos. Esa noche, el dormitorio de Margot, junto a la cocina, estaba vacío, y Luella y yo comimos rápido y escapamos a nuestras habitaciones antes de que tuviera ocasión de volver.

Yo estaba demasiado cansada para molestarme en cepillarme el cabello antes de arrastrarme con mi cuaderno hasta la cama, donde adornaría nuestra aventura hasta hacer de ella una historia digna de la tardanza. Era papá quien me alentaba a escribir cuentos. De niña, cuando me hacían preguntas, se me bloqueaba la mente. Me quedaba mirando fijamente a la gente, buscando qué podían querer que dijese, y nunca encontraba las palabras apropiadas. Cuando tenía seis años, papá me regaló un cuaderno y una pluma negra y brillante. «Tus ojos están llenos de misterio —me dijo— y me encantan las historias de misterio. ¿Por qué no escribes una para mí?». Después de eso, al menos en mi imaginación, las palabras fluyeron.

Cuando empecé a notar la mano entumecida, deslicé el cuaderno debajo de la almohada y apagué la lámpara para esperar a Luella, que se cepillaba el cabello religiosamente cien veces antes de acostarse. Había leído en *Vogue* que fortalecía los mechones lacios.

A pesar de que teníamos un dormitorio para cada una, seguíamos durmiendo juntas. De pequeñas compartíamos cuarto y nuestras camas estaban tan alejadas que una de nosotras cruzaba la habitación para colarse junto a la otra. Cuando Luella cumplió trece años, le dieron una habitación propia y el cuarto de las niñas pasó a ser el mío. Mi cama, individual, se convirtió en una doble de roble con dosel, y el armario infantil se vio sustituido por uno grande, muy bonito, en el que cupieran todos los vestidos de mujer que llevaría cuando creciera. Por aquel entonces no tenía más que diez años y altas expectativas acerca de mi futura figura.

Para cuando llegué a los trece, costaba cada vez más fingir que llegaría a crecer lo suficiente para llevar un vestido propio de ese armario. Siempre había sido menuda para mi edad, pero mientras las chicas de mi alrededor ganaban peso y centímetros, adentrándose en el mundo de la feminidad, yo seguía siendo pequeña y delgada, sin una figura digna de mención. Luella hacía tiempo que me había dejado atrás. Sus senos colmaron un pecho que había sido tan escuálido como el mío y su cintura recta se curvó sobre unas caderas envidiables. Incluso el rostro se le había redondeado y los hoyuelos se habían hundido en unas mejillas llenas. Pero lo que más le envidiaba eran las uñas. Suaves y planas, con las cutículas blancas como sonrisas invertidas o pequeñas lunas crecientes. Mis cutículas eran invisibles bajo los bultos turbios que me crecían como guijarros de las lúnulas, bulbosos y redondos, como si hubiese metido las puntas de los dedos en cera derretida.

Luella saltó a la cama y se escurrió a mi lado.

—¿A que ha sido absolutamente maravilloso? —susurró—. No dejo de oír los violines y esa voz. Nunca he escuchado nada parecido. Ha sido salvajemente pecaminoso, ¿verdad?

Así había sido.

Teníamos los dedos de los pies a unos centímetros del agua helada, al pie de las cuevas indias, cuando nos interrumpió la música. Nos habíamos quitado las medias para el ritual preprimaveral con el que entumecíamos los pies, cuando las notas de violín hendieron el aire. Cautivadas por una voz melodiosa que llegó flotando por los árboles, nos olvidamos de nuestra misión de abrir los capullos a fuerza de voluntad, cogimos los zapatos y las medias, subimos a gatas por la ladera cubierta de hierba y nos detuvimos donde acababa el bosque. La pradera, normalmente vacía, estaba cercada de tiendas y carretas pintadas de vivos colores. Había caballos atados que ronzaban la hierba mientras los perros yacían con la cabeza en las patas, observando a un corro de gente que cantaba y tocaba el violín en torno a una mujer que bailaba con las manos por encima de la cabeza y cuya falda floreada se mecía como las olas.

Luella me había rodeado la cintura con el brazo. Noté cómo se le estremecía el cuerpo.

—Mírala. Es maravillosa. Hace que quiera moverme como nunca me he atrevido —susurró, y su deseo era tan evidente como si desprendiese calor.

Mi hermana llevaba estudiando danza con un coreógrafo ruso desde los cinco años. «Los franceses son buenos bailarines —nos decía nuestra madre, muy francesa ella, con tono cantarín por el acento—, pero los rusos son grandes bailarines. Los americanos ni siquiera saben qué significa ballet —se burlaba».

Aquella bailarina gitana era algo completamente distinto. Nunca había visto nada parecido. Era fascinante; sus movimientos, fluidos e incansables. Mi hermana y yo nos quedamos allí tanto tiempo que no advertimos que el aire refrescaba a nuestro alrededor a medida que el sol se ponía tras los árboles, sumiéndonos en una oscuridad que nos desorientó.

A salvo ya en nuestra cálida cama y sin que nuestros padres se enterasen, estuvimos de acuerdo en que había valido la pena.

—¿Y si no hubiésemos conseguido volver a casa? —Luella pasó una pierna por encima de la mía.

—¿Y si nos hubiese atrapado el criador de ostras?

—Y hubiese tirado de mí hasta el interior con su fría y húmeda garra de fantasma.

—Y te hubiese rebanado la garganta.

—¡Effie!

—¿Qué? —En mis propias fantasías podía ser tan valiente como la que más.

—No hace falta que seas tan morbosa. Podía limitarse a asfixiarme con una almohada.

—Vale, te asfixia y te toma como esposa fantasma. Entretanto, yo deambulo por la casa vacía, oyéndote, pero incapaz de llegar hasta ti.

—Mamá y papá organizan una partida de búsqueda.

—Y yo me tiro al Hudson y asciendo a los cielos, pero no vuelvo a verte nunca porque tú estás atrapada en la tierra con el criador de ostras.

—Irías al infierno por suicidarte. —Luella era la persona menos beata que conocía y, aun así, me corrigió.

—Entonces el criador de ostras también estaría en el infierno. Lo que significa que estaríamos juntas, vagando por el infierno durante toda la eternidad. Un final feliz.

—Me temo que no has entendido nada. —Luella me retorció un mechón en torno al dedo y dio un leve tirón—. Yo jamás dejaría que te mataras por mí, aunque fuera un fantasma, así que esta historia es una memez. Tendrás que empezar una nueva.

Lo cual, para ser precisa —incluso en mis fantasías intentaba ser lo más precisa posible—, era cierto. Luella nunca permitiría que me ocurriera nada.

Cuando algo ocurrió, la culpa fue de papá.

2

Effie

Yo no creía a mi padre capaz de obrar mal. Cuando la gente hablaba de él, lo hacía con admiración, si no con una ligera veneración. Guapo a rabiar, decían, con los ojos de un azul asombroso y una sonrisa de oreja a oreja. Tenía una mirada en la que deseabas perderte y de la que, al mismo tiempo, querías escabullirte. Era un hombre parco en palabras. No tímido, como yo, solo impasible y taciturno, y cuando hablaba era con la insinuación sutil de que sabía mucho más de ti de lo que dejaba ver.

Mi madre era tan simple y clara como el agua, una disparidad que hacía de mis padres una pareja extraña, bien lo sabía. En una ocasión oí a una mujer —nada atractiva, con los brazos huesudos y la barbilla puntiaguda— que le decía a otra mientras daba un sorbo de vino en nuestro salón: «No sé cómo hechizaría Jeanne a Emory cuando eran novios, pero yo no habría corrido el riesgo. Los hombres tan guapos siempre se apartan del buen camino». Yo no tenía más que siete años por aquel entonces y lo único que deduje de aquel comentario fue que mi madre había recurrido al engaño para casarse con mi padre y que, de algún modo, pagaría por ello.

En público, mamá se deshacía en halagos hacia papá, precipitándose a su lado con la gracia de una garza de cuello largo. Sin embargo, cuando nos contó cómo había conocido a papá, lo hizo con tono de advertencia. Luella y yo, sentadas en su cama, la veíamos ponerse crema fría en la cara, embelesadas.

—Yo tenía veintiún años —dijo, de modo que empezaba ya con una pequeña farsa—. Vivía con mi madre en una casa imponente en París. Pensé que me quedaría allí atrapada el resto de mi vida. Pese a que bailaba en el escenario de la Opéra, no me habían propuesto matrimonio ni una sola vez. —Se retiró un pegote de crema del puente de la nariz—. Estas largas piernas me convertían en una buena bailarina, pero no en un buen partido. Por no hablar de mi estatura. A los hombres no les gusta que los miren a los ojos. Lo peor, por supuesto, eran mis manos. —Luella y yo las miramos al instante. El momento de la noche en que se aplicaba la crema era el único en que podíamos verla sin guantes. Conocíamos perfectamente la historia de cuando, a los dieciséis años, se le prendió la falda en los candeleros durante un ensayo de *La Bayadère*. Habría muerto de no haber apagado las llamas con las manos. Unas manos que habían quedado cubiertas de cicatrices—. Una vergüenza espantosa. —Así las calificaba.

A mí me encantaban aquellas cicatrices. Eran insignias de heroísmo, y prueba de la fuerza y la supervivencia de mi madre. Cuando era pequeña y me quedaba sin aliento, lo único que me calmaba era recorrerle con los dedos la piel fruncida y desfigurada de las manos. Caída de rodillas y con la cabeza hacia el suelo, le quitaba los guantes y reseguía sus heridas como un mapa, memorizando la curva de cada cicatriz, hasta que mi corazón se ralentizaba y podía respirar de nuevo. Entonces mamá, sin un ápice de pánico, decía «Ya está, se acabó», y me ayudaba a ponerme de pie.

Un pegote de crema cayó a la alfombra. Se rio.

—¡No me imagino por qué iba a querer casarse tu padre

con alguien como yo! —dijo, y meneó un largo dedo hacia Luella—. En cambio tú, querida, no tendrás ninguna de mis trabas.

Mi hermana se puso tensa. Esta parte la habíamos oído muchas veces. Mamá insistía en elogiar a Luella del mismo modo que lo hacía con papá, a menudo en público, y siempre rebajándose a sí misma en el proceso, diciendo cosas como «Fue París lo que trastocó a Emory. ¡Menos mal que se declaró antes de que nos marchásemos de allí!», o «Gracias a Dios que Luella no ha salido a mí. Con su belleza, obtendrá un éxito en su carrera que yo nunca alcancé».

Luella era preciosa. Era la viva imagen de una fotografía que teníamos en el salón de nuestra bisabuela por parte de madre, Colette Savaray, que pertenecía a la alta sociedad parisina y se convirtió en un personaje recurrente de las historias que me inventaba. Había muerto antes de que mi madre naciera y fue su marido, el abuelo de mamá, Auguste Savaray, quien llevó a mamá al ballet cada temporada.

—Me adoraba —nos recordaba ella—. Fue por él por quien aprendí a bailar.

—Yo solo bailaré por mí misma —replicaba Luella.

—Espera y verás —respondía mamá.

Por lo que a mí respectaba, no se hablaba de ni de maridos ni de carreras. Mi corazón me garantizaba que nunca sería bailarina, y mis uñas en cuchara, que nunca encontraría marido. Luella haría realidad los sueños de mi madre; yo solo tenía que concentrarme en seguir con vida.

Nací siete semanas antes de tiempo, el 1 de enero de 1900. Mi padre dijo que una niña Tildon nacida el primer día del nuevo siglo solo podía alcanzar grandes cosas.

Sin duda fui una decepción.

Según mamá, mi llanto fue como el maullido de un gato, lo cual alarmó a la comadrona. Resultó que mi corazón no estaba bien.

—Se trata de una malformación debida al desarrollo incompleto del órgano —informó el médico a mis padres.

A mi parecer, Dios no había considerado conveniente acabarme.

—Tienen suerte de que no presente señales visibles de cianosis —prosiguió el médico, como si el hecho de que no hubiese nacido de un tono gris, como la mayoría de los bebés con la misma enfermedad, fuese algo de lo que enorgullecerse. No supuso un gran consuelo, teniendo en cuenta lo que dijo a continuación—: Por desgracia, no hay forma de cerrar la abertura anormal de su corazón. Es poco probable que sobreviva el año.

Me imaginé a mi madre aceptando esta información con estoicismo, sosteniéndome, nueva y rosa, como algo rompible, con las piernas fibrosas arropadas en la cama, las venas azules como un fino hilo que le recorría los muslos blancos. Según ella, fue papá quien gritó que ningún médico iba a decirle a él que su hija no viviría para ver su primer cumpleaños.

Tenía razón, porque, a pesar del corazón inacabado, seguí viva, alimentándome alegremente de leche condensada de un biberón de cristal con forma de plátano. El médico dijo que estaba demasiado débil para que me diera de mamar, pero mi madre pensaba que no tenía voluntad, que no me estaba esforzando lo suficiente.

—Le dije al médico que, con un carácter como el tuyo, no sobrevivirías —me contó mi madre, en tono de reproche, como si esperara de mí que demostrase lo que valía incluso de bebé.

Papá, que adoraba los inventos modernos, decía que el biberón, con su pezón perfeccionado de goma, era fascinante.

—Intenté convencer a tu madre de que era una ventaja, no un fracaso —me aseguró.

Pero yo estaba segura de que ella nunca lo vio así. Ya había dado a luz a Luella, por lo que sabía cuál era la imagen del éxito en un recién nacido. Me imagino que mi hermana salió chillando y pataleando, que se agarró al pecho de mi madre con legítima posesión para crecer y convertirse en una cría de tres años rolliza y animada que ya sabía exactamente lo que quería para cuando yo llegué.

Mamá nos contó que la primera vez que Luella me vio insistió en que, dado que era del tamaño exacto de su muñeca de ojos de cristal, también era su bebé. Me arropaba y me metía en un carrito junto a la muñeca, y acariciaba mi suave cabeza y la cabeza dura de la muñeca con el mismo mimo. Solía imaginarme a esa muñeca como mi gemela extraña, preguntándome si mi afligida madre vería en esa versión sin vida de mí un reflejo de aquello en lo que temía que me convirtiera.

El doctor Romero hizo un seguimiento mensual de mi corazón durante mi primer año de vida. Después se convirtió en un examen anual, en el que el médico gordo y maloliente de dedos fríos soltaba cada vez que entraba en la consulta «Ah, mira a quién tenemos aquí» como si le sorprendiera verme, cuando no cabía duda de que me esperaba.

Durante esas visitas yo recibía toda la atención de mi madre, lo que hacía que no me molestaran tanto. El corazón no me entorpecía. Yo era ágil y activa, aunque pequeña para mi edad, y si no me esforzaba demasiado, podía reducir los ataques azules al mínimo. Luella los bautizó así por los espantosos tonos azules que adquiría al sufrirlos.

De manera egoísta, no pensé en cómo afectaban esas visitas a mi madre hasta una fría tarde de septiembre, cuando tenía ocho años y me llevó en tren al este de Manhattan, a una tranquila calle flanqueada de casas solariegas de piedra caliza. Cuando abrió una pequeña verja negra situada junto a un letrero en el que se leía LOUIS FAUGERES BISHOP,

DOCTOR EN MEDICINA, me estremecí de miedo. Tenía la sensación de que mi madre me empujaba hacia algo peligroso que yo no alcanzaba a ver.

—¿Por qué no vamos a la consulta del doctor Romero?

Cerró la verja con un golpecito seco a nuestra espalda.

—El doctor Bishop es un especialista del corazón.

—¿Qué era el doctor Romero?

—No era un especialista del corazón.

La sala de reconocimiento carecía de muebles y tenía el aire viciado, con un fuerte olor a vinagre, como los pepinillos que enlataba Velma en la cocina. No había cuadros en las paredes, ni siquiera un jarrón con flores para que nos sintiéramos cómodas; solo un artilugio de aspecto extraño cubierto de tubos de goma con intrincados diales y botones. Me hizo pensar en el laboratorio de Frankenstein, de un libro al que había echado un vistazo a hurtadillas cuando mi madre lo declaró «inapropiado».

Esquivé la máquina y me subí de un salto a una camilla metálica cubierta con una sábana blanca almidonada que se arrugó debajo de mis piernas. Mamá miró detenidamente el artilugio, con las manos enguantadas apretando con fuerza el asa curvada de su bolso.

—¿Qué es eso? —le preguntó al médico cuando este entró en la sala.

El doctor Bishop era bajo, fuerte y enjuto, y movía la calva brillante arriba y abajo con excitación. Las gafas redondas se le resbalaban por el puente de la nariz.

—Es un electrocardiógrafo. Lo inventó un médico holandés. Es el único en Estados Unidos. —Se empujó las gafas hacia arriba; los ojos protuberantes destellaron tras las gruesas lentes—. Por desgracia, no voy a utilizarlo con la niña. Todavía estamos en las primeras fases y apenas lo hemos perfeccionado para hombres adultos.

Mamá asintió aliviada mientras el médico me bajaba el

vestido de los hombros sin miramientos y me plantaba un frío estetoscopio en el pecho desnudo, inclinando la cabeza al tiempo que escuchaba el murmullo atrapado en mis costillas. Las puntas de sus dedos me resultaban frías y cerosas contra la espalda. Tenía unas cejas blancas con largos pelos que se rizaban hacia la frente arrugada. «La cara de un verdugo —escribiría más tarde en mi diario— que entrega una sentencia de muerte con la misma solemnidad con la que se desliza una capucha sobre la cabeza de un prisionero en el patíbulo».

El doctor Bishop despegó el estetoscopio de mi pecho y se lo dejó colgando alrededor del cuello. Metí los brazos en las mangas del vestido y me lo subí hasta los hombros. Mamá me abrochó la espalda mientras yo apartaba el pelo; mi desnudez era motivo de vergüenza para las dos. El médico me quitó el guante de la mano derecha e inspeccionó mis uñas deformes, un efecto secundario de la enfermedad cardiaca. Uno que nunca he entendido, pues corazones y uñas poco tienen que ver unos con otros. Al igual que mamá, solo me quitaba los guantes para el baño y a la hora de acostarme. La sensación del aire entre mis dedos cuando el médico me levantó la mano a la luz del sol de la ventana fue maravillosa.

—¿Desde cuándo tiene las uñas en cuchara?

—Empezó al cumplir cinco años.

—¿Ha empeorado?

—Se ha mantenido más o menos igual. ¿Empeorará? —Se miró su propia mano, cubierta de caro satén.

Cuando estaba con mi hermana y conmigo, mi madre era una persona fuerte; con los médicos, o con los hombres en general, incluido mi padre, flaqueaba, preparada para que señalasen sus errores a cada paso. En ese momento pensé, como había pensado muchas veces, que si se quitase los guantes se sentiría más valiente, como si no necesitase esconderse. Sería tan fuerte como cuando se encontraba sentada a mi lado en los momentos en que me faltaba el aliento.

El doctor hizo caso omiso de su pregunta y me rodeó el brazo con los dedos.

—¿Siempre ha estado así de delgada?

—Come bien. Es solo una niña delgada.

—No es solo una niña delgada, señora Tildon. Es una niña con un defecto del tabique interventricular. Acompáñeme.

Se dirigió a grandes zancadas a una habitación contigua con la fría autoridad que yo había aprendido a asociar con los médicos.

Mi madre, con su elegante blusa blanca y falda al bies, lo siguió arrastrando los pies con aquella actitud sumisa.

—Cierre la puerta —dijo el médico.

Mamá se volvió, me lanzó una mirada de advertencia y cerró la puerta tras de sí. Como si hubiese alguna posibilidad de meterse en un lío en esa habitación desierta, pensé yo.

Esperé, balanceando las piernas, con lo que mis botas negras proyectaban sombras redondeadas en el suelo que aparecían y desaparecían como lunas gemelas. El doctor Romero nunca había dado importancia a mis uñas en cuchara ni había remarcado lo delgada que estaba. Nunca había oído las palabras «defecto del tabique interventricular». No me gustaba cómo sonaba «defecto». Aburrida, eché un vistazo detrás de una cortina que colgaba a un lado de la mesa y vi una bandeja de instrumentos que daban miedo. Solté la cortina a toda prisa y me senté erguida, mirando de reojo la máquina del rincón. Si el doctor Bishop era un especialista del corazón, entonces sabría cómo curarme de manera especial. Quizá no fuera un verdugo, sino un científico loco capaz de cerrar un corazón del mismo modo que Frankenstein había podido insuflar vida en un cuerpo inanimado.

Aparece una mano, delgada y pálida. Los finos dedos flotan hasta la sábana, que cae al suelo, revelando el cuerpo de una niña. Tiene los ojos vacíos, como canicas transparentes, la piel translúcida, los huesos como finas líneas de cartílago sólido. En todos los aspectos, está muerta, y sin embargo, más allá de la curva de sus costillas, en el fondo de su pecho, hay un pulso regular de color, no de un rojo vivo, como cabría esperar de un corazón, sino rosa claro y azul. Con cada latido, el color cobra brillo hasta que la habitación se ve bañada por una luz almibarada. Poco a poco, la niña se levanta.

Tiré de la sábana arrugada que tenía bajo las piernas. No estaba segura de querer que me curaran. Me gustaba sobrevivir. De los demás se esperaba que vivieran año tras año sin incidentes, pero mis años eran logros. Cada cumpleaños significaba que había hecho un buen trabajo manteniéndome con vida. ¿Qué importaría entonces, me pregunté, si no necesitaba esforzarme arduamente para vivir?

Mamá salió de la consulta del médico con el ceño fruncido, de manera que se le juntaban las finas líneas de las cejas arqueadas.

—Vamos —me llamó, moviendo los dedos en el aire.

Bajé de la mesa de un salto y mis botas resonaron contra el suelo. El doctor hizo una mueca.

—Lo siento —dije, e hizo un leve gesto con la mano, como si acabase de darse cuenta de que era una niña.

Para volver a casa, cogimos un taxi, que avanzó con lentitud por las calles atestadas de Manhattan; el guardapolvo y las gafas de protección del conductor estaban cubiertos por una capa del polvo que se levantaba de la calzada. Mamá se tapaba la boca con el pañuelo. A mí no me molestaba la suciedad en la lengua. La encontraba gratificantemente real. Intenté concentrarme en el sol en mi cara y en los olores procedentes de los puestos de comida, pero mi madre no paraba de mirarme con una sonrisa tensa que hacía que se me revolviera el estómago. ¿Por qué no podía enterarme lo que habían hablado en la consulta de ese médico? Después de todo, se trataba de mi corazón.

En cuanto entramos en el vestíbulo, mamá me indicó que subiera a mi habitación, pero bajé de nuevo y me acerqué con sigilo a la puerta del salón. Papá había vuelto temprano del trabajo, lo cual era poco habitual.

A través de la puerta entreabierta vi que mi madre caminaba por la alfombra oriental, con el rostro acalorado y la falda de un azul intenso bajo el resplandor de la araña del techo. A su espalda, el fuego crepitaba y chisporroteaba dentro de la chimenea de hierro. Papá pasaba la mano de forma metódica por el asiento del sofá en el que estaba sentado, como si acariciase a un animal. Llevaba el chaleco desabrochado y la corbata torcida. Normalmente mi padre iba impecable y encontré algo perturbador en su aspecto desaliñado.

Mamá debió de sentir lo mismo, porque se inclinó y le enderezó la corbata de forma compulsiva, diciendo en voz baja algo que no alcancé a oír. Él le apartó la mano y se puso en pie de manera tan brusca que golpeó la lámpara de cristal que había en la punta de la mesa. Esta se ladeó, amenazando con caer antes de que la afianzara. Mamá dejó escapar un sollozo. No tenía nada que ver con la lámpara. Deseé acercarme y sujetarla yo misma, pero papá volvió la espalda y contempló el fuego.

—¿Qué ha dicho, exactamente?

Mamá se había quedado muy quieta.

—Ha dicho que no existe ningún tratamiento para cerrar la abertura anormal de su corazón.

—¿Qué clase de especialista es ese hombre patético?

—Dice que se están llevando a cabo nuevos experimentos todo el tiempo.

Papá se giró.

—Entonces ¿hay esperanza?

—No lo sé.

—¿Y por qué ha dicho tres años?

—Ha dicho que quizá tres años.

—Quizá.

Molesto, papá se volvió de nuevo hacia el fuego con las manos entrelazadas a la espalda.

Me alejé de la puerta con una profunda tristeza. No sabía cómo consolar a mis padres. Me sentía mal por ser la causa de todas sus preocupaciones, pero lo que no podía explicar, ni siquiera a Luella, era que a mí no me importaba tener aquel agujero en el corazón. Veía el mundo a través de aquel pequeño portal dañado. Era una debilidad sobre la que agudizaba mi fuerza. Tras sus bordes protectores podía ser valiente. Del mismo modo que las manos desfiguradas de mamá demostraban su fuerza, mi corazón abierto demostraba la mía. Si la gente hubiese podido verlo, habrían sabido lo fuerte que era.

Decidí, allí mismo y en ese preciso instante, que el médico de gafas no era ni verdugo ni científico loco; era un moscardón atrapado en el cuerpo de un viejo con una máquina estrambótica que no sabía nada en absoluto de los corazones de los niños. Yo no pensaba morirme. Seguiría acumulando años por mis padres, afanando cumpleaños. Mi supervivencia sería larga y excepcional.

Esa noche no le dije una palabra a mi hermana de la visita al médico y ella no preguntó. De todos modos, Luella nunca había creído que estuviera muriéndome.

—Buenas noches, Effie. —Me besó en la mejilla y se tumbó boca abajo—. Eh, no vayas a tirar de las mantas —añadió, y se quedó dormida con un codo clavado en mi costado.

Yo me quedé mirando el techo, envidiando la facilidad con la que se dormía mi hermana, cuyo suave aliento movía ligeramente el frío aire nocturno. Su codo, una punta de hueso sólido y duradero, resultaba irritante y reconfortante a un tiempo.

3

Effie

La mañana después de que Luella y yo descubriéramos a los gitanos, no advertí ningún cambio en mis padres. Debería haberlo hecho. La tierra empezaba a desmoronarse bajo nuestros pies y, aun así, lo único que esperaba yo era que no se hubiesen percatado de nuestra excursión nocturna.

Hambrienta, me llené el plato de huevos revueltos y ciruelas cocidas, intercambiando una mirada de complicidad con Luella, cuyo plato estaba tan colmado como el mío.

—Effie, de verdad. —Mamá me lanzó una mirada de desaprobación cuando me servía una cantidad excesiva de nata en el café. Llevaba una blusa de cuello alto y abotonado con la que daba la impresión de no tener cuello.

—Está insoportablemente amargo. —Di un sorbo y me deslicé un terroncito de azúcar sin deshacer en la boca.

—Si tienes edad suficiente para tomar café, tienes edad suficiente para acostumbrarte a la amargura —dijo papá, cuyos ojos vagaban por la página del periódico. Su chaleco de raya diplomática estaba tan liso como una tabla y llevaba la raya del pelo a un lado con una onda suave en la frente. Olía la pomada desde el otro lado de la mesa.

Mi padre, a pesar de que celebraba unas fiestas espléndidas y contrataba a los mejores sastres, no creía en caprichos como el té cuando él prefería el café. Habíamos aprendido que en ciertos sentidos era agarrado. Mi abuelo había sido uno de los fundadores de la industria de la gaseosa y, a su muerte, mi padre había tomado las riendas del negocio. Dicho negocio era próspero, según mamá, pese a lo cual los únicos sirvientes que permitía él eran nuestra doncella, Neala, la cocinera, Velma —una mujer negra de mediana edad con el pelo recogido en un moño alto que vivía en Harlem y me contaba que, para llegar a nuestra casa a la hora del desayuno, cogía el metro a las cuatro y media de la madrugada— y la imponente y vieja parisina, Margot. Había habido más cuando éramos pequeñas, pero papá creía en la «economización». Ya no se necesitaban tantos criados como antes, decía. Por consiguiente, Luella y yo no tendríamos doncella propia, como todas las chicas a las que conocíamos. Luella había cogido un berrinche, pero papá no pensaba ceder. Dijo que Margot podría ayudarnos cuando lo necesitásemos. Si no, tendríamos que aprender a abotonarnos el vestido solas. A mí no me importaba. Admiraba el sentido práctico de nuestro padre, aunque no me atreví a confesárselo a Luella.

Esa mañana no me preocupaban ni el café amargo ni los botones. Eché un vistazo rápido a mi hermana, que se estaba comiendo los huevos, segura de que estábamos pensando en lo mismo. Los gitanos. Teníamos que volver a la luz del día. Tal vez nos leyeran el futuro. Tal vez tocaran de nuevo. Al fin y al cabo era sábado, no había escuela ni misa de once. En general, nuestros padres no aprobaban el tiempo ocioso, pero papá había leído en alguna parte acerca de la importancia de que los niños hiciesen ejercicio, y creía que el aire fresco era bueno para la mente y el alma. Había convencido a mamá de que aprender a apreciar la naturaleza nos haría apreciar más a Dios. El domingo por la mañana nos despertaríamos con veneración y un montón de piedad.

A todo esto, nuestras deliciosas aventuras en el exterior solo hacían la misa del domingo más insoportable, pero eso no teníamos intención de contárselo a nuestros padres.

Engullí los huevos esponjosos, con la esperanza de que pudiésemos escabullirnos rápido, cuando Luella habló.

—Papá, ¿qué sabes de los campamentos gitanos? —Era tan propio de ella, arriesgarse con descaro a que nos pillasen solo para demostrar que no podían hacerlo.

Papá dobló el periódico y lo dejó a un lado.

—¿Por qué? ¿Qué sabes tú de ellos?

—Solo que están acampados cerca de aquí. Lo he leído en el periódico.

—Entonces sabes tanto como yo.

—Son gente vulgar —intervino mi madre. Por aquel entonces aplicaba el término «vulgaridad» a la mayor parte de Nueva York—. Inmigrantes —añadió, pues sabía que a papá le desagradaban las multitudes de inmigrantes tanto como a ella.

Me dieron ganas de puntualizar que ella era inmigrante, pero no me atreví. Al parecer, los franceses estaban por encima de esa vulgaridad por el mero hecho de ser franceses.

—Tengo entendido que son educados. —Papá dio un sorbo a su café.

—La gente educada no deja que sus hijos se revuelquen por el barro. Son salvajes y ladrones —replicó mamá.

—Son honrados comerciantes de caballos.

Mamá toqueteaba su servilleta.

—Adivinan el futuro y aceptan dinero a cambio. Eso es robar.

—¿Y si lo que adivinan se cumple? —Papá le lanzó una sonrisa indulgente.

Mamá rechazó el comentario con un chasquido de la lengua y se volvió hacia Luella.

—Los gitanos son gente ignorante, lo que los hace poco honrados. Si quieres que te lean la buenaventura, debes entender que estás contribuyendo al robo, al no pagar por un servicio real. Si instalan sus puestos en la calle, os daré el capricho y podemos llamarlo caridad. Por lo demás, debéis manteneros alejadas de sus campamentos.

Fulminé a Luella con la mirada y acabamos de desayunar en silencio.

Una vez que Neala hubo recogido los platos, nos excusamos y corrimos arriba a por unas chaquetas. Mamá estaba sentada a su escritorio respondiendo a peticiones de invitación y papá se estaba preparando para su partido de tenis del sábado. Prometimos estar de vuelta en casa para la hora de comer y salimos a la mañana de abril con nuestros cuadernos de dibujo.

Junto a otras cuatro viviendas de ladrillo, nuestra casa se hallaba situada en una amplia calle adoquinada que bordeaba una colina densamente arbolada en el extremo noroeste de Manhattan. Los tranvías no llegaban hasta allí y teníamos que caminar cinco manzanas hasta el tren elevado con dirección a Manhattan para ir a la escuela. Mamá solía acompañarnos cuando vivíamos en la Quinta Avenida, pero aquello estaba demasiado lejos y le llevaba demasiado tiempo coger el tren para ir y para volver. Lo que nos dejaba solas y magníficamente independientes.

En cuanto perdimos de vista la casa, arrojamos los cuadernos detrás de un árbol y corrimos hasta el arroyo, donde nos quitamos las medias, nos remangamos las faldas y nos adentramos de puntillas en el agua helada. El cielo era de un azul prometedor. Tan pronto como tuvimos los pies entumecidos de verdad, salimos del agua, nos pusimos las medias secas y las botas sobre la piel roja de los pies torturados y subimos la colina, desafiando en silencio los prejuicios de nuestra madre contra los gitanos. Había algo fascinante en ellos que no existía en ningún otro espacio en nuestras vidas.

Cuando nos abríamos paso entre los árboles, a lo lejos oímos voces, el relincho ocasional de algún caballo y los gritos de los niños. Esa vez no nos detuvimos en el límite de los árboles, sino que nos adentramos con audacia en el brillante alboroto de tiendas y caravanas. Los caballos resollaban y los perros ladraban. Ollas de hierro fundido hervían en las hogueras de la mañana, cuyo humo ascendía en espiral hacia el aire fresco.

Pasamos por delante de un hombre acuclillado junto a un barreño. Hundió las manos en el agua y alzó la vista con una mueca sonriente; le faltaban las dos palas delanteras. Mujeres ataviadas con delantales y tocadas con pañuelos levantaban la cabeza para mirarnos, pero continuaban con sus tareas, encorvadas sobre tablas de lavar o escurriendo la ropa para ponerla a secar al sol. Un muchacho de unos trece años nos siguió, haciendo girar un palo por la tierra como si fuese el rastro de una serpiente. Yo imaginaba que todos los gitanos tendrían los ojos y el cabello oscuros, pero aquel chico era rubio y tenía pecas, y unos ojos claros que me atravesaban cada vez que me volvía para mirarlo.

Luella se detuvo de pronto, sin previo aviso. El muchacho retrocedió, sorprendido pero con curiosidad, cuando mi hermana le preguntó con quién podíamos hablar para escuchar su música, pronunciando las palabras como si fuera posible que él no la comprendiera. Al ver que no contestaba, Luella le preguntó si hablaba inglés, lo que le hizo soltar una carcajada.

—Los únicos que siguen hablando romaní son mis abuelos —dijo con marcado acento inglés—. Trayton Tuttle, a vuestro servicio. Podéis llamarme Tray. —Hizo una floritura con el palo y giró sobre los talones, pasando de encantador de serpientes a pequeño aristócrata a medida que hablaba—. Os llevaré a ver a mi madre.

Echó a andar en la dirección contraria, golpeteando el agreste sendero con el palo como si pasease por Park Avenue. Hizo caso omiso de los charcos, manteniendo la cabeza cómicamente alta y pisoteándolos de manera que el barro le salpicaba las perneras. No pude evitar sonreír.

Nos condujo hasta una mujer fuerte que observaba nuestra procesión desde la entrada de una tienda abierta. Llevaba un delantal de flores y un pañuelo a juego. Las solapas de la puerta estaban enrolladas a ambos lados, lo que acrecentó el efecto teatral de la escena cuando Tray se detuvo, se quitó un sombrero imaginario de la cabeza y se lo llevó al estómago.

—Os presento a mi madre, la encantadora Marcella Tuttle de Sussex.

Hizo una reverencia con toda la gracia de un príncipe y Marcella le propinó un zurriagazo en la espalda.

—Mi pequeño actor. Ve a robarle el espectáculo a otro. O mejor aún, interpreta el papel de criado y friega esas sartenes. Están formando costra al sol. —La entonación de las últimas palabras de Marcella la hizo parecer tan distinguida como el muchacho proclamaba que era.

Tray la ignoró y dijo:

—Estas hermosas doncellas de la colina han venido a disfrutar del talento de nuestra música. —Extendió las palmas de las manos como si hubiésemos brotado de ellas, mirando con intensidad a Luella—. Si no tienes cuidado, la música podría transformarte en algo para lo que no estás preparada. —Volvió el delicado rostro hacia mí y pensé que algún día sería un gran actor, con una cara como aquella. Inclinó la cabeza a un lado y añadió—: Creo que tú no eres tan influenciable.

Su frase se vio interrumpida por una mano voluminosa que entró en escena y le tiró del cuello de la camisa.

—Ya está bien del numerito de dandi. O friegas esas sartenes o te friego yo el trasero. —Una bota alcanzó las posaderas de Tray—. Job y yo ya hemos almohazado a los caballos y vaciado los cubos de agua. Ponte a hacer lo único que se te pide y déjate de tonterías.

Tray se tambaleó, se irguió y se enderezó la chaqueta imaginaria en menos de un segundo.

—Que hay damas presentes —repuso con gesto altanero, levantó una pila de sartenes y se las llevó guiñándome el ojo por encima del hombro.

El intruso era un chico alto y desgarbado, cuya juventud persistía en el rostro liso, y cuyo tono de barítono y paso decidido y arrogante apuntaban al hombre que pronto sería. Tenía la mandíbula ancha y los ojos oscuros aunque no carentes de brillo. Tendió la mano.

—Sydney Tuttle —dijo, estrechando primero la mía y luego la de Luella antes de dirigirse a Marcella—: No puedes dejar que siga así, mamá. La gente pensará que es raro.

Marcella era una mujer corpulenta, con los hombros redondeados y tan anchos como los de un hombre, la espalda recta y andares lentos.

—Déjalo estar —contestó, se acercó al fuego y recalcó su voluntad sacando una hogaza de pan de una sartén de hierro.

Sydney se marchó, atrayendo la atención de Luella, a quien no dedicó una sola ojeada.

Marcella despedazó el pan sin dejar de observarnos por encima del humo serpenteante.

—Tray es más simpático de lo que debería —dijo—. ¿Qué queríais?

Yo sentí la lengua pesada en la boca, pero Luella habló sin vacilar:

—Anoche les oímos cantar. Era un sonido precioso. Esperábamos tener la suerte de volver a oírlo.

Marcella permaneció taciturna.

—No cantamos para desconocidos, no nuestras propias canciones, al menos. A no ser que nos espíen.

Tiré de la manga de Luella, pero ella contestó lanzada:

—No pretendíamos faltarles al respeto, solo pasábamos por casualidad. Fue magnífico. Cualquier desconocido se habría parado a escuchar.

Saltaron chispas del fuego cuando Marcella lo atizó con un palo.

—Ya os lo he dicho, no cantamos para desconocidos.

Yo tenía la garganta seca de los nervios. Quería marcharme, pero Luella no se movió un ápice.

—Soy la señorita Luella Tildon y esta es mi hermana, la señorita Effie Tildon. —Hizo una pequeña reverencia—. Usted es Marcella Tuttle de Sussex. Esto constituye una presentación oficial, ya no somos desconocidas.

La comisura de los labios de Marcella se curvó como si contuviera una sonrisa. Miró a Luella y dio una estocada final al fuego.

—¿Saben vuestros padres que estáis aquí?

—Por supuesto —respondió Luella—. Mi padre dice que son ustedes grandes comerciantes de caballos.

—¡Ja! —Profirió aquella sílaba con incredulidad. Se volvió hacia mí y señaló un par de sillas con la barbilla—. Sentaos. —Aquel tono no admitía más que obediencia.

Luella me pellizcó la mano cuando nos sentábamos, lo que venía a decir: «Te lo dije». Siempre se salía con la suya.

Marcella nos puso en el regazo unos platos de porcelana china, tan bonitos como los que teníamos en casa, y los mantuvimos en equilibrio sobre las rodillas intentando evitar que se resbalaran los trozos de pan. Este era crujiente, de miga densa y endulzado con pasas. Nunca había comido nada hecho al aire libre e imaginé que saboreaba la corteza de la tierra, el néctar de las cenizas. Por la solapa de la tienda vi una estancia ordenada, con un baúl y una cama de matrimonio con la estructura de madera y una colcha de color marfil. Esos gitanos eran tan civilizados como decía mi padre y, aun así, percibí lo que hacía que mi madre los temiera. Los envolvía una vibración, una energía enigmática, como si la sangre de su música, incluso en silencio, palpitara a través del suelo a sus pies.

Algo apartada, nos observaba una muchacha. Aparentaba la edad de Luella, o al menos estaba igual de desarrollada, y tenía la piel y el cabello oscuros. Sus mejillas adoptaron una amplia sonrisa al verme despedazar el pan con los dientes. Me sentí expuesta, juzgada por mi habilidad para comer en una silla de exterior con un plato encima de las rodillas.

La chica se acercó y se dejó caer en el suelo con las piernas dobladas bajo una falda con flores rojas, azules y amarillas bordadas.

—Yo soy Patience —dijo, y mi hermana y yo nos presentamos.

Marcella entregó a Patience un trozo de pan que masticó mientras nos observaba con los mismos ojos oscuros que su hermano Sydney. Me pregunté de dónde habría salido Tray, con aquella tez blanca tan distinta de la de sus hermanos.

A medida que se extendía la noticia de nuestra llegada al campamento, fue reuniéndose una multitud de niños en torno a nosotras, cada uno con una mascota de una especie u otra. Un niño sujetaba una cuerda atada a una cabra que parecía bien contenta de verse arrastrada del cuello por ahí. Otro, con los pantalones cortos manchados a la altura de las rodillas, depositó a mis pies una jaula esférica con un canario de un color tan vivo como una yema de huevo posado dentro. El pájaro estiró el cuello y agitó las alas resplandecientes cuando el niño abrió la puertecita de alambre y metió la mano para cogerlo.

—Le he cortado las alas, así que no va a salir volando —explicó, levantó al pájaro y dejó que diera saltitos desde la estrecha rama de su dedo al mío.

—Qué encantador —exclamó Luella al ver que el pájaro desfilaba por mi dedo—. ¿Puedo? —El pájaro saltó de mi dedo al suyo, y Luella rio y le acarició la cabeza, que semejaba un limón.

Los demás críos se acercaron, agolpándose. Una niña muy desagradable me cogió el plato vacío del regazo y dejó caer un conejito en los pliegues de mi falda color canela. Se hallaba envuelto en tal maraña de pelo gris que apenas le distinguía la cola de la cabeza. Dio una patada violenta cuando lo levanté y me rasgó la piel de la cara interna del brazo.

—¡Au! —grité, y la niña me arrebató al animal.

—No puedes cogerlo así —me regañó, y se lo llevó al pecho y le inmovilizó las patas con las manos.

—¿Estás bien? —me preguntó Luella—. Déjame ver.

Un hilo de sangre me goteaba por el brazo. Me escocía.

—Estoy bien.

El niño recuperó su pájaro de inmediato, como si Luella también pudiese resultar una irresponsable como cuidadora. Dos niños, de la misma estatura, con el cabello revuelto y largo, nos miraban fijamente. La niña extendió la mano y caímos en la cuenta de que esperaban un pago por su generosidad. A pesar de la advertencia de nuestra madre, las dos habíamos llevado dinero con la esperanza de que nos leyeran la buenaventura. Nos rebuscamos en los bolsillos y dejamos caer una moneda de cinco centavos en cada mano. Esto, por supuesto, atrajo a más niños con perros, conejos, pájaros e incluso insectos, pero negamos con la cabeza, pues no pensábamos perder lo que necesitábamos para que nos adivinasen el futuro.

Marcella nos observaba junto al fuego con los brazos cruzados y expresión divertida. En ningún momento regañó a los niños ni los despachó; dejó que nos las arreglásemos solas hasta que se disolvió el grupo.

Me impresionó lo distinta que era Marcella de nuestra madre, o de cualquier otra madre que hubiese conocido. En nuestro mundo, las madres intervenían para solucionar problemas, atusar el pelo y la ropa, e imponer orden. Marcella, que no nos quitaba ojo, observaba cómo las cosas se ponían en su sitio solas.

El primero en levantar el arco de su violín fue Sydney, quien dedicó la canción a sus «hermanos» y comenzó a tocar el instrumento con audacia. No cabía duda de que lo había organizado Tray, que brincaba alegremente detrás de los músicos. Había un hombre con un salterio y otro al trombón. Los tres formaron un semicírculo en torno a Patience. Ella hizo una pausa teatral, alzó las manos por encima de la cabeza y se lanzó a bailar cuando las notas hendieron el aire y una voz masculina, grave y triste, se elevó por encima de los instrumentos.

Ya es de noche.
Hemos recorrido un largo camino.
Atadlos y descansad.
Oh, hermanos, oh, hermanos.

La falda de Patience se levantaba y sus manos hicieron girar franjas de color cuando se arrancó el pañuelo que llevaba atado a la trenza; el pelo suelto creó su propio revuelo. Los instrumentos ganaron velocidad y, justo cuando estaba segura de que Patience se desvanecería en un montón de tela y cabello, su mano surgió de aquel remolino y alcanzó a mi hermana. Alguien vitoreó. Los violines doblaron el tempo. Luella no necesitó instrucciones. Bailó con Patience como lo había hecho siempre; los brazos y las piernas se le tensaban bajo las costuras de la ropa, con los miembros liberados. Cautivada, me sentí transportada a un colorido mundo celestial, y las voces de ángeles alborotados, su música evocadora, despertaron en mi interior un anhelo que no tenía nombre.

Mientras observaba desde la silla, solo cobré conciencia de la presencia de Marcella cuando noté su mano en mi hombro, con los dedos tan cerca de mi cara que alcancé a verle las grietas diminutas de los nudillos y a percibir el olor desconocido de su piel. Pareció un gesto inconsciente, como si la música la hubiese ablandado y hubiese menguado, como si su cuerpo buscase la tierra en lugar del cielo. Apoyada en mi estrecho hombro, aquella gran mujer se balanceaba, y empecé a balancearme con ella en mi asiento. Mi timidez se disolvió ante la proximidad de nuestros cuerpos. El mío se sacudía con el pulso de la música; el pecho, con la vibración del corazón. Nunca había sentido nada tan poderoso y desorientador; experimenté un revoloteo en mi pecho como la llegada de una bandada de diminutos canarios enjaulados.

—La música alimenta el corazón. —Marcella asintió como si notara que se me aceleraba el pulso a través del hombro—. Y la mente... —se dio unos golpecitos a un lado de la cabeza— y el alma. —Levantó las manos con fuerza y dio la impresión de que la música le salía directamente de las puntas de los dedos cuando las elevó en la vasta cuenca azul por encima de nuestras cabezas.

Tray surgió del caos y tomó a su madre de una mano. Ella me tendió la otra y me vi incorporada de la silla. Daba igual que no supiera bailar aquella danza. Los violines me guiaban las plantas de los pies; las flautas, los brazos; el acordeón, las caderas. Arrancada de mi timidez, me animé hasta que las alas del pecho desfallecieron y me quedé sin aliento. Me doblé por el estómago, dando bocanadas de aire. Mis pulmones conspiraban con mi taimado corazón. Por muchos ataques que tuviera, nunca me acostumbraba al terror de no ser capaz de respirar.

—¿Estás bien? —gritó Tray.

Me llevó a un lado y trató de sostenerme, pero lo aparté y me acuclillé con la cabeza hacia delante, haciendo fuerza con todo el cuerpo hasta que se me ralentizó la respiración y mis capilares en apuros volvieron a abrirse paso hasta mi pecho.

Tray se puso en cuclillas a mi lado y me presionó el omóplato con la mano.

—Creí que te ahogabas.

Nadie más se había dado cuenta, y los músicos seguían tocando.

—Estoy bien. No es nada.

Me quedé de rodillas, decepcionada por haber concluido un momento tan glorioso de manera tan patética. Tray se sentó tranquilamente en el suelo, con las piernas cruzadas, y se puso a arrancar puñados de hierba, meneando la cabeza al ritmo de la música. Tenía el pelo de la coronilla lacio a causa de la grasa y los mechones parecían trigo seco.

Una última canción vibró en el aire. Violines y arcos descendieron con laxitud. Patience y Luella se doblaron por encima de las rodillas, jadeando y riendo, con las piernas temblorosas. Un hombre barbudo y corpulento con el cabello negro como el carbón rodeó a Marcella con el brazo y la besó. El hombre que tocaba el salterio dio una palmada a Sydney en la espalda. Vi a mi hermana subirse las medias, que se le habían arrugado a la altura de los tobillos. Cuando se enderezó, tenía el rostro colorado y unas gotas de sudor le resbalaban por las mejillas. Patience se la llevó a un lado y las vi salpicarse la cara en una olla de hojalata situada junto a una carreta.

Empezó a palpitarme el arañazo que me había hecho el conejo en el brazo. Tray me arrojó al regazo un puñado de acianos, con pequeños estallidos de amarillo en el centro, como un montón de cielos en miniatura con sus propios soles.

—La chica azul. —Sonrió, se puso en pie de un salto y se fue corriendo.

Los pequeños cielos azules se esparcieron por el suelo cuando me levanté para buscar a Luella. La encontré sentada en los escalones de la trasera de una carreta con Patience intentando trenzarle el cabello.

—Deberíamos irnos a casa —dije.

—¿A que ha sido increíble? —Luella sonreía de oreja a oreja—. ¿Qué tal he bailado?

—Bien. —Ella siempre bailaba bien. No necesitaba que se lo dijera.

—Me he roto una media. —Se levantó la falda para alardear de daños, y Patience le tiró de la cabeza hacia atrás.

—Estate quieta —le ordenó, con la frente arrugada por la concentración. Le estaba quedando horrible. Finos mechones se escapaban por todas partes. El pelo de Luella nunca se trenzaba como era debido. Patience frunció el ceño, luego se sacó el pañuelo del bolsillo de la falda, envolvió el cabello de Luella con él e hizo un nudo en la punta de la trenza con aire triunfal—. ¡Mucho mejor!

Luella tocó la seda y volvió el cuello para mirarlo.

—No puedo aceptar el pañuelo.

Patience agitó el cabello liberado por encima de los hombros como un caballo que presumiera de crines.

—Tendré que llevar el pelo así hasta que me traigas uno de repuesto. Lo que significa que estaré en un lío tremendo hasta que volváis.

Luella bajó de un salto de la carreta y, al tiempo que se agarraba de mi brazo, respondió:

—Voy a traerte un pañuelo tan bonito, Patience, que no querrás quitártelo nunca.

—Entonces no volveré a meterme en un lío nunca. —Patience se inclinó hacia atrás con una pierna extendida por encima del escalón de la carreta.

—Y me deberás una —añadió Luella.

Sus voces eran desafiantes; las miradas, de una burla amistosa. Más tarde me daría cuenta de que aquellas pullas eran el preludio de una amistad, pero en aquel momento solo se sumaban a lo extraño del día. Cuando abandonábamos el campamento, Sydney nos observó por encima de un caballo al que acariciaba de forma acompasada la hendidura del lomo, castaño y lustroso. Advirtió que Luella lo miraba.

—Deberíais volver cuando salga la luna —dijo—. Tocaremos otra vez.

La invitación era absurda, pero mi hermana no hizo más que sonreír.

4

Effie

Esa noche, Luella se coló en mi habitación con un número confiscado de la revista *Good Housekeeping.* Nos tumbamos la una junto a la otra y hojeamos la moda de primavera, con el peinado que le había hecho Patience expuesto sobre el hombro de Luella.

—Dios mío. —Pasó una página—. Espero que mamá no vea este campamento de verano de la YWCA. «Una caminata hasta el lago con cestas y cámaras... tenis, una pequeña fogata de amistad». Vaya, ¡a ver quién supera eso! «Clases de Biblia matinales y servicios de vísperas por la tarde... celebrados al aire libre, para enfatizar la belleza del mundo de Dios. ¡Alimento para el cuerpo y el alma!». Recuerda que el verano pasado hablaron de mandarnos a uno. Este verano seguro que nos toca. —Se llevó una mano al corazón con gesto teatral—. Papá teme por mi alma.

—A mí no se atreverían a mandarme, y no van a separarnos, así que estoy segura de que estás a salvo.

—¿Me prometes unos cuantos ataques para desalentarlos?

—Te lo prometo —mentí. Para entonces, se me daba bien esconder los ataques y no tenía ninguna intención de contarle a nadie lo del percance de antes.

—Patience me ha dicho que no van a trasladarse hasta

el otoño, lo que significa que podemos ir al campamento gitano todos los días.

—¿Quieres volver? —Yo no estaba segura de si me veía escabulléndome de nuevo.

—Claro que sí. Bailaré con los gitanos todo el verano si no nos mandan a algún vil campamento.

—Pero en junio nos vamos a Newport.

—Al menos tenemos hasta entonces.

No nos perdíamos un solo verano en Newport, donde teníamos familia. Yo estaba deseando ir, aunque nos pasásemos la mayor parte del tiempo sentadas en espaciosas mansiones o desfilando con el resto de las muchachas ataviadas de blanco en jardines de hierba verde y cuidada como rebaños de garcetas. No perdía la esperanza de que mamá nos dejase nadar en la playa. Ella encontraba indecoroso llevar traje de baño, por lo que lo único que nos habían permitido era un paseo por la arena, tapadas de arriba abajo, con sal en los labios y el agua salpicándonos por debajo de los vestidos. Era un suplicio.

Luella se detuvo en una página en la que posaba una modelo con una pluma, arrancada a algún pobre pájaro, que le sobresalía por detrás de la cabeza. Del cabello, el cuello y la cintura le caían perlas en cascada, como un instrumento de cuerda.

—Qué no daría yo por un vestido así. —Suspiró—. Papá nunca me dejaría ponérmelo.

—Todavía no.

—Nunca. —Luella cerró la revista de golpe y la ocultó debajo de la cama. Apagó la luz y tiró de la colcha hasta el cuello.

—¿Qué has hecho con el pañuelo de Patience? —susurré.

—Lo he escondido debajo de mi colchón.

—¿Vas a devolvérselo?

—Jamás. Quiero recordar el día de hoy cada aburrido minuto de mi aburrida vida.

Me deslicé bajo la colcha y presioné los pies fríos contra los de Luella. Por la ventana brillaba una luna llena, y los ojos de mi hermana destellaron a la luz fría y brillante.

Al día siguiente la misa fue insoportable, el reverendo hablaba y hablaba en tono monótono, todo rígido y sin color; asientos, biblias, rostros y tupés. Después nos obligaron a pasarnos la tarde sentadas con nuestra anciana abuela en su mansión de Gramercy Park; su rostro empolvado de blanco nos miraba fijamente desde debajo del sombrero negro. Era una mujer menuda y marchita que compensaba su tamaño con proclamas dogmáticas y un agudo sentido de la rectitud. Yo temblaba en su sola presencia y nunca se me ocurría nada que decir. Sabía que me consideraba más bruta que un arado.

Ese día, por suerte, dirigió sus preguntas mordaces a Luella mientras yo observaba en silencio, imaginando que, si mi abuela se atrevía a sonreír, las arrugas vitrificadas se quebrarían y harían añicos aquella piel de porcelana.

La escuela esa semana fue igual de aburrida que la iglesia, y el ballet supuso una tortura para Luella. Empecé a comprender su pasión por el campamento gitano. La vida en él era vigorizante. Me pregunté si Marcella nos había lanzado algún hechizo que volvía nuestra rutina diaria insípida sin ellos.

El viernes conspirábamos en el baño mientras Luella se frotaba los pulgares de los pies con una pomada.

—Ivánov me ha gritado tres veces porque no he puesto suficiente relleno en las zapatillas y me he pasado todas las *bourrées* encogiéndome de dolor. «¡Pareces un pez torturado! ¡Sonríe, Luella, sonríe!». —Luella imitó el acento e hizo aspavientos con los brazos, con lo que estuvo a punto de tirar la pomada por el retrete—. Habría que pegar un tiro a quienquiera que inventase las zapatillas de punta.

Fue de los escasos momentos en los que no envidié su talento para la danza.

Al día siguiente, sábado, estábamos saliendo por la puerta cuando mamá se asomó al vestíbulo desde el salón y cerró de golpe la novela que estaba leyendo.

—Hace un frío espantoso para andar deambulando por ahí. Lo que me recuerda... ¿dónde están vuestros bocetos de la semana pasada?

Luella respondió enseguida que habíamos entregado nuestros dibujos a la profesora de arte. Ese día íbamos a trabajar en unos poemas para el concurso de poesía de la escuela.

—Entonces ¿dónde están vuestros cuadernos? —Mamá levantó una sola ceja, enarcada a la perfección. Sin pronunciar palabra, saqué la libreta encuadernada en cuero que llevaba encima para las ideas de mis historias—. ¿Y el tuyo, Luella?

—Estamos trabajando en un poema juntas. —Sonrió.

Mamá me miró con los ojos entornados.

—¿Cómo te encuentras?

—Bien —dije. El día anterior había sufrido un ataque azul que no había sido capaz de ocultar.

Luella me atrajo hacia sí.

—Yo la vigilo. A la menor señal de debilidad, la traigo derecha a casa.

Mamá dio unos golpecitos nerviosos con el dedo en el lomo del libro antes de dejar escapar un suspiro renuente.

—Esos jerséis no bastarán. Está chispeando. Id a por los abrigos y, si empieza a llover de verdad, volvéis directas a casa.

Hicimos como nos ordenaba, le dimos un beso de despedida y enfilamos tranquilamente la carretera mientras nos observaba desde la entrada. En cuanto doblamos la esquina, salimos corriendo. Nubes amoratadas rasgaban el horizonte y una fina bruma se posó sobre nuestros hombros.

Cuando llegamos, el campamento gitano bullía de emoción. Los niños se estaban preparando para representar una obra, y todo el mundo se apresuraba a tomar asiento en la hierba delante de unas sábanas que habían colgado entre dos carretas a modo de telón.

Al vernos, Tray dio un salto al tiempo que nos saludaba con la mano y salió de una de las carretas para acompañarnos hasta una alfombra extendida sobre la hierba. La obra era *Romeo y Julieta*, con Tray en el papel del galante Romeo y una niña tan vivaz como un duende en el de Julieta. Romeo se arrodilló en la hierba. Julieta asomaba a la ventana de una caravana. El atrezo era imaginario, o gesticulado, mientras un viento colaborador empujaba los diálogos en nuestra dirección.

La lluvia se contuvo hasta que nuestro héroe y nuestra heroína yacían muertos en el suelo. Se recogieron las alfombras y las mantas durante la ronda de aplausos. Tray hizo una reverencia rápida y se adentró en el público, me cogió de la mano y me llevó a una tienda donde Marcella daba manotazos a su chal de ganchillo para retirar las gotas de lluvia.

Yo sabía que debíamos irnos a casa, pero en el interior de la tienda las gotas de lluvia sonaban como pequeños címbalos contra la lona tensa. Los gitanos, al parecer, eran capaces de hacer música a partir de cualquier cosa.

Tray se sacó un pañuelo naranja del bolsillo y se lo ató alrededor de la cabeza.

—¿Desea que le lea la buenaventura? —me dijo batiendo las pestañas.

—¿Alguna vez paras de actuar?

—¡Yo no actúo jamás! Me transformo. Bueno, ¿qué hay de tu buenaventura?

—No he traído dinero.

—No pasa nada. De todas formas, si es mala, la gente nunca quiere pagar.

—¿Será mala?

Se encogió de hombros.

—Nunca se sabe.

En el suelo de la tienda había una alfombra roja con diseño de medallón sobre la que se sentó con las piernas cruzadas y me hizo un gesto para que me acercara. Me arrodillé delante de él.

—No vayas a asustar a la niña —dijo Marcella, que salió con un suave ruido sordo de la solapa de la tienda.

Me molestó que me llamase «niña».

Tray juntó las manos con una palmada y se las frotó rápidamente.

—Tendrás que quitarte los guantes.

—¿Por qué?

—Para que pueda leerte las palmas.

Apoyé las manos con firmeza sobre el regazo. En una ocasión, una profesora me obligó a quitarme los guantes, me echó un solo vistazo a las uñas en cuchara y me dijo, con gesto de desagrado, que volviera a ponérmelos de inmediato.

—¿No puedes leer otra cosa?

Tuvo el detalle de apoyar su mano en la mía. Tenía la palma caliente, como un mitón.

—Claro. —Sonrió, gateó hasta la cama y sacó una baraja de debajo de la almohada—. Solo funciona si las mezclas tú.

Las cartas eran nuevas y brillantes, con el diseño de una rosa inglesa en el dorso. En la cara había soles, lunas, reyes, reinas y bestias. Empecé a barajar. Eran grandes e incómodas, nada que ver con las cartas con las que jugábamos en casa.

—Creí que solo las mujeres adivinaban el futuro —me mofé, intentando ocultar los nervios—. ¿Dónde están la bola de cristal y los aros de las orejas? No pareces una pitonisa.

Movió las cejas, sonrió y se apoyó una mano en cada rodilla. Una suave ráfaga de viento levantó los laterales de la tienda, en cuyo interior se coló el aire frío y húmedo. Me estremecí y coloqué las cartas mezcladas entre nosotros.

Tray las barrió esparciéndolas en un círculo.

—Coge cinco, pero no les des la vuelta.

Las seleccioné con cuidado, dejando que mi mano se cerniera sobre una carta, a punto de tocarla, para escoger otra acto seguido, como si lo que dictase mi futuro fuese el acto de elegir en sí.

Cuando por fin terminé, Tray las dispuso en forma de herradura y dio la vuelta a la primera carta sin contemplaciones. Me esperaba al menos algún conjuro o un movimiento mágico de manos. La carta era la imagen de una mujer rodeada de estrellas cercadas a su vez por círculos. Tray se quedó mirándola largo rato con una expresión seria y contemplativa.

Me dio la impresión de que se burlaba de mí.

—¿Qué? ¿Qué significa?

Asintió despacio.

—Esta carta representa tu estado actual: bienestar material, prudencia y seguridad. —Dio la vuelta a otra que mostraba siete copas de oro que flotaban en una nube y de las que emergían imágenes—. Este es tu deseo actual: visiones del espíritu fantástico, sentimientos, cosas vistas en el cristal de la contemplación.

Giró la tercera.

Me puse en tensión.

—¿Qué significa eso? —Clavé un dedo en el esqueleto a lomos de un hermoso caballo blanco. En la carta se leía: «Muerte».

Tray mantuvo la calma.

—No significa que vayas a morir.

—¿Qué otra cosa va a significar «Muerte»?

—No es literal. Esta carta significa cambio. Cambio radical, como el final de alguna cosa, la pérdida, corrupción, fechorías, mentiras...

Giró la cuarta y noté un hormigueo en las plantas de los pies. Era un corazón con tres espadas clavadas.

—¿Y eso? —Se me quebró la voz. Había escogido las cartas equivocadas.

—Es tu futuro inmediato.

—¿Es literal?

—Tal vez.

Tray me miró a los ojos y sentí que se asomaba directamente al vacío de mi corazón. Le sostuve la mirada. Pese al miedo que daba, me gustó que alguien pudiera ver la verdad. Y en ese momento yo también pude verlo a él, lo que sentíamos pasó de ser algo íntimo y personal a una consciencia expandida mutua, como si nos eleváramos por un futuro más amplio, un futuro que no era el de ninguno de los dos, sino de los dos, uno en el que, de algún modo, ambos estábamos enredados.

Una ráfaga de viento levantó la solapa de la tienda y esparció las cartas. Tray las atrapó con una palmada. El corazón con las espadas seguía delante de mí.

—¿Qué significa? —Estaba preparada para escucharlo.

Tray se quitó el pañuelo de la cabeza, como si la broma hubiera acabado.

—Significa traslado, ausencia, ruptura, pérdida absoluta.

«Pérdida absoluta». Aquello no me gustaba. Ni una pizca. Quería algo bueno, algo hermoso. Quería a la reina de túnica blanca o al ángel que flotaba en los cielos.

—Debería haber escogido otras cartas.

Tray negó con la cabeza con gesto de tristeza.

—No podías. Las cartas te eligen a ti.

Quedaba una.

—Dale la vuelta —dijo Tray—. Es el «Desenlace».

Con aire desafiante, giré la carta de un manotazo. Aparecía una mujer desnuda que bailaba con un bastón de mando en cada mano. Estaba rodeada por una guirnalda con las cuatro criaturas del Apocalipsis mirándola desde cada esquina: un león, un buey, un águila y un hombre. Rezaba: «El Mundo».

Tray sonrió, aliviado, y aparentemente impasible a los pezones desnudos de la mujer, que a mí me abochornaron.

—¿Ves? Todo lo bueno para el final. Ella es sensible, vulnerable, disfruta de los placeres de la tierra mientras los guardianes divinos la cuidan. Esta carta es el secreto interior, el universo que se comprende como Dios. Es el alma, la visión divina, el conocimiento de uno mismo, la verdad.

Aquello no me hizo sentir mejor. Por lo que a mí respectaba, ese era mi yo muerto bailando dentro de lo Divino.

Tray me puso una mano en la rodilla.

—Es bueno.

Asentí, y estaba dedicándole una leve sonrisa cuando Luella asomó la cabeza de pronto en la tienda.

—Effie, será mejor que nos vayamos.

Cuando salía, me volví hacia Tray, que continuaba sentado con el mentón apoyado en el puño mirando las cartas. Me pregunté si lo que le preocupaba era su futuro o el mío.

—¿Tray?

—¿Sí? —Alzó la vista.

Luella ya había recorrido medio sendero.

—No es culpa tuya. Mi corazón siempre ha estado dañado.

—Lo sé. —Sonrió—. Adiós, chica azul.

La lluvia me rizaba el cabello a medida que Luella y yo nos abríamos paso por la maleza en silencio. Agradecí que no quisiera comentar lo ocurrido durante la mañana. No quería hablarle de mi futuro con esqueleto y corazón ensartado ni tampoco quería pedirle a Tray que le leyera la buenaventura a ella. Estaba segura de que sería mejor que la mía, con todas las cartas brillantes y prometedoras. No cabía duda de que ella habría girado a la reina y al ángel que volaba.

Pero, lo que es más, yo quería a Tray para mí sola. Apenas lo conocía y, aun así, sentía cierta familiaridad con él, como si siempre hubiese formado parte de mi vida, y, al mismo tiempo, pánico por ir a perderlo.

5

Effie

Cuando la primavera explosionó con un tiempo más cálido, los sábados por la tarde nos las arreglábamos para ir a hurtadillas al campamento gitano sin levantar sospechas. Podíamos agradecérselo en gran parte a la directora de nuestra escuela, la señorita Chapin, que había anunciado en asamblea general:

—No toleraré que mis chicas se pierdan ahora que empieza el buen tiempo. —Se oyeron risitas nerviosas por todo el auditorio. Todas sabíamos que se refería a «no se tolerará confraternizar con el sexo opuesto»—. Así que... esta semana empezarán nuestras tradicionales salidas de los sábados a las pistas de atletismo de Westchester.

A mí no me permitían participar en los juegos, pero convencí a papá prometiéndole que jugaría un solo partido de tenis y descansaría el resto del tiempo.

El tren a Westchester salía de la estación a las seis de la mañana, con lo que nos daba tiempo a jugar al tenis —o en mi caso «descansar», que significaba garabatear en mi cuaderno de escritura—, hacer un pícnic con nuestras compañeras de clase y estar de vuelta en la ciudad a la una. Luella y yo decidimos que no había peligro, si nos ceñíamos a nuestras historias, en decirles a nuestros padres que el tren llegaba a las cinco. Entonces podíamos coger el tren elevado a Dyckman Street y recorrer el resto del camino a pie hasta el campamento gitano.

Yo me sentía cómoda en la compañía tranquila de Tray, con la cocina de Marcella, los juegos ruidosos de los niños y las canciones vespertinas. Hasta entonces no me había dado cuenta de lo silenciosa y vacía que se hallaba nuestra casa. Incluso cuando estaban nuestros padres, resultaba solitaria en comparación.

Luella estaba más contenta de lo que la había visto nunca. Ya no refunfuñaba por la posibilidad del campamento de verano o de partir a Newport, ni se quejaba del ballet. En la escuela, en la biblioteca de paredes amarillas, se acabaron los lamentos sobre la dificultad del examen de biología o la clase de ética de la señorita Spence. Ni siquiera hizo gala del menor interés cuando Suzie Trainer desapareció del colegio y todo el mundo susurraba que su padre la había metido en la Casa de la Misericordia por recibir el telegrama de un chico. Habían entregado el telegrama en la escuela y, según Kathleen Sumpton, una cotilla, a Suzie le dijeron que debía comprometerse con ese chico de inmediato. Solo que ella se había negado y su padre la había encerrado por ello.

—Debieron de pasar por delante de tu casa. —Kathleen se había vuelto en su silla para mirarme y el grupo de chicas que la rodeaban la imitó.

La profesora de historia salió de clase.

—Supongo. —Me encogí de hombros.

La Casa de la Misericordia, un hogar protestante episcopaliano para chicas descarriadas, estaba justo al final de nuestra calle. Cuando era pequeña, tenía un papel mitológico en mis historias, pero se convirtió en una amenaza muy real cuando, dos años antes, pillaron a un chico en un baile con la mano en la cintura de Luella. Papá se puso como loco de ira. Ni el encanto de Luella podía calmarlo.

Dijo que no vacilaría en enviarla lejos, si esa era la clase de chica en la que se había convertido. Luella juró que pensaba que la mano del chico estaba en medio de su espalda, donde debería.

—¿Cómo voy a sentir nada con el corsé? —se lamentó, y mamá dijo que no le faltaba razón.

Yo no había pensado en el incidente hasta que desapareció Suzie Trainer.

Después de eso, el gusanillo de la culpa que me remordía los sábados por la mañana cuando daba un beso de despedida a mamá y a papá fue creciendo. En nuestras escapadas a hurtadillas al campamento gitano no había chicos implicados, no de manera concreta, pero empecé a preocuparme. ¿Y si nuestros padres nos mandaban fuera? No es que hubiésemos hecho una sola cosa sin importancia, llevábamos un mes entero mintiendo, algo de lo que no nos libraríamos con excusas.

A mí también me preocupaban los exámenes, que estaban a la vuelta de la esquina. La mayoría de las chicas de Chapin pensaban poco en los estudios y, en cambio, competían por quién sería la primera graduada que tuviera cuatro hijos. Yo me estremecía solo de pensarlo. Luella decía que tal vez tuviera un bebé algún día, pero nunca cuatro. Y estaba segura de que antes tendría unos cuantos amantes. Yo estaba convencida de que no tendría ninguno, pero tampoco me interesaba aprender a cocinar, comprar y llevar las cuentas de una casa. Tenía planeado ir a la universidad femenina de Bryn Mawr y convertirme en escritora. Lo que significaba que debía sacar buenas notas en todas las asignaturas. Me concentré en latín y francés, escribía cuentos y ensayos, observaba el contoneo de las células como cristal de color vivo bajo el microscopio, y memorizaba de forma obediente la tabla periódica y el sistema de clasificación.

Desde el campamento gitano, mis estudios habían flojeado. En inglés me iría bien pasase lo que pasase, pero matemáticas y ciencias lo acusarían si no me concentraba. Se lo dije a Luella y ni se inmutó. Ella nunca había demostrado especial interés por los estudios, pero esa primavera no se molestó en estudiar en absoluto. Cuando se lo señalé, se limitó a encogerse de hombros con indiferencia. Incluso empezó a decirle a Ivánov que le dolían los puentes de los pies y a saltarse las clases de ballet.

Entonces las cosas cambiaron a peor.

Papá empezó a presentarse en la escuela en su pequeño Empire, con la capota bajada, para llevarnos a comer a Delmonico's. Esto nos convertía en la envidia de nuestras compañeras. Las chicas formaban grupos y nos miraban desde los escalones de entrada de la escuela de estilo georgiano cuando nos acomodábamos en el coche; nuestro padre se llevaba a los labios un cigarrillo con boquilla de oro con los dedos enguantados, el bombín ladeado y los zapatos de punta tan brillantes que podías ver el volante reflejado en ellos.

En cualquier otra circunstancia habría disfrutado de esa clase de atención por parte de papá. En ese momento era una mala pasada, pues me consumía la culpa y no podía disfrutarlo. Aquellas comidas se salían de la norma, y todos los días de aquella primera semana comía a toda prisa el plato exquisito que tuviera delante a la espera de que nos dijera que sabía lo de los gitanos. Pensé que tal vez se trataba de un castigo inverso, que nos mostraba lo bien que estábamos antes de arrebatárnoslo.

Tardé tres largas semanas en comprender, viendo a papá recostado en su asiento, fumando y echando un vistazo a la sala, atrayendo la atención de todo el mundo, que aquellas comidas no tenían nada que ver con Luella ni conmigo. Ni se me había pasado por la cabeza que el motivo era la mujer imponente que comía sola cuando pasábamos cada día por delante de ella, una mujer que dominaba la estancia más como un hombre que como una mujer. Era extraordinaria, con una confianza que jamás había visto en nuestro sexo. Papá inclinaba el sombrero y sonreía, y la mujer devolvía la sonrisa con una inclinación de cabeza; su rostro era redondeado y sensual; sus labios, de un rojo irresistible.

Tenía intención de comentárselo a Luella, aunque solo fuera por los labios rojos, pero, por algún motivo, siempre se me olvidaba. Entonces llegó un día, en mayo, cuando estábamos sentadas comiendo y deleitándonos con el repentino calor de la primavera, en que la mujer se levantó y cruzó la sala hasta nosotros. Luella y yo nos quedamos mirándola fijamente. En todas las cenas y fiestas a las que habíamos asistido, nunca habíamos visto a una mujer vestida así. No se trataba de ninguna madre que se aferrase a la época victoriana, ni de ninguna colegiala que copiase la foto de una revista. Aquello era la foto de la revista. Ahí estaba la Nueva Mujer de 1913. Una mujer sobre la cual nosotras solo leíamos. Audaz, segura de sí misma, libre de las convenciones. Bajo hilos de perlas y vueltas de tul de color zafiro, llevaba un vestido de *peau de soie* de color carne tan ajustado que parecía una segunda piel. El efecto era impactante.

Había algo inquietantemente familiar en el modo en que la miraba mi padre.

—Emory Tildon —dijo ella, y su voz flotó en la habitación, ligera y despreocupada—. Me pareció que eras tú. ¿Y estas encantadoras criaturas serán tus hijas? —Entornó los ojos con exagerado interés, y el sonido del resto de los comensales se redujo a un leve rumor en su presencia.

Papá se puso en pie. Se tiró de los puños y carraspeó con un nerviosismo que me avergonzó.

—Sí, estas son mis chicas. Effie, Luella, esta es Inez Milholland. Su padre es editor —dijo, como si con aquello explicase algo.

¿Inez Milholland? Luella y yo nos quedamos boquiabiertas. Ahí estaba la mujer a la que habíamos contemplado en la portada de *Woman's Journal and Suffrage News*.

Mi enmudecimiento no era nada extraordinario, pero papá lanzó una mirada intensa a Luella con la que le indicaba que al menos ella debía mostrarse educada. Mi hermana se limitó a mirarla fijamente, sumida en un silencio reverencial por primera vez en su vida.

La señorita Milholland permaneció serena e imperturbable ante nuestras caras de pasmo.

—Es un placer conoceros a las dos. —Su sonrisa se ensanchó cuando volvió aquellos ojos castaños grisáceos hacia papá—. ¿Te apetece salir a fumar? Hace un calor espantoso aquí dentro y me vendría bien un poco de aire. —Con un aleteo, le tendió la mano, tan delicada como la tela que se deslizaba por sus caderas.

Nuestro padre se la tomó sin vacilar y se alejaron de la mesa.

El tenedor de Luella produjo un estrépito contra el plato.

—¿De qué la conoce papá? —dijo con la voz entrecortada, y su boca fue esbozando una sonrisa—. Está más liberado de lo que deja ver. Vamos, quiero echarle otro vistazo.

Tiró de mí para que me levantara y salimos por las puertas del restaurante a la calle, animada y atestada de gente. Tardamos un momento en divisar a papá, que estaba ayudando a Inez a subirse a la parte posterior de un taxi abierto. Pasó una pareja y olí el empalagoso perfume de gardenias de la mujer. Luella se adelantó, se paró y se quedó inmóvil cuando papá se inclinó hacia el interior del coche y besó la boca roja y brillante de Inez Milholland. El beso pareció prolongarse durante un lapso interminable mientras seguíamos allí plantadas.

Luella se volvió de golpe, con el rostro desprovisto de color y los ojos como dos pequeñas rendijas de ira. A pesar de su naturaleza rebelde, tenía a mi padre en un pedestal. Luella sobrepasaba los límites porque lo consideraba seguro. Creía, al igual que yo, que nuestro padre era un hombre de principios, con escrúpulos, que la refrenaría si se atrevía a ir demasiado lejos, como haría cualquier buen padre. Es posible que no le gustase, pero respetaba el orden natural de las cosas.

Cuando ese orden se quebrantó, se puso como loca.

Me empujó de vuelta por las puertas del restaurante hasta la mesa, donde nos quedamos sentadas sin habla. El tintineo de la cubertería y el barullo de voces me produjeron un hormigueo en la piel. Las patatas me parecían pastosas; la salsa de carne, barro. Aparté la comida a un lado y me mordí la parte interior de la mejilla hasta que me hice sangre. Quería excusar a papá. Explicar lo de la mujer. Pero no podía.

Luella tenía los codos apoyados en la mesa y la vista clavada en el salero de cristal tallado como si contase los granos. Su silencio me desconcertaba. Ella siempre tenía algo que decir.

Cuando papá regresó, estaba hablador y despreocupado, como si no hubiese ocurrido nada fuera de lo normal, con el brazo por encima del respaldo de su silla con aire privilegiado. Busqué restos de carmín en su boca, pero no vi más que el rubor natural de sus propios labios.

Luella y yo no llegamos a hablar de ello, pero yo sabía que fue ese momento de altanería, aun más que el beso, lo que mi hermana se negaba a perdonar. Si se hubiese mostrado desconcertado o nervioso, podríamos habernos convencido de que sus valores morales se hallaban intactos. Lo había cegado la pasión. Recuperaría el equilibrio. Pero no estaba desconcertado, ni por asomo; incluso con el pecado de otra mujer sobre él, mi padre se mostraba desenfadado. Simpático. Orgulloso.

Era la primera vez que lo veía como un hombre que lo había tenido todo, como un hombre al margen de la persona que era mi padre. Pensé en la noche en que, cuando tenía ocho años, lo vi pasearse por el salón tras la visita del médico. Tal vez su ira de entonces no tuviera nada que ver con la posibilidad de mi muerte. Tal vez hubiera gritado al médico cuando nací no porque creyera que era una niña fuerte, sino porque se negaba a creer que podían arrebatarle algo que quería.

Me sentí aplastada por el peso de nuestro descubrimiento. Me puso enferma ver los brillantes ojos azules y sin remordimientos de papá cuando hizo una seña al camarero para que se acercase. Pensé en mamá con aquellos vestidos que le sentaban bien y en cómo se aplicaba crema fría por las noches, y en su orgullo porque papá se hubiese casado con ella a pesar de las cicatrices y las piernas poco atractivas. Recordé las palabras de aquellas mujeres del salón. «No sé cómo hechizaría Jeanne a Emory cuando eran novios, pero yo no habría corrido el riesgo». Bueno, mamá se había atrevido, pensé con enfado. Había corrido el riesgo por aquellas cicatrices. No era culpa suya que se hubiese deshecho el hechizo.

Cuando Luella y yo volvimos a casa después de la escuela, mi hermana se encerró en su habitación sin dirigirme la palabra. Intenté estudiar, pero no podía concentrarme, así que acerqué la silla del escritorio a la ventana abierta y traté de inventarme una historia. Las cortinas de gasa se agitaban. El sol se derretía, dorado y polvoriento en mi regazo, y olía la primavera, la novedad que comportaba. No se me ocurría ninguna historia. Escribir era lo que compartía con mi padre. Mamá lo consideraba un estúpido pasatiempo y ojeaba las historias que le daba con una sonrisa distraída, como si fuera una niña que le entregara un garabato. Papá me tomaba en serio. Todos los domingos por la mañana doblaba el periódico, lo dejaba a un lado del plato y me miraba como si acabase de recordar algo sumamente importante.

—¿Dónde está mi historia, cacahuete? ¿Te has olvidado de mí?

Yo nunca me olvidaba. Cogía el cuaderno, que tenía en el regazo, y se lo entregaba con gesto serio. Papá había empezado a llevar gafas hacía poco, lo cual no hacía más que acentuar el aire profesional que adoptaba mientras leía, asintiendo, sonriendo, haciendo muecas, soltando una risa efusiva de vez en cuando. Luella y mamá seguían desayunando como siempre, charlando, poniéndose mermelada, sirviéndose café, mientras yo esperaba con las manos apoyadas en el regazo a que papá levantara la cabeza y dijera: «Buen trabajo, cacahuete. En efecto, buen trabajo». A continuación iniciaba su crítica con sinceridad y me decía lo que funcionaba y lo que no, tratándome como a una escritora que merecía su firme consejo.

En el cristal de la ventana capté mi reflejo, pálido, delgado, con los labios como líneas trazadas a lápiz. Nunca sería la clase de mujer que llevaba carmín. Papá se avergonzaría de mí. Me quité los guantes y sostuve la mano a la luz. Tenía las uñas de un amarillo lechoso, bulboso. Me desagradaban, pero me obligué a mirarlas, imaginando a Dios como un gigante feo que vertía cera de una jarra enorme, de la cual caía una gota que se solidificaba en cada dedo. Tal vez escribiera esa macabra historia para papá. A quién le importaba lo que pensara él. Su consejo ya no significaba nada.

A las seis en punto bajé a cenar, aunque no me apetecía ver a nadie, ni siquiera a Luella, quien, para mi sorpresa, ya estaba a la mesa. Me senté delante de ella aliviada por que no estuviera protestando. Aquello era bueno. Barrería el momento bajo la alfombra. Lo enterraría. Me olvidaría de ello.

Tenía cerdo asado, patatas y judías verdes amontonadas en el plato, pero no podía comer. Tampoco Luella, que no despegaba las manos del regazo. Yo al menos empujaba la comida por el plato con el tenedor.

—¿Qué ocurre? —preguntó mamá—. ¿No os encontráis bien, niñas?

—Hemos comido mucho al mediodía —respondí yo, y odié lo inocente, lo simple, que parecía mi madre. Deseé que llevase el vestido verde en lugar de aquel, negro y austero.

—¿Has vuelto a llevarlas a Delmonico's? —Sonrió a mi padre—. Las estás malcriando. Esa frivolidad no es nada propia de ti.

—La frivolidad no es nada propia de ti, papá —dijo Luella en un tono osado y beligerante—. Aunque hoy hemos tenido el placer de conocer a una mujer impresionante, una tal señorita Inez Milholland.

Noté una opresión en el pecho. Me hurgué con la lengua en la piel rasgada del interior de la mejilla y rogué por que mi hermana parara de hablar.

Papá cogió la pimienta sonriendo tan tranquilo a mamá.

—¿Recuerdas a su padre, John Elmer Milholland? Es editor del *New York Tribune*. Solía contarse entre los invitados de madre antes de que sus opiniones sobre los derechos de la mujer se volviesen demasiado ruidosas para su gusto. —Molió la pimienta con cierto exceso de vigor sobre el cerdo.

El rostro de mamá no demostró un ápice de preocupación.

—El nombre me resulta familiar, pero no lo recuerdo.

Luella no pensaba dejarlo estar.

—Inez Milholland es la mujer que encabezó el desfile

por el sufragio en Washington, la del caballo blanco, ¿te acuerdas? Salió en todos los periódicos. Recuerdo que pensé que era preciosa. A papá le gustan las cosas bonitas. ¿Verdad, papá?

La sonrisa de mi padre se desvaneció.

—Había más gente en ese espectáculo que en la toma de posesión de Woodrow Wilson. ¡Ya no hay respeto por nuestro sistema electoral presidencial, ni una pizca!

—No cuando excluye a las mujeres —replicó mamá. Los tres la miramos sorprendidos—. ¿Qué? —Había acabado de comer y permanecía sentada en su silla con una dignidad serena, con las manos enguantadas en el regazo—. No soy tan anticuada como todos creéis. Creo en el voto femenino. No me entendáis mal. No apruebo sus protestas, o lo aparatoso de sus declaraciones, como la mujer de sesenta años que se plantó en lo alto de una montaña peruana con una pancarta. Creo que tiene que haber una forma más tranquila, diplomática, de conseguirlo.

—Nadie prestaría atención. —Luella desvió la vista hacia papá.

Él le sostuvo la mirada.

—No, si eres insolente, no lo harán.

—¿Cómo si no se supone que van a hacerse oír las mujeres?

—Los actos tienen consecuencias.

—Justo lo que estaba pensando.

Aquel intercambio de palabras era como un partido de tenis, en el que cada uno devolvía la pelota esperando que el otro la tirara contra la red.

—Me alegro muchísimo de que me la hayas presentado. —Luella soltó una risa forzada—. Creo que me uniré a la lucha con la glamurosa señorita Milholland. Estoy segura de que me aceptará. Cuantas más, mejor.

Papá enrojeció.

—No harás tal cosa.

—Yo no me refería a eso, Luella. —Mamá parecía confusa porque la conversación se hubiese desviado tanto.

Me hundí en mi silla; odiaba lo que estaba haciendo Luella.

—No puedes impedir que luche por los derechos de la mujer. Haré lo que quiera. —Volvió la cabeza hacia papá—. Está claro que tú lo haces.

Papá golpeó la mesa con los puños, de modo que mi plato saltó.

—Eso es. Lo hago. Me he ganado ese derecho con la edad.

—En unos meses tendré dieciséis años. Es edad suficiente para casarme, si quiero.

Mamá dio un grito ahogado, y el mentón de papá se marcó bajo aquellas mejillas altas y suaves.

—No, sin mi permiso, no.

—No lo necesito. Si la ley lo permite, puedo hacerlo. —Luella tenía un aire triunfal.

Por lo general, mamá defendía a Luella ante papá, pero aquello fue demasiado. Guardó silencio, con los ojos como un ciervo paralizado en medio del fuego cruzado.

Los ojos claros de papá chispeaban de cólera.

—Dios mío —se mofó—, ¿tienes a alguien en mente?

—Tal vez.

Yo sabía que Luella se lo estaba inventando, pero la vena que se hinchaba en la frente de papá era una señal inconfundible de que él no.

—Hay casas a las que envían a muchachas indecentes como tú, y no lo descarto en absoluto. —El tono de mi padre fue ligeramente amenazante.

—¿Cómo te atreves a llamarme indecente? No soy yo quien ha hecho nada malo. —La ira de Luella tenía un dejo de pánico—. Eres tú quien…

—¡Fuera! —rugió papá, al tiempo que se ponía en pie de un salto y levantaba el brazo con ademán de agarrarla.

Antes de que pudiese hacerlo, Luella salió a toda prisa del comedor. Dio un portazo. Se oyeron pasos por las escaleras. Se produjo un silencio terrible mientras papá se sentaba de nuevo y recogía su servilleta del suelo.

—¡Santo Dios! —exclamó mamá en voz baja—. ¿Qué le ha dado a esa muchacha? —Nadie respondió. Yo bajé la vista de inmediato al regazo, pues se me saltaban las lágrimas. Mamá extendió la mano por encima de la mesa—. No pasa nada, cariño. Es una fase. Llama a Neala para que traiga el postre, ¿quieres?

Asentí y cogí la campanilla del aparador.

Me tragué los pastelillos de limón en silencio, apretando la mandíbula con cada bocado ácido. Me lo comí todo y advertí que mis padres evitaban mirarse el uno al otro.

Después de la cena encontré la puerta de Luella abierta de par en par y supe que me estaba esperando. Se había quitado los zapatos de cualquier manera y se paseaba por la alfombra en medias. Su habitación daba al norte y siempre hacía fresco. Me senté en la cama con dosel, con los postes de madera de cerezo tallada como árboles majestuosos que sostenían una nube granate de tela que se hundía por encima de mí como un vientre amplio y blando. La habitación estaba amueblada en tonos oscuros de carmesí que no encajaban con mi hermana. Quizá le hubiese pegado un rojo chillón de moda, no ese color óxido masculino y comedido.

Luella caminaba adelante y atrás al pie de la cama, barriendo el suelo con la falda.

—¿Cómo puede papá ser tan hipócrita? Aferrándose a sus valores morales, fingiendo ser lo bastante anticuado y provinciano para enviarme lejos, cuando es él quien va a ir al infierno por sus pecados.

—¡Luella! No deberías hablar así. —Me alegré de haber cerrado la puerta al entrar.

—Hablo como me da la gana.

Hice una pausa, dando vueltas a una idea de la que me había estado convenciendo a mí misma.

—Tal vez no fuera lo que pensamos. Tal vez lo hayamos malinterpretado. O no hayamos visto bien lo que ocurría.

Mi hermana puso los brazos en jarras y se tambaleó hacia mí.

—Sé lo que es un beso cuando lo veo.

—Tú nunca has besado a nadie.

—¿Y tú qué sabes?

—¿Lo has hecho? —Aquella revelación fue casi tan impactante como la indiscreción de papá.

—¿Y qué si lo he hecho?

—¿A quién? ¿Cuándo? ¿Por qué no me lo has contado?

—No te lo cuento todo, Effie.

Aquello fue como una losa en mi pecho.

—Bueno, quizá papá solo estuviera susurrándole algo.

—Deja de defenderlo. —Tenía el rostro enrojecido y los ojos como platos.

Yo quería preguntarle a quién había besado ella.

—No lo estoy defendiendo. Solo digo que no lo sabemos. Ha sido la mujer quien se ha acercado a nosotros. Ha sido ella quien ha pedido a papá que la acompañara afuera. Habría sido de mala educación negarse. Tal vez lo haya besado ella a él. No nos hemos quedado para ver si él la apartaba. —Cabía la posibilidad. Tal vez se hubiera incorporado del asiento para echarse sobre él.

Luella emitió un sonido ronco de desagrado.

—Qué poco sabes...

Se giró, abrió la ventana de golpe y apoyó las manos en el alféizar. Fuera, el anochecer había dotado la ladera de un tono púrpura.

Me quedé mirando la creciente oscuridad con una sensación de vergüenza.

Luella se volvió de pronto.

—Lo siento. —Vino a la cama y me rodeó con el brazo—. Soy muy mala hermana. No he besado a nadie. Solo lo he dicho para demostrar que te equivocabas. ¿Sabes qué es lo que más odio? Odio que papá nos haya utilizado. Que fuésemos su excusa para toparse con ella todos los días.

—¿Tú también la habías visto antes?

—¿Cómo iba a pasarla por alto? ¿Con esos labios? Pensé que era preciosa. Ahora creo que es una bruja malvada disfrazada. Deberías introducirla en una de tus historias. ¿Sabes? —se situó delante de mí, apoyándome las palmas de las manos en las rodillas—, a veces me siento así, como una persona malvada disfrazada. Le digo a la gente lo que quiere oír. Todo el mundo piensa que soy buena en el ballet, pero no lo soy. Solo finjo y todo el mundo me cree. —Se puso en pie, animada—. ¿Sabes dónde soy real, dónde no tengo que fingir en absoluto? Con los gitanos. A ellos les da igual quién soy o qué digo. Todo el mundo baila y canta, ya se les dé bien o mal. —Soltó una risa histérica y abrió los brazos—. Es absolutamente liberador.

Me sentí como si una nube se cerniera sobre mí, aislándome en una neblina granulosa que lo ocultaba todo. Luella era alguien que hacía y decía justo lo que quería. Si eso era mentira, todo lo era.

Me pasé días repitiendo mentalmente las palabras de mamá, diciéndome a mí misma que Luella solo estaba actuando, pasando por una fase. Me aferré a la idea de que el beso de papá había sido un error, que se había inclinado para decirle algo a Inez y yo no lo había visto bien.

Entonces llegó el sábado.

El viernes anterior, no me había acordado de dos de las fechas históricas que exigía la señorita Chapin, pero Luella las había olvidado todas. Me preocupaba que sus transgresiones se multiplicaran más allá de lo que tolerarían nuestros padres e intenté convencerla de que se quedase en casa a estudiar. Se negó.

—Pienso ir contigo o sin ti —dijo—. Y esta vez me voy todo el día. A la porra el atletismo. Falsificaré una nota de mamá para la señorita Chapin diciendo que estoy enferma.

Me sentía frustrada.

—Estás siendo descuidada y egoísta, y papá acabará enterándose.

—Papá no se enterará, siempre que no vayas a contárselo solo para fastidiarme. —Me miró con el ceño fruncido.

Sus palabras me dolieron. Yo nunca había hecho nada para fastidiarla.

—Vale. Ve —contesté.

Al sol de primera hora de la mañana, sentada a mi escritorio con el libro de texto de botánica, intenté concentrarme en la función fotosintética de las frondas, pero mi mente no paraba de desviarse hacia mi hermana. Lo que había empezado como escuchar música y que nos leyeran la buenaventura —una sola mentira durante un día o dos— se estaba convirtiendo en una sarta de embustes que se extendía por el horizonte estival. Ya no estaba segura de que fuese por los gitanos siquiera. Había algo que rondaba las profundidades del ser de mi hermana, algo que ansiaba liberarse.

La muchacha se escabulle por la puerta principal y sube la colina, lanzando miradas atrás, con la esperanza de que su padre esté mirando desde una ventana y sea testigo de su desafío de primera mano. No está, no en esta ocasión. La chica continúa avanzando, sin apartar la mirada del frente cuando las hogueras y las carretas aparecen a la vista. Su respiración se acelera, siente un hormigueo de emoción en la piel cuando se adentra con sigilo en el campamento. Ahí es donde se convierte en ella misma, inevitable y poderosa. No es algo que piense dejar por nadie.

Me vi arrancada de mis ensoñaciones por un grito que se coló por la ventana. Mamá se había ido a visitar a una tía abuela a Kensington, y papá estaba jugando al tenis. Descorrí la cortina de encaje y me asomé a un cálido cuadrado de luz del sol para ver de dónde provenía la voz. El aire arrastró el olor a lilas desde abajo, donde, en el sendero de piedra, vi una magnífica silueta femenina tocada con un sombrero de ala ancha. Llevaba un abrigo de color canela, abierto, con una sarta de cuentas oscuras colgada entre las solapas, bordadas de manera suntuosa.

Y ahí estaba mi padre, junto a ella. Se había cambiado el sombrero de fieltro de invierno por uno de paja, que salió volando de su cabeza de pronto, cuando un hombre con pantalones de tenis lo tiró al suelo. Me llevé una mano a la boca cuando papá se puso en pie de un salto y asestó un puñetazo a su atacante que lo envió tambaleándose a nuestros rosales. La mujer chilló y retrocedió. El hombre se puso en pie con dificultad, con el rostro encendido, se arrancó una rama espinosa de la manga del abrigo, la arrojó a los pies de mi padre y se marchó ofendido. El rosal parecía maltrecho. Yo me quedé pasmada. Nunca había visto que dieran un puñetazo a nadie. Papá recogió su sombrero del suelo, inclinó la cabeza con decoro e hizo un gesto a la mujer para que pasase adentro, como si acabase de ofrecerle un gran espectáculo y fuese la hora del té. Ella entró, echando una ojeada por encima del hombro. Su inconfundible boca de color rojo vivo me hizo un guiño desde debajo del sombrero como un tercer ojo burlón.

Se me aceleró el pulso como si fuese a mí a quien iban a pillar haciendo algo. Contuve el aliento mientras sus risas reverberaban por las escaleras. Margot y mamá habían salido, y se suponía que yo debía estar con Luella en Westchester. El sábado era el día libre de Neala y Velma no salía de la cocina. ¿Por eso tenía tan pocos sirvientes papá? Sus zapatos pasaron por delante de mi puerta, y la veneración persistente que sentía por mi padre se hacía añicos a cada paso. Aquello no podía confundirse con nada más que con lo que era.

Me llegó una carcajada audaz y femenina a través de las paredes. Me deslicé hasta el suelo y estiré las piernas sobre la alfombra beige. La risa se detuvo por fin y la casa se sumió en el silencio. Me quité los guantes y me mordí la piel que me rodeaba las uñas deformadas. Al cabo de un rato tenía el trasero entumecido y empezó a preocuparme que mamá volviera a casa temprano. Unos minutos después de que el reloj diera las dos, oí a mi padre hablar en voz baja en el vestíbulo, luego unos pasos rápidos y ligeros por las escaleras, y después la puerta principal abriéndose. Eché un vistazo por encima del alféizar para ver a la señorita Milholland, sombrero en mano, apoyar el brazo en el de mi padre mientras este la acompañaba a un coche. Papá cerró la puerta, dio un golpecito en el marco e inclinó el sombrero hacia el conductor como si ella fuera una invitada cualquiera una tarde cualquiera. El coche se alejó y vi a mi padre enfilar la calle con paso tranquilo.

Yo me arrastré hasta mi cama y me quedé mirando el mismo empapelado azul claro de cuando era pequeña. Mamá nunca había visto apropiado cambiarlo. Me pregunté por qué mi madre era la única de la familia que nunca hacía planes para cuando creciera. Luella me hablaba de la universidad y papá decía que algún día sería escritora. Mi madre guardaba silencio. Tal vez estuviera ciega ante las indiscreciones de mi padre, pero sabía cosas de mí que ni siquiera habían ocurrido.

Me presioné la parte interna de la muñeca con el dedo, algo que solía hacer mi padre cuando era pequeña y ya estaba en la cama. «Sigue haciendo tictac», decía él. Luella ya estaba dormida a mi lado. A veces, y nunca le he contado esto a nadie, le decía que me daba miedo morirme durante la noche. «No podemos dejar que eso ocurra —decía él, al tiempo que acercaba una butaca a la cama—. Me sentaré aquí hasta que venga la muerte y le diré que se ha equivocado de chica. "Este es mi cacahuete", le diré, y si eso no funciona, le daré una paliza que no olvidará nunca. Venceré a la muerte, literalmente». Me guiñaba el ojo, luego me cogía la mano y me la sostenía hasta que me quedaba dormida. Cuando me despertaba, pensaba que había hecho exactamente lo que había prometido.

Ya no me daba miedo morir durante la noche. A pesar del revoloteo que notaba en el pecho, ya nadie creía que mi supervivencia fuera excepcional, y yo menos todavía. No se esperaba que viviese tanto y, aun así, tampoco se esperaba que muriese. Tenía trece años, me hallaba en el limbo entre niña y mujer, entre la vida y la muerte, entre mamá y papá, entre papá y Luella. No encajaba en ninguna parte.

La luz indirecta del sol iluminaba la habitación. Por la ventana, unas nubes blancas barrían el cielo. Las cortinas de encaje ondeaban. Y entonces el levísimo pulso bajo mi dedo se volvió errático, acelerando, pausando, ralentizándose, hasta que de pronto se detuvo. No hubo ningún ataque, ni dificultad para respirar, solo una gelidez en el pecho cuando las ventanas se desencajaron y las paredes se expandieron y la habitación formó ondas que se expandían hacia fuera con una translucidez luminosa. Era consciente de que seguía ahí, en mi cama, pero los márgenes habían desaparecido.

Todo volvió en un instante, los bordes definidos de las cosas, mi universo sólido. Me incorporé con un grito ahogado. Las ventanas estaban en su sitio. Las paredes, en vertical. Me palpé la cara interna de la muñeca. El pulso, leve pero estable, había vuelto. ¿Tal vez no se hubiera parado? No, lo había hecho. No me lo había imaginado. Fui a mi escritorio y me obligué a leer el tedioso y verboso libro de texto, esperando que, con lo aburrido que era, me ayudase a afianzarme en mi realidad tangible. No quería que se me derritieran las extremidades. Ya me costaba bastante aferrarme a lo que me rodeaba tal y como estaban.

Esa noche soñé que la señorita Milholland bailaba en un bosquecillo de abetos, desnuda, con bastones de mando en las manos. Un león alado daba vueltas en torno a ella, cada paso al ritmo de los pies de la mujer, con las alas nervadas alzándose como las de un dragón de los costados de su cuerpo. No había música. Una vuelta tras otra en silencio hasta que se les unió un águila, que emergió de los árboles con un buey y un hombre alados. Eran las criaturas que había visto en la carta de tarot, pero mientras rodeaban a la mujer, sus alas se multiplicaron y sus cuerpos se cubrieron de ojos como las criaturas apocalípticas de la Biblia. El hombre se acercó más y vi que tenía el rostro de mi padre y que sus labios estaban pintados del rojo de la mujer. Experimenté una sensación de pánico por que fuese a besarla, pero entonces la mujer desapareció, y su caballo blanco yacía muerto en el suelo justo donde había estado ella. Las criaturas apocalípticas bailaron a su alrededor, de la boca les goteaba saliva roja mientras entonaban «santo, santo, santo. Dios nuestro Señor todopoderoso».

6

Jeanne

Se me había olvidado coger un libro para leer en el trayecto en tren a casa desde Kensington. Frustrada, miré por la ventana y traté de disfrutar del bosque en pleno crecimiento que pasaba a toda velocidad, con los árboles de un nuevo verde brillante. Las visitas a Sylvia, la tía de Emory, eran cuando menos tediosas y mi único consuelo era la hora tranquila que tenía para leer en el tren. Sylvia era la hermana de mi suegra, Etta Tildon, y eran idénticas en todos los aspectos: maltratadoras, provocadoras y miserables. Yo visitaba a Sylvia con el único propósito de complacer a mi suegra, una mujer que encontraba defectos en todos los aspectos de mi persona a pesar de mis esfuerzos. Hubo una época en la que nos llevábamos bien; sin embargo, desde la muerte de su esposo, la amargura de la anciana se cernía sobre ella como una nube perniciosa. Que yo supiera, no había un alma con la que se llevara bien.

Me quité el sombrero, lo coloqué en el asiento vacío de al lado y hurgué en mi bolso en busca de algo que comer. La verdad era que un libro evitaba que diera vueltas a los trágicos escenarios que podrían haber sobrevenido a mi familia mientras me encontraba fuera. Antes de que naciera Effie, nunca me había preocupado, pero el miedo que me fue invadiendo cuando ella era un bebé, cuando cada día me preguntaba si la perdería, había persistido durante años. Se había retorcido y derivado en nuevos temores, pero seguía persistiendo. Las chicas pensaban que eran maravillosamente independientes cuando las dejaba tomar el tren elevado a la escuela solas o deambular por las colinas de detrás de nuestra casa, pero yo nunca estaba a más que un paseo o un trayecto rápido en coche. Salvo por aquellas excursiones mensuales a Kensington, las cuales, después de que la tía Sylvia me reprendiese por «negarme a adoptar el acento americano», como lo había expresado de forma absurda, y en aquel estado, sin libro y ansiosa, estaba considerando seriamente dejar.

No llevaba nada de comer en el bolso, ni una pastilla de menta seca, y lo cerré con fuerza.

—¿Qué ha hecho el pobre bolso?

Alcé la vista y vi a un hombre de una belleza desconcertante de pie ante mí.

—¿Disculpe?

—El bolso. —Señaló—. Parece muy enfadada con él. ¿Me permite? —Hizo un gesto hacia el asiento en el que había dejado mi sombrero y me lo llevé rápidamente al regazo.

El tren dio una sacudida, y el hombre se agarró al respaldo del asiento para no perder el equilibrio al tiempo que se sentaba a mi lado.

—¿Un cigarrillo? —Sacó uno del bolsillo de la camisa y me lo tendió con una sonrisa de labios generosos.

El cigarrillo era tentador.

—No, muchas gracias, no fumo.

Cuando conocí a Emory, él tenía la anticuada idea de que las mujeres no debían fumar, de modo que lo había dejado. Por aquel entonces pensé que era algo típico de los americanos. Resultó que era algo típico de los Tildon. Su madre, la influyente señora Tildon, no lo consideraba decoroso en una mujer.

—Qué lástima. Son una maravilla, los cigarrillos.

Se encendió el suyo, se recostó en el asiento y fumó con satisfacción y en silencio, con el sombrero inclinado en la frente.

Yo aferré el mío y miré por la ventana, pues el atractivo de aquel hombre me hacía sentir insegura. Siempre me había comportado como una tonta delante de los hombres guapos. Supongo que como la mayoría de las mujeres. Mi madre me lo había advertido con respecto a Emory.

Llevaba tres semanas cortejándome cuando ella lo conoció. A pesar de su encanto, yo sabía lo que me esperaba cuando mi madre me llamó a su estudio a la mañana siguiente. Mientras el resto de las madres de la alta sociedad intentaban casar a sus hijas, la mía estaba desesperada por mantenerme entre sus garras.

Su estudio, con aquella luz radiante y los olores a pintura y a trementina, por lo general me reconfortaba. Pero esa mañana me resultó opresivo y sofocante. Mi madre se encontraba de pie ante su lienzo, con el delantal manchado y el cabello oscuro suelto por el cuello. Ya nunca se molestaba en recogérselo y le daba un aspecto desaliñado. Las pinceladas del lienzo a su espalda tenían el mismo aspecto chapucero y descuidado. A lo largo de los años, sus obras se habían vuelto cada vez más indisciplinadas.

—No te quedes rondando en la puerta, Jeanne. —Dejó su taza de café en la mesa y cogió el pincel, con el que me apuntó como si se tratase de un arma. Yo era bastante más alta que mi madre, pero eso no la intimidaba—. Ese hombre es peligroso. Será mejor que te lo quites de la cabeza de inmediato. Su atención es halagadora, no cabe duda, pero no durará. Si un hombre feo toma a una mujer guapa por esposa, no pasa nada. Si es al contrario, no funcionará. Tú envejecerás como un queso apestoso y él, como un buen vino. El gusto por el queso mohoso es adquirido, mientras que a todo el mundo le encanta un buen vino, y se beberán lo que les sirvan, tienes mi palabra. Es el cuento más viejo del mundo. —Satisfecha con su elaborada metáfora, y convencida de que el asunto había quedado zanjado, se volvió de espaldas a mí. La luz procedente de la ventana se reflejaba en los mechones plateados que le salpicaban el cabello oscuro.

No hice caso de su advertencia. Nunca había tenido un solo pretendiente, y cuando Emory empezó a presentarse cada noche en el teatro con un ramo enorme de flores diciéndome que era la criatura más encantadora que había visto nunca, los cumplidos se me subieron a la cabeza como el champán. No podía pensar con claridad. A duras penas me calmaba en el escenario al saber que él me esperaba a continuación. Por primera vez era la envidia de las demás bailarinas. Una proposición de matrimonio era más de lo que me atrevía a soñar. A los hombres con frecuencia les llamaba la atención una bailarina, pero rara vez deseaban algo más que una amante, algo en lo que yo me habría convertido sin duda alguna si Emory no hubiese querido hacerme su esposa, un título que aún me llenaba de orgullo.

La pedida fue espontánea. Aquella noche habíamos asistido a una velada por separado y nos habíamos abierto paso el uno hasta el otro en la pista de baile, donde bailamos hasta la medianoche. Cuando Emory se ofreció a llevarme a casa, no vacilé. Estaba nevando ligeramente y el bulevar destellaba en medio de un silencio vacío, profundo. Nos encontrábamos solos, no pasaba ni un solo carruaje. Recuerdo que pensé en lo perfecto que era el momento incluso antes de que Emory me detuviera bajo la luz rutilante de una farola y me besara de un modo atrevido, sin vacilar, que hizo que me temblaran las piernas. Nunca me habían besado y, cuando se apartó, me había invadido un anhelo que no sabía que existía. Sus ojos eran de un azul intenso, de otro mundo.

Cuando me cogió la mano y empezó a tirar con delicadeza de los dedos de mi guante, me entró el pánico.

—No —susurré, pero me silenció posándome un dedo en los labios; la piel de su guante era tan suave como lo había sido su boca.

Cuando mi mano quedó expuesta, la sostuvo en alto y advertí por su rostro que no la encontraba repugnante. Parecía asombrado por mis cicatrices, y por primera vez reconocí lo que Effie me enseñaría, años más tarde, cada vez que me quitaba los guantes: una fuerza y una resistencia inconmensurables. Entonces Emory inclinó la cabeza y me besó las heridas cicatrizadas, con la nieve espolvoreándole la manga del abrigo y derritiéndose en el dorso de mi mano bajo el calor de sus labios.

Cualquier mujer joven en mi lugar habría dicho que sí.

Estuvimos enamorados de verdad, durante un tiempo. Yo seguía sin sentirme cómoda exponiendo las manos a la luz del día, pero por la noche, aquellos primeros años de matrimonio, Emory las acariciaba con la misma delicadeza con la que más adelante acariciaría la cabeza de nuestros bebés.

Resultó evidente desde el principio que Emory no era un hombre complicado. Le gustaba su trabajo, se enorgullecía de su familia y se contentaba con hacer lo que quería. Antes de que naciera Effie no había sufrido adversidades, dificultades ni grandes esfuerzos. Era el único hijo de una pareja acaudalada que lo adoraba. Hay gente que tiene una buena vida, sin más. Emory era uno de ellos. Yo tenía suerte de ser su esposa, de formar parte de esa vida buena y sencilla. Al menos eso me decía a mí misma al principio.

Lo que más me costó fue dejar a mi madre y a mi hermano, Georges, de tan solo once años. No tenía ningún buen motivo para dejarlos, aparte de enamorarme. Motivo suficiente, dirían algunos. Mi vida, antes de Emory, también era dichosa. Crecí con dinero, sin padre —lo que no me importó, pues no llegué a conocerlo—, con una madre que pintaba la mayor parte del día y un abuelo que me veneraba. Solía sacarme de clase para pasear por las calles de París conmigo a hombros, señalando con orgullo todos los avances arquitectónicos como si fuesen obra suya. Los sábados me llevaba al ballet. Me esperaba al pie de las escaleras con su abrigo negro resplandeciente, por el que le asomaban los puños como lengüetas de menta, silbando y diciéndome que estaba «radiante», mientras yo bajaba dando saltitos. Mi mundo se limitaba a complacerlo. Ese es el problema de que te veneren. Haces lo que tengas que hacer para mantener la atención.

Ávida de elogios, aprendí a bailar por mi abuelo. Yo era competitiva y me gustaba ganar, lo que me convertía en una bailarina excelente.

Tenía diez años cuando mi abuelo murió de forma repentina e impactante, por una fiebre que se lo llevó durante la noche. Yo grité y golpeé con mis pequeños puños, negándome a creer que mi abuelo, un hombre vivaz y robusto, había muerto, hasta que mi madre me llevó a su habitación y vi su rostro ceniciento y sin vida. Lloré durante días. Mi madre abandonó sus lienzos y pinceles, y se sentó conmigo hasta que se me agotaron las lágrimas. Nunca había pasado tanto tiempo con ella.

Después de eso bailé con más ímpetu, para mantener viva la memoria de mi abuelo, pero también porque me había convertido en una adicta a los focos.

Me había quedado sola con mi madre, que se maravillaba, con escaso entusiasmo, ante todo lo que hacía: mis dibujos mediocres y mi deslucida habilidad al piano, además de la danza. Ella reconocía el talento cuando lo veía. Era consciente de cuándo tenía valor un objeto. Pero en lo que a mí se refería, escuchaba a medias, miraba en parte, sonreía, elogiaba débilmente y se iba. Me apreciaba como cabría hacerlo con una reliquia de familia o una antigüedad, algo de gran valor con lo que no estás seguro de qué hacer. Creo que le habría ido bien guardarme tras una vitrina de cristal, para sacarme y admirarme solo cuando le apeteciera.

Luego apareció mi hermano, Georges, en nuestras vidas. Su nacimiento fue tan impactante para mí como la muerte de mi abuelo. Yo no sabía nada de cómo se concebían los niños, y creía que mi madre simplemente había engordado y una cigüeña había dejado caer al bebé por la ventana, como me había contado mi aya. Hasta que cumplí los dieciséis años y entré en sociedad no comprendí que era un bastardo, y me pregunté si ese era el motivo por el que mi madre parecía odiarlo.

La admiración con escaso entusiasmo que me dedicaba a mí se convirtió en una aversión en toda regla hacia mi pobre hermanito. Le fastidiaba y escudriñó todo lo que hacía desde el momento en que aprendió a andar. No fue hasta que alcancé la edad adulta cuando me pregunté por las circunstancias del embarazo de mi madre. Había llegado a la conclusión de que o había ocurrido en contra de su voluntad o había amado al padre del niño y él la había rechazado. De cualquier modo, sentía un profundo resentimiento hacia Georges, y por el tono de sus cartas seguía haciéndolo, aunque fuese él quien se había quedado para cuidarla.

Yo no había visto a mi madre desde que me había casado y me había mudado a Nueva York. Nos escribíamos con regularidad, pero no podía arriesgarme a viajar por la salud de Effie, y mi madre estaba demasiado frágil para hacer lo propio. Esperaba, con muchas ganas, que Georges viniera a vernos algún día. Mi hermano y yo nos habíamos escrito cada semana durante los últimos diecisiete años. Por sus cartas sabía que se había convertido en un joven considerado y sensato. No me cabía duda de que sería una buena influencia para las chicas.

Al pensar en mis hijas, me saqué el reloj del bolsillo para comprobar la hora cuando el tren se detuvo con una sacudida y mi bolso salió despedido hasta el suelo. El caballero, que se había acabado el cigarrillo y lo había tirado, se inclinó para recoger mi bolso, que balanceó con un guiño amable.

—Gracias.

Lo cogí sonrojándome como una tonta y pensando en lo desvergonzadamente atrevidos y crueles que eran los hombres de ahora al flirtear con una mujer como yo.

—¿Es esta su parada? —me preguntó, y se levantó como si ya estuviese seguro de que sí.

Eché un vistazo por la ventanilla.

—Vaya, sí, es esta.

Olvidándome de comprobar la hora, volví a meterme el reloj en el bolsillo y tomé la mano que me tendía. Un deseo humillante me atravesó mientras me apretaba el bolso contra el pecho y pasaba de lado junto a él.

—Su sombrero —me dijo cuando ya recorría el pasillo a toda prisa.

—Qué cabeza la mía.

Me volví y me cogió la mano, sonriendo de felicidad.

—Debe empezar a fumar, de verdad. Es divino. Borrará esa preocupación que le arruga la frente.

Una frente arrugada no era ningún cumplido, pero sonreí y le di las gracias, al tiempo que cogía con gentileza el cigarrillo que sostenía junto con mi sombrero y me lo deslizaba en el bolso.

Fue un encuentro en el que pensaría a menudo a lo largo de los meses siguientes, mientras mi vida, cuidada al detalle, se desmoronaba. La actitud seductora y la sonrisa afable de un extraño, su tenue aroma a salvia y a humo de cigarrillo dejaron huella. Era la primera vez en años que sentía algo cercano al deseo y más tarde me preguntaría si Dios me estaba castigando por mis pensamientos pecaminosos.

Al poco me olvidé del desconocido y me dirigí a casa a toda prisa con mi habitual urgencia solo para encontrar que todo estaba como debía. Luella llegó a cenar sonrojada y excitada después del día de atletismo en Westchester; siempre supe que le sentaba bien el aire libre. Effie estaba callada, pero eso no era de extrañar. De no ser por Emory, que evitaba mi mirada y me hablaba de soslayo, como si estuviese ligeramente fuera de su campo de visión, la cena habría resultado bastante agradable. No es que el hecho de que mi marido me evitase se saliese de lo corriente, pero había algo encendido en su rostro, un fuego similar al que había encendido el hombre joven del tren en el mío.

Como una estúpida, esa noche intenté tocar a mi marido, deslizándome detrás de él mientras se desvestía para acostarse. Se sobresaltó y me apartó mascullando una disculpa relativa a que no se encontraba bien.

Debí de parecerle patética, porque cuando volvió, se había ablandado.

—Lo siento, Jeanne, cariño. Es solo un resfriado de primavera. Ya sabes que suelo cogerlos con el cambio de tiempo.

Era evidente que no estaba resfriado, pero no dije nada cuando se metió en la cama y apagó su luz mientras yo me desvestía en silencio, dejando los guantes para el final antes de ponerme el camisón. ¿Cuándo había dejado de quitármelos Emory? Llevaba mucho tiempo sin pensarlo, pero, tras aquel primer beso bajo la farola, el hecho de quitármelos se había convertido con frecuencia en un acto de seducción entre nosotros. Mi resistencia, la suave determinación de Emory, seguida de mi sumisión silenciosa, algo que imagino que la mayoría de las parejas representaban al retirar un corsé.

Me senté con pesadez en el borde de la cama. Ya rara vez le enseñaba las manos desnudas a Emory. Él nunca lo dijo, pero yo sabía que las encontraba repulsivas. Lo que tiempo atrás había sido seductor ahora había perdido frescura y, al igual que nuestra relación, era mejor ocultarlo bajo algo brillante.

—Ah... —Emory agitó el brazo al costado—. Casi se me olvida, te he comprado un perfume nuevo. Está en tu tocador.

Cuando me acerqué al mueble, vi un frasquito de cristal que no había advertido antes, con FARNÉSIANA impreso en negro a un lado. Lo cogí. No había ninguna tarjeta. Ni caja ni envoltorio. No era un regalo, sino una disculpa. «A mi marido no le vendría mal una lección de engaño», pensé decepcionada. Al retirar el tapón de cristal, me sobrevino un olor empalagoso, a vainilla azucarada, a golosina. Me pregunté si pensó que aquel aroma me pegaba, o si se había plantado en el mostrador de la perfumería de Gimbels y había señalado el primer frasco que había visto sin molestarse en olerlo.

Estaba completamente harta, de mí misma, de mi marido. Había sido una estúpida por tocarlo. ¿Qué me había entrado? No habíamos yacido como marido y mujer desde que había nacido Effie. No era culpa de la niña, por supuesto. Nunca me atrevería a culpar a nuestra hija. Ni un poco siquiera. Ella no podía evitar haber nacido dañada. Desde su nacimiento, había mantenido a mi esposo a un metro de distancia porque no quería otro hijo discapacitado. Por aquel entonces no me resultó difícil. Era una madre exhausta con una niña de tres años dada a las pataletas y un bebé que se ponía azul cada vez que lloraba. Si mi hija iba a morir, pensaba estar junto a ella.

Emory no soportaba el rechazo. Debería haberlo visto venir, pero, para cuando me di cuenta de mi error, ya era demasiado tarde. Y una vez que probó la libertad, le gustó.

Al meterme en la cama, percibí el aroma a madera de cedro de su loción para después del afeitado y el olor persistente de la pomada, que dejaba una tenue mancha de grasa en la funda de la almohada aunque se hubiera lavado el cabello. Me giré a un lado, irritada por el modo en que la manta se elevaba sobre su alto hombro y dejaba que entrara el aire debajo de la colcha.

Mientras contemplaba la habitación a oscuras, sin luna, los muebles imposibles de distinguir de las sombras, me dije lo que llevaba años diciéndome. «Te lo advirtieron, Jeanne. Tienes suerte de que esté contigo».

Solo que esa noche no me sentía afortunada.

7

Effie

Junio llegó con un estallido de tulipanes en el jardín delantero; las puntas rosas decoloraban los pétalos blancos como en una acuarela. Las clases habían terminado y nadie hablaba de ir a pasar el verano a Newport. Estaba segura de que era por papá, que por aquellos días pasaba muy poco tiempo en casa, pero a mamá no parecía preocuparle. Dijo que sería agradable que nos quedásemos en casa. «Así puedo ver cómo florecen mis lirios —había dicho, con una sonrisa—. Siempre me lo pierdo».

Yo odiaba encubrir la mentira de papá. La tenía anclada en la boca del estómago, como un peso muerto, esa mujer entrando en casa, su risa a través de las paredes. Había tenido cuidado de no escribirlo o elaborar una historia a partir de aquello en mi cabeza. Mi padre no había vuelto a preguntarme por mis escritos. Los domingos por la mañana apenas levantaba la vista del periódico.

Nunca le conté a Luella lo que había presenciado el día que ella se fue a ver a los gitanos sin mí. No me fiaba de lo que haría con la información. Desde el día que conocimos a la señorita Milholland, Luella se mostraba más engreída y envalentonada que nunca. Cada vez que mamá estaba fuera, se escabullía al campamento gitano con la temeridad de alguien a quien ya no le importaba que le pillaran. Si bien me preocupaba perder a mi padre por alguna extraña, perder a mi hermana me aterraba.

Fui al campamento gitano con ella, pese a que mis ataques azules ya eran cosa de todas las semanas. Esconderlos se había vuelto fácil, comparado con todas las otras mentiras, sobre todo porque nadie prestaba atención. Me atormentaba el día que el corazón se me había parado en la cama. Había sido un mensaje, una advertencia. El tiempo me pasaba factura.

Por mucho que odiase engañar a mamá, hallaba consuelo en los gitanos, en su vivacidad, en la intimidad de aquellas familias numerosas que pasaban gran parte de su vida al aire libre. En las habitaciones de techos altos, cerradas y reverberantes, de mi casa, los secretos podían guardarse para siempre. Me sentía enclaustrada en comparación.

De ese modo también podía vigilar a Luella, sentada en la hierba con mi cuaderno mientras la observaba despojarse del boato de su identidad privilegiada y adentrarse en lo que ella imaginaba que era la libertad: bailar con la ropa de Patience hasta que le dolían los pies y cantar hasta que tenía la garganta en carne viva.

Tray se sentaba conmigo y tiraba de la hierba en silencio. Al hacerme compañía se libraba de las tareas, decía. A mí me gustaba pasar tiempo con él; la sensación de familiaridad que existía entre nosotros era otro consuelo. Solo una vez me preguntó por lo que escribía. «Son solo historias», dije. Me dijo que a su madre le encantaban los cuentos de hadas del viejo país, y no tardé en sentarme con Marcella mientras urdía sus historias. «Las cosas que no pertenecen a esta tierra deben mantenerse en los corazones de los jóvenes», decía. «Trasgos y hadas, elfos y enanos, fantasmas y maldiciones». Me habló del mal de ojo que habían echado al pueblo de su esposo, del hechizo que lanzaron a su hermana cuando nació, y de cómo las mujeres de su familia reciben la señal de la muerte antes de que llegue. «La vida puede ser desagradable —me dijo—. Debes mantener viva la imaginación. Así tendrás a lo que recurrir si las cosas se vuelven insoportables».

Me gustaba Marcella. Tenía una fuerza y una seguridad de las que mi madre carecía, y la libertad que ansiaba mi hermana. Era una mujer adulta con una gran imaginación y una calma inquebrantable incluso en medio del caos del campamento.

Los gitanos, descubrí, se peleaban tanto como cantaban. A menudo, me informó Tray, las canciones contenían insultos ocultos y se iniciaban refriegas con facilidad. Normalmente eran entre Sydney y su hermano mayor, Job, una pareja intimidante. Yo estaba acostumbrada a los hombres con una masculinidad educada y disciplinada, no a la energía sin contención de esos hermanos.

Al principio no estaba segura de por qué nos aceptaron los gitanos o por qué dejaron que mi hermana se les acercara tanto. Le pregunté a Tray al respecto y me dijo que era su padre, Freddy, quien lo permitía.

—Mi hermano Sydney es su favorito. —Me guiñó el ojo.

No era ningún secreto que Sydney soñaba con Luella.

Si bien ella nunca hablaba de Sydney, la veía lanzarle miraditas o alguna sonrisa fugaz mientras caminaba pegada a Patience, a quien yo encontraba más intimidante que a sus hermanos. Había algo en aquella chica que me escamaba, y ella lo sabía. Patience también se aseguraba de evitarme, acaparando a Luella, a quien regalaba pequeñas baratijas que requerían algo a cambio.

En julio, Luella estaba más agitada. Cuanto más tiempo pasábamos con los gitanos, más inquieta se volvía. Su rebeldía adoptó un cariz obediente. Yo me despertaba por la noche y la encontraba sentada en la ventana, diciendo lo insoportablemente agobiante que era la habitación y lo agradable que resultaría dormir bajo las estrellas.

—Los gitanos no duermen bajo las estrellas —le recordé—. Duermen en tiendas y carretas. —Pero tenía la sensación de que no me estaba escuchando.

Fue al día siguiente del decimosexto cumpleaños de Luella, el 13 de julio, cuando cogió un berrinche por tener que ir a una audición al Metropolitan Opera House. La noche anterior habíamos celebrado una tranquila cena de aniversario; papá le había regalado unos diminutos pendientes de perlas, que Luella había aceptado gentilmente. Fue la primera comida que no se pasaba fulminándolo con la mirada desde el incidente en Delmonico's y albergué esperanzas de que las cosas se arreglasen. Pero a la mañana siguiente, cuando bajaba las escaleras, me encontré a Luella saliendo del salón hecha una furia. Pasó por mi lado subiendo los escalones con gran estrépito y un desdén exagerado. Mamá, que la observaba desde abajo, desvió sus ojos acusadores hacia mí.

—Ven aquí —me ordenó.

Obedecí. La desconfianza le arrugaba la frente.

—¿A tu hermana le pasa algo que yo debería saber?

Lo primero que sentí fue alivio porque no lo supiera ya, luego pánico porque conocía lo suficiente para sospechar. Golpeé el último escalón con el zapato.

—No.

—Habla más alto.

Mamá me puso un dedo bajo la barbilla y me levantó la cara.

Yo la aparté y odié lo pequeña que me sentía. Lo lamentaba, aunque también estaba enfadada porque mi madre no se diera cuenta de lo que estaba ocurriendo con papá. Lo menos que podía hacer era dar muestras de angustia, con ojeras o la piel cenicienta, hacer sentir culpable a mi padre.

En lugar de eso, tenía la mirada tan clara y saludable como siempre, y desprendía un alegre olor a vainilla dulce.

Me miró como si le estuviese ocultando algo.

—Te he dicho que hables más alto.

—Y yo te he dicho que no —respondí con voz sonora.

Mamá se echó atrás y me sentí mal por haberle hablado con tanta aspereza. No era culpa suya que todos la engañásemos. Miré sus manos enguantadas con timidez y me dieron ganas de quitarle los guantes y recorrer sus cicatrices retorcidas y abultadas con los dedos. Llevaba mucho tiempo sin tocarlas. Marcella habría trabajado mucho con aquellas manos. La señorita Milholland habría alardeado de ellas. Eran la fuerza de mamá y ella las ocultaba. Yo no quería que fuese débil.

—Muy bien —dijo, y me hizo un gesto para que me marchara.

Con todo lo enfadada que estaba Luella por tener que presentarse a aquella audición, bailó lo bastante bien para que le dieran su primer papel como uno de los diecisiete ángeles en el *Hansel and Gretel Ballet Divertissement*. Nunca llegó a agradecer a mamá que la obligase a hacerlo, pero el honor, al menos durante un corto periodo de tiempo, la animó. Sus ojos recuperaron cierto brillo y los ensayos la dejaban agotada, de manera que volvía a dormir profundamente. Mamá y yo la acompañábamos a todos los ensayos, contentas de escapar del calor de la ciudad en el fresco teatro de la calle Cuarenta y nueve, nos acomodábamos en los lujosos asientos de terciopelo, y veíamos a los bailarines deslizarse y saltar por el escenario como si sus huesos no pesasen nada, agitando los brazos como alas. Eran los cuentos de hadas de Marcella hechos realidad.

Un día, cuando me encontraba sentada en mi lugar habitual junto a mamá, absorta en el movimiento que se desarrollaba en el escenario y en el crescendo de los instrumentos de cuerda, el coreógrafo interrumpió la música bajando el brazo de golpe y abordó a Luella. Dio una palmada a unos centímetros de la nariz de mi hermana y le gritó:

—*Fouetté!*

Sin perder un instante, Luella levantó un brazo por encima de la cabeza, extendió la pierna y ejecutó un solo giro.

Mamá se puso tensa, sus manos se movían extendiéndose levemente desde su regazo mientras susurraba para sí:

—*Croisé*, sí, sí, quinta posición.

—*Fouetté!* —El coreógrafo dio otra palmada—. *Fouetté, fouetté, fouetté!*

Luella giró con fuerza una y otra vez. No había música, solo las secas palmadas y el suave golpeteo de las zapatillas de punta en el escenario de madera. El coreógrafo bajó por fin los brazos y el teatro se sumió en el silencio. El pecho de Luella subía y bajaba a toda prisa contra el ceñido corpiño y tenía las mejillas de un rojo encendido. El coreógrafo le apuntó a la cara con el dedo.

—No pienso perder más tiempo contigo. Un error más y te sustituyo.

Hizo un gesto al director de orquesta, que levantó la batuta, y las bailarinas volvieron arrastrando los pies a sus posiciones.

De camino a casa, mamá iba sentada entre Luella y yo en el asiento de atrás del coche. La capota estaba bajada y hacía un calor abrasador. Nuestro conductor tenía la nuca perlada de sudor mientras avanzábamos a duras penas, bajo un sol de justicia, aturdidas por el ruido de tranvías y coches. Mamá acababa de iniciar una crítica animada de la actuación de Luella cuando pasamos por delante de una carreta de palomitas y solté:

—¿Podemos parar a por palomitas?

—No, y no interrumpas —me espetó, y resoplé y me asomé a la ventanilla.

Los edificios rielaban con el calor y la humedad proyectaba una cortina sobre el torrente de trajes y sombreros que fluía a nuestro lado.

—Tus piruetas son preciosas, cogerás el ritmo —dijo—. Pero debes hacer las extensiones más largas. ¡Extiende, extiende! —Estiró el brazo hacia delante—. Y debes estirar las puntas en el instante en que se despegan del suelo.

Eché un vistazo a mi hermana, que se apartó de mamá para mirar el tráfico. Antes le encantaba hablar de ballet, repasar todos los detalles. Últimamente apenas decía palabra.

Resultaba doloroso ver a mamá esforzándose por darle ánimos. Empezó a decir algo, suspiró y desistió. Avanzamos en silencio durante unos minutos antes de que mamá sacara por fin lo que llevaba todo el tiempo queriendo decir.

—Tu padre y yo hemos decidido enviarte a París en otoño.

—¿Qué? —Luella volvió la cabeza con brusquedad—. ¿Por qué?

—Tienes dieciséis años. Ya va siendo hora que viajes al extranjero. No conoces a mi madre, ni a tu tío Georges, ni has visto mi tierra natal.

—¿Y qué hay de Effie? ¿Ella por qué no tiene que ir?

¿Tener que ir? A mí me habría encantado ir.

—Sabes perfectamente que Effie no puede hacer ese viaje.

Luella se cruzó de brazos.

—No quiero.

—No seas desagradecida. No interferirá con la danza. La obra es en septiembre, así que lo organizaremos para octubre.

—¿Y qué pasa con la escuela? —la desafió Luella, pese a que yo sabía que la escuela no le importaba en absoluto.

—Lo llamaremos vacaciones. Ya te pondrás al día. Viajar por Europa supera a cualquier libro de texto.

—No pienso ir.

—No seas tonta. ¿Qué chica no quiere ir a París?

—Yo. Y tampoco quiero bailar en *Hansel y Gretel.*

Aquello silenció a mamá. Miró de golpe al frente y juntó las manos como si aplastase algo. Se produjo una calma incómoda hasta que dijo:

—Te has comprometido. No tienes elección.

Luella se vino abajo. Miró a mamá con los hombros hundidos.

—Ya has oído a Mijaíl. Soy malísima. Va a sustituirme. De todos modos, soy demasiado pesada. Las demás bailarinas son como vainas de judías verdes. Abultan la mitad que yo. No sé cómo pasé las pruebas siquiera. Los pies no me obedecen y tengo ampollas en los dedos. No consigo hacer bien los *fouettés* y ya no quiero hacerlo.

—No seas infantil. Has trabajado demasiado para dejarlo ahora.

—Tú lo dejaste.

Mamá se echó hacia delante de golpe, volviéndose hacia Luella al tiempo que golpeaba el asiento delantero con la mano.

—Claro que no lo dejé. La vida de una bailarina es corta. La mía había acabado. —Con ademán ostentoso, se quitó el guante de un tirón y sostuvo la mano en el aire, enseñándonos las cicatrices deformes de la mano derecha, tiernas y rosas como la piel de un bebé—. ¿Crees que alguien quería ver esto formando un arco en el aire? —Su voz era alta y aguda—. No has pasado por ninguna de mis dificultades y no os he criado para ser unas vagas. Pierde algo de peso. Véndate los pies. Te las arreglarás, pero no vas a dejarlo.

El coche dio una sacudida y mamá recuperó el equilibrio apoyándose en el asiento mientras volvía a ponerse el guante. Desde mi rincón del coche, apretada contra la puerta, las vi intimidarse la una a la otra con la mirada. Luella era casi tan alta como mamá y su rostro reflejaba una nueva madurez que había aparecido en el momento en que cumplió los dieciséis. El rostro de mamá contenía una severidad que no había visto en mucho tiempo. La tensión entre ellas era palpable, un duelo de voluntades. Entonces mi hermana hizo algo perverso. Levantó las zapatillas de ballet por los lazos rosas y las sacó por la ventanilla del coche con gesto de desafío, haciendo que rotaran en un lento círculo antes de soltarlas con calma y premeditación. Escandalizada, volví la cabeza por el lado del coche cuando caían a la calle y se veían aplastadas al instante por el vehículo que nos seguía. Mi madre dio un leve grito ahogado, pero no dijo nada.

El coche aminoró hasta detenerse en el tráfico. Yo me encorvé en mi asiento; lo único que quería era irme a casa. Pasó un chico en bici a toda velocidad. Miré de soslayo a mamá y a Luella, sentadas hombro con hombro. Mi madre no apartaba la vista del frente, con los labios como una fina línea y la mano de nuevo fija en el guante. Luella tenía la mirada perdida en la calle. Odié la ligereza con la que había soltado aquellas zapatillas, como si tirar todo lo que le había proporcionado mamá fuera lo más fácil del mundo.

Esa noche la cena transcurrió en un silencio tenso. El aire que entraba por la ventana era caliente y estaba estancado y lleno de ruidosos grillos. Papá estaba tan retraído y huraño como nosotras. Me pregunté si mamá le habría contado lo ocurrido o si su propia consciencia estaba tramando algo.

Mordisqueé la punta de una judía verde, mirando a Luella, al otro lado de la mesa. Ella no había comido absolutamente nada. Tenía la mirada gacha, la expresión ilegible. ¿Qué iba a hacer si dejaba de bailar? No me podía creer que hubiese desperdiciado la oportunidad de pisar el escenario, de deslizarse con el resto de los ángeles. Tray me había dicho que los gitanos se dirigirían al sur cuando empezase el frío, así que no tardaría en perderlos a ellos también.

Después de la cena, Luella subió a su habitación sin dirigirme la palabra, tampoco a nuestros padres. Cada vez dormía más en su propio cuarto. Yo me metí en la cama e intenté escribir, pero me estaba costando elaborar historias originales. Desistí, apagué la luz y me quedé tumbada visualizando la expresión de satisfacción de mi hermana y las zapatillas reducidas a polvo rosa en la calle. En un momento dado oí que se abría la puerta principal y me acerqué con sigilo a la ventana a tiempo de ver a mi padre subiéndose a un taxi. Observé cómo se alejaba, una cortina de humo del tubo de escape se disolvió bajo la luz de la farola tras el coche. El sólido cuerpo de mi familia se estaba desgarrando; papá y Luella eran los primeros miembros que se desprendían. Con una sensación espantosa en el estómago, volví a rastras a la cama y me quedé dormida esperando escuchar a mi padre regresar.

Me desperté con Luella sacudiéndome el hombro.

—¿Qué pasa? —Me incorporé.

Fuera seguía oscuro, pero las cortinas estaban descorridas y la luna proyectaba un cuadrado de luz en la tarima del suelo que semejaba una caja a la espera de que la abrieran de golpe.

—Vuélvete para que te trence el pelo.

—¿Qué? —Incluso atontada por el sueño, encontré absurda aquella petición.

—¿Recuerdas que solía insistir en peinarte incluso cuando eras lo bastante mayor para hacerlo sola? —Se arrodilló sobre la cama y empezó a desenredarme los mechones con los dedos, tirándome del cuero cabelludo—. Tienes el pelo precioso. Es igual que el de mamá, mucho más grueso que el mío. Siempre me ha dado envidia tu pelo. —Dejó de peinar y comenzó a trenzar—. También envidiaba tus ataques azules.

—¿Por qué dices eso? —El aire nocturno era cálido y húmedo, y me sentía pegajosa a causa del sudor.

—Porque de ti no esperan nada.

Lo encontré insultante.

—¿Por qué has tirado las zapatillas?

Se me engancharon unos cabellos diminutos mientras Luella entrelazaba los mechones.

—Ha sido una prueba. Quería ver si mamá detendría el coche y me haría bajarme para recogerlas de la calle, aplastadas y todo. Papá lo habría hecho.

—No entiendo qué habría demostrado eso y habrías odiado a papá por ello.

—La habría odiado a ella por obligarme, pero esa no es la cuestión.

Cuando Luella acabó de peinarme, se tumbó boca arriba y yo me acosté a su lado. La trenza se amontonó contra mi cuello.

—¿Cuál es la cuestión?

—Que no lo hizo. Que permite que todos la mangoneemos.

El hecho de que mamá no pasara la prueba de Luella no suponía ninguna sorpresa, solo una decepción.

—¿No crees que se lo contará a papá y te castigarán? —pregunté.

—Ya lo están haciendo. Estoy segura de que fue idea de papá enviarme fuera.

—Ir a París no es precisamente un castigo.

—¿No ves que no tienen intención de dejar que vuelva a casa? Papá quiere que me vaya para que no revele su secretito. ¿Por qué si no iban a hacerlo justo ahora? Nunca había mencionado que quisieran mandarme a París. —Golpeó la almohada hasta formar un pequeño montículo y hundió la cabeza en ella—. No pueden obligarme a ir. No iré.

El caso es que sí que podían, y las dos lo sabíamos.

—Si te niegas, te mandarán a algún sitio peor —dije, pensando en la amenaza de papá de encerrarla—. Sobre todo si ya no vas a bailar. Tienes que disculparte. Te encanta bailar. Es tu futuro. ¿Qué vas a hacer sin la danza?

—No lo sé. —No sonaba preocupada por la incertidumbre, pero yo necesitaba que le importase. Siempre habíamos hablado de nuestros posibles futuros—. Tú, por otro lado... —sonrió como si recordase cuál era el papel que interpretaba ella en nuestra conversación—, irás a la universidad y te convertirás en una gran escritora, una mujer independiente y envidiable como Inez Milholland.

Hice una mueca.

—No quiero ser envidiable, ni nada que se parezca a ella.

—Yo sí. Hace lo que le da la gana. Papá se escabulle con una mujer así y espera que nosotras vivamos rigiéndonos por otras normas. ¿Quién dice que tenemos que hacerlo? ¿Sabes?, los gitanos tampoco son libres de verdad. —Se incorporó sobre un codo—. Patience cumple los dieciséis el mes que viene y la obligarán a casarse con un chico al que desprecia. Lleva prometida con él desde que tenía tres años. Sus padres cerraron el trato y eso fue todo. Estamos todas atrapadas.

Se me ocurrió que Luella podría estar casada en breve, sobre todo si no bailaba. Tal vez incluso encontrara marido en París. Entonces no la vería nunca.

—¿Estás perdidamente enamorada de Sydney?

—¡No! Estoy perdidamente enamorada de su música. ¿Cuándo volverás a escuchar una música como esa? Si tengo que escuchar una nota más de Enrico Caruso cantando ópera a pleno pulmón en la gramola, aplasto ese cacharro. No dejo de repetirme que solo me queda un año de escuela, pero luego ¿qué? ¿Una carrera fallida en la danza... un velo de novia y orquídeas?

Antes creía que mi hermana sería tan famosa como la bailarina Anna Pávlova, lo cual era una estupidez. Ella no sería bailarina y yo no iría a la universidad. Siguiendo con los ojos los dibujos que trazaba la luna en el techo, vi nuestros planes de futuro como lo que eran: cuentos infantiles. Ya no éramos crías capaces de fingir. Yo había perdido esa capacidad en el momento en que vi a nuestro padre besar a aquella mujer. Aquello había revelado falso lo que creía que era cierto. Quizá fuera por eso por lo que Luella había tirado las zapatillas a la calle, porque ella tampoco podía creerse su propio cuento. La miré, tumbada boca arriba con el cabello esparcido por la almohada, con los ojos muy abiertos clavados en el techo. Me pregunté si vería los mismos dibujos que yo o si los suyos compondrían formas del todo distintas. Quería contarle lo de que se me había parado el corazón, que había visto que se derrumbaban las paredes. Quería contarle que notaba una opresión constante en el pecho, y que me preocupaba perderla por París y un marido y un futuro que yo nunca tendría. Que me preocupaba que ya hubiésemos perdido a nuestro padre y que mi madre se quedase sola.

Demasiadas cosas que decir. Tenía sueño y no sabía que nunca tendría la oportunidad de decirle esas cosas. Cerré los ojos y escuché los movimientos del cuerpo en vela de mi hermana a mi lado hasta que me dejé arrastrar por el sueño. Fue la única vez que recuerdo haberme dormido antes que ella.

Me desperté a las nueve de la mañana siguiente en la misma posición exacta en la que me había quedado dormida. Tenía una almohada vacía delante. Me incorporé, soñolienta todavía. Luella se había ido y por las cortinas se colaba un día radiante. Nunca me dejaban dormir hasta tan tarde, así que me vestí a toda prisa y, con un presentimiento espeluznante, bajé corriendo. Se me revolvió el estómago de la ansiedad al ver el comedor vacío, habían recogido cualquier rastro del desayuno.

—¿Effie? —Me sobresalté al oír la voz de mi madre. Se

encontraba de pie en el vano de la puerta, con la piel de un blanco uniforme desde el cuello hasta la frente—. Te has perdido el desayuno, traviesa. —Sonrió, lo que dotó de color a sus mejillas, pero la alegría de su voz era falsa.

—¿Por qué no me ha despertado Neala?

—Le he dado el día libre.

—¿Por qué?

—De vez en cuando es bueno mimar al servicio. ¿Vamos a comer fuera?

—¿Las dos solas? —Mamá y yo rara vez hacíamos algo juntas—. ¿Dónde está Luella? ¿Papá ya se ha ido a trabajar?

—Coge tu sombrero —fue lo único que dijo mientras se calaba el suyo, una cosa tan cargada de plumas que parecía que una bandada entera de pájaros hubiese perdido las alas por él.

Salimos al calor sofocante. Nubes de color pizarra presionaban en lo alto como la tapa de una cazuela lista para cocernos vivas. Si llovía, imaginé que las gotas chisporrotearían y se evaporarían en los ladrillos humeantes.

Mamá y yo cogimos el tren elevado hasta Manhattan y comimos en el Café Martin's, donde se veía a todo el mundo sedado por el calor. Sombreros y abanicos se agitaban con languidez mientras los camareros de rostro colorado y chaqueta blanca sufrían tras platos de comida humeante. La gente miraba desde las mesas del piso de arriba como si se encontrasen en la barandilla de un barco, y pensé en el hundimiento del Titanic la primavera anterior, y en lo culpables que debían de sentirse las personas que se habían despedido con la mano de los pasajeros al darse cuenta de que se dirigían hacia su muerte.

Observé cómo mamá ingería un solo bocado de pato, dejaba el tenedor y se sacaba del bolso una pitillera que no le había visto nunca. Mi madre no fumaba. Y aun así, ahí estaba, fumando mientras yo comía, recorriendo la estancia con la mirada. Mi pato estaba tierno y sabroso, pero apenas tenía apetito.

De postre pidió flan para mí y dos brandy alexander para ella. Mi madre nunca bebía en ninguna parte salvo en el salón de casa después de la cena con papá. El alcohol le avivó el color de las mejillas y dotó su voz de un tono acuciante. La relajó de una manera encantadora. El peinado ahuecado se le elevaba como la cresta de una ola debajo del sombrero, llevaba la cintura ceñida por un corsé de cisne, cuyo nombre encajaba con su figura, con las mangas abullonadas, los ojos alerta. Parecía sumamente atractiva, y en absoluto mi madre.

En circunstancias normales no me habría hecho gracia salir sola con mamá. Aquello no eran circunstancias normales.

La pitillera se encontraba encima de la mesa, y mamá empezó a abrirla y a cerrarla con una mano. Desvió la vista por encima de mi cabeza cuando dijo:

—Vamos a comprarnos vestidos nuevos, ¿quieres?

Estaba demasiado atolondrada, demasiado radiante. Se me formó un nudo de preocupación en el estómago, enredado con el pato y el flan, que deseé no haber comido. Quería ver a Luella. Me pregunté si mi madre la había obligado a ir al ensayo a pesar de que había tirado las zapatillas, pero sabía que no debía preguntar.

En lugar de dirigirnos a Céleste's, donde solíamos comprar vestidos, caminamos hasta la calle Veintitrés. Mamá permanecía unos pasos por delante de mí, echando la mano atrás de vez en cuando para asegurarse de que seguía tras ella, paseando por delante de escaparates que destellaban con tonos de violeta y amatista. De pronto giró a la derecha y franqueó las puertas de los almacenes Stern Brothers, aminoró para rezagarse ante el mostrador de perfumería y toqueteó telas en la mercería.

Tras comprar un par de guantes blancos para ella y otro par rosa salmón para mí, salimos de los almacenes sin llevarnos un solo vestido y nos abrimos paso por Madison Square. No llovió. Las nubes se abrieron y retazos azules de cielo aparecieron con los bordes serrados como tela rasgada. El sudor de las axilas me humedecía el vestido y la cara de mamá estaba sonrojada debajo del sombrero. No paraba de sacarse el reloj del bolso para mirar la hora, abriendo y cerrando su bolsa de red, como si se viera impulsada por aquellos leves chasquidos.

Me sentí agradecida cuando por fin cruzamos Madison Avenue y subimos a bordo del tren de regreso a casa. Para cuando llegamos a Bolton Road, el cielo se había vuelto cerúleo. Nubes de tormenta descansaban en el horizonte lejano y el sol de última hora se escabulló por una rendija como un ojo entreabierto; los rayos eran tan definidos que daba la impresión de que podían agarrarse.

Mamá se detuvo con brusquedad cuando llegamos a la puerta de casa. Papá se encontraba de pie en el vestíbulo con la chaqueta desabrochada; se había quitado la corbata. Tenía una mirada de loco. Mi madre se acercó a él con la caja de los guantes temblándole en las manos.

—Effie, vete a tu habitación. —La voz de mi padre fue áspera, y la caja se deslizó de las manos de mi madre y cayó al suelo. Ninguno de los dos se agachó para recogerla.

Corrí escaleras arriba. El temor me invadió al irrumpir en el dormitorio vacío de Luella y ver las esquinas angulosas de la cama hecha y el tocador organizado con esmero. Abrí el armario de golpe; toda su ropa crujió y se movió colgada aún de las perchas. Los ensayos nunca se alargaban tanto. ¿Dónde estaba? No podían haberla mandado ya a París, y sin su ropa. El corazón me palpitaba con fuerza y una oleada de dolor se me extendió desde los pulmones hasta las costillas. Me agaché con la frente en las manos, tratando de respirar despacio. Cuando me puse en pie, la sangre me subió de golpe a la cabeza y la habitación quedó sumida en negro durante unas décimas de segundo antes de que todo volviera a estar enfocado. Una chica pálida y flaca me imitó en el espejo del armario. Me golpeé a un lado de la cabeza con el puño. Ella se golpeó con el suyo.

Tratando de calmarme, me fui a mi habitación y me senté a mi escritorio a delinear hojas, concentrándome en cada vena diminuta mientras prestaba atención al sonido de Luella al abrir la puerta de entrada y subir corriendo las escaleras para contarme cómo le había ido el día. Fue papá quien me gritó desde el pie de las escaleras.

—Effie, baja al salón inmediatamente.

Aún no habían encendido las luces, y las primeras horas de la noche dotaban la habitación de un matiz amoratado. Mi madre estaba arrebujada en el sofá, con los hombros en un ángulo extraño y el vestido ajado a causa del calor. Mi padre se hallaba de pie a un lado, con los brazos cruzados a la altura del pecho. Parecía encogido, como si los acontecimientos recientes lo hubiesen menguado. Entonces vi a mi abuela sentada en un sillón, su forma diminuta envuelta por el vestido negro como un paquete bien embalado; el rostro, colmado de desaprobación. Mis pensamientos se aceleraron. ¿Qué estaba haciendo ahí? Nunca salía de su casa de Gramercy Park. La última vez que había venido fue cuando murió el abuelo.

—¿Dónde está Luella? —exclamé.

Mis padres se miraron y vacilaron lo suficiente para que interviniera tajante mi abuela:

—La hemos enviado a un campamento de verano.

¿Campamento de verano? Me dieron ganas de reírme de ellos o de gritar. ¿Creían que estaba ciega? Se habían enterado de lo de los gitanos.

—¿Dónde está? —repetí, quedándome sin habla—. ¿Ya la habéis enviado a París?

—Nada de eso. —La abuela apretó los labios y volvió la cabeza con brusquedad.

—Effie. —Papá se acercó a mí, con la apariencia que solía tener cuando le preocupaba que fuese a darme un ataque. Eran las únicas ocasiones en que no parecía seguro de sí mismo—. Tu hermana pasará una temporada fuera, pero está bien. Volverá, y no está tan lejos como París, así que no tienes que preocuparte por eso.

—¿Por qué no puedo saber dónde está?

—Tienes que confiar en nosotros. Es por tu propio bien.

Negué con la cabeza, y las lágrimas me resbalaron por el rostro cuando mi padre me estrechó entre sus fuertes brazos. Su corazón latía contra mi oído y me aparté, jadeando.

Mamá se levantó de golpe.

—Respira hondo. No te pongas nerviosa. —Palmeó el aire con las manos; la ansiedad resultaba visible en su cara cuando se me acercó.

Yo retrocedí hasta la pared y todo se retiró, mis pies y mis manos eran objetos que flotaban en la distancia. No podría soportar que mamá me tocase y salí corriendo de la habitación.

—Déjala, Jeanne —oí que decía mi padre.

Arriba, me arrodillé en el suelo con la cabeza apoyada en la cama. La opresión del pecho era asfixiante. Me asesté un puñetazo en el esternón, deseando arrancarme el estúpido corazón. Ya no quería ver el mundo a través de ese portal dañado. No me hacía especial o diferente. No había fuerza en mi supervivencia. Era solo el tiempo, que me debilitaba lentamente.

De no ser por la enfermedad, papá me habría mandado fuera a mí también. Yo había mentido y me había escabullido para irme con los gitanos. Tal vez fuera por eso por lo que Luella envidiaba mis ataques azules. ¿Sabía ella lo que planeaba papá?

Cuando la chica baja las escaleras, la está esperando su padre, que se da golpes con los guantes contra el muslo mientras abre la puerta principal. La luz de primera hora de la mañana crea un halo en torno a su cabeza, como si fuese un santo, lo que hace reír a la muchacha. Le han dicho que coja el sombrero y obedece, solo porque cree que su padre va a intentar convencerla de que se vaya a París y ella tendrá la oportunidad de decirle que no piensa dejar que la manden fuera. La chica se detiene ante la puerta y mira escaleras arriba, preguntándose si su madre y su hermana seguirán dormidas. La puerta se cierra y ella no tiene ni idea de que no estará en casa para la cena. Solo cuando el coche sube la cuesta y la verja de la Casa de la Misericordia se cierra tras ellos, se pone a gritar.

No. Me tapo los ojos con las manos. No es así como ocurrió.

Salí de la cama de un salto y volví al dormitorio de Luella. La luz del ocaso persistía, proyectando sombras en torno a la habitación. Si bien no quería creer que mi hermana me abandonaría, esperaba con cada fibra de mi corazón maltrecho que papá no la hubiese encerrado y ella se hubiese escapado con los gitanos. Caí de rodillas y busqué bajo el colchón, pasando las manos por el espacio plano. Si Luella se hubiese ido de forma voluntaria, se habría llevado sus tesoros. Habíamos acordado esconder todas las cosas relacionadas con los gitanos debajo de nuestros colchones. El mío albergaba un libro de Wordsworth que me había prestado Marcella, una pluma y un lazo amarillo que había encontrado Tray en el bosque. Metí los brazos hasta los codos, alargando las manos, ordenándoles que no encontraran nada, y contuve el aliento cuando toparon con un objeto abultado. Tiré de él y arrojé el pañuelo azul de seda de Patience encima de la cama. El nudo se deshizo y sobre la colcha se esparcieron cuentas de cristal como perlas de agua. También había un peine de plata y dos bobinas de hilo de bordar. Hice girar una sola cuenta turquesa entre los dedos, con una gota de rojo en el centro, como un amuleto contra el mal de ojo.

Pese a lo convencida que estaba de que mi hermana no dejaría aquellos tesoros atrás, no perdí la esperanza de que, después de todo, estuviese en el campamento gitano.

Recogí las cosas de Luella, volví a mi habitación y las arrojé sobre la cama. Un sonido en el exterior me atrajo a la ventana, desde donde vi que papá ayudaba a subirse al coche a la abuela, que tenía la espalda encorvada y redondeada. Vi a la elegante señorita Milholland en su lugar y sentí una punzada de rabia hacia papá. El coche se alejó y él se quedó allí de pie, con las manos en los bolsillos, mirando la calle durante largo rato.

No bajé a cenar. A las siete en punto, mi padre llamó a mi puerta.

—¿Effie? ¿Te encuentras bien? —No respondí—. Ya te he dicho que tu hermana está bien. Estará de vuelta en casa antes de que te des cuenta. Effie, necesito oír tu voz.

—Estoy perfectamente.

—¿Tienes hambre?

—No.

Tamborileó con las puntas de los dedos sobre el otro lado de la puerta.

—Pues vale, al menos duerme un poco, ¿me oyes?

Esa noche me acosté completamente vestida encima de la colcha, con la ventana abierta de par en par para poder oír todos los sonidos. Ruedas de carruaje chirriaron por la calle, ladró un perro, un automóvil pasó acelerando. Cuando oí que el reloj daba las once, salí al pasillo a hurtadillas. Por debajo de la puerta de mis padres no se colaba ninguna luz y bajé de puntillas las escaleras, pegándome a la pared, donde los escalones crujían menos.

Fuera, la luz fría y brillante de la luna llena me iluminó el camino cuando me adentré en el bosque, pasé por delante de nuestro arroyo y de las cuevas indias, y subí la colina hasta el prado. El miedo me cosquilleaba los pies con lo que parecía un millar de alfileres. Tenía miedo de que el prado fuese un cuenco vacío de luna llena. Los gitanos se habrían ido y mi hermana con ellos. Seguí corriendo, y suspiré de alivio cuando alcancé el claro y vi que las hogueras de los gitanos hendían el cielo con su resplandor. Corrí por la hierba, esperando en parte que Luella se me acercase a toda prisa y me dijese que me tranquilizase. Pero fue un hombre quien me detuvo.

—Santo Dios. He estado a punto de machacarte la cabeza. —Reconocí la voz de Job—. Eh, papá, es Effie.

El padre de Job, Freddy, surgió de un círculo de luz. Era corpulento, como su esposa, con los ojos negros como boca de lobo y una barba espesa. Con un gesto hosco y silencioso de la barbilla, mandó a Job de vuelta al campamento. Marcella apareció a su lado, mirándome con recelo, como si hubiera olvidado quién era yo.

—¿Qué estás haciendo aquí? —La voz de Freddy fue cortante.

—He venido… —tartamudeé— a buscar a Luella. —Me palpitaba el corazón y respiraba de manera entrecortada. A la luz titilante del fuego capté un atisbo de Tray con las manos metidas en los bolsillos. Me miró directamente, pero no se acercó.

—Tu hermana no está aquí. —Marcella se apartó de su esposo y me bloqueó la vista de Tray y el fuego. Iluminada desde atrás, las suaves líneas de su figura se endurecieron contra la noche y su forma resultaba hercúlea—. Tú tampoco deberías estar aquí.

—Se ha ido —dije, tratando de sortearla con la mirada para ver a Tray.

—Lo sabemos —respondió Marcella—. Ya ha venido tu padre a amenazarnos. —Su tono contenía la fuerza de quien está acostumbrado a las amenazas, y la convicción de quien está acostumbrado a frustrarlas.

—Trae mala suerte tu hermana. —Freddy rodeó a su esposa con el brazo—. No dejaremos que tú nos traigas más. Nunca debí permitir que vinierais vosotras dos.

Un leño cayó en el fuego. Saltaron chispas, que titilaron y chisporrotearon como luciérnagas moribundas. Freddy se había plantado grande e inmóvil como un muro junto a Marcella, bloqueando el paso. Yo quería hablar con Tray.

Marcella me apoyó una mano en el hombro. El contacto fue maternal; su voz, resuelta.

—No podemos ayudarte. Debes irte.

Pensé en la vez en que me había apoyado la mano en el hombro cuando sonaba la música, en lo cerca que había estado de sus nudillos gastados y venas marcadas. Me volví hacia el bosque, un ejército inmóvil de árboles y helechos esperando para hacerme tropezar. La luna parecía atenuarse con mi miedo y avancé a tientas por encima de raíces y ramas caídas, recordando la aventura nocturna que habíamos vivido Luella y yo apenas unos meses antes.

De vuelta en casa, caminé por la habitación como una criatura nocturna que siguiera el rastro de un olor imposible. Durante meses, Luella había mirado a nuestro padre con aire cáustico y acusador, pues conocía su secreto y lo usaba en su contra. Cerré la ventana con fuerza a la noche y me hundí bajo las mantas, sacudiendo el pañuelo de seda de Patience y apretándolo contra mi cara. Las cuentas, el peine y el hilo se esparcieron por la cama. Una cuenta se me alojó bajo el hombro, otra bajo el cuello. El pañuelo olía a agua de lilas y humo de hoguera.

En algún momento de la noche me despertó el viento, que hacía que vibraran las ventanas y que la rama de un árbol golpeteara contra el cristal. El pañuelo se deslizó y las cuentas esparcidas se me colaron todavía más abajo cuando me incorporé. Me había quedado dormida sin preocuparme por las marcas que su forma dura y redonda iba a dejar en mi piel. La habitación resultaba asfixiante y no tenía ni idea de qué hora era. Una figura se levantó del sillón del rincón y yo tiré la colcha.

—¿Estás despierta?

Era papá, y me vine abajo, decepcionada.

Se sentó en el borde de la cama, me cogió la mano y me apretó la cara interna de la muñeca con los dedos para medirme el pulso como cuando era pequeña.

—Hace mucho que no te pregunto por tus escritos. Lo siento —dijo con tono tranquilo.

Quise decirle que yo también lo sentía. Que sentía no ser la gran niña Tildon nacida el primer día del nuevo siglo que había esperado. Que sentía que mamá y Luella y yo no fuésemos la familia perfecta que él había querido.

A la brillante luz de la luna, podía ver leves arrugas en torno a sus ojos y una barba de varios días en la barbilla. Parecía cansado.

—Es por ti por quien siempre me he preocupado. Lo cual resulta irónico, ¿no? —Me dio unas palmaditas en el hombro—. Mírate, con ese corazón recio latiendo en ese pecho tuyo. Sabía que lo superarías. Malditos doctores, ¿verdad? —Se inclinó para susurrarme al oído, con una chispa de diversión en los ojos, como cuando nos daba caramelos a hurtadillas a Luella y a mí de su bolsillo antes de la cena—. Que la palabrota quede entre nosotros, ¿de acuerdo? A tu madre no le gustaría. Será nuestro pequeño secreto, malditos médicos.

Yo no había superado nada y no quería más secretos.

—¿Dónde está Luella?

Papá se apartó y nuestro momento de complicidad se vio roto.

—Tienes que confiar en tu madre y en mí. Tu hermana está aprendiendo las consecuencias de sus actos. Pronto volverá a casa. —Se levantó para abrir un poco la ventana. El aire se coló con un silbido y papá me arropó el hombro con la sábana—. Duerme, Effie —murmuró.

Yo no quería que se marchase. No quería estar sola.

—Mañana te enseño lo que escribo.

Sonrió.

—¿A primera hora de la mañana?

—A primera hora.

—¿Sabes?, si es lo bastante bueno, podríamos considerar entregarlo para que lo publiquen. Conozco a un editor que le echaría un vistazo por nosotros.

—¿El padre de la señorita Milholland?

Papá soltó una risa sorprendida.

—Sí, ese mismo.

—No quiero que lo haga.

Podíamos vernos claramente el uno al otro a la luz de la luna. Por su expresión supe que comprendía que yo lo sabía.

—No, bien, pues buscaremos a otro —dijo, y salió de la habitación.

Aparté las sábanas con las piernas y me llevé las rodillas al pecho, apretando los ojos para contener las lágrimas que me rodaban por las sienes. Tras mis párpados, la enorme Casa de la Misericordia se alzaba amenazadora e impenetrable, una fortaleza con altos muros blancos como las puertas de un falso cielo.

La chica patalea, muerde y grita mientras la arrastran por la puerta. A su padre, que observa la escena desde el coche, le preocupa haber cometido un error. Permanece sentado largo rato golpeando el volante con las palmas de las manos, preguntándose si debería entrar a buscarla. El cielo está cargado de nubes y desearía que lloviese y que la lluvia se llevara consigo el calor. Piensa en su mujer y siente las primeras punzadas de culpa real. Ha hecho esto por él mismo y, aun así, cuando ahoga el motor al arrancar, se dice que lo ha hecho por su hija. Es lo mejor para ella. Está aprendiendo las consecuencias de sus actos. No tardará en estar de vuelta en casa.

El llanto hizo que se me acelerara el corazón y sintiera una opresión en el pecho. Solo había oído rumores de la Casa de la Misericordia por las chicas del colegio, que habían leído historias en el periódico acerca de revueltas sofocadas e intentos de fuga. Aparte de los cotilleos sobre Suzie Trainer, no conocía a nadie que hubiese estado allí. Fuera como fuese, no me imaginaba a Luella sobreviviendo en un sitio así. Sería como un tigre enjaulado, sin duda ocasionaría revueltas e intentaría fugarse. ¿Es que papá no entendía que Luella era indomable?

8

Effie

Me pasé toda la noche dando vueltas en la cama, y me desperté con las mejillas manchadas de lágrimas y los párpados tan pegados que abrirlos fue como arrancarme papel seco de los globos oculares. Me dolía todo el cuerpo. El sol de la mañana me hería los ojos y los pájaros me perforaban los oídos con sus trinos.

Bajé a desayunar y ocupé mi silla sin querer comer nada. Mamá estaba sentada con las manos encima de la mesa, los ojos rojos e hinchados también. A papá no se lo veía por ninguna parte. Supongo que, después de todo, no preguntaría por mis escritos.

—¿Café? —Mamá cogió la cafetera, y le temblaban las manos cuando lo sirvió en mi taza. Llevaba un vestido de verano ligero, y su rostro estaba demacrado y pálido, como la tela. Tenía grandes ojeras, las señales de angustia que había esperado ver un mes antes—. ¿Nata?

Asentí y me quedé mirando cómo la nata coloreaba el café.

—¿Dónde está papá?

—Se ha ido temprano a trabajar.

El tono cantarín, forzado, de su voz me enfureció. Que papá mintiera era una cosa, ya sabía que se le daba bien hacerlo, pero odiaba que ella también me estuviera mintiendo.

—Sé que Luella no está en un campamento de verano.

En un abrir y cerrar de ojos, estiró el brazo por encima de la mesa y su manga aleteó cuando me cogió del mío. Me sorprendió la presión que ejercía. Tal vez no fuera una luchadora, pero no porque careciera de fuerza.

—Sabemos lo de los gitanos, jovencita, y sé que tú no eres tan inocente como pareces. Tu padre, por el otro lado, ha escogido creer que tu hermana es la única razón por la que ibas. —Me soltó y devolvió las manos a su regazo, observándome desde el otro lado de la mesa con un control calculado—. No debes causar más problemas. ¿Está claro? Espero un comportamiento impecable de ti. Si tu padre dice que tu hermana está en el campamento de verano, no lo cuestionarás. Ni a mí tampoco.

El platillo de mamá hizo ruido cuando levantó la taza para llevársela a los labios. Dio un sorbo antes de coger las pinzas de plata y echarme tres terrones de azúcar en la taza.

—Justo como te gusta, ¿verdad? —Su voz era conciliadora—. O puedo pedirle a Velma que te prepare té ahora que no está papá para decirnos lo contrario.

Me pasé el día hecha un ovillo en la cama con mi colección de cuentos de hadas de Arthur Lange. La ausencia de Luella me dejaba hecha polvo. Sufría una gran ansiedad y tuve un ataque azul que me hizo sentir como si saliera flotando de mi cuerpo. Cuando cayó la noche, llegué a la mesa de la cena y comí en silencio, tragándome el pescado soso y las zanahorias con mantequilla. Mi padre no vino a cenar a casa y Velma trajo los platos a la mesa en un silencio sombrío.

A la mañana siguiente me quedé en la cama y nadie vino a buscarme. El calor había cesado y una brisa fresca se colaba por la ventana. Fuera el cielo era de un azul celeste. Cuando por fin bajé, con el mismo vestido de algodón con el que había dormido, la casa se hallaba desierta. ¿Dónde estaba papá? ¿Mamá también se había marchado? Corrí arriba, a su habitación, imaginándome cajones y armarios vacíos, que mi familia había hecho las maletas y se había ido. Empujé la puerta de la habitación tan rápido que golpeó la pared con estrépito.

—Dios mío. —Mi madre levantó la cabeza de la hoja de papel en la que estaba escribiendo—. ¿Qué demonios pasa?

—Pensé que os habíais ido. —Me sentí como una tonta, pero aliviada.

—No seas boba.

Tapó la pluma y las mangas de kimono de su bata ondearon cuando se giró en su silla. La parte de delante se abrió y reveló su suave pecho por encima del camisón. No llevaba los guantes y las cicatrices de sus manos sobresalían como venas blancas. Cuando se acercó y me cogió la barbilla con la palma de la mano, no hallé consuelo en los bultos desiguales. En lugar de eso, encontré el contacto perturbador. La vi en llamas, con el fuego subiéndole por la bata, consumiéndola.

La retiró.

—Ven. Siéntate. Tengo que pedirte algo.

Me senté en el borde de su *chaise longue* y jugueteé con los botones amarillos de nudo mientras la veía encenderse un cigarrillo. ¿Había pasado a ser un hábito? No sabría decir si se trataba de uno viejo que había mantenido bien oculto o algo adquirido desde que se había marchado Luella. Sus ojos reflejaban recelo y el temblor de su sonrisa, nervios.

—Háblame de los gitanos.

Se me helaron las tripas. Si se lo contaba, todo lo que Luella y yo habíamos compartido se convertiría en una prueba incriminatoria, y el carácter sagrado de todo ello se vería arruinado. El hechizo colectivo se quebraría y se alejaría flotando.

—Siento lo de ayer. No me voy a enfadar contigo, te lo prometo. —El tono de mamá se suavizaba a medida que daba caladas a su cigarrillo, sujetándose la bata con una sola mano—. Estoy segura de que tu padre tiene razón y Luella te obligó a ir. No parece la clase de cosa que se te ocurriría a ti.

—¿Por qué no se lo preguntas a ella?

Mamá suspiró y se llevó un solo dedo entre las cejas.

—Ahora mismo no nos habla. —Bajó el brazo y me miró—. ¿Hace cuánto que empezasteis a ir ahí arriba? ¿Desde que Luella preguntó por ellos? ¿Cuando os prohibí que fuerais? Recuerdo que tuve la amabilidad de deciros que os llevaría cuando instalasen sus puestos en la calle, como un acto de caridad. —Se acercó a la ventana, la abrió de un tirón y se tomó un momento para exhalar el humo—. ¿Qué hacía Luella allí?

—Bailar —dije, pese a que sabía que eso la heriría.

—¿Bailar? ¿Qué clase de baile?

—No sé... danzas gitanas.

Emitió un sonido de desagrado.

—¿Qué más?

—Cantaba.

—¿Bailaba y cantaba? —Mamá se volvió de golpe, apagó el cigarrillo y dejó la bata en el respaldo de una silla con pequeños movimientos rápidos y enfadados. Se quitó el camisón y lo dejó caer arrebujado a sus pies. Pequeñas olas de crepé blanco lamían el suelo como el glaseado de un pastel.

Me resultó inquietante ver la pálida hondonada de la espalda de mi madre, la suave elevación y la caída de sus nalgas mientras abría el armario. No recordaba haberla visto desnuda. Abrió el armario y arrojó un vestido a la cama, sacó una enagua de un cajón y se la puso por la cabeza, luego se recogió el cabello sobre un hombro y fue retorciéndolo con un grueso lazo, con los ojos muy abiertos.

—¿Qué podría haber visto en esa clase de cosa? ¿Cómo ha podido atraerla esa vida sucia y vil?

Encogí los hombros, luchando por contener las lágrimas.

—No lo sé. —Luella se habría enfrentado a mamá de forma directa. Tal vez lo hubiese hecho. Tal vez hubiese escupido y gritado mientras se la llevaban a rastras.

—¿Qué hacíais todas las tardes allí? —Se preparó para oír mis peores improperios.

—Yo miraba y escribía. —No pensaba darle detalles para que pudiera aplastar como una colilla nuestros preciosos momentos fuera.

Mamá retiró un corsé de alambre de su percha.

—Ayúdame con esto.

Inspiró hondo a través de los dientes, apretándose las caderas con las manos para que pudiera engancharle los diminutos cierres metálicos a la espalda. Se volvió hacia mí, con aire resignado, como si el corsé la hubiese despojado de ira. Sus cejas bajaron y se le hundieron los labios; todo su rostro se rindió.

—Cuando erais pequeñas, me preocupaba que Luella estuviese demasiado unida a ti. Te llevaba a todas partes con ella, iba a verte cada vez que llorabas y me decía cuándo tenías hambre. Y luego fuiste tú quien acabó demasiado unida a ella. —Soltó un profundo suspiro—. Ojalá no la hubieses seguido al campamento gitano, aunque sé que tú no volverás a hacer nada así. Pero no vayas a ponérteme mala ahora, ¿vale? Mantente fuerte mientras tu hermana está fuera. ¿Me lo prometes?

Asentí, dando gracias por haber conseguido ocultarle los ataques azules todo el verano.

A lo largo del mes siguiente mi padre se esfumó. Trabajaba hasta tarde y se iba temprano a la oficina, o eso decía. No me preguntó por mis escritos ni una sola vez, pero de todos modos yo tampoco tenía nada que enseñarle.

La energía que reunió mi madre en su ausencia era impresionante. Sus movimientos se volvieron rápidos, sus faldas se balanceaban y sus pulseras tintineaban. El verano casi había terminado, pero ella y yo seguíamos yendo de pícnic, asistíamos al teatro y hacíamos excursiones a la playa. No toda la alta sociedad estaba en Newport, y las damas que quedaban llenaban nuestro salón con el susurro de sus vestidos y su parloteo.

Luella, anunció mamá alegremente, estaba en un campamento de verano. ¿En cuál? Las madres estaban intrigadas, diciendo que a sus hijas —las chicas de sonrisa cordial y aburrida que tenían al lado— no les iría mal la disciplina del campamento de verano.

—Está en el norte del estado —respondió mamá con vaguedad—. No recuerdo el nombre, pero os lo haré saber cuando haya pagado la factura. —Soltó una leve risa por su estupidez al haber olvidado los detalles.

Las chicas me llevaron a un lado para preguntarme dónde estaba Luella en realidad, con la voz pastosa por el arenque que mamá servía sobre galletas saladas que se desmenuzaban al morderlas.

—De verdad que está en el campamento de verano. —Esbocé una sonrisa que había practicado, preguntándome si la risa falsa de mamá las había puesto sobre aviso o si sabían que Luella jamás toleraría ningún odioso campamento de verano.

Una chica callada, con cierto aire taimado, me preguntó:

—¿Y tú por qué no has ido?

—Mamá quería que me quedara en casa con ella, para hacerle compañía. —Y, por el momento, parecía cierto.

Cuando conseguí salir sola a pasear, subí Bolton Road hasta la curva de donde partía el camino de entrada a la Casa de la Misericordia, que ascendía serpenteando por la colina. Me planté con la cara contra la verja de hierro, buscando cualquier señal de vida, pero ninguna chica bajaba hasta la carretera, y no vi que saliera nadie de la casa encalada situada en la entrada. Desde la carretera veía una parte del edificio oscuro, de ventanas con gablete y puertas con forma de arco, con el chapitel de una capilla girando por encima de los árboles. Me inventé un centenar de historias acerca de lo que le ocurría a Luella en aquel lugar.

Llegó septiembre. La escuela empezó y Luella seguía sin volver. Unas sombras amoratadas rodeaban los ojos de papá, que apenas me hablaba. Por la noche le oía caminando por los pasillos. Si por casualidad me lo encontraba por la mañana, daba la impresión de haber olvidado mi sola existencia. Lo único que intercambiábamos era un «buenos días» forzado pero educado.

Cuando llegó el otoño, a mi madre se le agotó la energía y dejó de molestarse en inventar mentiras creíbles. Me dijo que habían enviado a Luella con una prima lejana de Chicago.

—¿No a París? —dije, y mamá pareció confundida—. ¿Recuerdas —añadí— que ibais a mandarla a París?

—No, a París no —respondió con tristeza.

Quise gritarle que me mentía, pero el nudo en la garganta y la opresión en el pecho me hicieron guardar silencio.

En la escuela no lograba prestar atención. Me liaba con facilidad. Las voces de las profesoras me confundían. La pizarra se volvía borrosa y el texto parecía salirse de la página. Con cada día que pasaba, la cuerda de la vida se anudaba bajo mis pies; no había equilibrio ni estabilidad.

Jamás volví al campamento gitano. Tenía miedo de que, si cruzaba aquel arroyo y subía aquella colina, lo único que vería sería un prado desierto, agujeros vacíos donde habían estado las hogueras, rodadas de carreta que se alejaban y al fantasma de mi hermana bailando a la luz de la luna. Toqueteé el lazo de Tray, que llevaba atado alrededor de la muñeca —amarillo claro, como un rayo de sol que perdiera intensidad— e intenté recordar los cuentos de magia y maldad de Marcella.

Entonces un día de primeros de octubre, cuando la señorita Paisley salió de la clase de arte, tres chicas desplazaron sus hojas de papel para sentarse las unas cerca de las otras, inclinando la cabeza sobre sus dibujos y susurrando lo bastante alto para que las oyera.

—¿Habéis oído que Suzie Trainer no va a volver nunca a la escuela?

—He oído que no saldría en tres años.

—¡Tres años!

—Hay chicas a las que encierran más tiempo si no se reforman.

—O se arrepienten.

—Es como la cárcel. Te encierran durante lo que sea que corresponda al delito. Hay chicas que han estado allí durante diez años, veinte. Algunas no salen nunca, pero he oído que lo mínimo son tres años.

—Eso no puede ser verdad.

—Solo os cuento lo que he oído.

La puerta se abrió de golpe y la señorita Paisley volvió a entrar taconeando en el aula. Miró al trío.

—Chicas, separaos... ¡ahora mismo!

Se dispersaron de vuelta a sus asientos.

La señorita Paisley se quedó lo bastante cerca para que le viera la piel flácida que tenía debajo de los brazos y le oliera el aliento, que apestaba a cebolla.

—¿No has dibujado nada? —Golpeteó la hoja vacía que tenía en mi pupitre.

Yo había dejado caer mi pluma y tenía las manos enguantadas extendidas sobre el papel como alas heridas. Me quedé mirando las puntas de satén de mis dedos, intentando buscar un punto de enfoque.

Tres años. Tres años si mostrabas arrepentimiento. Luella

nunca mostraría arrepentimiento. Se me nubló la vista. Los oídos se me llenaron de un sonido amortiguado como olas que rompieran en la distancia. Yo no tenía tres años. No viviría tanto tiempo sin ella.

Cogí el lápiz y empecé a dibujar el contorno fino y nítido del jarrón que tenía delante. Un atisbo de determinación se abrió paso a través de las sombras de mi mente. Por primera vez desde que se había marchado Luella empecé a recomponerme. Cada línea del papel se oscurecía con cada trazo resuelto a medida que la bruma de mi confusión se levantaba y me concentraba en un solo plan.

9

Effie

El farol seguía donde lo había guardado Luella. Algo oxidado y con salpicaduras de tierra en los paneles de cristal, pero intacto. Una vez que lo saqué de su lugar de descanso bajo las hojas aovadas y brillantes de la abelia, me pareció desconsiderado que no se lo hubiésemos devuelto al criador de ostras.

Esa mañana evité a mis padres, me salté el desayuno y me fui a clase temprano. A primera hora le dije a la maestra que no me encontraba bien y me mandó a la enfermería, adonde no tenía ninguna intención de ir. En lugar de eso, me dirigí a la puerta principal de la escuela. Unas nubes oscuras pasaban a toda prisa por el cielo cuando enfilé la calle Cincuenta y siete apresuradamente. Había cogido el tren de vuelta a casa y ahí estaba, sujetando un farol oxidado, sin saber si mamá había salido o estaba sentada en la salita viéndome plantada entre los arbustos.

Guardé el farol a un lado de los escalones de la entrada y abrí la puerta con suavidad. Los guantes de mamá se hallaban junto a su bolso con cadena de plata en la mesa del vestíbulo. Me asomé a la salita. Estaba vacía. Subí de puntillas a mi habitación, donde escribí una nota breve que dejé encima de la almohada. De vuelta en la planta de abajo, abrí el bolso de mamá y la malla se onduló como las escamas metálicas de un pez. El cuero del interior contenía un monedero.

Cogí todo el dinero, salí a hurtadillas y agarré el asa del farol. Se me aceleró la respiración a medida que enfilaba la carretera hacia un lugar desde donde pudiera adentrarme a salvo en el bosque. En el arroyo me quité los zapatos y las medias, y lo vadeé hasta que me llegó a la altura de los tobillos. El agua estaba helada, pero ni me inmuté. Se levantó viento, que agitó las hojas rojas y amarillas, perfectamente nervadas, de los árboles. Dejé las pocas que me habían caído en el cabello al salir del agua y pisé la orilla con los pies entumecidos.

La casa del criador de ostras se tambaleaba al borde del arroyo Spuyten Duyvil. La estructura se inclinaba hacia el este, como si el viento llevara un siglo soplando del oeste. La pintura blanca hacía mucho que se había desgastado y los listones, de un gris apagado, parecían aferrarse desesperadamente. Me encaminé ladera abajo y subí por la pista de tierra, dejando atrás una pala abandonada y un cubo de peces muertos. El arroyo era amplio y poco profundo detrás de la casa. Se decía que al hombre que intentase vadearlo el demonio lo arrastraría a las profundidades tirándole de los pantalones.

Llamé a la puerta de delante, con la esperanza de no perder el coraje, diciéndome a mí misma que el fantasma del criador de ostras era producto de mi imaginación.

El cerrojo tardó en correrse y la puerta se abrió lo justo para revelar un solo ojo entornado.

—¿Sí?

Había dejado el farol en el montón de leña, donde lo encontraría por su cuenta, en lugar de reconocer que mi hermana y yo éramos las que habíamos roto la promesa de devolverlo en breve.

—He venido a pedirle ayuda —tartamudeé.

—¿Estás en apuros? —Con cuidado, abrió la puerta lo suficiente para que le viera toda la cara. Después de todo, no era el rostro de un ogro. A la luz del día, solo estaba cansado y necesitaba afeitarse.

El aire transportaba el hedor a pescado del arroyo. Una barca amarrada crujió cuando el agua se movió debajo de ella.

—No estoy en apuros, solo necesito su ayuda. Puedo pagarle.

De pie en su sucio umbral, le expliqué lo que necesitaba con toda la sencillez y la rapidez posibles. El hombre aparentó recelo hasta el final.

—Eso que pides es raro. —Soltó la puerta, que se abrió del todo, con lo que me permitió ver una chimenea y una mesa de madera con un cabo de vela en un portavelas de plata. El hombre se pasó una mano por el pelo, blanco y ralo a causa de la edad—. ¿Cuánto pagas? —Me saqué el fajo del bolsillo. No lo había contado, pero el hombre enarcó las cejas al ver lo abultado que era—. ¿Parece mucho? ¿De dónde lo has sacado? ¿Lo has robado?

Negué con la cabeza, otra mentira.

No parecía convencido, pero cogió el dinero de todos modos. Su puño engulló el último vínculo tangible que tenía con mi madre.

—¿Quieres ir ahora mismo? —me preguntó.

—Sí.

—Espera un momento.

La puerta se cerró delante de mi cara. Me quité el abrigo a medida, con la esperanza de parecer más desaliñada sin él. El viento arrastraba el frío desde el agua y me estremecí al tirar del bolsillo de mi falda azul de sarga. La costura se rasgó y el bolsillo quedó colgando, marchito. Deseé poder quitarle los puños de encaje a la blusa, pero para eso me harían falta unas tijeras. Tendría que bastar con un bolsillo desgarrado. De mala gana, me quité los guantes y me los guardé en el bolsillo del abrigo, curvando las uñas deformes contra las palmas de las manos.

Cuando el hombre regresó, le entregué mi abrigo y le pregunté si podía deshacerse de él por mí. Meneó la cabeza.

—Lo que dices no tiene sentido —repuso al tiempo que lo cogía y lo colgaba de un perchero por dentro de la puerta—. Vamos, pues.

Deshicimos el camino, siguiendo Bolton Road hacia el sur; unos olmos majestuosos flanqueaban el sendero. Empezó a lloviznar y las mejillas se me cubrieron de un velo de humedad. El hombre se subió el abrigo alrededor del cuello y agachó la cabeza en silencio. Por debajo del vestido se me colaban ráfagas de aire, me cubrí el pecho con los brazos e intenté contener los temblores. Si continuábamos avanzando hacia donde giraba la carretera, en la parte sur de la colina, cruzaríamos a Emerson Street y acabaríamos de vuelta en mi casa. Sopesé la idea durante un minuto, pero entonces el hombre dobló a la derecha y lo seguí por una colina empinada y cubierta de hierba. Solo serían unos días. En cuanto mamá entregara mi nota a papá, Luella y yo estaríamos en casa.

El hombre y yo salimos a otra zona de Bolton Road y, al cabo de unos pasos, nos encontramos de pie ante la verja de hierro de la Casa de la Misericordia, alzando la vista hacia el camino serpenteante, donde unos muros blancos de estuco se extendían a ambos lados de nosotros.

—No te he preguntado cómo te llamas —dijo él.

Mi nombre. No había pensado en eso.

—Supongo que debo tomar su apellido.

—Rothman, Herbert Rothman.

Miré a Herbert. La llovizna había cesado y el viento le había azotado el cabello, de manera que tenía una borla en lo alto de la cabeza, como algo que se hubiese echado a perder. El abrigo le colgaba hasta las rodillas y le bailaba sobre los delgados hombros. Le tendí la mano.

—Effie Rothman. Encantada de conocerle, Herbert.

Herbert tenía las manos hundidas en los bolsillos y no hizo ademán alguno de sacarlas.

—No pareces una muchacha que haya hecho nada malo —dijo con expresión de desconcierto.

Dejé caer la mano.

—No es demasiado tarde para echarse atrás, ¿sabes? —Alzó la vista al camino como si albergase el peor final posible—. ¿No puedes arrepentirte en la iglesia sin más o algo así? Creo que esto no está bien.

Me dieron ganas de decirle que aquello era lo más valiente que había hecho en mi vida, pero me limité a responder:

—Usted no se meterá en ningún lío.

—Está claro que no soy yo quien va a meterse en un lío.

Herbert tiró del aro de latón que colgaba de una gran campana en el poste de la verja y se oyó un sonoro ruido metálico. De detrás de la casa del guarda, también encalada, salió una mujer que se frotaba las manos, esparciendo fragmentos de suciedad.

—¿Una admisión?

Herbert asintió. La mujer apenas nos echó un vistazo mientras rebuscaba en el bolsillo de su delantal y sacaba un manojo considerable de llaves. Tenía el rostro envejecido y curtido por el sol. Movió la llave hasta que el cerrojo cedió y la verja se abrió de par en par.

—Suban hasta la entrada principal. Los recibirá la hermana Gertrude.

Franqueamos la verja, que se cerró a nuestra espalda. Herbert se caló el sombrero hasta las orejas y caminó fatigosamente. Lo seguí, y el ruido seco que emitió el cerrojo me produjo una punzada de miedo en la nuca.

La casa era una construcción enorme de ladrillo situada sobre una meseta que daba al río Hudson, una almena que defendía su plaza fuerte. El tejado y las lucernas parecían extenderse a lo largo de kilómetros. Por encima de un jardín cuidado y vertiginoso, fortificado en la base por un alto muro blanco, vi el valle densamente arbolado y el río, una franja serpenteante de tono plomizo que reflejaba el cielo sombrío.

Seguí a Herbert por los anchos escalones de piedra y el pórtico arqueado donde vides sin hojas, gruesas por la edad, trepaban por el mortero hasta lo alto del pretil y desaparecían por los agujeros de la balaustrada. El gong de la puerta principal reverberó de forma sonora cuando Herbert lo tocó. Se oyeron pasos rápidos y se abrió la puerta.

—¿Hermana Gertrude? —preguntó Herbert.

—No. —La monja nos miró desde debajo de la toca con sus ojos pequeños y oscuros—. Hermana Mary. ¿En qué puedo ayudarlos? —Sus palabras eran volutas en el aire, apenas audibles.

—Solo quiero... Hum... —Herbert me lanzó una mirada. Yo tenía la vista clavada en las manos unidas de la monja, pálidas y curvadas como conchas de mar contra el hábito plisado—. Solo quiero que admitan a mi hija aquí.

—¿No han venido con un magistrado?

—No, señora. ¿Necesitamos uno?

—No, claro que no. Es lo habitual, pero se admiten chicas sin una orden judicial. Vengan, los acompañaré junto a la hermana Gertrude.

La hermana Mary se hizo a un lado asintiendo ligeramente. Estaba tan pálida y delgada que parecía una niña enfermiza a la que no dejaban salir al aire libre, con la toca como una carga pesada, un castigo que le mantenía la cabeza inclinada de forma permanente a un lado. El vestíbulo era blanco y estaba limpio; el suelo, encerado. Hacía frío, pero no resultaba desagradable. Accedimos a una habitación pequeña de olor estéril que me recordó a una consulta médica. La hermana Mary nos indicó que esperásemos y volvió al cabo de unos minutos para conducirnos a una habitación aún más pequeña donde, menguada tras un escritorio enorme, vacío salvo por una sola lámpara que brillaba sobre el oscuro charco de madera, se hallaba sentada otra monja. A mi izquierda, una pesada mesa de roble recorría la pared con una hilera de libros, un reloj y una escultura de mármol de Jesús con la cabeza inclinada. En el alféizar se erguía una planta alta y delgada a la tenue luz.

La mujer del escritorio despidió a la hermana Mary, que accedió con gesto obediente y abandonó la habitación. Sus movimientos eran tan cautelosos como su voz, temerosa de acaparar demasiado espacio o demasiado aire. Me pregunté cómo la obedecerían las chicas. Luella la tumbaría con solo mirarla. Luella. ¿Dónde estaba? ¿En el comedor? ¿La capilla? ¿Alguna habitación vacía? Miré a la mujer sentada al escritorio y me esforcé al máximo por ocultar mis ansias.

La monja me dirigió una mirada neutral; el único sonido que se oía en la sala en penumbra era el suave tictac del reloj. Se volvió hacia Herbert.

—Soy la hermana Gertrude —dijo con amabilidad, apartando la vista un momento para sacar papel y pluma del cajón del escritorio—. ¿El nombre de la niña?

Herbert retorció el ala de su sombrero una y otra vez entre sus manos.

—Effie Rothman. —La vacilación en su voz fue irritante. Deseé que resultase creíble.

La hermana Gertrude quitó el capuchón a la pluma y registró la información.

—¿Edad?

Herbert me lanzó una mirada desesperada y respondí por él:

—Trece.

La pluma quedó suspendida por encima del papel. La hermana Gertrude alzó la vista. Parecía mayor y, aun así, tenía la cara redonda y lisa, sin arrugas, y las manos sin venas marcadas. Gracias a la vida bajo los hábitos —lejos del sol, con comidas frugales y horas rezando de rodillas—, se había conservado bien.

—¿Trece? —preguntó con escepticismo.

—Soy pequeña para mi edad.

Emitió un gruñido de incredulidad.

—¿Fecha de nacimiento?

—Uno de enero de 1900.

Sus ojos se desviaron hacia Herbert. Eran de un azul quebradizo.

—¿Es usted su padre?

Herbert se aclaró la garganta con un sonido gutural y consiguió emitir un «sí» pese a la flema.

Un matiz de desagrado cruzó las facciones de la hermana Gertrude mientras continuaba anotando la edad, la dirección y el empleo de Herbert. Preguntó el nombre de mi madre y Herbert le dio uno sin dudarlo. Yo no tenía ni idea de quién era: una esposa fallecida, una hija. La hermana Gertrude empujó el papel hasta el borde del brillante escritorio, le alargó la pluma y le indicó que firmara al pie. Herbert obedeció.

—Veamos. —Entrelazó aquellos largos dedos ante sí al tiempo que se inclinaba hacia delante con expresión dulce y comprensiva—. Ninguno de nosotros se halla a la altura de la gloria de Dios y, aun así, comprendemos perfectamente que no estaría usted aquí si su hija no corriera peligro de echarse a perder. Señor, ¿cómo se ha descarriado esta muchacha del camino de la pureza?

El sombrero retorcido estaba ya comprimido entre las manos de Herbert.

—Debería contárselo ella misma.

La hermana Gertrude desvió su atención hacia mí.

—Adelante, querida —dijo—. No hay nada que vaya a sorprenderme. He escuchado todas las indecencias posibles.

—Mentí —contesté enseguida.

—¿Eso es todo?

Intenté dar con un pecado mejor.

—Besé a un chico. —Me puse roja y agaché la cabeza.

—¿Con qué frecuencia?

—Muchas veces.

Su rostro reflejó un temblor.

—¿Qué te llevó a hacerlo, hija?

No vacilé:

—Mi naturaleza pecaminosa.

La hermana Gertrude se levantó de la silla y la pesada cruz que llevaba al cuello se balanceó hacia delante y amenazó con volcar la solitaria lámpara. Rodeó el escritorio.

—Reconocer el pecado, querida, es una cosa; expiarlo, otra. ¿Te arrepientes? —Asentí. La hermana Gertrude sonrió y se le arrugaron las comisuras de los ojos. Me tomó la mano y se estremeció al verme las uñas en cuchara—. ¿Qué le pasa en las manos? —Lanzó una mirada severa a Herbert.

—Un defecto de nacimiento —respondí rápidamente, y Herbert asintió en señal de conformidad.

La hermana Gertrude me levantó la mano a la luz para inspeccionarme las uñas.

—Mientras no requiera atención médica.

Herbert me miró.

—No, señora —dijo con cautela.

—Debe de ser un alivio para usted. —Sonrió de nuevo, me soltó la mano y se acercó a Herbert. Lo guio con suavidad hacia la puerta por el brazo. Herbert estaba sonrojado de incomodidad—. Hacemos todo lo que podemos para rescatar a nuestras hermanas caídas en desgracia. Algunas encuentran la salvación. Otras no. Eso es cosa de su hija. Lo único que podemos ofrecerle es nuestra protección y orientación. —La puerta se abrió y salieron al pasillo—. Consideramos que lo más fácil para ellas es una despedida rápida. —Inclinó la cabeza en mi dirección y Herbert se despidió con un gesto débil de la mano; parecía preocupado de verdad cuando se aplastó el sombrero en la cabeza y desapareció por el pasillo con la hermana Gertrude.

Me dieron ganas de correr tras aquel desconocido y aferrarme a él, pero la hermana Mary ya estaba en la puerta haciéndome señas para que la siguiera.

10

Jeanne

La noche después de que mi hija mayor tirara las zapatillas de ballet del coche no pude dormir. Hacía calor, y estaba acostada junto a Emory con la sábana echada a un lado y las manos juntas sobre el estómago; el sudor me perlaba la piel debajo del camisón. No paraba de visualizar la expresión desvergonzada de la cara de Luella cuando dejó caer las puntas a la calle. Además de herirme en lo más hondo, la flagrante falta de respeto de mi hija me ponía furiosa. ¿Era la consecuencia natural de criar a los hijos en América? Yo nunca me habría atrevido a hacer una cosa así con mi propia madre.

Me levanté y fui hasta la ventana. Descorrí la cortina y miré el jardín, nuestro solitario roble, sus enormes ramas mecían la pálida luz de la luna. No le había contado a Emory lo ocurrido en el coche con Luella. No me fiaba de cómo manejaría el descaro de su hija. El mal genio de Luella —muy parecido al suyo— siempre le sacaba de quicio. Se parecían más de lo que ninguno de los dos estaría dispuesto a admitir.

No había brisa que aliviase el calor sofocante, y volví a meterme en la cama, cansada pero intranquila. Lo primero que haría por la mañana sería escribir a mi hermano. Seguro que él podía aconsejarme acerca de Luella. No pensaba contarle a mi madre que su nieta se negaba a salir del país.

Algo me llamó la atención y me incorporé sobre un codo, atenta. La casa se hallaba en silencio y volví a recostarme, pegajosa e incómoda. Me pasé el resto de la noche dando vueltas, hasta que un amanecer gris se coló por las ventanas y los pájaros que anidaban en el roble empezaron a armar alboroto. Desistí de dormir y salí de la cama decidiendo que lo mejor que podía hacer era despertar a Luella antes de que nadie se levantase. Tomaríamos una taza de café temprano y hablaríamos. Si volvía a los ensayos y abandonaba aquel disparate de dejar el ballet, accedería a intentar convencer a su padre de que no la enviara a París. Aunque tampoco es que sirviera de mucho. Emory estaba decidido. Desde que Luella había amenazado con fugarse, había estado inquieto con respecto a ella. Era una tontería, por supuesto, pero el hecho de que profiriese la amenaza resultaba preocupante.

Me puse la bata rápido para no despertar a mi esposo. Su rostro dormido reflejaba tanta tranquilidad... Era como ver a un niño dormido y desear poder aferrarte a la serenidad de ese sopor después de que se despertaran para acosarte.

Me acerqué con sigilo a la puerta entreabierta de Luella, la empujé y no me sorprendió ver su cama vacía. Sonreí al pensar que las chicas seguían durmiendo juntas. Solía sentarme en la habitación que compartían cuando eran pequeñas y verlas enredadas en la misma cama; Luella despatarrada con una extremidad fuera de la cama o encima de su hermana; Effie hecha un ovillo.

En ese momento esperaba encontrarlas así, pero cuando entré en la habitación de Effie, lo único que vi fue el rostro delgado de esta sobre la almohada, con las medialunas oscuras bajo los párpados cerrados, un recordatorio constante de su corazón débil. En la almohada junto a ella había un pedazo de papel doblado. Rodeé la cama de puntillas, cogí la nota de la almohada y salí a hurtadillas al pasillo. La nota estaba escrita a lápiz, las palabras surgían a la tenue luz de la mañana como un susurro.

Querida hermana:

El tiempo que hemos pasado en el campamento gitano me ha cambiado. No importa lo que me diga a mí misma, no puedo perdonar a papá y no puedo seguir mintiendo a mamá. No te pediré que me perdones, porque mis actos son tan lamentables e imperdonables como los de nuestro padre, pero me marcho. Patience dijo que si la obligan a casarse con el triste chico al que la prometieron se atravesará el corazón con un puñal, y no la culpo. Ella y Sydney me pidieron que me fuera con ellos hace semanas, pero no me decidí hasta anoche. Sydney está loco por mí. Me lo ha dicho más de una vez y Patience me dijo que él no la ayudaría si yo no los acompañaba. La verdad es que quiero ir. No por Sydney, no siento ni una pizca de amor por él. Quiero ir para saber cómo es llegar al final de un camino y que no importe si giro a la derecha o a la izquierda. ¿Te imaginas querer vivir junto al océano o en las montañas y hacerlo sin más? ¿No estar atada a ningún lugar o persona?

Te quiero, hermanita, pero me estoy ahogando. Tengo que hacer esto.

Cuando te eche de menos, recordaré cómo te sujetaba la mano en el límite del prado la primera vez que oímos aquella magnífica música gitana. Ese fue el momento en el que todo cambió para mí. Prometo compensarte por esto algún día y te escribiré en cuanto pueda. Eres más fuerte de lo que crees y sé que tu corazón durará para siempre. No tengas ni un ataque azul mientras esté fuera. Dale un beso a mamá. Dile que sé que no lo entenderá, pero también la quiero.

Tu hermana eternamente,

LUELLA

Estupefacta, miré el pasillo vacío; el balanceo del péndulo del reloj me mareaba; el tic resonante de mi pecho era como un segundo latido tenue. La puerta de Luella estaba ligeramente abierta. Pensar que se había marchado en plena noche, a Dios sabía qué hora, que en ese preciso momento no estaba en casa, desató mi miedo habitual; y aun así, no era la tragedia que había esperado. Ni una sola vez, cuando regresaba a casa a toda prisa desde la estación de tren o miraba el reloj esperando a que las niñas volvieran de la escuela o me asomaba a la ventana para verlas aparecer en lo alto de la colina, fue este el escenario que se desarrolló en mi cabeza. En esas tramas, mis hijas eran víctimas. Hice una bola con la carta, volví a mi habitación a grandes zancadas y cerré la puerta con fuerza. Emory se incorporó.

—¿Qué? ¿Qué ocurre? —Parecía aturdido, medio dormido aún, con el pelo levantado en ángulos extraños.

Arrojé la bola de papel a la cama, me dirigí a la ventana y la abrí de golpe. Un solo soplo de brisa fresca, eso era lo único que quería. Clavé las uñas en el alféizar de madera, pero el aire continuó pesado y malhumorado bajo un cielo triste y encapotado.

Detrás de mí oí el sonido del papel arrugado y el chasquido de la funda de las gafas de Emory al abrirse. Cuando me volví, ya estaba tirando de unos pantalones sobre sus delgadas caderas, con los ojos hinchados a causa del sueño; el color de su rostro fue subiendo mientras se ponía la camisa, la abotonaba y se la metía con brusquedad por la cintura de los pantalones. Se levantó el cuello y se puso una corbata, liándose con el nudo.

—¡Maldita sea!

Crucé la habitación, conteniendo el miedo con la tarea de arreglar la corbata de Emory mientras él se frotaba la nariz con el dedo, con cuidado de no mirarme a los ojos.

—¿Cómo ha ocurrido esto? —Se me quebró la voz.

—Luella es insolente y una desagradecida. Siempre lo ha sido. Confiamos en ella y le dimos demasiada libertad, y ahora ha ido demasiado lejos. —Le palpitaba la vena de la frente.

—¿Qué vas a hacer?

—Voy a ir a buscarla.

—¿Crees que está con esos gitanos del otro lado de la colina?

—¿Qué otros gitanos hay?

—Dice que se va con ellos. ¿Y si ya se ha marchado?

—No ha podido ir lejos. La habré traído de vuelta a casa para la cena. Hagas lo que hagas, no le enseñes esa carta a Effie.

Asentí. Lo único en lo que estábamos siempre de acuerdo era en mantener a Effie tranquila, fuera como fuese.

La corbata de Emory se me deslizó entre los dedos y cayó contra su pecho. Me quedé mirándola, incapaz de levantar la vista hasta su cara. Me reconfortaba su confianza, su seguridad inquebrantable en que las cosas saldrían como él quería. Era una cualidad que me atraía de él, que calmaba el murmullo constante de pánico que sentía. Recordé una línea de la nota que había pasado por alto debido a la impresión: «No puedo perdonar a papá y no puedo seguir mintiendo a mamá».

—¿Qué es lo que no te perdona Luella? —Era una pregunta peligrosa. Obligarlo a admitirlo en ese momento no iba a hacernos ningún bien a ninguno de los dos, pero quería oírlo de todos modos.

—Que me aspen si lo sé —respondió sin perder un segundo. Y cogió el chaleco de la percha.

Salió al pasillo y lo seguí, con la mano levantada para alisarle el tupé.

—Llevas el pelo hecho un desastre.

—Deja de preocuparte por pequeñeces. —Me apartó la mano y me dio un beso en la frente antes de bajar corriendo las escaleras, dejándome sola en el pasillo.

El aire a mi alrededor me producía comezón. Mi esposo no me había besado en la mejilla o los labios, sino en la frente, como si consintiera a una niña. El reloj dio las seis y me limpié el beso de la frente. No servía de nada que me obsesionara o cediera al pánico por los horrores que podría haber sufrido Luella en las horas que llevaba fuera. A pesar de los errores de Emory, cuidaba bien de su familia. Él arreglaría las cosas.

Metí tripa y me dirigí con paso enérgico a mi habitación. Me vestiría, desayunaría y me llevaría a Effie fuera. Para cuando volviésemos, Luella ya estaría en casa —cavilando en su habitación, sin duda—, y Emory y yo tendríamos que decidir cómo manejarla.

Pero al final del día, cuando Effie y yo cogimos el tren elevado de vuelta a Bolton Road cargadas con nuestros guantes nuevos, el cielo de un llamativo dorado, Luella no estaba. Lo supe en el momento en que entré en el vestíbulo y vi la expresión afligida de Emory. Mi esposo no era el tipo de hombre que se permitiese parecer derrotado, y cuando me hizo pasar a la salita, supe que la situación era desesperada.

Mi suegra se encontraba sentada en el borde de su sillón como una figurilla antigua de porcelana, con los nudillos apretados y los ojos, oscuros, acusadores. Etta Tildon no había salido de su casa desde la muerte de su esposo, un año antes. El temor creció en mi interior. Solo las peores noticias podrían haberla llevado hasta allí.

Me quedé de pie, rígida, mientras Emory se paseaba por el salón, iluminado por el sol que se ponía.

—Luella no estaba en el campamento gitano. He hablado con los padres de esos niños sobre los que escribió en la nota, y no tienen más información sobre su paradero que nosotros. Dicen que sus hijos se marcharon con Luella en plena noche, que se llevaron un caballo y una carreta. Por lo visto, ambos pertenecían al tal Sydney. Su padre me ha dicho que eso significaba que el muchacho no estaba robando, y si bien no lo aprobaba, si sus hijos decidían marcharse, estaban en su derecho. Yo le he dicho que son unos ignorantes y que, en lo que a mí respectaba, me había robado a mi hija. La cosa se ha puesto fea. El hermano del chico, un tal Job, me ha levantado el puño y he amenazado con implicar a la policía.

Me sobrevino una oleada de alivio, seguida de una punzada de ira. Al menos no habían asesinado a Luella y la habían dejado tirada en el arroyo, como me había permitido imaginar. Se había fugado, como había dicho, sin ninguna consideración por lo preocupados que estaríamos. Visualicé su rostro en el coche cuando dejó caer las zapatillas por la ventana, su desafío confiado. Era igual que Emory, haciendo exactamente lo que le venía en gana, segura de que el mundo cuidaría de ella.

Sin perder los nervios, me senté en el borde del sofá.

—¿Adónde han ido? Sus padres deben saber adónde han ido.

Etta emitió un gruñido, pero guardó silencio.

Emory dejó caer los brazos, golpeándole en los costados.

—No lo saben —dijo.

La brisa que llevaba todo el día esperando entró por fin por las ventanas abiertas. Volví el rostro hacia ella, mientras veía a Emory servirse un whisky del decantador biselado que había en la mesa a mi lado. El cristal hizo un ruido metálico contra la bandeja que resonó en la salita.

—En resumidas cuentas —prosiguió—, si los padres gitanos piensan buscar a sus hijos, no tienen intención de contárnoslo. Son un pueblo errante, y una familia muy unida, y no llevan bien que entre gente de fuera en tromba. Imagino que tienen tantas ganas de librarse de Luella como nosotros de que vuelva, pero tendremos que localizarla por nuestra cuenta.

—¿Qué vamos a hacer? ¿Puede perseguirlos la policía? ¿Cómo vamos a encontrarla? —Me tiré del cuello del vestido.

Emory apuró la copa y se sirvió otra.

—La policía no hará nada. Luella se ha ido por voluntad propia. Tiene dieciséis años. Si quiere marcharse, no hay ninguna ley que se lo prohíba. Lo que es peor, si lo desean, lo único que necesitan ella y ese chico es un juez que los case.

Eso no se me había ocurrido. Un matrimonio así sería irreparable.

—Deberíamos contarle a la policía que la han secuestrado. Ellos pueden encontrarla y hacer que vuelva a casa.

Emory miró a su madre.

—Madre y yo pensamos que no deberíamos decir una palabra. Nada de autoridades. Ni reporteros. Hemos decidido que la mejor manera de actuar es contratar a un investigador privado para que la localice. Entretanto, si preguntan, diremos que Luella está en un campamento de verano.

Me sentí como si hubieran absorbido todo el aire de la habitación. Etta me atravesó con la mirada, y me quité los guantes y me pasé los dedos por las cicatrices. No me importaba quién los viera.

—Y Effie —añadí al fin—, ¿qué le contamos a ella?

El recordatorio de nuestra hija pequeña ablandó a Emory. Resultaba irónico que su nacimiento hubiese trastornado nuestro matrimonio, puesto que había pasado a ser lo único que nos mantenía unidos. Emory dejó su copa y se acercó para apoyarme una mano en el hombro, mirándome las manos desnudas. Creo que, por un momento, se planteó cogerme una.

Suspiró.

—No sería correcto pedirle que mienta por nosotros.

—Estoy de acuerdo.

—La destrozaría descubrir la verdad.

—Descubrir que su hermana se ha ido de forma voluntaria supondría un golpe tremendo.

—Será mejor que piense que es culpa nuestra.

—Sí, pero ¿qué le contamos?

—Supongo que lo mismo que a todos los demás, que hemos mandado a Luella a un campamento de verano.

Deseé apoyarme en la mano de Emory, notar sus dedos contra mi cuello.

—No nos creerá. Conoce a su hermana mejor que nosotros.

Esas intimidades eran más de lo que Etta podía soportar y su voz restalló:

—Creerá lo que se le diga. Si te cuestiona, hazla callar. Es tu permisividad lo que ha ocasionado la naturaleza hedonista de Luella. No cometas el mismo error con Effie.

La afrenta me impactó bajo las costillas como una bala. Aquello era culpa mía. Debería haber enviado a Luella fuera en primavera, como Emory quería. Haber tomado en serio su amenaza. Haberla vigilado más. Volví a ponerme los guantes cuando Emory retiró la mano de mi hombro.

Acelerándose, Etta dio unos golpecitos con el tacón de su bota y soltó:

—Bajad a Effie aquí antes de que me quede atrofiada sentada en este sillón. Está oscureciendo. Ya no es seguro salir después del anochecer con todos esos extranjeros debajo de cada una de las piedras de esta ciudad.

Como predije, Effie no se creyó ni una palabra de la historia de Emory. Su vocecilla, al preguntar dónde estaba su hermana, hirió mi decoro hasta el punto de que no pude contener las lágrimas. Hice ademán de tocarla, pero me apartó de un empujón y huyó de la habitación. Pese a que deseaba seguirla, no lo hice. Incluso cuando era un bebé, solo le echaba los brazos a su hermana, nunca a mí.

Esa noche no pude dormir. A las tres de la madrugada me levanté para ir a ver cómo estaba Effie. Sus pequeños rasgos seguían siendo infantiles mientras dormía. Su palidez resultaba preocupante; los cercos oscuros alrededor de los ojos, más prominentes. Verla en la cama sin su hermana me hizo experimentar un miedo terrible. Qué menuda y débil era, qué vulnerable sin Luella. Pasé más de una hora allí sentada vigilando su sueño, escuchando el menor cambio en su respiración. Era a ella a quien siempre me había preocupado perder, no a Luella. Y ese giro de los acontecimientos me confundía. Me dieron ganas de tumbarme junto a ella, pero me resistí. Siempre me resistía a reconfortar a Effie. No quería consentirla. Tratarla como a una niña normal era el único modo de conseguir que sobreviviera. Si pensaba que era débil, acabaría volviéndose así.

A lo largo de los meses siguientes evité a Emory, dormí muy mal, encontraba la comida desagradable y fumaba demasiado. A pesar de eso, llevaba la casa como si todo fuese normal, manteniendo un control firme en el orden y la rutina mientras esperaba noticias de Luella. Se cansaría de esa vida mugrienta, me decía a mí misma, rezando de rodillas a los pies de mi cama por que no volviera a casa casada o, peor, sin casar y en una condición comprometida. Mantenía la esperanza.

Effie me sorprendió. Conservó la calma de forma admirable sin su hermana, hacía lo que se le decía, repetía nuestras mentiras pese a que sabía que eran falsedades. Era más fuerte de lo que yo pensaba, de ahí que dejara de preocuparme por ella y me centrara en que Luella volviera a casa.

El detective no trajo noticias hasta octubre. La temperatura había caído diez grados durante la noche y, a las diez de la mañana, la escarcha aún cubría el suelo. La había hecho crujir antes para enterrar los bulbos de mis lirios; cubiertas de hielo, las briznas de hierba tenían un aspecto blando y velloso. La pala no dejó ni una marca en el suelo helado y decidí esperar a la tarde, pues seguro que haría más calor, con lo que me encontraba sentada a mi secreter en el salón cuando Neala anunció al detective.

Era un hombre alto y enclenque, con los ojos castaño oscuro. Cuando lo vi en la puerta, me puse en pie tan rápido que el calendario se me cayó al suelo con estrépito. Lo ignoré y me acerqué al hombre con tal urgencia que retrocedió un paso.

—¿Qué noticias trae?

Miró a mi espalda.

—¿Está su esposo en casa?

—Está en el trabajo. Yo le transmitiré cualquier mensaje.

El hombre se quitó el sombrero con una floritura nerviosa antes de sacar una carta del bolsillo de la camisa.

—Su hija está en una ciudad en las afueras de Portland, Maine. No quiere venir a casa. Y estaba furiosa porque me hubiesen enviado a buscarla.

Le arranqué la carta de la mano.

—Se suponía que no debía abordarla. Debía avisarnos cuando la encontrara para que pudiéramos ponernos en contacto con ella.

—No se enfade conmigo, señora. Páguelo con su marido. Yo solo estaba haciendo lo que me pidió. —Volvió a acomodarse el sombrero en la cabeza—. No hace falta que me acompañe a la salida —dijo, al tiempo que se apresuraba fuera antes de que pudiera hacerle otra pregunta.

Cuando Emory llegó a casa, yo estaba en el sofá con la carta en el regazo. Neala le había telefoneado a su despacho; había oído el acento cantarín irlandés por el pasillo.

—Estaba nerviosa por llamarle al trabajo, señor, pero es que su esposa lleva más de una hora sentada en el salón sin moverse. Está blanca como la pared. Creo que será mejor que venga a casa.

Oí que el coche se detenía y volví la vista hacia la ventana. La estancia olía levemente al aceite de limón que usaba Neala para limpiar y a humo de leña del fuego que ardía en la chimenea. Cayó un tronco, lo que me sobresaltó, y una lluvia de chispas subió por la chimenea. Advertí que el candelabro de la repisa no estaba centrado y que habían cambiado la fotografía que nos tomaron a las chicas y a mí a la estantería. Debía decirle a Neala que tuviese más cuidado, pensé. Era fundamental que las cosas se mantuvieran en orden.

La puerta se abrió y oí el golpeteo seco y pesado de los zapatos de Emory en el vestíbulo. Mantuve la vista al frente cuando entró en la sala.

—Léela —lo desafié, agitando la carta por encima del brazo curvado del sofá.

Me dejó balanceando la carta en el aire mientras se dirigía al decantador de la mesa auxiliar y se servía un whisky. Nunca lo había considerado un bebedor, pero últimamente el whisky era lo primero a lo que recurría.

Dejé caer el brazo. Mi falda, de color ciruela, vivo como la mermelada, giró en torno a mis pies cuando me ladeé para mirar directamente a mi marido.

—¿Serías tan amable de servirme uno?

Se estaba llevando la copa a los labios. Se detuvo y me observó con curiosidad con aquellos ojos azules. Le sostuve la mirada, resistiéndome a su encanto. Una chica podía perderse en aquellos ojos; lo había aprendido hacía mucho.

Emory me tendió su copa con expresión descarada. Era posible que ese lado mío le hubiese excitado en otras circunstancias. Con cuidado de no tocarle la mano, cogí la copa y me sentí más segura en el instante en que el líquido áspero me recorrió la garganta. Agité la carta como si fuese un capote rojo ante un toro.

—Adelante. Solo te dolerá un poco.

Normalmente no me dirigía a mi marido con tanto descaro, y no sabría decir si eso le intrigó o le preocupó. Tomó el papel de mi mano y volvió la vista al fuego, como si sopesase arrojarlo en él, luego sacó las gafas de lectura del bolsillo del chaleco y desdobló la carta.

Yo ya la había leído tres veces. En cada ocasión me había chocado que incluso el ángulo de inclinación de la letra de Luella pareciera indignado. Podía oír su voz reprendiéndonos de forma tan clara como si estuviese de pie en la habitación. No lo sentía, escribió, sobre todo después de que enviásemos a un detective a buscarla. Sydney había encontrado trabajo con un pescador local y les iba perfectamente. Si estábamos preocupados por ella, deberíamos haber ido en persona. Sin duda estábamos más preocupados por la reputación familiar, que a ella le importaba un pimiento. No tenía pensado volver a casa y, si no la dejábamos en paz, se casaría con Sydney solo por fastidiarnos. ¿No entendíamos que ese había sido el primer el motivo de que se hubiese marchado, que estuviésemos más interesados en controlarla que en comprenderla? ¿Y había cambiado de conducta papá? Porque ella no estaba haciendo nada que él no hiciese. «Al menos yo soy lo bastante valiente para enfrentarme a él». Y que le dijésemos a Effie que lo sentía. Aquello no tenía nada que ver con ella. La quería y volverían a estar juntas. Lo prometía.

No había despedida, solo una firma apresurada.

Emory me miró por encima de la montura metálica de sus gafas, que le empequeñecían los ojos.

—¿Cuándo se volvió nuestra hija tan mala? —preguntó mientras se quitaba las gafas y las plegaba para volver a guardárselas en el bolsillo.

Yo misma estaba rabiosa desde que había leído la carta. No le correspondía a Luella enfrentarse a su padre por mí para avergonzarme. Lo que un hombre hacía en su tiempo libre era asunto suyo. Si yo escogía mirar para otro lado, era cosa mía.

—Al menos sabemos dónde está y puedes traerla a casa. Ya he consultado los horarios de tren. Hay uno a Boston que sale hacia Portland mañana a las siete de la mañana. —Normalmente yo no tomaba las riendas, pero normalmente tampoco bebía whisky por la tarde.

Dejó caer la carta en la mesita auxiliar. No parecía enfadado, solo contrariado, molesto.

—No pienso hacer tal cosa. Está claro que Luella se niega a volver a casa, y no tengo ninguna intención de suplicar a mi hija. ¿Crees que durará un invierno en una carreta en Maine? Me atrevería a decir que estará en casa antes de que caiga la primera nevada. —Su serena seguridad me fastidió. Estaba convencido de que yo me mostraría conforme. ¿Y por qué no? ¿Cuándo le había cuestionado?

Nunca. Esa era la respuesta. Podía influir en él, a veces,

cuando se trataba de las niñas, pero nunca le cuestionaba. Al principio era porque le amaba, luego porque no quería la verdad.

Apuré la copa y la deposité en la mesita para que dejara un anillo de sudor en la exquisita madera, una reliquia del siglo XVIII de la familia Tildon. Me alegré de dejar mi marca. Me levanté para coger mi pitillera de la mesa del pasillo. Cuando volví, Emory se balanceó sobre los talones, mirando cómo me encendía un cigarrillo y tiraba la pitillera al sofá; el objeto metálico se deslizó por el terciopelo hasta que se detuvo con un golpe seco contra el brazo.

Di una larga calada y dejé escapar una placentera bocanada de humo en dirección a Emory.

—Tal vez tu hija considerase conveniente venir a casa si te disculpases por lo que quiera que hayas hecho.

Eso lo pilló por sorpresa.

—¿Te gustaría darle esa satisfacción? ¿Ella dicta las condiciones? —Se aflojó la corbata de un tirón y se desabrochó el botón superior de la camisa, mirándome de frente mientras yo daba otra intensa calada al cigarrillo. Al menos no dijo: «No tengo nada por lo que disculparme».

En un gesto apaciguador, Emory tendió una mano hacia la mía, pero yo la aparté con brusquedad. No pensaba ablandarme. Nunca me había permitido a mí misma estar enfadada con él. Pero en ese momento lo estaba.

—Quiero saber cómo tienes pensado hacer que vuelva tu hija.

Al ver que su táctica habitual no funcionaba, Emory dio otro paso hacia mí, con lo que pasaba a probar, creo, con la intimidación.

—¿Qué quieres que haga, que la encierre en el desván? ¿Que amenace con desheredarla? No va a volver a casa a menos que ella quiera.

—¿O acaso eres tú el que no quiere que vuelva?

—¡No seas ridícula, Jeanne! —Había perdido la compostura. Unas manchitas rojas como burbujas de champán le estallaron en la parte alta de las mejillas. No estaba acostumbrado a que lo arrinconasen y me regodeé en su incomodidad. Con tono más calmado, dijo—: Estás demasiado alterada para discutir sobre esto ahora mismo. Ya hablaremos cuando te muestres razonable.

Tras despacharme, se encaminó hacia la puerta. Por fin lo había acorralado y estaba escapando. Lo seguí al vestíbulo.

—Estoy siendo perfectamente razonable —dije con la voz cargada de años de resentimiento. Él me ignoró, se puso el abrigo y cogió el sombrero del perchero—. ¿Adónde vas?

—Afuera. Necesito un poco de aire.

—¡No puedes ignorarme!

—No te estoy ignorando. Solo necesito un momento para pensar con claridad.

Emory se situó delante de mí y acercó su rostro al mío.

—Para, Jeanne. —La humedad se agolpaba sobre su labio superior, con la boca lo bastante cerca para besarla. Tal vez lo hiciera ahora para hacerme callar—. Para ya —dijo de nuevo.

Yo no quería besarle. Quería hacerle daño.

—¿Que pare qué, exactamente? —me burlé, y soné como una colegiala maliciosa.

—No es el momento. —De algún modo, había logrado que pareciera que era yo quien se había desviado de lo que importaba.

Abrió la puerta de un tirón.

—¡Solo trae a Luella a casa! —grité cuando Emory dejó caer su sombrero al tropezarse con Effie, que estaba plantada en el último escalón con gesto de sorpresa.

Nos quedamos mirándola, pero, en nuestra ceguera mutua, no la vimos realmente. Nuestra segunda hija entró en casa y subió las escaleras.

Ninguno de los dos le dirigió la palabra o se volvió para verla marcharse.

11

Effie

Seguí a la hermana Mary por dos tramos de escaleras hasta un dormitorio con sendas hileras de camas a los lados, cada una con una almohada plana y una manta de lana gris remetida en torno a un fino colchón. Allí no había vistas al río. Las altas ventanas con barrotes daban a una masa de árboles enmarañados cuyas copas se balanceaban contra un cielo incoloro.

Me hicieron bañarme y frotarme el pelo en el baño del final del pasillo.

—Para deshacerte de los piojos —aclaró la hermana Mary, tan segura de que tenía la cabeza infestada que no me molesté en decirle lo contrario.

El agua que barbotaba de las tuberías estaba helada y me bañé rápido, frotándome la cabeza con una pastilla de jabón marrón. El baño no tenía retrete, solo un lavabo de porcelana con las tuberías a la vista y la bañera, de la que salí a toda prisa en cuanto me escurrí el pelo, dando gracias por el vestido de lana que me habían entregado a pesar de lo mucho que picaba.

Cuando salí al pasillo, la hermana Mary estaba esperándome con las manos juntas y la expresión paciente. Asintió para que la siguiera y bajamos por las escaleras. El pelo, mojado y trenzado, lo sentía frío contra la nuca. A medida que caminábamos, la hermana Mary me explicaba que en la tercera planta estaban los dormitorios; en la segunda, las clases y los comedores de la asociación de mujeres conocida como Ladies Associates, a los que no debía entrar nunca, y en la planta baja, la capilla, la recepción, la lavandería, el comedor y el baño. No debía utilizar este último por la noche. Para eso teníamos orinales debajo de la cama.

Entramos en una habitación amplia con ventanas altas y estrechas cubiertas de riachuelos de vapor. El aire estaba cargado de una humedad que se me posó en la cara al entrar, rociándome las mejillas como la punta de un pincel. De unos postes de madera salían las cuerdas de tender, de las cuales colgaba toda clase de ropa, y había un olor desconocido en el aire que más tarde reconocería como una mezcla de lejía, almidón y lana mojada. Las chicas se hallaban encorvadas sobre las tablas de lavar, que descansaban en grandes barriles, metiendo y sacando los brazos rápido del vaho que se elevaba como una niebla que se levantara de lagos diminutos.

Recorrí la sala con la mirada en busca de Luella, tratando de atisbar en los rostros gachos que goteaban de sudor mientras me conducían a una larga mesa. Una hilera de chicas pasaba unas planchas de hierro siseantes por anchas bandas de lino. La hermana Mary se acercó a la más alta, una chica de pómulos elevados que llevaba el cabello rubio, con mechones blancos en las sientes, recogido en la parte posterior de la cabeza, y tenía la piel de color marfil, cincelada, y los ojos azul claro, como cachitos de cielo.

—Effie, esta es Mable —dijo la hermana Mary—. Mable, querida, ¿puedes enseñar a planchar a Effie, por favor?

Mable se llevó una mano a la estrecha cadera.

—¿Por qué no tiene que empezar lavando como el resto de nosotras?

—Haz lo que se te dice, Mable —respondió la hermana

Mary en tono cantarín. Estaba acostumbrada a ese tipo de réplicas y se alejó como si se deslizase sobre ruedas, etérea como un fantasma.

Mable me agarró las manos y me impresionó la sensación que me produjo en la piel desnuda.

—¿Qué te pasa en las uñas?

—Nada. Nací así —murmuré, pues no estaba acostumbrada a exponerme. Deseé recuperar los guantes.

Me examinó las palmas de las manos; las suyas estaban ásperas y secas.

—No has planchado nunca, ¿verdad? —Negué con la cabeza y me las soltó—. Quema algo y te doy una bofetada. Vamos.

Rodeé la mesa tras ella y me puse de puntillas para echar un vistazo a la sala. Tal vez Luella me viera a mí primero.

—Presta atención —me espetó Mable, al tiempo que me tendía una plancha tan pesada que estuvo a punto de caérseme. Me notaba las manos sensibles, como heridas recién curadas—. Empezaremos con algo sencillo. —Mable extendió una funda de almohada ribeteada con encaje, la cubrió con un retal de lino, le salpicó agua de un cuenco que tenía al lado y me dijo que me pusiera a trabajar. La plancha siseó cuando presioné—. Con suavidad —me ordenó—. Hasta el borde, y no dejes de moverla o la quemarás.

—Estoy buscando a mi hermana. —Moví la pesada plancha adelante y atrás como me había ordenado.

—¿Está ella aquí? —Mable levantó su plancha a mi lado.

—Sí.

—¿Cómo se llama?

—Luella.

—¡Luella! —Mable gritó, y yo levanté la vista y dejé la mano quieta. La plancha espurreó—. ¡Ven aquí!

Una chica caminó hasta donde estábamos; su rostro rollizo se meneó delante de Mable al tiempo que me invadía la decepción.

—¡Fuego! —gritó Mable, y me arrebató la plancha de la mano al tiempo que me propinaba un golpe en la mejilla tan fuerte que di un grito ahogado y me llevé la mano a la cara—. Zopenca —siseó.

Estampada en la tela blanca quedó la forma perfectamente chamuscada de la plancha, con los bordes ennegrecidos como una tostada quemada. Mable golpeó la plancha contra el enorme fogón negro que teníamos detrás y me apartó de un empujón. El frotar, escurrir y planchar se detuvo cuando todas las chicas se volvieron hacia nosotras. Mable cogió la funda de almohada, abrió la portezuela del fogón y la metió dentro. Las brasas calientes llamearon. La portezuela se cerró con un ruido metálico y Mable se volvió hacia la habitación, apartándose un mechón húmedo y pegajoso de la frente mientras levantaba el dedo y trazaba una línea invisible entre las caras que miraban.

—Ni una palabra. ¿Entendido? Si la hermana Gertrude se entera de esto, os sacaré a rastras de la cama a todas y cada una de vosotras y os daré una paliza. —La chica a la que había ordenado que se acercase estaba plantada con expresión sorprendida delante de ella—. ¿Eres la hermana de esta imbécil?

—No —murmuró la chica.

—Bueno, de todos modos te ha tocado. Enséñale a usar el escurridor. Quizá pierda un dedo en lugar de costarme otra funda de almohada.

Mantuve la mano en la cara, que me palpitaba, mientras seguía a la Luella impostora hasta una tina donde una sola chica introducía ropa por dos grandes rodillos mientras otra accionaba el manubrio que chirriaba con cada giro. La chica del manubrio era fuerte y robusta. Me echó una ojeada con aquellos ojos castaños, de pestañas tupidas, y dijo:

—Con esos brazos escuálidos no vas a durar ni un minuto en esto. Helen, aparta y deja que meta ella la ropa.

—Encantada —dijo Helen, y me pasó un montón de ropa mojada.

—Sacúdela —me ordenó la chica de la manivela—. Y guíala aplanándola, pero no acerques los dedos a los rodillos. Te los arrancarán de cuajo. Yo soy Edna. —Me dijo su nombre de forma inexpresiva, sin sonreír, con el rostro redondo húmedo y brillante por el sudor.

—Effie. —Me toqué el verdugón de la mejilla. Lo noté ardiendo. ¿Dónde estaba Luella? Me sobrevino una oleada de pánico—. Mi hermana está aquí, en alguna parte —dije—. Pero no la veo.

—No estamos todas en lavandería. Las más pequeñas están en clase. ¿Cuántos años tiene? —Edna relajó la fuerza con la que agarraba el escurridor y enderezó la espalda, emitiendo un pequeño gemido al tiempo que estiraba el brazo.

—Dieciséis.

—Entonces debería estar aquí. ¡Millie! —gritó a una chica que volcaba un cubo de agua hirviendo en una tina—. ¿Hay alguien en el agujero?

—¡Creo que no! —gritó la chica en respuesta.

Una campana dio la hora y se produjo un ligero alboroto mientras las chicas dejaban sus tareas y se apresuraban a desatarse los delantales.

—La comida —dijo Edna—. Comemos todas juntas, así que, a menos que tu hermana esté en el agujero, ahí estará.

El comedor era grande, con las paredes blancas y los tablones del suelo anchos y resplandecientes. Llegaban olores de la cocina, de caldo de carne y cebolla, pero también de cera de abrillantar y aceite de tung, como si acabaran de barnizarlo todo. Yo nunca había estado en espacios tan limpios y vacíos. No parecían vividos. No había cuadros ni estanterías. ¿Habría libros? Quizá en las aulas, debían de permitir a las chicas leer y escribir.

Nuestros zapatos reverberaron por el suelo impecable mientras nos abríamos paso hasta las largas mesas de roble con las sillas metidas de forma pulcra. Desde las altas ventanas, al otro lado de la gruesa reja metálica, veía la ladera. Había empezado a llover. Los barrotes me infundieron temor; la realidad de estar encerrada me sobrevino con fuerza. ¿Dónde estaba Luella?

No nos sentamos, sino que nos quedamos de pie detrás de las sillas hasta que entró la hermana Gertrude y se colocó a la cabecera de nuestra mesa. Se produjo una pausa prolongada mientras examinaba la habitación antes de asentir con gesto imperioso para que tomáramos asiento. Seguí a las chicas, que ocuparon las sillas y agacharon la cabeza para rezar, sin apartar los ojos de los pedacitos de cebolla que flotaban en mi cuenco. Cuando por fin acabó la oración, eché un vistazo alrededor de la mesa, a las chicas que se llevaban la sopa a la boca con la cuchara, y tuve que contener el impulso de dar un salto y gritar el nombre de mi hermana. Nadie hablaba, y cuando intenté susurrar algo a Edna, que se hallaba sentada a mi lado, me pellizcó el muslo por debajo de la mesa y guardé silencio.

Se oía un rumor de cucharillas que chocaban y sillas que se arrastraban, toses y respiraciones, y el zumbido agitado de mi corazón. Todavía me palpitaba la mejilla a causa del golpe y sentí que se avecinaba el pánico de un ataque azul.

Edna propinó un codazo a la chica que tenía al lado.

—¿Hay alguien en el agujero? —preguntó en voz baja. La chica negó con la cabeza sin apartar los ojos de la comida. Edna acercó la cabeza a su cuenco y me susurró—: Tu hermana no está aquí. Ahora come antes de que la hermana Gertrude piense que te pasa algo. Lo último que quieres es que te manden a la enfermería.

Agarré mi cuchara como si aquella pequeña pieza de metal pudiese sostenerme. ¿Mi hermana no estaba allí? Mi cerebro empezó a repasar los acontecimientos de los últimos meses a toda velocidad y fui enloqueciendo. Respiré hondo, despacio, y me acabé la sopa. Luella tenía que estar allí. Retiré la silla y me levanté para seguir a las chicas al fondo de la sala, donde echamos en un cubo de basura lo que nos quedaba en los cuencos, que dejamos sobre un largo mostrador. En silencio, volvimos con pasos pesados a la lavandería, donde fui introduciendo la ropa húmeda en el escurridor, con la mente hecha una maraña de pensamientos irracionales, las piernas flojas y los dedos resbaladizos. La tela no dejaba de entrar de manera desigual, y Edna me fulminaba con la mirada mientras detenía el manubrio y recolocaba la tela entre aspavientos.

Para la hora de la cena, me encontraba exhausta. El vestido de lana estaba empapado y pesaba, tanto por mi propio sudor como por la ropa mojada que sacaba de la tina. Aturdida, dejé el delantal colgado de un gancho y seguí al grupo de chicas de vuelta al comedor. Edna no se sentó a mi lado esa vez, y acabé junto a una chica pálida con los ojos hundidos que no paraba de toser y limpiarse la nariz con el dorso de la mano. La cena consistía en un pedazo de carne correosa y una patata asada que me costó tragar. Busqué a Luella en cada rostro de la sala. Tenía que estar allí, de lo contrario nada tenía sentido.

Después de la cena nos congregamos en la capilla de San Salvador para vísperas. Esta colindaba con el edificio principal por el centro y se extendía hacia fuera en un patio central. Al pasar arrastrando los pies por delante de las ventanas del pasillo, vi que la lluvia resbalaba por un jardín lleno de hojas doradas. Apenas unas horas antes se me había pegado una hoja al pelo, el agua se había arremolinado en torno a mis pies y el viento me había helado el cuello.

En la antigua capilla, que olía a humedad, nos vimos obligadas a arrodillarnos en filas sobre duros reclinatorios de madera. Unos candelabros de pared de gas se volvían borrosos delante de mí y una luz vespertina clara se colaba por las vidrieras donde san Pablo, con la espada y el pergamino, me miraba con gesto de desaprobación, y Jesús, que guiaba a un cordero, me miraba con gesto compasivo. Junté las manos y seguí a la hermana Gertrude en la oración: «Hemos dejado de hacer lo que debíamos haber hecho y hemos hecho lo que no debíamos hacer». Las lágrimas se me agolpaban tras los párpados. Cerré los ojos con fuerza y me mordí un labio tembloroso. Hacía frío y notaba corriente en los pies. Contoneé los dedos dentro del suave cuero de los zapatos. La hermana Mary había dejado que me los quedara y sentí un apego repentino e irracional hacia ellos. Unas horas antes, esos zapatos estaban en el vestíbulo de mi casa, una casa situada al otro lado mismo de la colina, y aun así existía en un universo completamente distinto. ¿En qué universo existía mi hermana? ¿Dónde estaba? Recorrí la oscura capilla con la mirada. Definitivamente, Luella no estaba allí. ¿Cómo había cometido un error tan tremendo?

Despojada de fuerza física, logré superar las vísperas y llegar a trompicones al dormitorio, donde una chica resentida me arrojó un camisón sin decir palabra y me señaló una cama vacía.

Aferré el camisón contra mi pecho y se me aceleró el corazón. Nunca había pasado la noche fuera de casa. Había dejado una nota a mis padres en la que les decía que iba a buscar a Luella, pero si ella no estaba ahí, ¿adónde pensarían que me había ido? Me imaginé a mamá caminando de un lado a otro por mi habitación vacía, contando los segundos con golpecitos en el dorso de la mano, como hacía cuando calculaba la duración de mi ataque azul. ¿Y si se pasaba la noche entera dando golpecitos, muerta de preocupación? Vi a papá caminando por la calle con la señorita Milholland del brazo, ella con el sombrero ladeado y el abrigo de color crema meneándose a un lado y a otro. ¿Y si no le importaba que me hubiese marchado? ¿Y si se alegraba de librarse de mí para que no lo delatase como Luella?

Edna se plantó junto a mí y entrelazó su brazo con el mío como si fuésemos viejas amigas para llevarme hasta una cama donde había una chica retirando la colcha.

—Venga. —Edna le hizo un gesto con la barbilla—. Ahora vas a dormir allí. Roncas.

—¿Y mis sábanas? —La chica me lanzó una mirada afilada. Era pequeña, pero parecía feroz como un tejón.

Edna retiró las sábanas y la manta de la cama de un tirón y las dejó caer en los brazos de la otra.

—Ve. —La chica se fue enfurruñada y Edna señaló con la cabeza el camisón que aún aferraba contra mi pecho—. ¿Estás esperando a que te ayuden con eso?

La habitación estaba helada, pero a ninguna de las chicas parecía importarle mientras se desnudaban, quitándose vestidos y combinaciones para ponerse camisones; algunas se quedaban en ropa interior, charlando y riendo, mientras otras se arrastraban cansadas hasta la cama.

Avergonzada, me puse el camisón por la cabeza y me contoneé para quitarme el vestido de lana por debajo.

—Buena chica. Ahora ve a por tus sábanas y haz esta cama antes de que venga la hermana Mary a pasar su revista nocturna.

Las sábanas estaban en un gran armario situado al fondo de la habitación. Cuando volví, Edna me miró como si supiera que no había hecho una cama en mi vida. Recordando cómo lo hacía Neala, encontré las esquinas de la sábana bajera, las metí por debajo del colchón y agité la sábana de arriba por encima.

Edna parecía poco convencida.

—Hay algo extraño en ti. —Se llevó las manos a la espalda y se desabrochó el vestido, que se sacó por la cabeza; tenía los brazos pálidos y el contorno de su voluminoso pecho resultaba visible bajo la combinación.

Con un chirrido de muelles, Mable saltó a la cama de enfrente, aterrizó sobre el estómago y apoyó la barbilla en la mano.

Sin pensarlo, me toqué la mejilla sensible.

—¿Todavía te duele? —Mable levantó las piernas en el aire de manera que el camisón se le resbaló y dejó al descubierto las pantorrillas torneadas. Algunas pecas le salpicaban la piel, tersa y pálida—. Tengo que imponerme enseguida con las nuevas, si no, no hay respeto. —Se giró boca arriba y dejó la cabeza colgando por el borde del colchón, con el cabello como una llama blanca que lamiera el suelo—. Parece que Edna te ha dado una cama justo entre nosotras. Debes de gustarle, pero, bueno, es una blanda, sobre todo con las novatas.

Edna se dejó caer en el colchón junto a Mable.

—Hay algo sospechoso en esta. —Se retorció el cabello sobre el hombro mientras intercambiaban miradas cómplices.

Mable asintió lentamente.

—Yo ya tenía mis sospechas. —Balanceando los pies hasta el suelo, sacó algo brillante de debajo del colchón y se puso en pie delante de mí—. Ponte esto. —Me tendía un pequeño frasco de cosmético con una etiqueta dorada en la que se leía ROUGE CORAL, BOURJOIS.

No me moví para cogerlo. Nunca me habían mangoneado. En la escuela, las chicas sabían que era mejor dejarme en paz. Era la hermana pequeña de Luella y, además, estaba enferma. Nadie mangoneaba a la chica enferma.

Mable sonrió con suficiencia.

—¿Nunca te has pintado las mejillas? Me ofenderás si no lo aceptas. ¿Sabes lo que ha costado colar esto aquí? Enséñaselo, Edna.

Lanzó el frasco, que salió volando por los aires, y Edna lo atrapó, se bajó el tirante de la combinación y dejó al descubierto su amplio seno blanco con el pezón rosa brillante. Se levantó el seno, afianzó el frasco debajo y levantó los brazos en una pequeña genuflexión. El frasco permaneció en su sitio.

Mable aplaudió.

—Es estupendo lo que puede esconder una debajo de esas cosas. Venga, trae para acá.

Edna se sacó el carmín y se lo lanzó a Mable, que lo atrapó en el aire, como un jugador de béisbol, y desenroscó la tapa. Sonrió, frotando el dedo en la crema roja de manera metódica.

Desde atrás, me inmovilizaron los brazos a los costados.

—No te resistas —me siseó Edna; noté su aliento caliente en el cuello—. Si no te lo pondré por todas partes y parecerás una puta en lugar de una dama.

Pensé en la mirada furibunda de Luella y en cómo apretaba los labios con determinación cuando estaba enfadada. Ella nunca toleraría aquello. Ella destrozaría a aquellas chicas. Me retorcí, tratando de liberarme de los brazos de Edna, pero lo único que conseguí fue echar la cabeza a un lado cuando Mable se abalanzó sobre mí con la punta del dedo pintada de rojo. Desesperada, le di una patada, fuerte, directa a las espinillas. Hizo una mueca, chillando «¡Serás demonio!», y juntas me tiraron encima de la cama.

Edna se sentó sobre mi estómago, me tapó los oídos con

las manos y me sostuvo la cabeza mientras Mable me untaba los labios y las mejillas con el carmín frío y pegajoso. Se me entrecortó la respiración y se me aceleró el corazón, con los sonidos de la habitación amortiguados bajo las manos de Edna. El dedo de Mable me presionaba la boca, y pataleé y me retorcí, debilitándome. Nunca ganaría. Yo nunca sería como Luella. Yo era igual de delicada y endeble que los filamentos que delineaba en mi cuaderno de botánica. Esas chicas me despedazarían como una hoja.

En esa ocasión, la habitación no se iluminó ni se disolvió en calma como aquella vez en mi cama. Esta era una muerte violenta, un nudo corredizo que se cerraba en torno a mis ojos, a mi cuello. Me asfixié, resbalé y caí a una velocidad aterradora; las imágenes pasaron como una baraja de cartas: los dedos de papá en la cara interna de mi muñeca, la trenza de Luella sobre una almohada, una muñeca con rizos, teclas de un piano, una regla con la que me golpeaban los nudillos, un frasco de crema fría volcado en el suelo, el blanco de las cicatrices de mamá.

Jadeando, remonté con uñas y dientes a través de una oscuridad asfixiante y escarbé en el espacio vacío hasta que cobró nitidez una viga del techo, el borde de una ventana y la esquina de una pared. El torrente en mis oídos dio paso a un timbre y reconocí la cara de la hermana Gertrude, que flotaba lejos de mi alcance.

Su boca se movía y oí:

—¿Cuánto tiempo lleva así?

No logré articular una respuesta.

Las paredes encajaban en su sitio a mi alrededor y me incorporé, sintiéndome como si me hubiera succionado un túnel y hubiera caído por el otro lado. La habitación estaba en silencio, salvo por la lluvia que golpeteaba contra los cristales. La hermana Gertrude acunaba el frasco de carmín en la palma de la mano; la cofia y la toga le cubrían todo el cuerpo excepto el círculo intimidante de la cara. Mable y Edna se hallaban tumbadas en sus camas mirando al techo con expresión inocente y aburrida.

—¿Crees que puedes quedarte ahí tumbada y fingir que duermes con la cara pintada? Por lo visto, las chicas no te han informado de que paso revista a todas y cada una de vosotras antes de que se apaguen las luces. O quizá... —se inclinó hacia atrás sobre los talones—, no les importaba que te pillase. Ven conmigo.

Me flaquearon las piernas al levantarme. Recuperé el equilibrio y seguí a la hermana Gertrude fuera de la habitación y por el pasillo hasta una antesala donde la hermana Mary se encontraba de pie sobre una alfombra trenzada delante de un fuego intenso, una pequeña figura sólida de negro, una testigo.

Se oyó un leve ruido cuando la hermana Gertrude dejó el carmín sobre una mesa redonda situada entre dos sillones orejeros. Esa habitación era acogedora, con sus estanterías y baratijas, una figurita de la Virgen María en la repisa de la chimenea, papel y pluma en un escritorio.

—Ve a lavártelo. Todo. —Señaló un aguamanil en el rincón de la habitación.

Me había olvidado del carmín que me embadurnaba la cara.

Cerré los ojos para enjabonarme y aclararme la cara, y podría haber estado en casa, con el aroma a violetas del jabón y el crepitar del fuego, y Neala ordenándome que me limpiase. Cuando levanté la vista y vi las caras severas y pálidas, me sentí desorientada.

La hermana Gertrude me puso un dedo debajo de la barbilla y me pasó el pulgar por los labios con brusquedad; me recordó a mi madre cuando me levantó el rostro el día que me preguntó sobre Luella, cómo me había apartado de ella. Debería habérselo contado todo.

Contenta con que su pulgar no hallase ningún resto de sedición, la hermana Gertrude cruzó los brazos a la altura del abultado pecho.

—No te he encasillado como una agitadora cuando has llegado esta mañana, pero al parecer te he juzgado mal. —Paladeó cada sílaba, como si las saborease con la lengua—. No tolero esta clase de comportamiento. ¿Cuál de las chicas te ha engatusado con esto?

Aún comprendía pocas de las costumbres de allí, pero sabía lo suficiente para darme cuenta de que delatar a alguien sería un suicidio. Fuera cual fuese el castigo que me impusiera la hermana Gertrude, no sería tan malo como la venganza de las chicas.

—Lo llevaba en el bolsillo de la falda cuando he llegado esta mañana. —Era una mentira elaborada a toda prisa, a la altura de cualquiera que pudiera contar Luella.

—¿Qué te ha poseído para ponértelo antes de acostarte? ¿Estabas intentando alardear delante de las demás chicas?

Me mordí el labio y no dije nada.

La hermana Gertrude chasqueó la lengua al tiempo que meneaba la cabeza con gesto de desaprobación.

—Hermana Mary —soltó, y la forma inmóvil de la hermana Mary cobró vida y, arrastrando los pies, se dirigió al escritorio situado debajo de la ventana y sacó algo del cajón—. Date la vuelta —me ordenó.

Me volví hacia la ventana. No había reja, solo pequeños cuadrados de cristal por los que resbalaban lágrimas de lluvia. Se me hizo un nudo en el estómago. ¿Iba a azotarme? No lo habían hecho en la vida. A algunas de las chicas de la escuela les daban con la fusta, pero mi padre jamás haría tal cosa.

Antes de que supiera qué estaba ocurriendo, noté que me tiraban del pelo hacia atrás y oí un tijeretazo seco. Me volví de golpe para ver mi trenza colgando como el pellejo de un animal muerto de la mano de la hermana Gertrude. Me llevé la mano a la parte posterior de la cabeza como si hubiese perdido parte del cráneo y vi cómo la monja tiraba mi pelo a la papelera y volvía a guardar las tijeras en el cajón.

Me miró con expresión amable, la desaprobación santificada por la rectitud de sus acciones.

—«Yo te instruiré, te mostraré el camino que debes seguir, te daré consejos y velaré por ti». —Sonrió—. Puede que te parezca un duro castigo, querida, pero te lo aseguro, arrancar la vanidad de raíz es el primer paso hacia la salvación. Ruega perdón por tu pecado y Dios se apiadará de ti. El pelo volverá a crecerte. Tengo fe en que, para entonces, se habrá fortalecido tu bondad y dejarás de caer en la tentación. —Me miró como si la mejora de todo el sexo femenino recayera en nuestras manos, como si estuviésemos juntas en aquel plan de rectitud moral.

De nuevo pensé en Luella.

—No he hecho nada por lo que pedir perdón. Yo no debería estar aquí. Mi padre es Emory Tildon. Llámenlo por teléfono. Quiero hablar con él. Si sabe dónde estoy, vendrá inmediatamente a buscarme. —Me inspiré en la voz de mi hermana, me enderecé, con la barbilla levantada. Nunca me había plantado así ante nadie.

La indignación contrajo la frente de la monja, que apretó los labios hasta convertirlos en dos líneas duras; su rostro suave se calcificó. Me había juzgado mal. No era tan maleable como ella pensaba.

—No tolero a las mentirosas. ¿Acaso quieres pasar tu primera noche aquí en el sótano? —Me agarró con fuerza del brazo y me llevó fuera de la habitación. Me clavaba las puntas de los dedos en los músculos sensibles bajo el brazo. Se detuvo delante del dormitorio, bajó la voz y me sacudió un mechón de pelo trasquilado—. Dejarte esto ha sido un acto de bondad. Un paso en falso más, una mentira más, y te rapo esa cabeza tuya al cero y te pasas una semana en el sótano a pan y agua. ¿Está claro?

Me empujó por la puerta abierta, me tambaleé y me agarré al pie de una cama de hierro, el metal helado, y mi seguridad se fue desmoronando a medida que me arrastraba hasta mi cama vacía. Me había atrevido a imaginar que la hermana Gertrude haría lo que le había dicho. ¿Cómo iba a ponerme en contacto con mis padres si ella no me creía, y cómo encontraría nunca a mi hermana?

La forma amortajada de la hermana Gertrude se alejó por el pasillo y la puerta se cerró de golpe. La habitación se quedó a oscuras y el techo desapareció de mi vista. Me toqué las uñas en cuchara intentando resucitar la sensación tranquilizadora que me producían las cicatrices de mi madre, imaginando el rostro de Luella la noche que me despertó para trenzarme el cabello. ¿Por qué no me envió ni un triste mensaje? Necesitaba una palabra, una frase, un principio o un final, algo que explicara aquello.

No hubo nada, únicamente el pulso de una habitación llena de un centenar de chicas dormidas. Santo cielo, ¿qué había hecho?

LIBRO SEGUNDO

12

Mable

Cuando vi a Effie abriéndose paso por la lavandería aquel primer día, no tenía ni idea de que nuestras vidas acabarían enmarañadas. A decir verdad, no pensé mucho en ella. No era más que otra chica que se sumaba al montón. Lo que sí vi, de inmediato, fue que no era tan débil como aparentaba. Por eso le di una bofetada. No fue nada personal. Metió la pata y tenía que pagar por ello, así es la vida. Yo sabía que lo soportaría. Reconozco que por un momento creí que podría haberla matado con aquel asunto del carmín, pero también se recuperó de eso.

Qué poco sabía de la verdadera fuerza de esa chica por aquel entonces.

Pero me estoy adelantando. Esto de contar historias a mí no se me da bien. Las historias forman parte del terreno de Effie, no del mío. La vida, a mi entender, es una serie de acontecimientos que es mejor no contar y, aun así, aquí estamos.

Supongo que hay cosas de las que sencillamente no puedes huir. No cuando has obrado mal como yo. Cuando has cometido el peor pecado que puede cometer una persona en este mundo. He hurgado en mi alma en busca del motivo que me llevó a hacerlo y no he dado con ninguna respuesta. Al menos iré al infierno por ello, algo es algo. He intentado confesarlo, pero no puedo. Así que me esconderé hasta que el demonio venga a por mí.

En general, me importaba poco la gente. Enterrar al quinto bebé de mi madre hizo que dejara de hacerlo. Al cabo de un tiempo, no puedes mirar sus diminutos rostros azules y sus puños cerrados y sentir nada más que lamentarte por tener que cavar ese agujero.

Enterré a ese último bebé una mañana de julio, temprano. Estaba lloviendo. El agua chorreaba por las ventanas sucias de la cabaña y golpeteaba contra el tejado. La lluvia empeoraba el día, ya triste, con todo el cielo llorando sobre nosotros mientras, desde el vano de la puerta del dormitorio de mis padres, observaba el gordo trasero del médico que se inclinaba hacia las piernas abiertas de mi madre.

—Ahora va a tener que empujar, señora Hagen. No le queda otra. —El doctor Febland estaba como un tonel, tenía unos bigotes como hojas de maíz y unas mejillas como si llevara huesos de melocotón dentro. Sonaba cansado y harto. Miró a mi padre, que se encontraba apoyado en la pared de brazos cruzados—. Einar... —para entonces el médico ya se tuteaba con mi padre—, habla con ella.

Mi padre mantuvo el rostro como si fuese de piedra, tenía el pelo gris pegado a la frente sudada y la boca cerrada con fuerza, aceptando lo inevitable. Cuando mamá se rendía, no había forma de animarla, y todos lo sabíamos.

El médico suspiró y, con la palma de la mano, empezó a presionar el enorme vientre de mi madre hacia abajo.

Yo no quería mirar. No estaba siendo de ninguna ayuda, así que trepé por la escalera de mi cama, situada encima de la cocina, me acosté y seguí el ritmo de la lluvia en el aire con las puntas de los dedos.

Mis padres querían diez hijos. Al menos eso me decía papá. Mamá se guardaba para sí lo que fuera que quisiera, pero su vientre seguía hinchándose y los pequeños montículos seguían acumulándose bajo el abedul de fuera. Yo era la única que había sobrevivido al primer mes. «Naciste con facilidad y te has convertido en la belleza que eres sin ninguna ayuda por nuestra parte», le gustaba recordarme papá. Yo era su primogénita y creía que era culpa mía que imaginaran que el resto de sus hijos serían igual de fáciles.

Entre los listones de la barandilla de mi cama veía la mesa de la cocina y oía el siseo del fuego que se apagaba en la chimenea como si hubiese alguien en cuclillas entre las piedras escupiéndome. No lograba entender por qué mis padres seguían intentando tener hijos cuando no había dónde ponerlos. Vivíamos en una pequeña cabaña en medio del bosque a las afueras de Katonah, un pueblo de Nueva York. De la carretera principal —más bien una pista de tierra llena de baches— a nuestro claro había una caminata de unos buenos veinte minutos. Mi padre trabajaba en el pueblo, en la tienda de muebles de los Hermanos Hoyt, para un hombre al que ni mamá ni yo conocíamos. Papá decía que el señor Bilberry era un buen hombre cuando le convenía, pero que eso no pasaba muy a menudo.

Desde el dormitorio llegó un gemido que se convirtió en llanto. Me alegraba no ver la angustia que rezumaría mi madre en las sábanas. Me cubrí la cabeza con la almohada y esperé hasta que el gemido se apagó, luego la arrojé a un lado para escuchar. No hubo llanto de bebé. En medio del tamborileo de la lluvia distinguí el sonido metálico del maletín del doctor Febland al cerrarse y cómo arrastraba los pies con cansancio hacia la puerta. Antes de que se fuera oí que le decía a mi padre que era una niña y que sentía que no hubiese nada más que él pudiera hacer.

La casa se sumió en el silencio. Me quedé donde estaba hasta que el hambre me hizo bajar a la cocina, donde metí un trozo de pan de cuchara en la sartén con los dedos. Mi madre era italiana, pero unos meses antes, cuando papá y ella estaban en la etapa de buena esperanza, mi padre había llevado a casa un libro en el que se leía *Recetas de Knoxville* en negrita roja junto a una mujer con un peinado elegante como nunca había visto. Yo podía leer la palabra «Knoxville», pero no entendía lo que significaba. Nunca había ido a la escuela y mi educación con mamá tenía lagunas. Papá dijo que lo había encontrado en una caja de libros gratis en la puerta de la biblioteca del pueblo y, dado que el único libro que poseíamos era la Biblia, imaginó que podía cogerlo. Él era noruego y, de todos modos, había desistido de que mamá cocinara nada que él pudiera reconocer.

Me lamí las migas de los dedos y advertí que papá estaba sentado completamente quieto en la mecedora, con las manos en las rodillas, mirando la cuna a sus pies. «Demonios —pensé—, han envuelto a esa niña y la han acostado otra vez». El fuego de la chimenea se había apagado por completo. Con cuidado de no mirar en la cuna, me acerqué a la puerta del dormitorio donde yacía mi madre, tan frágil y agotada, toda retorcida entre las sábanas, con el pelo oscuro apelmazado alrededor de la cabeza y una mancha de sangre acuosa a sus pies. Tenía el rostro hundido en las almohadas, y no supe si dormía o no.

En lugar de acurrucarme a su lado como solía hacer, fui y me quedé de pie junto a papá. No tenía más que doce años, pero ya le llegaba al hombro cuando nos plantábamos uno al lado del otro. Papá decía que había heredado la altura noruega de su madre.

—Si sigues creciendo, romperás el techo y tendremos que darte de comer por la chimenea —decía.

—Entonces tendréis que cuidar de mí para siempre —contestaba yo, esperanzada.

—Qué va, no tardarías en aprender a atrapar pájaros del cielo y no nos necesitarías para nada.

Le puse una mano en el hombro y me apoyé en él, mirándole la cabeza llena de pelo, claro y grueso como algodoncillo. No dijo nada, y la quietud empeoró por el hecho de que insistía en parar el reloj cuando moría un bebé para que el tictac no nos distrajese. Yo era la única que volvía a ponerlo en funcionamiento. Mis padres no dejaban de intentar detener el tiempo, pero, a los doce años, tiempo era lo único que tenía yo.

Retiré la mano y me incliné para darle un beso en la mejilla antes de salir a la cálida lluvia. Cogí la pala del establo. Las gotas de lluvia se me escurrían por el cuello y me empapaban los hombros del vestido mientras cavaba un agujero lo más hondo que podía. Tal vez si enterraba a ese bebé a suficiente profundidad, no nos rondaría como los otros.

Cuando la pala dejó de golpear el fondo, la arrojé al suelo y volví adentro. Papá estaba encorvado sobre la cuna, rezando de rodillas. Yo no sabía qué hora era —ese condenado reloj parado—, pero, por la luz que entraba en casa, supuse que serían cerca de las cuatro. Pasé lo que quedaba del pan de cuchara al horno, encendí una cerilla y prendí el periódico que había en el cajón, dando gracias por que papá lo hubiese preparado por la mañana, pues a mí no se me daba bien calcular la cantidad apropiada de aire entre las ramas. Cuando hubo suficientes llamas, cerré el regulador de tiro y apreté los labios, con fuerza, cobrando ánimos frente a las ganas de subirme a la cama y taparme la cabeza con la almohada.

Me dirigí a la cuna y cogí al bebé. Mi padre no se movió. La pobre niña era como una pluma, pero no pude evitar mirar su rostro diminuto cuando me encaminaba a la puerta. Tenía la piel de color perla y translúcida, y sus párpados cerrados eran como gotas de agua blanquecina. Por su aspecto, no había dejado de ser un espíritu en ningún momento.

Cuando llegué al agujero, me puse de rodillas, alcé a la niña hacia el cielo y la sostuve en alto en medio de la lluvia. Me parecía correcto que Dios se la llevase limpia de este mundo. Cuando la bajaba, noté la mano grande de papá en mi hombro. No le había oído acercarse por detrás de mí, pero sabía que estaría allí. Nunca me hacía echarles la tierra encima. Se arrodilló, tomó al bebé de mis manos y lo sostuvo en una palma. Era tan pequeña que parecía que estuviera metida en una manopla. Muy despacio, mientras susurraba unas palabras de salvación, papá se inclinó y la colocó con suavidad en la tierra del agujero, que la lluvia ya estaba embarrando. Esa era la parte más triste, separar a la diminuta criatura de nuestros cuerpos y abandonarla sola en el suelo. No había otra forma, pero no por ello dejaba de parecer cruel. Cerré los ojos y alcé el rostro al cielo del mismo modo que había levantado al bebé, y las gotas de lluvia me permitieron llorar sin preocupar a papá en absoluto. Me quedé así, escuchando los árboles en quietud, con el aire caliente cargado del olor a tierra mojada.

Me sorprendió un grito. Me levanté de un salto y vi a mamá, que corría desde la casa con el camisón blanco ondeando a su espalda como una nube reticente. Los pies descalzos le resbalaron en el barro y cayó al suelo, donde se agarró a la hierba para avanzar a tientas hacia nosotros. Papá no se volvió. Aplanó la tierra del agujero ya lleno con la pala y se apartó cuando mamá se dejaba caer sobre él, doblegada de rodillas, llorando y maldiciendo en voz baja. Yo tenía el vestido empapado por la lluvia y estaba helada incluso a pesar del aire caliente. Quería volver adentro, pero no me parecía bien dejar a mis padres solos ahí fuera. Cuando hubieron llorado y rezado hasta quedar limpios, papá levantó a mamá y yo los seguí de vuelta a la casa. El cuerpo de mi madre se veía tan pequeño en los enormes brazos de mi padre que podría haber sido su bebé.

Dentro, ella se sacudió para bajar al suelo y se enderezó tambaleante. El barro le cubría el camisón, que se le pegaba a los pechos hinchados y el vientre abultado como una capa de piel oscura. Mi madre era pequeña y temible, con los ojos de un castaño oscuro y una voz que atravesaba cualquier cosa.

—¡Se acabó! —gritó, agitando el puño cerrado hacia él—. No pienso darte ni uno más.

De una rápida patada, envió la cuna por el suelo hasta la otra punta. Se estampó contra la chimenea de piedra y se partió limpiamente en dos trozos, que se separaron con la misma suavidad que la mantequilla cortada con un cuchillo.

Dio la impresión de que esa cuna había estado esperando para abandonar.

Me quedé mirando la madera rota, con una mezcla de asombro y alivio incómodo. El agua me goteaba del vestido y se acumulaba a mis pies. Yo sería la última niña —con vida, al menos— que se había mecido en ese valioso mueble. Había llegado desde Sicilia con mi bisabuela y había mecido a cada uno de sus trece hijos. Mamá ni lo miró cuando se tambaleó hasta la habitación, cerró de un portazo y echó el pestillo.

El carácter definitivo del sonido de aquel pestillo al encajar en su sitio aún me acompañaba cuando puse el péndulo del reloj en movimiento y fui a la cocina a ver si se había calentado el pan de cuchara. Papá sostenía la cuna rota y acariciaba las dos partes como si pidiera disculpas. Ni siquiera pertenecía a su abuela, pero imaginé que su corazón se había roto con ella.

Daba igual a qué profundidad hubiese cavado aquel hoyo, pensé mientras me movía por la cocina. El rostro delicado y fino como el papel del bebé muerto iba a rondarnos de todos modos.

Si mis padres se habían molestado en ponerle nombre, nadie llegó a decírmelo.

13

Effie

Me despertó el tañido resonante de una campana. Estaba oscuro, y la lluvia continuaba cayendo cuando las chicas empezaron a protestar y a levantarse de la cama a trompicones. No fue hasta que me puse en pie cuando me acordé de los trasquilones de mi pelo, que se mecía ligera y libremente en torno a mis orejas.

Mable se puso de rodillas sobre su cama, se lamió la mano y se enderezó el pelo con un nudo a la altura de la nuca. Ni ella ni Edna me miraron cuando nos dirigimos a rastras a la capilla para el rezo matutino y, a continuación, al desayuno, consistente en gachas de avena. No tardé en descubrir que las comidas carecían de variedad: gachas pastosas para desayunar, estofado aguado para comer y carne seca y fibrosa con patata para cenar. Rara vez había mantequilla y solo de vez en cuando una pizca extra de sal.

Después del desayuno caminamos penosamente hasta la lavandería, donde las planchas se erguían como soldados preparados sobre los enormes fogones negros. A mí me asignaron a una tabla de lavado y me dieron un montón de camisetas que frotar. Al cabo de una hora tenía los dedos arrugados y en carne viva a causa del agua hirviendo, y el delantal y las mangas subidas empapados.

Aturdida, en un momento de agotamiento, levanté la

cabeza y vi a Suzie Trainer doblando una sábana con otra chica. Sus movimientos eran rápidos y sin interrupciones. Me había olvidado por completo de ella. Apenas había tenido relación con ella en la escuela y, aun así, la familiaridad de aquel rostro fuerte y el pelo castaño y rizado hizo que me diera un vuelco el corazón. Cuando se fijó en mí, asentí levemente, pero ella me atravesó con la mirada, sin señal alguna de que me reconociera.

La chica que estaba a mi lado me propinó un codazo en el brazo.

—Mable no te quita ojo —susurró—, será mejor que vuelvas al trabajo.

Desde detrás de la mesa de planchado, Mable me observaba con aquella mirada atenta y desapasionada. Una mano movía la plancha de forma rítmica mientras conseguía encontrar el borde exacto de la tela sin mirarlo siquiera. Yo me encorvé sobre la tina y volví a frotar; el vapor hacía que el pelo recién trasquilado se me rizara alrededor de la cara. La blusa que tenía entre manos era de seda de calidad, reducida a una bola azul a causa del agua caliente. ¿De quién era aquella ropa, de alguna de las chicas de Chapin? ¿De una vecina? ¿De mi madre? Debía de estar loca de preocupación, pensé mientras retorcía la blusa hasta convertirla en una fina cuerda empapada.

A la luz del día me sentí más lógica que la noche anterior. No pasaría mucho tiempo ahí dentro. Papá nunca me abandonaría. No había encerrado a Luella; lo peor que había hecho era amenazarla con enviarla a París, solo que ella se había negado.

Pensé en el último día en que había visto a mi hermana, su humillación en el escenario, su desafío a mamá cuando arrojó las zapatillas a la calle, la trenza que me hizo con nerviosismo en medio de la noche. Nuestros padres no habían actuado de forma disparatada e irracional; mi hermana sí.

Fue papá quien vino a mi habitación la noche siguiente y me prometió que Luella volvería. Recordé lo triste que parecía entonces, para nada enfadado. No quería deshacerse de ella, sentía perderla tanto como yo. ¿Por qué no lo había visto yo entonces?

Dejé caer la blusa en el montón de ropa limpia para que la pasaran por el escurridor, cogí otra camisa sucia y la metí en el agua caliente. El golpeteo y el siseo de las planchas, el chirrido del escurridor y las salpicaduras eran un ritmo constante del deber, una orquesta del trabajo. Lo encontraba casi relajante, a pesar del agotamiento. Me gustaba que no hablase nadie, ni esperasen que lo hiciese yo. Me daba espacio para pensar.

No sabía dónde estaba Luella, pero papá y mamá sí, lo que hacía tolerable su ausencia. Yo, por otro lado, los había abandonado. No lo soportarían. Se pondrían en contacto con la policía, contratarían a un detective. Tal vez incluso saliera en el periódico y la hermana Gertrude se vería humillada públicamente por su error. Recordé una historia que había leído en el *Times* sobre una rica heredera que había desaparecido en la Quinta Avenida. Una historia lo bastante excitante para ser ficción. Había cargado a su cuenta una caja de bombones en Park & Tilfords, había comprado un libro de ensayos en Brentano's e iba camino de reunirse con su madre para comer en el Waldorf Astoria cuando desapareció. La policía la buscó durante semanas, llamaron a la agencia de detectives Pinkerton, pero nunca la encontraron.

Bajo el pesado abrigo, la mujer nota que la fina blusa se le engancha y se le rasga con el alfiler del broche. La tosquedad del detalle hace que sonría mientras se desliza serpenteando a través de la multitud. El ala ancha del sombrero le roza el hombro cuando ladea la cabeza, con los bombo-

nes metidos en el manguito y el libro debajo del brazo. Un sonido le llama la atención y se detiene para mirar a un músico callejero que toca el violín. La música ahoga las campanillas de los tranvías y las ruedas de carruaje, y la mujer se eleva con las notas, alejándose de todas las cosas detestables, broches y blusas bonitas entre ellas. Hay un mono en el brazo del hombre, lo que le recuerda aquella vez que su padre la llevó al circo y deseó convertirse en trapecista.

Le resulta fácil tomar la decisión de coger el brazo del hombre cuando se lo ofrece y caminar hasta el borde del agua, con el mono que él lleva al hombro entre ambos. A ella le gusta la idea del secretismo, de desaparecer, de dejar su historia atrás. Cuando el barco se aleja, sabe que su familia la echará de menos, pero no lo suficiente.

Froté la blusa con fuerza por la tabla ondulada, salpicando agua. Mi familia me echaría de menos. Me encontrarían. Tenían que hacerlo. Tan solo estaba al otro lado de la colina de mi propia casa. Se me saltaban las lágrimas y me deshice de ellas pestañeando, recordándome a mí misma que debía respirar despacio y no frotar demasiado rápido. No podía permitirme un ataque azul, no allí, no en ese momento.

Una mano se posó en mi hombro y alcé la vista a los ojos de Mable, impresionada por la fuerza que contenía aquel azul pálido.

—Deja eso. —Me cogió la blusa de la mano y la arrojó al cubo—. Vamos.

Nerviosa, la seguí al fondo de la lavandería, donde estábamos completamente solas. Se plantó frente a mí de brazos cruzados. A su espalda, las estanterías estaban llenas de pastillas de jabón apiladas y envueltas en papel blanco con JABÓN LUZ DEL SOL estarcido en pequeñas letras rojas.

Había cajas de almidón, jabón en polvo, bórax y LIMPIADOR INIGUALABLE WATSON. Intenté no mirar a Mable a los ojos. Enfrentarme a ella era más angustioso que enfrentarme a la hermana Gertrude. Sus intenciones no provenían de ningún sentido de devota rectitud. No había reglas. Ella podía hacerme lo que le diera la gana.

Se puso de puntillas, alcanzó una cesta de un estante de arriba y sacó un par de tijeras. Retrocedí y ella sonrió de tal manera que incluso sus pequeños dientes torcidos se volvieron atractivos.

—Son romas. No podría rajarte la garganta con ellas aunque quisiera. Lo que sí que puedo hacer es igualarte ese pelo vil que llevas.

Recelosa de su amabilidad, mantuve un pie entre las dos y la intimidé con la mirada. No pensaba dejar que se me acercara con esas tijeras.

Mable se rio.

—¿Ves?, eso mismo —dijo, y me señaló con el extremo de las tijeras—, hay un espíritu luchador en ti que la mayoría de las chicas no tienen cuando vienen aquí porque ya se lo han arrancado a golpes. Hemos usado la treta del carmín con todas las chicas. No muchas me han pateado las espinillas y ninguna ha respondido con el truco con el que saliste tú. ¿Cómo lo hiciste? Te pusiste del color de la muerte. Edna estaba convencida de que te habíamos matado. Nos diste un susto de mil demonios. Yo estaba tan espantada que dejé caer el carmín en la cama en lugar de esconderlo. Una pena, porque ya no nos lo van a devolver. Apuesto a que la hermana Gertrude se pinta la cara cuando está sola. La muy bruja.

Mable me hizo girar con un brusco empujón en el hombro. Era como una versión más ruda de Luella sin acicalar. Oí los tijeretazos lentos y cuidadosos, y sentí el roce de la mano de Mable cerca de mi oreja.

—Y luego está lo de que no te chivases. Deduzco por los trasquilones, y porque no hemos recibido ningún castigo por parte de las todopoderosas hermanas, que asumiste la culpa. Las chicas no hacen eso a menos que haya lealtad entre ellas. —Mable me dio la vuelta para examinar su trabajo—. Bueno, tampoco es que antes fueras Lillian Gish, pero es lo mejor que puedo hacer.

Me llevé la mano a la nuca y me palpé los cortos rizos. Mable se puso de puntillas una vez más para devolver las tijeras a la cesta.

—Será mejor que volvamos antes de que la mano de Dios recaiga sobre nosotras. —Apoyó los talones y se recolocó el delantal de un tirón—. Mañana es sábado, lo que significa que nos dejan una hora libre entre la cena y la hora de acostarnos. Ven a buscarnos a Edna y a mí.

Seguía sin fiarme de ella, pero su confianza en mí me reconfortó. Hizo que me sintiera menos sola.

La noche siguiente, después de la cena y de vísperas, había un barullo de emoción entre las chicas mientras nos conducían a una habitación de la primera planta. Se trataba de un espacio acogedor, lleno de muebles elegantes y arte religioso enmarcado en bronce, restos de segunda mano de la sociedad de ayuda a las mujeres, la Ladies Aid Society, me contaron. La habitación tenía un aire de opulencia ajada, como si hubiera albergado grandes fiestas olvidadas largo tiempo atrás. En el techo titilaba una araña de luces que dotaba la estancia de un brillo vaporoso. De las ventanas colgaban unas pesadas cortinas de terciopelo, había un piano polvoriento y el papel de rosas de la pared se estaba desprendiendo. Una puntilla amarillenta por el paso del tiempo cubría unas mesas redondas a las que se sentaban las chicas a coser y a bordar, bajo la vigilancia de dos monjas sentadas en sillones con copete con retales de encaje en el respaldo y una biblia abierta en el regazo. De vez en cuando se inclinaban para acercarse y hablaban en voz baja entre ellas.

Era la primera vez que coincidía en una habitación con las niñas más pequeñas. Estaban sentadas en la alfombra por parejas, unas delante de otras, y jugaban a juegos de manos, con gestos lánguidos, como si unos titiriteros cansados les movieran los brazos. Oía las palmadas y las rimas que cantaban. Me pregunté cómo llegaban las niñas pequeñas a un lugar como aquel. Esas crías no tenían edad suficiente para haber hecho nada malo.

Suzie Trainer estaba sentada a una mesa bordando obedientemente con otras dos chicas. La casa se regía siguiendo un horario tan apretado que no había encontrado un momento para acercarme a ella. Me disponía a ello cuando vi que Mable y Edna me hacían señas desde el otro lado de la habitación, vacilé y cambié de dirección. Puede que no me ayudase ser su amiga, pero tampoco ser su enemiga.

Con una intimidad inquietante, Mable me rodeó la cintura con el brazo y me llevó hacia la ventana.

—¿Puedes guardar un secreto? —susurró, y echó un vistazo a las monjas por encima de mi hombro.

Asentí, deseando que no se me acercara tanto.

—¿Cómo sabemos que podemos fiarnos de ella? —Edna se apoyó en la pared de brazos cruzados; llevaba el cabello oscuro recogido en ondas a la moda en lo alto de la cabeza. No podía imaginar cómo lo conseguía después de un día de calor en la lavandería, y sin espejo.

—¿No lo ha demostrado? —Mable me cogió un mechón de cabello como prueba.

—Supongo.

—Pues vale.

Mable nos puso de cara a la ventana, con la espalda hacia las atentas monjas. Al otro lado de los cristales, más allá de la reja, había una luna creciente con una sola estrella brillante debajo. Pensé en el arroyo que fluía al pie de la colina y sentí una punzada de añoranza por Luella.

—¿Ves esos barrotes? —susurró Mable. Asentí—. Han ido soltándose por abajo. Si te apoyas hacia fuera puedes sacarlos del revestimiento.

—¿Y? —Recelé al instante, imaginando que me tenían guardada otra trastada—. Bueno, ¿y cómo sabéis eso?

—Edna lo descubrió la semana pasada cuando la hermana Agnes le pidió que cerrara la ventana. Estaba enfadada por algo y golpeó la reja con la mano. Es la única vez que la ira le ha servido para algo. ¿Me equivoco, Edna?

Edna sonrió y mordió el aire con los dientes como un animal salvaje.

—No será la última.

—Solo estamos en la primera planta. No hay una gran caída. Una vez en el suelo, buscamos un árbol que podamos trepar para llegar a lo alto del muro. Desde el muro, saltamos al otro lado y seremos libres como pájaros, mientras nadie se rompa un tobillo.

¿Fugarnos? No se me había ocurrido. Podría correr directa a casa, pensé, y se me aceleró el corazón.

—¿Chicas? —Me sobresaltó una voz a nuestra espalda—. ¿Qué encontramos tan interesante por esa ventana?

Me volví hacia una de las hermanas, que ya no estaba leyendo en su sillón.

Edna sonrió.

—La magnífica luna, hermana Agnes.

La monja era baja y rolliza, y le temblaban los carrillos al hablar.

—Me cuesta creerlo, viniendo de vosotras dos.

—¿No se nos permite admirar el milagro de la obra de Dios? —se burló Mable.

—Déjalo. —La hermana Agnes la señaló con el dedo—. Déjalo y punto. No estoy de humor. Id a relacionaros y dejad de conspirar. Y tú —su dedo se movió hacia mí—, acabas de llegar y, por lo que me ha contado la hermana Gertrude, eres igual de mala que estas dos. Ve a buscar algo útil que hacer.

—¿Útil? —murmuró Edna mientras la hermana Agnes volvía a su sillón—. Útil sería hacer que se tragase los dientes de una patada.

—¿Te apuntas? —Mable me cogió de la cintura.

No me paré a pensar por qué me incluían. Escapar por esa ventana parecía lo más fácil del mundo. Caer al suelo y correr, justo como había dicho Mable.

Asentí.

—Me apunto.

—¿Ves, Edna? Te dije que tenía agallas.

Agallas tenía, y candidez también. Por alguna razón, creía en lo que había dicho Mable acerca de la lealtad.

14

Mable

De acuerdo, aún me siento mal por haber engañado a Effie. Yo nunca dije que fuera ninguna santa. Nada más lejos. Y puede que nuestra huida sea en parte el motivo por el que os estoy contando esto. Parece que tengo que reparar daños mire a donde mire.

Soy culpable de muchas cosas, pero, en aquella cabaña con mis padres, solo intenté hacer lo correcto.

Normalmente, después de que muriera un bebé, mamá pasaba una época fría y callada, y tardaba un mes largo o dos en dejar que papá volviera a rodearla con el brazo. Mi padre acariciaba su cuello con la nariz mientras ella se encontraba a los fogones, y mi madre se ablandaba y se apoyaba en él, y todos sabíamos que su duelo había acabado.

Antes pensaba que no había pena suficiente para mantenerlos alejados el uno del otro, pero después de aquel último bebé, mamá nunca se ablandó. Mantenía su cuerpo pequeño y compacto tenso e implacable, rechazando el contacto de papá con una mirada de oscura resolución. Cada noche echaba el pestillo de la puerta del dormitorio, y papá meneaba la cabeza y me sonreía avergonzado, como si la que necesitase una explicación fuese yo.

—Ya se le pasará —decía, y seguía haciéndose la cama en el suelo.

Aunque papá trabajaba en una tienda de muebles, solo teníamos una mecedora y las cuatro sillas de mimbre que había construido para la mesa. Yo odiaba esa cuarta silla vacía. A finales de septiembre, estaba claro que mamá tenía intención de mantener a papá fuera del dormitorio para siempre.

—Papá —dije—, ya es hora de que nos deshagamos de esa silla.

Mi padre estaba de rodillas delante de la chimenea, barriendo las cenizas en un cubo de hojalata. Se pasó la mano cubierta de hollín por el pelo y alzó la vista con un destello en los ojos, de un verde azulado. Yo nunca había visto el mar, pero imaginaba que el agua sería justo como los ojos de mi padre.

—Puede que un día tengamos un invitado.

—Hasta aquí no viene nunca nadie.

Asintió hacia el violín apoyado en la pared.

—Quizá un cazador te oiga tocar y se enamore de ti. ¿Dónde se sentaría si nos deshiciésemos de esa silla? —Negó con la cabeza como si yo fuera la mayor tonta a la que hubiese visto nunca, cogió el cubo de ceniza con el brazo y se agachó para salir.

A pesar de lo absurdo de la idea, sonreí. El violín era lo único que nos separaba de la pobreza absoluta. Papá me había enseñado a tocar cuando tenía cinco años. Ninguno de nosotros sabía leer partituras, pero memoricé las canciones que él conocía también de memoria. Cuando mi padre tocaba ese violín, sanaba nuestras heridas y derretía la pena de nuestros huesos. Incluso mamá se relajaba, de sus labios escapaba un tarareo y sus hombros se distendían.

Pero cuando la música paraba, todo volvía a congelarse.

Para cuando empezaron a caer las hojas y papá tenía una montaña de leña apilada contra la casa para el invierno, entre ellos no había cambiado nada. Esos bebés habían hecho añicos el corazón de mis padres y no parecía que fuesen a recuperarse.

Pasé mi último invierno con ellos intentando arreglar las cosas con el disparatado afán de una niña que cree que puede cambiar algo. Continuaba haciendo que se sentasen juntos a la mesa mientras leía las Escrituras, con la esperanza de que sus manos se tocasen, o de que uno de ellos levantase la vista y se diese cuenta de cuánto lo sentía. Llamaba a papá al establo para que ayudase a mamá en algo solo para que estuviese cerca de ella, o le pedía a mamá que se quedase delante del fuego para dar a papá algo más de tiempo antes de que se le cerrase la puerta del dormitorio.

En algún momento de este proceso caí en la cuenta de que mi nacimiento no había bastado para satisfacerlos y de que mi existencia no era suficiente para que siguiesen adelante.

Me pregunto si ese es el motivo por el que, cuando me vi obligada a cambiar de nombre, no me costó demasiado. Ya que estoy confesando todas mis mentiras, también puedo reconocer que Mable no es mi verdadero nombre. Es Signe Hagen, un nombre del que mi padre estaba orgulloso. Un nombre que no he utilizado en mucho tiempo.

Todavía me hace pensar en mi padre aquella mañana de abril, de pie en la escalera sacudiéndome el hombro, con la litera crujiendo bajo su peso. Estaba oscuro, pero había un farol encendido abajo y sus ojos eran como dos lunas pequeñas sobre mí.

—¿Qué pasa? —Me incorporé.

Oía cómo el hielo se derretía en el tejado y caía por los aleros. Él estaba llorando, lo cual me asustó. Levanté la mano y le sequé las lágrimas de la áspera mejilla.

—¿Te acuerdas de por qué te puse el nombre de tu abuela, Signe? —me preguntó.

—¿Porque vivió para cumplir los cien años?

—No. —Sonrió—. Porque significa «victoriosa».

Ya me lo había contado y siempre pensé que era una tontería. Debería haberme puesto un nombre práctico. Uno que me diese la oportunidad de estar a la altura.

Me apoyó una mano en la mejilla y negó con la cabeza con expresión triste.

—Necesito que me ayudes, Signe. Tu madre parece fuerte, pero no lo es. Tú eres una chica valiente, más fuerte que el resto de nosotros. Necesito que ahora cuides de mamá por mí, ¿vale?

La verdad de lo que estaba diciendo me sobrevino con el soplo que anuncia una tormenta.

—¡No! —Me aferré a su brazo.

—Debes hacerlo, Signe. —Su voz reflejaba un dolor inmenso, y le apreté el brazo aún más fuerte—. No puedo quedarme. Es por el bien de tu madre. Cada vez que me mira, ve a esos bebés. Me he convertido en un mero recordatorio de lo que ha perdido. Tú... —Me puso la mano debajo de la barbilla—. Tú, mi hermosa hija, le recuerdas lo único que no ha perdido. Solo tienes que seguir recordándoselo.

—No. No pienso hacerlo. No puedes irte.

—La quiero demasiado para quedarme, Signe. Os quiero demasiado. Es mejor así, con el tiempo lo verás. —Me apoyó los dedos en los labios para ahogar mi sollozo—. No me voy para siempre.

—¿Qué significa eso? ¿Cuándo volverás?

Negó con la cabeza.

—No puedo decírtelo, pero volveré a verte, hija mía.

—¡No te vayas! —Intenté seguir sujetándolo, pero se deslizó de mis manos y la escalera crujió con cada paso que bajaba.

Me dieron ganas de abalanzarme sobre él, de gritar para que acudiese mi madre, pero ante mí flotaba el rostro del bebé sin nombre y no hice más que visualizar el día que lo enterramos, la lluvia y la tristeza y los gritos de mi madre. Si mi padre se marchaba, tal vez él encontrase la felicidad donde ella y yo no podíamos. La guardaría en una bolsa, regresaría y la sacaría para echárnosla encima como luz del sol.

Desde los tablones de mi cama, lo vi echarse su bolsa al hombro y levantar la cubierta de cristal del farol para apagarlo. La habitación se quedó a oscuras. La puerta se abrió y la silueta de papá, alta y ancha de espaldas, se recortó contra el cielo, iluminado por la luna. Las cortinas se levantaron y cayeron en su sitio con un susurro cuando la puerta se cerró y la casa quedó en calma, en un silencio inmenso.

Apreté la mandíbula y cerré los puños, haciendo acopio de toda mi indiferencia. Si presionaba lo suficiente, podría contener las lágrimas y blindar mi corazón.

El amanecer no tardó en colarse por las ventanas. Pese a lo mucho que me resistía a empezar el día, bajé de la cama, encendí el fuego de la cocina, me puse las botas y salí afuera. Mi aliento era visible en el aire cuando me encaminé al establo y acerqué un taburete a Mandy, nuestra única vaca, que daba una cantidad lastimera de leche. El animal me miró con sus ojos castaños y apenados como si ella también estuviese demasiado triste por el nuevo día.

Cuando volví con el cubo de leche y un puñado de huevos, mamá estaba sentada a la mesa con su muselina marrón, las manos unidas y la cabeza gacha, rezando. Mi madre tenía el cabello brillante y le llegaba por debajo de la cadera, y cuando se lo recogía en lo alto de la cabecita, como había hecho esa misma mañana, cobraba vida propia, se movía y esparcía en todas las direcciones, pues nunca se ponía suficientes horquillas.

Yo no alcanzaba a oír lo que decían sus oraciones, pero las palabras que murmuraba me tranquilizaron mientras calentaba la leche, partía los huevos y molía el café. Para cuando serví el desayuno en la mesa, la neblina se había disipado y una franja de luz que entraba por la ventana calentaba el rostro de mi madre, de piel suave y tersa en las mejillas, mientras movía los labios en silencio en torno a las líneas duras de su boca. Incluso a principios de primavera, su piel tenía un matiz oscuro sin el cual, según ella, yo había tenido la suerte de nacer.

Acabó sus oraciones y abrió los ojos, parpadeando y guiñando como si le sorprendiera ver el brillo del sol.

—Espero que tu padre tuviera la decencia de despedirse de ti —dijo, y la emoción amenazó con quebrarle la voz.

Enganché un huevo con la punta del tenedor.

—Sí.

Mamá era tan dura como parca, y sabía que no lloraría delante de mí.

—Bien. —Se echó leche caliente en el café. En lo más hondo de mi corazón esperaba que fuese a contarme su plan para recuperarlo. En lugar de eso, dijo—: El suelo se está deshelando. Deberíamos plantar los guisantes.

Me costaba comer, pero me obligué a tragar los huevos por mamá, sin apartar la vista de la funda del violín de mi padre, que descansaba contra la pared. La única felicidad pura que conocía estaba en ese violín y lo había dejado atrás para nosotras.

Después del desayuno, mi madre se encerró en la habitación y yo me fui a arar el huerto. No había metido un solo guisante en la tierra cuando mamá salió y me arrojó una carta.

—Puedes acabar de plantar luego. Necesito que vayas a la ciudad y envíes esta carta por mí. —Me tendió dos peniques—. Para los sellos.

—¿A quién mandas una carta? —pregunté, frotándome la suciedad de las manos, y me guardé los peniques en el bolsillo de la falda.

—A mi hermana, Marie, a Nueva York. —Nunca la había oído mencionar a ninguna hermana de Nueva York. Mis padres decían que sus familias estaban demasiado lejos para tomarse molestias—. Ve.

—Sí, mamá. —Me deslicé el fino sobre en el bolsillo del abrigo, me apreté los cordones de las botas y enfilé el sendero.

El camino al pueblo seguía helado en las zonas en sombra, así que conseguí mantener las botas fuera del barro. Tardé más de una hora en llegar a la amplia calle principal de Katonah, cuyas casas se agolpaban como tipos que no soportaran la idea de estar solos. Yo no soportaba la idea de estar tan cerca de nadie. No trataba mucho con desconocidos y estar en la oficina de correos me ponía nerviosa. El cartero llevaba unas gafas redondas y un gorro extraño. Me sonrió y me dijo que «qué día más bonito» se había quedado cuando deslicé la carta y las monedas en el mostrador sin pronunciar palabra. «Bonito puede que para ti», pensé, y me apresuré a salir.

Después de que mi madre se acostara esa noche, apagué el fuego y dejé la funda del violín de papá junto a la puerta antes de acercarme a la repisa de la chimenea y abrir la portezuela de cristal del reloj. Miré el balanceo del péndulo durante un minuto y luego lo cogí, con lo que detuve las manillas en las 8.32. Cuando papá volviese, quería que viese que el reloj no solo se paraba por bebés muertos, también se detenía por las personas vivas y reales que se marchaban.

Una vez a la semana, mamá me enviaba al pueblo para comprobar si había respondido su hermana. Me advirtió de que no había forma de saber cómo sería recibida su carta.

—Ya eres lo bastante mayor para saber la verdad sobre mi familia —dijo. Resultó que mi madre se había criado en

Nueva York y se enamoró de papá cuando este fue a la ciudad a vender manzanas de la granja de su padre. Yo no me imaginaba a mi madre en ningún sitio que no fuera esa cabaña—. Hubo una época en la que era toda una chica de ciudad. —Sonrió.

Cuando se acabaron las manzanas de otoño, papá apareció con la carreta llena de árboles de Navidad. Mi madre me contó que aprovechaba cualquier excusa para verla y, cuando ella cumplió los quince años, se ofreció a casarse con ella, pero sus padres no querían que dejase la ciudad. Su madre protestó airada y su padre la molió a palos. Cuando mamá dijo que pensaba irse de todos modos, le tiraron la ropa a la calle y le dieron la espalda. Después de eso, me explicó, nunca se atrevió a escribirles. Del único miembro de la familia del que había tenido noticias en los diecisiete años que llevaba fuera era de su hermana, Marie, la mayor, que había cuidado de ella cuando era pequeña. Si alguien nos ayudaba, me dijo, sería ella.

Como era de esperar, recibimos una carta —a mediados de agosto, para entonces—, arrugada, escribió Marie, a causa de sus lágrimas. Mis abuelos ya no vivían y Marie decía que fuésemos con ella en cuanto pudiésemos, que llevaba toda la vida esperando el regreso de su hermana pequeña.

Una semana más tarde, de pie a la sombra del manzano silvestre, vi cómo mi madre se llevaba a Mandy carretera abajo. Por la mirada triste y pensativa de la vaca, parecía saber que iban a venderla y a sustituirla por una bolsa de cuero brillante y un paquete abultado envuelto en papel de carnicero. Cuando mamá volvió a casa, me tendió el paquete como si hubiese ganado un premio, con el pelo desperdigado alrededor de la cara. Desde que había llegado la carta de su hermana, estaba feliz como solo la recordaba cuando papá le presionaba el vientre abultado con las manos.

El papel nuevo crujió cuando lo retiré y reveló una tela cuadrada de color crema con flores amarillas. El pesado tejido cayó hasta mis pies cuando sostuve en alto un vestido hecho a medida. La cintura era ceñida; las mangas y el cuello, ribeteados de raso amarillo. Nunca había tenido nada tan bonito. Los ojos de mamá se movían de emoción y esperé que pensara que las lágrimas de los míos eran de felicidad, cuando en realidad lo que me preguntaba era si todos los momentos buenos de mi vida estarían llenos de tristeza porque mi padre no estaba ahí para compartirlos conmigo.

—Necesitas un vestido como es debido para la ciudad. —Mamá dio un tirón al dobladillo del que llevaba puesto—. No puedes ir enseñando los tobillos. Ya eres una mujer.

La última mañana que pasamos en casa, mamá y yo fregamos los platos del desayuno, apagamos el fuego y dejamos la casa como estaba. Marie había escrito que tenía poco espacio y que no debíamos llevar nada más que una muda, y mamá la había guardado de manera cuidadosa en la bolsa recién comprada, que en ese momento se echó al hombro al tiempo que cerraba la puerta a nuestra espalda.

Pensé en el reloj al que no había vuelto a dar cuerda y en el violín de papá, que descansaba contra la pared.

—¿Cómo sabrá papá dónde encontrarnos? —dije.

Por la expresión de su rostro, supe que la idea de que fuese a venir a buscarnos le pareció estúpida.

—Conoce el apellido de mi familia —dijo para dejarme más tranquila—. Si quiere, nos encontrará.

No miré atrás cuando pasamos por delante del manzano silvestre y la losa donde papá y yo nos habíamos sentado a la luz de la luna a esperar a los coyotes para dispararles. Me alegré de centrar la atención en las maravillas de una ciudad desconocida y una tía que lloraba por ti, pero seguía teniendo miedo. Miedo de que no regresáramos nunca y no volviera a ver a papá. Miedo de no ser capaz de cuidar de mamá como él me había pedido.

Debería haber prestado más atención a ese miedo. El miedo, he aprendido, puede ser muy útil. Si hubiese podido ver lo que me esperaba, habría resistido en aquella cabaña tranquila y solitaria el resto de mis días. Pero en la vida vamos a ciegas, ninguno de nosotros puede ver lo que le espera ni tampoco avanzaría si pudiese verlo. Así que ahí estábamos: mi madre y yo caminando directas a nuestra perdición mientras yo me preocupaba de levantarme el vestido para no mancharlo.

—Estás preciosa —me dijo mi madre, y sonreí.

Había tantas esperanzas puestas en ese vestido. Tal vez algo de esperanza es lo único que hace falta para cegarnos.

15

Jeanne

Cada año desde que había nacido Effie, a Emory y a mí nos decían que era solo cuestión de tiempo que la perdiéramos y, no obstante, ella seguía creciendo. Los médicos decían que teníamos suerte, que éramos unos afortunados, pero, si bien su supervivencia era extraordinaria, no había cura para su enfermedad. Era poco probable que viviera para cumplir los trece años. Y, aun así, lo había hecho. La inevitabilidad de la muerte de Effie se había convertido en un modo de vida, pasando de ser un miedo en la parte delantera de mi mente, a un temor persistente en el fondo. Era una sensación a la que estaba acostumbrada y, como suele pasar con las cosas a las que nos habituamos, dejé de prestarle atención.

El día que mi hija Effie desapareció, el 16 de octubre de 1913, había quedado grabado a fuego en mi memoria, como un dolor físico en las sienes que persistió mucho después de que la policía dejara de buscarla. La pérdida de Luella al menos tenía una explicación; Effie, en cambio, se había esfumado sin más.

Todo acerca de aquel día estaba claro y vívido en mi mente; las imágenes vibraban con urgencia mientras hurgaba en las profundidades de mi memoria, convencida de que podría descubrir ese único detalle que habíamos pasado por alto y que llevaría al paradero de mi niña pequeña.

Estaba de rodillas en el jardín sacando los lirios para el invierno cuando oí las primeras gotas de lluvia. Metí el último bulbo en la bandeja de tierra, me puse en pie y llamé a Velma. Salió por la puerta de atrás de la cocina, con aspecto solemne incluso con una molleja ensangrentada de pollo colgando de la mano. En la cocina se movía como un tornado y podía conseguir cualquier cosa en un breve espacio de tiempo.

—¿Sí, señora Tildon?

La molleja se balanceó en el aire y vi que caía una gota de sangre en las piedras a los pies de Velma. Ese recuerdo titilaría después: una sola gota de sangre roja en las piedras junto a las gotas de lluvia.

—¿Qué hora es? —Me desaté el delantal de jardinería y me lo quité de los hombros.

—Cerca de las cuatro, creo. —Velma señaló con la barbilla hacia la tierra excavada del jardín—. Hace un frío espantoso para eso. Debería llamar a Neala. Sabe cuatro cosas de jardinería.

—Ah, no, está bien así. Prefiero hacerlo yo misma. —Nunca dejaba que nadie tocara mis lirios—. Si tuvieses la bondad de llevar por mí la bandeja al sótano… Y Emory no nos acompañará durante la cena, así que solo tienes que poner la mesa para dos.

—Muy bien, señora. El señor vuelve a trabajar hasta tarde, ¿verdad?

—Esta noche no. Estará fuera unos días. Hasta entonces —me obligué a sonreír— tendrás menos trabajo, solo cocinarás para Effie y para mí.

Velma asintió y guardó silencio. No le había dado ningún detalle de la desaparición de Luella, pero estaba segura de que tenía sus ideas.

—Si eres tan amable de enviar a Margot a mi habitación, me gustaría cambiarme para la cena. Puedes darle esto a Neala para que lo lave.

Esquivando la molleja de pollo, le tendí el delantal y los guantes, y rodeé la casa hasta la parte delantera, donde advertí que la abelia estaba aplastada por un lado, como si se hubiesen caído encima de ella. «Tengo que recordarle al jardinero que la pode bien», pensé mientras entraba por la puerta principal y subía las escaleras hasta mi habitación.

La fiel Margot ya me estaba esperando, con esos ojos grises insertados en su duro rostro como monedas de plata y el cabello oscuro enrollado en la parte posterior de la cabeza. Margot llevaba conmigo desde que tenía catorce años y siempre me había confiado a ella. Así pues, lo sabía todo sobre Luella.

—No sé cómo lo soporta, señora —dijo mientras me ayudaba a ponerme un vestido de noche y me lo abotonaba a la espalda.

—Me temo que no muy bien. —Me alisé la parte delantera del vestido—. ¿Por qué me molesto siquiera en vestirme para la cena? No seré capaz de comer nada hasta que tenga noticias de Emory.

—Bueno, debería intentarlo. Conservar las fuerzas. —Margot cogió un peine del tocador y me lo pasó por el pelo.

—Estoy segura de que necesitaré todas las fuerzas de las que pueda hacer acopio cuando Luella vuelva. No me imagino cómo voy a manejarla —contesté, aunque mi discusión con Emory el día anterior había plantado una nueva semilla de confianza en mi interior. A pesar de la resistencia de mi esposo, al final me había escuchado y se había ido a Maine para convencer a Luella de que volviera a casa.

En el pasillo, me detuve ante la puerta de Effie y llamé con suavidad.

—¿Effie, cariño? Voy bajando para la cena. —No obtuve respuesta, así que empujé la puerta—. ¿Effie?

La habitación estaba vacía. La cartera de la escuela de mi hija estaba tirada en el suelo a los pies de la cama, la silla de su escritorio se hallaba volcada a un lado, con una pluma destapada en el borde de la mesa que amenazaba con caer rodando. Qué descuidada, pensé. Dejaría una mancha de tinta en la alfombra. Me acerqué, la tapé, la guardé en el cajón y me disponía a salir cuando advertí que había una nota encima de la almohada de Effie. Mi ansiedad se incrementó al recordar la última nota que había encontrado sobre su almohada. La cogí a toda prisa, diciéndome a mí misma que no era más que un estúpido poema o algún escrito.

> He ido a buscar a Luella. Si queréis que vuelva a casa, tenéis que traerla de vuelta a ella también.

Me llevé una mano a la boca para sofocar el pánico. Santo cielo, ¿qué quería decir Effie con eso? ¿Cómo iba a ir ella a buscar a Luella? Era una absoluta locura.

Bajé a toda prisa al teléfono del vestíbulo, levanté el receptor de latón y, loca de confusión, volví a dejarlo con brusquedad cuando se puso la operadora. ¿A quién iba a llamar? Emory estaba ilocalizable. No tenía ninguna intención de llamar a mi suegra. Me incliné hacia delante. La estrecha alfombra a mis pies se volvió borrosa. Tenía que tranquilizarme para pensar.

Hurgué en mi bolso en busca de un cigarrillo y me di cuenta con asombro creciente de que me había desaparecido todo el dinero. No quedaba ni un dólar, solo la carta de Luella en el bolsillo lateral, donde la había metido sin miramientos tras la discusión con Emory. Oh, Dios mío, Effie debía de haberla encontrado. ¿Había cogido mi dinero y se había subido a un tren sola? Si sufría un ataque, no habría nadie con ella. Nadie sabría qué hacer.

Dejé caer el bolso y levanté el teléfono. En esa ocasión, cuando la operadora contestó, dije:

—Póngame inmediatamente con el departamento de policía.

Enseguida vino el sargento Price, un hombre fornido, de aspecto autoritario, justo lo que se esperaba de un sargento, con una mirada amable que indicaba que comprendía lo que sentía una madre. Le entregué la nota de Effie, le dije que había hurgado en mi bolso, había visto la carta de Luella y había cogido el dinero para el tren, momento en el cual le conté lo de Luella y le pedí directamente que mantuviera la información lejos de los periódicos. El sargento me prometió discreción y me preguntó si tenía una fotografía de Effie. Le di la de la librería, de las niñas y yo en Navidad. Yo tenía un aspecto demacrado y sombrío. Luella se encontraba de pie a un lado, rebosante de juventud. Al otro se hallaba Effie, una figura muy menuda, tan pálida y delgada que dolía mirarla.

El sargento se guardó la fotografía en el bolsillo de la camisa y prometió mantenerla a salvo.

—Avisaremos a su esposo en cuanto nos sea posible —dijo—. Ahora, sé que no puede evitar preocuparse, señora, pero una jovencita que viaja sola en el tren no es lo peor que puede ocurrir. A los mozos se les da bien vigilarlas. Estoy seguro de que estará perfectamente hasta que podamos traerla a casa.

Habría sido inútil intentar dormir esa noche. Encontrarme de pronto sin mis dos hijas me paralizaba. Lo único que pude hacer fue sentarme junto a la ventana y rogar por ellas a la noche impía y sin estrellas.

¿Cómo había pasado tantas cosas por alto? Las niñas habían estado acudiendo al campamento gitano delante de mis narices. Y Effie —mi supuesta e inocente pequeña— había hurgado en mi bolso, me había robado y se había subido a un tren que la llevaría fuera de la ciudad. ¿Sabía desde el principio dónde estaba Luella y nos había estado mintiendo? ¿Tal vez también estuviera mintiendo acerca de los ataques azules? Hacía apenas una semana la había visto agachada en el jardín, pero cuando le pregunté, me dijo que estaba buscando hojas para prensarlas en su cuaderno de botánica. Visualicé los cercos cada vez más oscuros bajo sus ojos y lo mucho que había adelgazado. Pensé que era porque echaba de menos a su hermana, pero ¿y si su enfermedad estaba empeorando y yo no me había dado cuenta?

Al otro lado de la ventana, la oscuridad se convirtió en un abismo. Me sentí atraída por él, absorbida hacia una negrura de la que jamás podría salir. Rememoré la noche que me prendí fuego, la sensación de que me devoraba. Vi cómo las llamas ascendían por mi falda, sentí el calor palpitante de su consunción. Solo que esa vez no había nada que lo apagase, no había forma de detenerlo. Me sudaba la frente, me quité los guantes y me agarré al alféizar de la ventana. Estaba fuera de mí.

—Contrólate —dije en voz alta, y mi voz cayó como una losa en la habitación desierta al incorporarme dándome golpecitos en el dorso de la mano como hacía cuando contaba los segundos del ataque azul de Effie.

Escribiría una carta, pensé, algo práctico y tangible. Llevaba meses sin comunicarme con mi hermano. No había llegado a contarle lo de Luella. No soportaba reconocer mi fracaso. Tenía pensado contárselo cuando hubiese acabado todo y los errores se hubiesen subsanado, pero las cosas no hacían más que empeorar. Garabateé una carta confusa e incoherente, en la que le explicaba todo a Georges, incluso las indiscreciones de Emory. Era demasiado. Arrugué la hoja y la tiré a la papelera.

Acerqué la silla de nuevo a la ventana, me cubrí los hombros con un chal y me senté a ver cómo la lluvia cobraba velocidad y empezaba a azotar el cristal. Tal vez ese fuera mi castigo por haber dejado a mi hermano en manos de una madre que lo atormentaba. En ese momento la atormentada era yo.

Me quedé horas recorriendo los huecos y crestas de mis manos con los dedos, mientras escuchaba el aullido del viento alrededor de la casa. ¿Dónde estaba Effie en medio de esa tormenta?

Me pasé toda la noche esperando a que sonara el teléfono; el miedo me acometía en pequeñas oleadas. La lluvia cedía y empezaba de nuevo; el viento aullaba como un perro rabioso. No fue hasta que la tenue luz del amanecer ascendió en el cielo cuando el eco del teléfono atravesó la casa.

Bajé las escaleras a trompicones y cogí el auricular.

—¿Sí?

La línea crepitó por encima de una voz femenina.

—¿Señora Tildon? Tengo al sargento Price al otro lado de la línea. ¿Quiere que la pase?

—Sí, sí, por supuesto.

Más crujidos, y luego la voz ronca del sargento.

—Buenos días, señora. Al habla el sargento Price. Espero que haya dormido un poco. Yo no puedo decir lo mismo.

—Ni una cabezada, pero no importa. ¿Tiene noticias? ¿Ha contactado con Emory? ¿Está Effie con usted?

Se produjo una pausa insoportable.

—Una niña que encaja con la descripción de su hija fue vista subiendo a un tren a Boston, pero nadie recuerda haberla visto bajarse al llegar allí. Tengo a un agente en Portland que está esperando a ver si aparece alguien que encaje con su descripción. Es una estación pequeña. No la pasarán por alto. Ese mismo agente está pendiente de que su esposo coja el tren de vuelta.

Cerré los ojos y me apreté los párpados con el índice y el pulgar. No podía perder la cabeza.

—¿Dónde podría haber pasado la noche mi hija?

—Tenía dinero. Imagino que fue lo bastante lista para coger una habitación.

—¿Una habitación? ¡Es una niña! ¿Qué hotelero en su sano juicio daría una habitación a una chiquilla? ¿No ha informado nadie en Boston de haber visto a una niña deambulando sola?

—Para ser justos, señora, la niña tiene trece años. Es una pena, pero hay muchas chicas de esa edad solas porque las circunstancias en casa no son tan buenas, si usted me entiende.

—¡Bueno, no mi hija! —Me agarré a la mesa, clavando las uñas en la madera.

—Yo solo digo que no parecería algo extraño, eso es todo.

Ya no me veía capaz de sostener el teléfono contra mi oído.

—Pídale a Emory que me llame en cuanto llegue a la estación de Portland.

—Sí, señora. —El ruido de estática se superpuso—. Hay una cosa más.

No estaba segura de poder soportarla.

—¿Qué?

—Su hija Luella no está en Portland.

—¿Qué quiere decir? Claro que sí. El detective nos trajo una carta suya.

—Estaba allí, pero al parecer se trasladaron hace unos días. Recogieron sus cosas y se fueron, como suelen hacer los gitanos.

Una oleada de furia hacia mi hija mayor eclipsó el miedo por la pequeña. Si algo le ocurría a Effie…

—Podemos dar con su paradero —seguía diciendo el

sargento—, pero quizá lleve tiempo. Por el momento, no hemos encontrado a nadie que sepa hacia dónde se dirigían.

—No —respondí con firmeza—. No me importa adónde han ido. Concentren todos sus recursos en encontrar a Effie.

—Sí, señora. Estamos haciéndolo lo mejor que podemos. Es nuestra principal prioridad.

Al día siguiente, el sargento Price acompañó a Emory a casa. Cuando mi esposo entró por la puerta, esperaba ver su expresión testaruda e incrédula, como en todas aquellas ocasiones en que nos decían que Effie no viviría. En lugar de eso, su gesto era afligido y me tomó entre sus brazos como si temiera que yo también me hubiese ido.

—Todo irá bien —dijo en voz baja contra mi pelo, en un intento de convencerse a sí mismo también—. Estará bien. —Me apretó con tal fuerza que me quedé sin aire en los pulmones.

Dejé que me abrazara, esforzándome por recordar cómo nos habíamos querido tiempo atrás. Su pecho era tan ancho y firme como la primera vez que me había abrazado; el aroma a naranja del aceite que llevaba en el pelo y la mano en mi nuca eran los mismos y, aun así, no sentí ni un ápice de la embriaguez mareante que me producían sus muestras de afecto. Lo que sentí era que me asfixiaba.

Cuando me soltó, vi que se formaba una disculpa en sus labios.

—No. —Le llevé un dedo a la boca—. Ahora no.

En el salón, Emory se sentó a mi lado en el sofá y me sostuvo la mano. El sargento se quedó de pie delante de nosotros, rígido, con aire castrense. La lluvia había cesado y el sol brillaba a través de las finas cortinas, reteniendo las motas de polvo en sus rayos ondulantes. Mientras el sargento hablaba, me concentré en las partículas diminutas que flotaban con lentitud, destellando y danzando; la existencia de este mundo hermoso y enigmático en un solo haz de luz.

Nos dijo que no había noticias de Effie, aparte de un solo testigo que declaraba haber visto a una niña que coincidía con su descripción subiéndose a un tren con dirección a Boston.

—Muchas niñas encajan con la descripción general de Effie, es fácil que los testigos se confundan. No hay forma de saber con seguridad si la niña a la que vieron era su hija o no. En este punto no tenemos pruebas reales de su paradero.

Retiré la mano de la de Emory, me puse en pie y me moví por la sala, con un martilleo en las sienes.

—¿Y qué sabemos? —gritó Emory, perdido por primera vez en su vida—. Tiene que haber algo que podamos hacer.

—Seguiremos buscando, por supuesto, pero les aconsejo que den una rueda de prensa. Que obtengan toda la publicidad posible. Ofrezcan una recompensa por cualquier información que conduzca al regreso de su hija. Atraerá muchas pistas falsas, pero las descartaremos. Lo único que hace falta es una buena. Yo diría que es su mejor oportunidad.

Me apoyé en la estantería para calmarme, mirando el marco vacío y preguntándome qué había hecho el sargento con la fotografía.

—¿Jeanne? —Oí la voz de Emory, pero no respondí—. Jeanne, ¿has oído al sargento?

—Sí, claro que sí.

—Saldrá en todos los periódicos.

Sentí una ira fría.

—A mí eso nunca me ha preocupado. Es a ti y a tu madre a quienes os inquieta. —Me acerqué a la ventana. Fuera el día parecía fresco y soleado—. ¿Y qué hay de Luella? ¿Qué decimos de ella?

El sargento Price carraspeó.

—No es necesario meterla en esto, al menos no en los periódicos. No me cabe duda de que no tardaremos en encontrarla.

—Aprecio su confianza, sargento, pero no conoce a Luella. —Tiré de la cortina, deseando que cayese con estrépito—. Effie es una niña enferma, ¿lo sabía? No tenemos tiempo para todo esto. Le está fallando el corazón. —Volvían a consumirme las llamas, y el calor me ascendía por el cuello, prendiendo fuego a mi rostro. Me llevé el dorso de las manos enguantadas a las mejillas ardientes—. No hay tiempo. —Respiraba con dificultad—. No tenemos tiempo suficiente.

—Jeanne —Emory me habló como si tratara de alejarme del borde de un precipicio—, Effie estará bien. Tenemos que seguir siendo razonables si queremos superar esto. —Estaba justo detrás de mí, soltándome los dedos de la cortina, y no me decidía sobre si quería fundirme en su abrazo o apartarle la mano de una palmada.

El sargento se puso el sombrero.

—Si me disculpan, me marcho. Organizaré esa rueda de prensa para mañana, si no tienen objeción. En estos casos es mejor actuar con rapidez.

—Sí, por supuesto, a primera hora de la mañana —dijo Emory, al tiempo que me rodeaba con los brazos.

A la mañana siguiente, de pie al fondo del despacho de Emory, en la calle Veintidós, vi a los reporteros del *Times*, del *Tribune*, del *Herald* e incluso del *Boston Sunday Herald* tomar nota de la recompensa de mil dólares ofrecida por cualquier información que llevase a dar con el paradero de Effie Tildon, una niña de trece años y cuarenta y cuatro kilos de peso con el cabello oscuro y los ojos de color avellana. Los reporteros se mostraban impacientes e ilusionados.

—Será cuestión de un par de días que la encuentren —me tranquilizó uno.

Hice todo lo que pude por creerle.

16

Effie

«Huir», articulé en medio de la oscuridad mientras recorría con la mano las muescas que había grabado bajo la cama de madera con la punta de la horquilla. Treinta y ocho muescas por treinta y ocho días, y no habían ido a buscarme. Cuando Mable y Edna me propusieron escapar por la ventana, primero me pareció bastante sencillo, pero, a medida que pasaban las semanas, me di cuenta de que era casi imposible. Nos vigilaban a todas horas, excepto cuando nos acostábamos, pero entonces cerraban la puerta del dormitorio, y las llaves se hallaban prendidas de una argolla gigante que colgaba de un cinturón bajo el hábito de la hermana Gertrude. Habría que desnudarla para alcanzarlas o saltar por la ventana un sábado por la tarde bajo la vigilancia de las monjas, y ninguna de las dos opciones nos llevaría a ninguna parte.

La única esperanza real que albergaba yo era que mis padres fueran a buscarme. Llevaba las últimas cinco semanas imaginando que aparecía una de las hermanas de forma inesperada en la entrada de la lavandería, o del dormitorio, y me decía que habían cometido un error terrible. «Tu padre está aquí —diría con humildad y arrepentimiento—. Te está esperando en el salón principal».

Pero mi padre no había ido.

Oía los resoplidos de Edna en la cama de al lado y cerré los ojos e intenté imaginar que estaba en casa, en mi mullida cama, con Luella. Sin embargo, hacía demasiado frío para simular el calor de un cuerpo junto a mí y me incorporé, abarcando con la mirada la habitación sin muebles y las hileras de camas, dejando que la añoranza de casa y de mi hermana se retorciera en mi interior.

Aquel dolor era útil. Mi deseo de volver junto a ellos me motivaba para salir de la cama cada día. Durante las primeras semanas era únicamente porque los echaba de menos, pero entonces me empujaba cierta ira. No saber la verdad de lo que le había ocurrido a Luella o por qué no acudían a buscarme me enfurecía. Cada vez estaba más convencida de que mi hermana me había abandonado por los gitanos y de que mis padres me lo habían ocultado para acallar el escándalo. Al fin y al cabo, papá era un especialista en guardar secretos. Que mis padres me mintieran no era ninguna sorpresa, pero pensar que Luella no había confiado lo suficiente en mí para contarme adónde iba, y no ser capaz de hacerle frente o preguntarle por qué, era una tortura.

Por el techo se extendían las sombras de tres ramas, reflejos de un mundo exterior que ya no podía alcanzar. Pensé en la simplicidad de una rama, y en todas las cosas que había dado por sentadas, más aún pluma y papel. La Casa de la Misericordia era un mundo en sí, un lugar de frío aprisionamiento, hastío, tareas físicas mecánicas, práctica espiritual, redención, purificación de nuestras almas y nuestros pecados. Y duro trabajo, sobre todo duro trabajo.

Había hecho todo lo que había podido para mantener el ritmo, para integrarme. Estaba claro que había cosas que debía saber pero no conocía. Las chicas intercambiaban miradas cargadas de significado que se me escapaban. Tenían expresiones y un argot propios. La mayoría venían de fábricas y casas de vecindad, lugares que yo solo había visto desde el asiento de mi coche: una matriz de cuerdas de tender colgadas entre edificios esqueléticos, con la ropa interior ondeando a la brisa, mujeres que se asomaban a las ventanas para gritarse unas a otras, niños en la calle, todo sucio, crudo y expuesto. Caí en la cuenta de que nunca había inventado historias sobre aquellas personas. Para mí eran menos reales que mis fantasmas. Incluso los gitanos me habían resultado más familiares y accesibles. Las casas de vecindad eran algo de lo que te alejabas.

Había intentado acercarme a Suzie Trainer, con la idea de que era la única chica a la que podía confiarme, pero ella se había inclinado hacia mi cara y me había susurrado con agresividad:

—Ya te has hecho una enemiga con la hermana Gertrude, no hagas otra conmigo. —En la Escuela Chapin nadie hablaba así. Era evidente que ella sí había encontrado un modo de integrarse—. Largo.

Me había dado un manotazo como si apartase a un bicho, y yo solté sin más:

—Necesito hacer llegar un mensaje a mis padres. —Por alguna estúpida razón, pensé que ella sabría cómo hacerlo.

Se rio, como si hubiese pedido algo banal, un capricho, como el pudin de chocolate.

—¿Cómo se supone que voy a ayudarte? Yo no he hablado con mis padres desde que me encerraron aquí dentro. Si no quieres problemas, te guardarás de dónde vienes. Procura encajar. Es el único consejo que voy a darte. —Y en ese punto me empujó contra la pared y se fue.

Más tarde me enteraría de que Suzie Trainer era una de las «chicas buenas». Las beatas y formales —incluso las que fingían serlo— tenían algunos privilegios: una manta adicional, raciones más abundantes en la cena; a algunas incluso les permitían acceder a las habitaciones privadas de la hermana Gertrude. Lo que ocurría allí dentro nadie lo sabía con seguridad, pero estábamos convencidas de que incluía té y galletas.

Yo no era de las buenas, mi primera noche allí dentro acabó con cualquier posibilidad de que lo fuera, aunque tampoco era una disidente. Como de costumbre, me hallaba suspendida entre ambos grupos, sin adherirme a ninguna identidad. La mayor parte del tiempo no me dedicaban un solo pensamiento. Tal vez lanzaran alguna mirada cansada en mi dirección, pero yo era endeble, dócil e inofensiva, con lo que me resultaba fácil de ignorar. Al menos en la Escuela Chapin había sido la hermana pequeña de Luella. Ahí era invisible. Envidiaba la camaradería de esas chicas, sus cuerpos femeninos e identidades plenas, su individualidad.

Las irlandesas se mantenían unidas, al igual que las italianas, las rusas y las rumanas. Todo el mundo se aferraba a sus raíces, como si aún las separasen las fronteras de los países. Solo Mable y Edna constituían un mundo propio. Desconocía su origen étnico, pero daba igual. Ellas eran capaces, ingeniosas. No necesitaban a nadie. El grupo de chicas que se consideraban estadounidenses, como Suzie Trainer, también hacía piña. Pero Suzie arrasó con cualquier esperanza que tuviera de pertenecer a ese grupo.

—No me conoces, ¿entendido? —me gruñó—. No te sientes a mi lado ni en la cena ni en la capilla. Si se te ocurre mirarme siquiera… —sus ojos se convirtieron en dos pequeñas ranuras—, haré de tu vida un infierno.

El infierno, pensé, era relativo. La añoranza de mi familia se había convertido en una magulladura permanente en mi pecho. Me temblaban los brazos de agotamiento. Se me resentían los riñones y tenía las piernas tan doloridas que me costaba caminar. Me escocían los nudillos, agrietados y ensangrentados, a causa del agua caliente de la tina, y no importaba lo rápido que frotase, siempre tenía otra montaña de ropa delante. El corazón se me aceleraba a causa del esfuerzo. Después de las primeras semanas, los ataques azules empezaron a sucederse a diario, y me acuclillaba junto a la tina con la cabeza entre las rodillas hasta que podía respirar de nuevo.

Enseguida quedó claro que era demasiado débil para frotar y Mable me puso a separar.

—Ojo, esto no tiene que ver con la bondad —me aseguró, al tiempo que me acompañaba hasta una mesa donde se amontonaban las bolsas de la colada—. Si una chica no puede seguir el ritmo, nos ralentiza a todas, así que no metas la pata con esto.

Que Mable me dirigiera la palabra ya era raro. No habíamos vuelto a hablar de huir. Al principio había fantaseado con la idea de robar papel y pluma de la habitación de la hermana Gertrude y pasar una carta a hurtadillas a uno de los chicos que transportaban la colada, pero las carretas no se acercaban lo suficiente a la casa para intentarlo.

«Esclavas», así se referían las chicas a sí mismas, y manifestaban cuánto ingresaba la lavandería con arrogancia. Seis mil al año.

—Me molesta lavar toneladas de ropa de gente rica. —Edna se dejó caer en la estrecha cama, dirigiéndose a Mable, en la de al lado de la mía, como si yo no estuviera—. ¡Las monjas cobran mientras nosotras limpiamos las manchas de sangre de esos idiotas de postín!

—Que no te pillen diciendo eso —contestó Mable.

Todas sabíamos que las monjas buscaban cualquier excusa para azotarnos y amordazarnos. Se hablaba de camisas de fuerza y de que te enviaran al agujero, una habitación sin ventanas en el sótano donde te dejaban olvidada durante semanas. Una rusa me dijo pasmada que ahí abajo había muerto una chica. «Cuando las hermanas la encontraron, había tosido sangre por todo el suelo y ahora dicen que ronda el lugar», aseguró.

Esa noche, más allá de las sombras de la luna, busqué el fantasma de aquella chica en las vigas del techo. Tal vez me hiciera compañía. Treinta y ocho muescas por treinta y ocho días, y nadie había ido a buscarme.

Tenía ganas de hacer pis, así que aparté las mantas y saqué el orinal de debajo de la cama, me puse en cuclillas y oriné lo más despacio que pude para no hacer mucho ruido. No había nada tan humillante como agacharse en una habitación llena de chicas que buscaban cualquier oportunidad de ridiculizarte.

Cuando acabé, fui al pasillo de puntillas y abrí la ventana; el aire frío me heló los brazos al volcar el orinal. El mundo parecía inmóvil. Tal vez se hubiera parado el tiempo y mi vida se hallara justo donde la había dejado cuando saliera, pensé mientras cerraba la ventana.

Me sorprendió un sollozo ahogado y me volví para ver a una niña, de seis o siete años a lo sumo, que lloriqueaba de pie en la puerta del dormitorio de las pequeñas. Intentaba decir algo, pero se le atragantaban las palabras y negué con la cabeza con fuerza. Si nos oían, nos meteríamos las dos en un lío. Sofocó los sollozos llevándose una mano a la boca e hipó a través de los dedos.

—Me he hecho pis. —Su mirada, de desesperación, plantó una semilla de empatía en mi estómago.

Eché un vistazo por el pasillo hacia la puerta cerrada de la hermana Gertrude y, llevándome un dedo a los labios, hice un gesto a la niña para que me siguiera. Entramos de puntillas en mi dormitorio, donde la ayudé a quitarse el camisón mojado y a meter los finísimos brazos por las mangas grandes y ondulantes de uno seco que encontré en el armario. Su forma pálida se veía muy delgada a la luz de la luna; se le marcaban los huesos en la piel, fina como el papel. Cuando dejó caer los brazos, parecía una palomilla de ojos saltones a punto de echar a volar con aquel camisón descomunal.

Le hice un gesto para que regresara a su habitación; sin embargo, se quedó mirándome con aquellos enormes ojos oscuros. La ignoré y me encaminé de vuelta a mi cama, pero sus suaves pies me siguieron haciendo el mismo ruido que unas alas. Abrí mucho los ojos y señalé bruscamente la puerta con la cabeza. En lugar de hacerme caso, se subió a mi cama y tiró de las mantas hasta su barbilla, sin despegar los ojos de mi cara.

No me quedó otra que empujar el camisón mojado de la niña debajo del colchón y acostarme junto a ella. Reconozco que resultaba reconfortante tener su cuerpo pequeño y caliente a mi lado. Se puso de costado y colocó las rodillas contra mi muslo, parpadeando lentamente hasta que se le cerraron los ojos.

Esperé hasta que estuve segura de que se había quedado dormida para levantarla de mi cama; los escuálidos brazos me temblaban bajo el peso. En el dormitorio de las niñas encontré su cama vacía y la acosté; luego volví de puntillas a la mía, acordándome de recoger el orinal por el camino.

A la mañana siguiente me rezagué hasta quedarme sola en el dormitorio, momento en el que saqué a toda prisa el camisón de la niña de debajo del colchón, me lo metí bajo la blusa, me lo até a la cintura y lo alisé lo mejor que pude antes de dirigirme a toda prisa a la capilla. Fue angustioso, pero también ligeramente emocionante llevar el camisón atado en secreto alrededor de la cintura. Solo podía esperar que nadie advirtiera el bulto extra o el olor acre de la orina.

Durante el desayuno localicé a la niña tres mesas más allá con la cabeza inclinada sobre las gachas. Intenté atraer su atención, pero no levantó la vista para nada.

No fue hasta que llegué a la lavandería cuando me di

cuenta de que no lograría lavar y secar la prenda sin que alguien se diera cuenta. Me puse aún más nerviosa cuando vi que Mable se acercaba con una mirada enigmática y me decía que debía reunirme con ella en la habitación de la capilla la noche siguiente. Si sabía que estaba ocultando algo, no me lo dijo.

Llevé encima aquel camisón húmedo y maloliente todo el día, y para la hora de acostarme, cualquier heroísmo se había desvanecido y me sentí ridícula al sacarlo para volver a guardarlo debajo del colchón. La niña tendría que llevar el camisón demasiado grande y esperar que nadie se percatase de que faltaba del armario. Si lo descubrían, aquello no quedaría sin castigo.

Hacía mucho frío, así que me tapé la cabeza con las mantas y respiré contra mis manos para calentármelas. Afanar aquel camisón me había recordado la vez en que Luella y yo nos colamos en el dormitorio de mi madre y nos probamos todos sus vestidos, arrastrando los dobladillos de seda y encaje por la alfombra mientras brincábamos por la habitación. Estrujamos la bolita de su frasco de perfume, rociándonos, y metimos los dedos en tarros de carmín, cremas y polvos. Por supuesto, nos pillaron. El perfume por sí solo nos habría delatado. Recordar la cara de mi madre cuando nos descubrió me hizo sonreír. Había intentado mostrarse muy enfadada, pero acabó estallando en carcajadas, encantada de que jugásemos a ser ella.

Un golpecito en el hombro me sacó de mis ensoñaciones y volví a apartar las mantas. De pie ante mí se encontraba la niña de la noche anterior; tenía los ojos como botones mal colocados en el rostro hundido, y se rodeaba el pecho delgado y tembloroso con los brazos.

—¿Has vuelto a mojar la cama?

Negó con la cabeza y se metió en mi cama como si fuese algo rutinario.

Eché un vistazo a Mable, que dormía con la almohada encima de la cabeza, y luego a Edna, que estaba de espaldas a nosotras. La niña apretó las frías manos contra las mías.

—¿Cómo te llamas? —susurró, su aliento húmedo en mi oído.

—Effie. ¿Y tú?

—Dorothea. —Se retorció a mi lado—. Hace frío. No me gusta el frío. ¿Me cuentas un cuento? Mi madre se sabía un montón, pero ya no puede contármelos.

—¿Por qué no?

—Porque quedó espachurrada en el suelo. —Ceceaba, de modo que pronunció esto último como *zuelo*—. A veces viene a verme en sueños. No guapa, como antes, sino retorcida e hinchada, con la cara aplastada y el pelo quemado. Si me cuentas un cuento, no la veré.

La imagen me dio náuseas y no supe qué responder. ¿Cómo iba a borrar yo un rostro quemado? Se suponía que los niños no conocían esa clase de violencia, al menos en mi antiguo mundo. En ese nuevo había niñas que morían en sótanos y madres espachurradas en el suelo. De pronto no estuve segura de que ninguna de nosotras fuese a sobrevivir. Entonces, en medio de la oscuridad, por encima del chirrido de los muelles y del viento que aullaba alrededor de las lucernas a dos aguas, me vinieron las palabras de Marcella: «Debes mantener viva la imaginación. Así tendrás a lo que recurrir si las cosas se vuelven insoportables».

Esto era insoportable.

Entre susurros, le conté la historia de un muchacho gitano llamado Tray, de su egoísta hermana, Patience, y su amable madre, Marcella, de cómo tocaban su música y hechizaron a dos hermanas que escuchaban desde la linde del bosque.

—Las hermanas desaparecieron y no las encontraron nunca.

La niña se acercó un poco más y contrajo su rostro delante del mío.

—¿Adónde fueron? ¿Se las llevaron los gitanos?

—A una se la llevaron y la otra intentó encontrarla, pero esa chica tenía mal el corazón y la búsqueda se lo dejó fatigado.

—¿Murió?

—No, pero toda la sangre salió del agujero de su corazón y se quedó tan vacía como un fantasma, vagando en busca de su hermana.

—No me gusta —soltó Dorothea con sinceridad infantil—. Quiero un final feliz.

—No se me dan bien los finales felices.

—Inténtalo.

Sonreí.

—Vale. Las hermanas se encuentran la una a la otra, y Marcella lanza un hechizo mágico que cura el corazón de la pequeña para que viva para siempre.

Esto hizo sonreír a Dorothea.

—Marcella es una bruja buena. Mi mamá me habló de ellas. ¿Tenía varita mágica?

—Por supuesto.

—¿Y era guapa?

—Mucho.

—Si podía curar un corazón, entonces podría hacer lo mismo con la cara de mi madre, ¿verdad? Mi madre está esperando a curarse para que Dios pueda acogerla en el cielo. He visto imágenes de los ángeles del cielo y ninguno tiene la cara aplastada. —Dorothea cerró los ojos con fuerza y contrajo aquellos delicados rasgos con concentración, poniendo todo el cuerpo en tensión—. La he visto. Marcella ha vuelto a poner guapa a mi mamá. Dios se alegrará y la ayudará a subir al cielo. Y si yo soy buena y no mojo la cama, también haré feliz a Dios y enviará a papá a buscarme.

La confianza ciega que reflejaba su rostro hizo que deseara ser otra vez pequeña y volver a creer en la magia. Me pregunté si debía advertirle de que no iba a ir nadie a buscarnos, de que no podía fiarse de los cuentos y de que los finales felices eran poco probables.

Quise hablarle de mi corazón, de que, cuando te estás muriendo desde el principio, ves el mundo de una forma distinta. Nunca había sido capaz de explicárselo a nadie. Desde que había llegado a la Casa de la Misericordia, me había sentido abandonada por mi propia malformación, traicionada por algo que creí que me había hecho fuerte cuando realmente siempre había sido una debilidad. Necesitaba contarle que estaba empeorando. Tenía las piernas hinchadas y casi todas las noches me despertaba inmovilizada, como si se me hubiesen caído las vigas encima. Necesitaba contarle que se me agotaba el tiempo.

Debería habérselo dicho al menos a Dorothea, haberle advertido de que no había ninguna Marcella mágica que fuese a curarme el agujero del corazón, solo una gitana que no me había contado la verdad acerca de nada. «No te creas mis historias —debería haberle dicho yo—. Yo me las creí y así fue como me convertí en la Effie Rothman ficticia. Cuando me muera, las hermanas anotarán "Effie Rothman" en su libro para toda la eternidad. Effie Tildon dejará de existir».

No le conté esto. Me limité a contemplar las grietas del techo, que se cruzaban como una compleja vía férrea que no conducía a ninguna parte. La cabeza de Dorothea se volvió pesada a causa del sueño sobre mi hombro y el fantasma apareció en los travesaños. Solo que no se trataba de la extraña chica muerta que había imaginado, sino que era mi hermana, que balanceaba las zapatillas de ballet por los cordones y me llamaba para que la siguiera. «Ven conmigo».

«No puedo. Estoy atrapada, Luella. Tengo una roca en el pecho».

«Yo te la levanto».

«No serás capaz».

«Soy capaz de cualquier cosa».

«Es demasiado tarde».

«No es verdad. Yo nunca he creído que te estuvieras muriendo».

«¿Por eso no me llevaste contigo?».

Las zapatillas giraban lentamente por encima de mi cabeza. «No. Fue solo una prueba, Effie. Quería demostrar que eras lo bastante fuerte para seguirme».

«Pero fallé, igual que mamá».

«No. Solo me seguiste al lugar equivocado».

«Entonces ¿dónde estás?».

«He vuelto a irme».

«¿Adónde te has ido? —No obtuve respuesta—. ¿Adónde te has ido, Luella? ¿Adónde?».

Pero mi hermana ya no estaba. En su lugar se hallaba el león apocalíptico de la carta de Tray, que se tumbó sobre la viga y apoyó la cabeza en las patas. Los numerosos ojos que le colmaban el cuerpo parpadeaban.

17

Mable

Cuando mi madre y yo llegamos a Nueva York, a la estación de Pennsylvania, fue como si nos embistiera un tornado: los hombres pasaban resoplando como pequeñas locomotoras, brillantes y rápidas, con traje negro y bombín; las ruedas del tren chirriaban mientras las voces subían y bajaban en una gran competición de gritos. Me quedé pasmada, con el aire del tren levantándome la falda, y respiré el fuerte olor a aceite, brea y sudor.

Mamá me cogió del brazo y me dijo que cerrara la boca y me diera prisa. Ella había crecido en medio de aquello y no tuvo ningún problema para tirar de mí hasta la calle y subirme a un tranvía, donde me agarré como si me fuera la vida en ello, con el suelo pasando a toda velocidad por debajo. El calor me azotaba la cara; cerré los ojos e intenté no vomitar, o caerme.

Para cuando nos apeamos en Mulberry Street, una capa de polvo de la ciudad me cubría la piel. Leí todas las señales por las que pasábamos, volviendo la cabeza para no perderme nada: ARMERO FRANK LAVA, FÁBRICA DE RAVIOLI Y TALLARINES, BICICLETAS, CAFÉ BELLA NAPOLI. Nunca había visto tantas cosas en un solo sitio: carretadas de frutas y verduras, cestos de pan y salchichas colgadas, gente y carros que se movían en todas las direcciones sin chocar jamás, como si todo el mundo comprendiese la misma regla no escrita sobre el espacio que a mí se me escapaba. Iba golpeando con los codos a todas las personas con las que me cruzaba mientras mamá se disculpaba por mí.

Se detuvo, hizo visera con la mano y entornó los ojos en dirección a un edificio de ladrillo oscuro y apagado.

—Aquí es.

Tiró de mí por un pasaje estrecho encastrado entre los edificios, como una rampa de carga para cerdos, que nos llevó hasta un patio grande. Nunca había visto nada parecido a las casas de vecindad de Nueva York. El revestimiento de tablillas se elevaba por todos lados lleno de ventanas y balcones, con la ropa tendida entre ellos. Un grupo de niños sucios y descalzos gritaba y daba patadas a un balón que chocaba contra la pared y rebotaba de vuelta a ellos. Una mujer tetuda con un pañuelo en la cabeza se inclinó por un balcón y gritó a otra que asomó el torso por una ventana y chilló en respuesta. Un hombre de mirada cansada fumaba un cigarrillo sentado en un barril; parecía desear estar en cualquier otra parte. Otro se apoyó en un muro de ladrillo y se abanicó con el sombrero.

La mujer del balcón dejó de gritar cuando mamá la llamó.

—Disculpe, estoy buscando a Marie Casciloi.

La mujer señaló una puerta abierta situada cerca de la escalera que subía por el exterior del edificio. No me podía imaginar por qué construiría alguien una escalera por fuera.

—Tercera planta —dijo la mujer, y retomó los gritos con la otra, que metió la cabeza por la ventana y la cerró con fuerza.

Con el tiempo llegué a adorar aquel patio. Así como a mi tía Marie, una mujer baja y robusta de rostro suave que lloraba en mi pelo y me besaba las mejillas cuando le venía en gana. Hasta entonces no había conocido a nadie que llorara de alegría. Tenía cinco hijos, tres chicos y dos chicas, a quienes había criado sola después de que su marido, Pietro, muriera en un accidente de barco. A todas horas suspiraba «Pietro» con tanta nostalgia que se le saltaban las lágrimas de nuevo. A diferencia de las de mamá, las lágrimas de la tía no la debilitaban. A ella, en cambio, la impulsaban a afanarse de forma ruidosa por la cocina o quitar la ropa de cama con entusiasmo, gimiendo y llorando y riendo al mismo tiempo.

El piso de dos habitaciones resultó ser más pequeño que nuestra cabaña. Yo no sabía la cantidad de gente que podía apretarse tanto. El papel de las paredes de la sala, con un estampado de tulipanes y hojas desvaído, se despegaba en las esquinas y dejaba a la vista franjas grises de yeso. Había una cocina grande, un fregadero con agua corriente fría y estanterías abiertas forradas con recortes de papel y llenas de loza floreada. Una mesa estrecha con un mantel rojo de algodón ocupaba el centro de la habitación. La comida, abundante, a diferencia del espacio, reinaba en el corazón de la familia Casciloi. Compartíamos un baño, situado al final del pasillo, con otras tres familias. Y siempre apestaba.

Por la noche, los chicos colocaban la mesa contra la pared y extendían sus petates encima de una alfombra raída. Mamá y yo dormíamos en la habitación de atrás con Marie y sus gemelas, Alberta y Grazia. Estas tenían dieciséis años y eran unas descaradas, de piel aceitunada y pelo negro azabache. A mi madre y a mí nos dejaron una de las dos camas con dosel de hierro, lo que significaba que las chicas tenían que dormir con su madre.

—Como si no estuviésemos lo bastante apretados ya.

Alberta me fulminó con la mirada el día que llegué, se volvió hacia el espejo resquebrajado que había encima de la cómoda y se enrolló el pelo en lo alto.

Mamá me había dejado para que guardara nuestras pertenencias mientras ella tomaba café con Marie en la sala. Hasta el momento, lo único que había hecho era observar a mis primas, mayores y curvilíneas, remeterse las finas blusas, estirarse las faldas y pellizcarse las mejillas; la feminidad de todo aquello era fascinante.

—Sí —dijo Grazia—. Lo último que necesitamos es a una prima maloliente. Ya somos demasiados.

Las chicas se cogieron del bracete.

—Nos has desgraciado la vida, así que nosotros te desgraciaremos la tuya —se burló Alberta.

Fueron mis dos primas quienes me enseñaron a ser cruel. Aprendí lo despiadadas que podían ser las mujeres mucho antes de descubrir la maldad de los hombres. Lo primero que me pidieron después de que deshiciera la bolsa fue que encendiera la lámpara de gas del techo.

—Tienes que girar la perilla todo lo que puedas o no prenderá —dijo Grazia.

Cuando encendí la cerilla, se produjo un destello y un estallido que me abrasó las pestañas con un silbido. Mi madre y Marie entraron corriendo en la habitación mientras yo me llevaba las manos a la cara dolorida.

—¿Estás intentando pegarle fuego al edificio? —gritó Marie.

—No, señora —contesté.

—Chicas, debéis encargaros de enseñarle cómo se hace, ¿me oís? —les dijo a sus hijas, que asintieron y sonrieron.

Ellas se encargaron de hostigarme. Si alguna descascarillaba una taza o manchaba una sábana, me culpaban a mí. Afirmaban que les faltaba un peine o una horquilla, y decían que lo había robado yo. Me registraban los cajones y, por supuesto, allí estaba el objeto perdido, metido entre mi ropa interior. Yo reivindicaba mi inocencia, y una de las gemelas se echaba a llorar y me llamaba mezquina y mentirosa. Me sorprendía que pudieran derramar lágrimas a su antojo. La tía Marie me hacía crujir los nudillos o me golpeaba el trasero con una cuchara de madera. Después me atraía hacia su pecho rollizo y me besaba la cabeza, llorando y diciendo cuánto lo sentía.

Los chicos eran más amables, sobre todo Ernesto. Sin decir nada, me ayudaba a cargar con el cubo del carbón y a vaciar las cenizas de la estufa. En invierno me enseñó a trucar el contador del gas deslizando una esquirla de hielo en lugar de una moneda, así teníamos gas gratis durante días.

Ernesto tenía catorce años y vendía periódicos con su hermano menor, el Pequeño Pietro. Este tenía apenas siete años y parecía creer que la alegría de la vida se basaba en robar manzanas. Daba igual las veces que el dueño de la carreta de manzanas, el señor Finch, lo pillara y lo arrastrara hasta casa, donde se quedaba hasta asegurarse de que la tía Marie le propinaba una paliza apropiada, porque en los bolsillos de Pietro siempre había más manzanas.

Luego estaba el hijo mayor de Marie, Armando. Era guapo y callado, de un modo intimidante. Trabajaba como dependiente en una fábrica de pieles y no pasaba mucho tiempo en casa. La tía Marie aseguraba que era por una mujer, lo que la hacía lamentarse diciendo que pensaba dejarla. Mamá le decía que no era natural que un hombre hecho y derecho se quedase en casa con su madre. Tenía que buscar esposa.

—Ahora puedo ayudarte —decía mientras rodeaba a su hermana con el brazo y le besaba las mejillas mojadas.

Mamá era más cariñosa con la tía Marie de lo que lo había sido nunca conmigo. Y aun así, cuando no podían oírnos, lo cual era raro, me decía que aquello era temporal y que las cosas mejorarían, pese a que yo no me quejé ni una sola vez. A pesar de la maldad de las gemelas, me gustaba el ajetreo de la casa. Era mamá quien parecía infeliz, se quedaba despierta en la cama por las noches y estaba tensa, como una ramita a punto de quebrarse.

Para cuando llegó el invierno, nuestras circunstancias empezaron a agotarla de verdad. Lo veía en sus ojos, en las manos nerviosas y la cintura cada vez más fina. Había conseguido un empleo en la fábrica de camisas donde trabajaban las gemelas y las largas jornadas le pasaban factura. Nueve horas seguidas entre semana y siete los sábados era un trabajo extenuante. El domingo era el único día libre que tenía y Marie insistía en que toda la familia fuese a la iglesia. En Katonah nunca habíamos ido a la iglesia. Mamá y papá decían que estaba demasiado lejos, pero yo imaginaba que, aunque los dos rezaban, preferían no enfrentarse al Señor que les había arrebatado a todos esos bebés.

Supuse que mamá fingía que le encantaba la iglesia por su hermana, cuando lo que necesitaba era quedarse en la cama y recuperar fuerzas. Le dije que la sustituiría, pero Marie creía que las chicas no debían trabajar fuera de casa antes de cumplir los quince años, y mamá me dijo que, de todos modos, no conseguiría papeles de trabajo hasta los catorce, para lo que todavía me faltaba un año.

En el fondo agradecía no trabajar. Era un consuelo pasarme todo el día con la tía Marie. Me arrastraba por toda Mulberry Street para regatear con los vendedores ambulantes de comida.

—¿Esto qué es? —se quejaba, tras dar con el único brote de una patata o con un golpe diminuto en una manzana—. ¿Cómo puedes cobrar por esto? ¡Debería ser gratis! ¿Esperas dinero a cambio de una comida que no vale nada? Tendré que tirar la mitad. Así que te pago solo la mitad.

Siempre se salía con la suya. Los vendedores meneaban la cabeza cuando la veían venir.

La tía Marie conocía todas las recetas sicilianas de su madre. Frotábamos el suelo hasta dejarlo limpio, luego extendíamos largas tiras de pasta por los tablones y las poníamos a secar en el respaldo de las sillas. Marie no paraba de hablar mientras lo hacíamos. Me contaba tantas historias que no era capaz de seguirle el hilo. Pero me encantaba el flujo constante de su voz. Me enseñó a cocer los tomates y a hornear hogazas de pan hechas con una harina blanca como la nieve, con el centro blando y mullido, nada que ver con el pan denso que hacía con mamá en la cabaña a partir de los granos de trigo enteros.

Por la noche, la familia se sentaba en torno a la mesa —incluso Armando, que siempre se las apañaba para llegar a casa a tiempo para la comida de su madre—, a cenar y a hablar, compitiendo por que los oyesen. El apartamento resultaba cálido y olía a ajo y a pan recién horneado. Marie contaba historias de mi madre y sus hermanas, y de todos los líos en los que solían meterse; su padre a menudo les zurraba en el culo con el cinturón. Cantaban canciones italianas que yo no conocía. La música me hacía pensar en papá y me lo imaginaba solo en la cabaña, sentado con el violín en la rodilla, preguntándose adónde habríamos ido.

Después de cenar, pese a que Ernesto y el Pequeño Pietro se habían levantado al amanecer para vender periódicos, salían hacia Columbus Circle para seguir con su trabajo. Armando se escabullía sin explicaciones; Marie negaba con la cabeza, y ella y mamá se acomodaban a la mesa con café recién hecho. Entonces me lanzaban una mirada para que les diese algo de privacidad y me pasaba la noche en la cama con un viejo y aburrido periódico mientras las gemelas se quedaban tumbadas en la suya con una revista de moda confiscada, riendo tontamente y ladeándola para que no pudiera ver sus secretos femeninos. Yo fingía que me daba igual, pero me moría por echar un vistazo a aquellas páginas brillantes.

Pese a la preocupación por mamá y a las torturas diarias

a las que me sometían las gemelas, era feliz. La vida agitada de una casa de vecindad llenaba el espacio vacío y silencioso de mi interior. El bosque de Katonah, la cabaña y mi padre fueron alejándose, hasta semejarse a un sueño.

Entonces conocí a Renzo.

Fue a principios de primavera, la mayor parte de la nieve sucia se había derretido en el patio. Armando se había mudado para siempre y Marie se pasó semanas arrastrando los pies por el piso, llorando y retorciéndose las manos, dejándose caer de rodillas para rezar y besando la cruz que llevaba al cuello.

Un día hizo que me arrodillase a su lado y me estrechó contra su pecho; olía a cebollas y a jabón de pino.

—Gracias al Señor que vinisteis tú y tu madre. Sois mi salvación. —Me estrujó la cara entre sus manos y me besó las mejillas con los labios húmedos—. Mis hijas son muy trabajadoras, pero son egoístas y crueles. ¡Me amenazan con dejar el trabajo si no les permito ir a esos bailes con vestidos que cuestan el salario de una semana! No puedo fiarme de ellas. Tú, tú eres buena. Lo veo en tus ojos. Tú y Ernesto sois lo único que tengo. Y luego está el Pequeño Pietro. —Echó la cabeza atrás—. Siempre huyendo, siempre en líos. Será mi muerte si las chicas no me matan primero. —Se llevó las palmas de las manos al pecho, bajó la barbilla y de sus labios salió una oración por la salvación de sus hijos. Luego se levantó de golpe, fue al dormitorio y cerró la puerta. Yo me quedé donde estaba, mirando a un ratón que corría junto a la pared y se esfumó por una grieta de los tablones del suelo cuando apareció Marie con su vestido negro de los domingos. Se puso los guantes de satén y cogió el sombrero de paja del perchero de la pared—. Voy a salir. Espero la cena encima de la mesa cuando vuelva.

Me levanté con dificultad cuando cerró la puerta. Marie no me había dejado sola en el piso nunca y abarqué el vacío con la mirada, deslizando los ojos por los objetos de la habitación, sintiéndome deliciosamente libre. Podía buscar las revistas de las gemelas, utilizar su cepillo, probarme sus medias y sus vestidos de los domingos.

Como no sabía cuánto tardaría en volver Marie, decidí que no merecía la pena arriesgarme y me afané en cortar cebollas y tomates, poner la carne a estofar y el pan a subir. Durante el invierno, los sonidos de fuera se habían reducido al golpeteo de pies en la escalera y a voces distantes procedentes del piso de arriba. Con la llegada de abril, las ventanas estaban abiertas de par en par y los ruidos del patio subían reverberando, reconfortantes y entretenidos, canciones con las que saltaban a la comba o gritos de los que jugaban a la pelota.

Cuando acabé de preparar la cena, salí a sentarme en el patio a esperar a Marie. El juego de pelota se había trasladado a la calle y vi a dos niñas que enrollaban la comba y se alejaban por el callejón.

El tiempo era suave y cálido. Una franja de sol incidía en los ladrillos donde un chico, sentado en una caja volcada, se liaba un cigarrillo. Llevaba un bombín desvaído, y el cabello, castaño y cortado de manera burda, le sobresalía por debajo. Me lanzó una sonrisa relajada que me puso nerviosa y aparté la vista a toda prisa, deseando haber llevado el pelo enrollado en lo alto de la cabeza como las gemelas en lugar de trenzado a la espalda. Desde que se me había quedado pequeño el vestido que me compró mamá cuando nos fuimos de Katonah, me había vuelto muy consciente de mi aspecto. Me habían dado un vestido azul usado de algodón, de Grazia, que me resaltaba los ojos, y había cogido la costumbre de inspeccionar mi figura en el espejo resquebrajado de la cómoda.

El chico se levantó y me ofreció la caja inclinando el sombrero.

—Soy Renzo.

—Signe —respondí, alisándome la falda por encima de las rodillas al sentarme en la caja tambaleante.

Renzo soltó un silbido.

—Ese nombre no es italiano. —Apuntaló un pie en la caja que tenía a mi lado, apoyó un codo en la rodilla y se echó el sombrero hacia atrás—. Te he visto entrar y salir de casa de los Casciloi, pero no eres una de ellos, ¿verdad?

—Sí que lo soy —dije.

Enarcó una ceja con gesto receloso y se encendió el cigarrillo. Exhaló el humo hacia el cielo y señaló a una ventana por encima de mi cabeza.

—Llevo viviendo en este bloque desde que nací y la primera vez que te vi fue hace unos meses, subiendo las escaleras detrás de la señora Casciloi. Así que o yo estoy ciego o tú eres nueva, y yo no estoy ciego.

Se inclinó hacia mí, sin apartar aquellos ojos afables de los míos, y noté un frenesí de actividad en el pecho. Bajé la vista.

—Es asunto mío de dónde vengo.

—Me parece justo. —Renzo se acabó el cigarrillo, lo aplastó con el pie y se sentó en el suelo a mi lado con la espalda contra la pared—. De todos modos, si los Casciloi se parecen en algo a mi familia, hay demasiadas historias. Prefiero sentarme en silencio.

Apoyó la cabeza en los ladrillos y cerró los ojos, lo que me permitió mirarlo con libertad. Aparentaba la misma edad que Ernesto, quince años, tal vez, y sus rasgos eran finos, aniñados, solo que sin la sombra de vello que mi primo se esforzaba en afeitar en la palangana del salón. Las mejillas de Renzo eran tan suaves como las mías.

Me puse de pie, resistiendo las ganas de acariciárselas con los dedos.

—Debería volver.

Renzo asintió sin abrir los ojos. Cuando subía las escaleras a nuestro piso, me invadió una extraña sensación de calor que me atravesó de dentro afuera.

A partir de entonces, Marie salía todos los días con su elegante vestido negro y sus guantes, y me decía que esperaba la cena en la mesa cuando volviera. Llegaba a casa justo antes que los demás y nunca decía una palabra acerca de sus ausencias. Yo sospechaba que se pasaba las tardes en la iglesia, pues empezó a incluir referencias bíblicas en sus historias, que acababan ahora con moraleja. Se acariciaba la cruz que llevaba al cuello como si fuese un tic nervioso, citaba las Escrituras y rezaba de rodillas durante horas.

Yo estaba sola y aburrida, y me dio por pecar como una loca mientras mi buena tía salía a rezar por nuestras almas.

En cuanto Marie salía por la puerta, preparaba la cena, luego corría a la habitación para sisar una pizca de pasta de dientes del tubo que las gemelas tenían escondido debajo de la cama. Me frotaba los dientes con él, me pellizcaba las mejillas y me mordía los labios para enrojecerlos antes de encaminarme al patio. Había empezado a enrollarme el pelo por la noche como había visto que hacían las gemelas y a llevarlo en lo alto de la cabeza con mechones ondulados alrededor de la cara.

Renzo siempre estaba esperando. Se convirtió en un ritual. Él fumaba con el pie apoyado en la caja de mi lado, de modo que me presionaba el muslo con el zapato desgastado y el cuero iba ablandándome; la cabeza me daba vueltas con su presencia y el calor que desprendían los ladrillos.

Para cuando cumplí los catorce, la primavera dio paso a un verano abrasador. Renzo y yo ya no nos sentábamos en el patio, sino a la mesa de nuestro piso, donde tomábamos café como adultos. Nunca le pregunté por qué no salía a trabajar como los demás. No me importaba. Cuando sus ojos pasaban del borde de su taza a mi cara y su boca formaba una palabra, lo único en lo que podía pensar era en cómo me había besado aquella primera vez bajo la escalera, en el patio, y en todas las veces que lo había hecho desde entonces.

Hicimos planes. Íbamos a casarnos y a tener un piso de un dormitorio para nosotros solos, con cocina completa y agua caliente que saliese del grifo. Renzo juraba que no se parecería en nada a su padre.

—Es pescador, y un idiota —dijo—. Hace todo lo que le piden. Dice que es mejor que el lugar de donde vino y que más vale no quejarse. Yo me quejaría. No tiene un centavo por mucho que trabaje y vuelve a casa oliendo a podrido. —Renzo golpeó la mesa con la mano y el sombrero saltó a su lado—. Es porque su inglés no es bueno. La gente no lo toma en serio. Yo nací aquí, y pienso buscar trabajo como chófer y conducir uno de esos coches brillantes. He oído... —se inclinó hacia delante, de modo que el café salpicó por encima del borde de su taza—, que si vas a la zona alta de Manhattan, donde las casas son grandísimas, contratan a chóferes privados y les dan habitación propia.

—¿Y qué hay de nuestro piso? —dije, dando unos golpecitos en el café derramado con mi servilleta, preocupada por cómo explicaría luego la mancha a Marie.

Renzo sonrió como hacía siempre que le mencionaba mi lugar en su vida y la mancha dejó de importarme un comino.

—Puedes trabajar como criada y tener tu propia habitación también. Nos colaremos a hurtadillas en el cuarto de cada uno como ahora.

—¿A hurtadillas? —Enarqué una ceja, y él estiró el brazo para cogerme la mano y acariciarme el dorso con un solo dedo. Me recorrió una sensación abrasadora.

No podía culpar a nadie más que a mí misma por levantarme y llevar a Renzo hasta la habitación. Al principio mantuvo las manos educadamente en mis caderas mientras nos besábamos, pero no tardó en desviarlas a otro sitio. Comprendí entonces cómo las manos de papá alrededor de la cintura de mamá hacían que se derritiera, por qué cedía ella todas aquellas veces a pesar de que no quería más bebés muertos. Cuando Renzo y yo acabamos tumbados sobre la sábana sin nada que nos separara salvo piel pegajosa, supe que me había convertido en la peor clase de pecadora. Una que lo disfruta y que sabe que ninguna condena en la otra vida va a impedir que lo haga.

Desde entonces he pagado al demonio tantas veces que cabría pensar que Dios dejaría de castigarme. Tal vez sea porque sigo sin arrepentirme. Aquellos meses con Renzo —envueltos por el calor del verano y los sonidos de la ciudad amortiguados por nuestra respiración— se llevaron una tristeza que siempre pensé que suponía la mayor parte de estar viva.

No duró. En agosto de ese verano, las gemelas tuvieron su venganza final. Grazia descubrió uno de los calcetines de Renzo en el suelo junto a la cama, lo recogió y lo balanceó en alto como si fuese un premio.

—¿Qué es esto?

Se me paró el corazón al verlo. Me encogí de hombros, fingiendo que no pasaba nada.

—¿A ti qué te parece?

Alberta se sentó con las piernas cruzadas en la cama, sonriendo encantada.

—Hummm, veamos. ¡Vaya, diría que es un calcetín!

Grazia sonrió de oreja a oreja, balanceándolo adelante y atrás.

—Lo raro es que parece un calcetín de hombre. ¿A qué hombre podría pertenecer?

Las dos se me quedaron mirando, expectantes.

—¿Y yo qué voy a saber? —dije, pero me había sonrojado de culpa.

—Ah, bueno —dijo Grazia, y lo tiró a mi cama; estaba rígido de suciedad—. Ernesto se habrá cambiado en nuestro cuarto. ¿Por qué no se lo devuelves?

—No está en casa —repuse.

—Déjaselo encima del petate. Dile a mamá que lo ha extraviado, y busca el otro, ya que estás.

La fulminé con la mirada y me escabullí al salón. Marie y mi madre alzaron la vista de la mesa, pero no me preguntaron cuando metí el calcetín en el extremo de la cama de Ernesto y volví a toda prisa a la habitación.

A la mañana siguiente, Ernesto no dijo una palabra al respecto, y tampoco las gemelas. Cuando Marie se marchó ese día, busqué aquella cosa asquerosa, pero no la encontré por ninguna parte. Se lo conté a Renzo, pero no le preocupó. Un calcetín era un calcetín, dijo, y de todos modos, ¿quién iba a relacionarlo con él? Para asegurarnos, dejamos de vernos una semana. Fue una tortura. Le echaba tanto de menos que me dolía y me moría de aburrimiento.

Como lo del calcetín quedó en nada, imaginamos que se había olvidado y Renzo y yo retomamos nuestras viejas costumbres, cegados por nuestra necesidad el uno del otro.

Entonces, un día cálido y húmedo, oímos pasos que subían por las escaleras. La puerta del piso se abrió tan rápido que no tuvimos tiempo más que para agarrar la ropa del suelo. No importó que no hubiera visto nunca a la madre de Renzo. La reconocí en el instante en que sus anchas caderas bloquearon la entrada de la habitación y me quedé inmóvil con el vestido contra el pecho; una leve llovizna que se colaba por la ventana abierta me alcanzó la cadera desnuda. Era la misma mujer a la que había visto gritar aquel primer día desde la ventana del bloque. Sacudía el maldito calcetín en la mano como si fuese un estandarte.

Renzo tiró de sus pantalones y se puso la camisa con expresión horrorizada. Esperaba que dijera: «Mamá, esta es Signe y tengo intención de arreglar lo que estamos haciendo y casarme con ella, así que no tienes de qué preocuparte». No dijo una sola palabra. Ni siquiera cuando su madre le dio un puñetazo en el brazo y una bofetada, gritando palabras italianas que no entendí. Renzo se encogió de miedo y dejó que le diera una paliza como si fuera un niño; se le agitaban los hombros. No era una mujer grande. Podría haberla parado si hubiese querido, en cambio dejó que le marcara las mejillas a golpes. Me dieron ganas de abalanzarme sobre ella. De luchar por Renzo.

Tal vez debería haberlo hecho. Tal vez si hubiese visto que yo era tan fuerte como su madre, las cosas habrían acabado de otra forma. Sin embargo, me quedé allí plantada sin decir nada mientras ella lo sacaba a empujones por la puerta, lanzando miradas asesinas por encima del hombro y soltándome una retahíla de palabras en italiano.

Hoy en día sé que esa mujer me echó una maldición.

Poner la comida en la mesa esa noche fue como preparar la última cena. Temblaba tanto y estaba tan nerviosa que creí que iba a vomitar. Cuando Marie llegó a casa, no podía mirarla. Para cuando aparecieron Ernesto y el Pequeño Pietro, seguidos a escasos minutos de mi madre y las gemelas, me dieron ganas de soltar todo lo que había hecho y dejar zanjado el asunto. Aquel calcetín había sido cosa de las gemelas, bien lo sabía. Si yo no lo contaba, lo harían ellas.

La conversación durante la cena fue como siempre. Ernesto estaba ansioso por compartir cómo había atrapado a un hombre que intentó robarle un periódico y luchó para arrebatárselo. Después de eso, Grazia y Alberta intervinieron con una historia acerca de una chica que se había visto obligada a orinar en el suelo del taller porque no la dejaban ir al lavabo. No daba la impresión de que supieran nada de Renzo y de mí, y me pregunté si, después de todo, ellas eran las causantes.

—Es asqueroso —mascculló Grazia—. Nos encierran para poder registrarnos el bolso y asegurarse de que no robamos hilo.

—La semana pasada a una chica le descontaron el salario de un día por una aguja rota. —Alberta cortaba la carne con su cuchillo de sierra—. Necesitamos que Clara Lemlich lidere otra huelga.

—No causéis problemas —dijo Marie—. No podemos permitirnos otra huelga.

—¡Solo ha habido una! —exclamó Grazia.

—Y duró catorce semanas —añadió Marie—. No podemos permitirnos ese tiempo sin cobrar.

—Merece la pena luchar, mamá. —Alberta dejó el tenedor como si fuera a organizar una huelga de cena—. No conseguimos representación sindical, pero mejoró nuestro salario, y ya es algo.

—Bueno, ahora os descuentan el doble por los errores para compensar —dijo Marie—. No podéis ganar.

Grazia apuñaló la patata y Marie le dijo que se sentara derecha y diera gracias por tener trabajo.

Yo me volví hacia mamá, que comía igual de callada que yo. A diferencia de las gemelas, ella nunca se quejaba de los cortes en las manos o de que le descontaran dinero por usar hilo y aguja, lo que a veces llevaba a que debiera el equivalente a una semana de trabajo. Hacía gala de la misma dura resolución que recordaba de los días después de que perdiera a un niño, con la piel oscura y hundida bajo los ojos. Me pregunté cómo reaccionaría si la madre de Renzo entrase en tromba por la puerta. Podía imaginármela perdonándome, por mucho que le doliese, pero la tía Marie, que frotaba su cruz con una mano mientras comía, era probable que me matase.

Me fui pronto a la cama alegando que me dolía la cabeza y me asomé a la ventana para ver la luz de la habitación de Renzo al otro lado. Su ventana estaba a oscuras. Me envolví con la sábana, recordando el contacto de su piel y la sensación que me producía su boca húmeda contra la mía. Me pregunté si lamentaría no haberme defendido o si enfrentarse a su madre era peor que abandonarme a mí. Verlo encogerse ante ella me hizo pensar que no tenía ninguna intención de casarse conmigo, mientras que la idea de seguir sin él hizo que me desesperara.

Cerré los ojos e intenté abandonar toda sensación, como había hecho cuando se marchó papá, pero el rostro de aquel bebé sin nombre que enterramos juntos se alzó de la nada ante mí, y en ese mismo momento rompió a llorar un bebé de verdad en el piso de arriba, como si Dios me enviara un mensaje, y el llanto se convirtió en berrido. Rodé sobre un costado y me apreté la almohada contra la cabeza. Aún olía a Renzo en la cama. Me pregunté por qué mamá no me había preguntado nunca por aquel olor y se me ocurrió que no había hecho un buen trabajo cuidándola. Papá estaría decepcionado. Al día siguiente le diría que no debía seguir yendo a la fábrica. Yo ya tenía catorce años y podía conseguir los papeles de trabajo, tanto si a mi tía Marie le gustaba como si no. La perspectiva de que me impidiesen ir al baño de una fábrica y orinar en el suelo me parecía mejor que quedarme sola en casa sin Renzo.

Continuaba lloviendo cuando me desperté a la mañana siguiente. Una luz apagada se filtraba por los cristales sucios de las ventanas, y el aire era caliente y pesado, como una toalla húmeda. No quería moverme, pero mamá no estaba en la cama a mi lado. Me incorporé, vi que la cama de mi tía y las gemelas también estaba vacía, y me levanté.

Aún me estaba abrochando con torpeza la parte posterior del vestido cuando abrí la puerta de la habitación. En ese preciso instante, la mano manchada de tinta de Ernesto me cruzó la cara y me mandó tambaleándome contra la pared. Grité y mis ojos se posaron en el Pequeño Pietro, que estaba sentado con las piernas cruzadas en el suelo, con una sonrisa divertida en la cara. Normalmente era a él a quien abofeteaban. Marie se paseaba de un lado para el otro delante de la cocina, con los ojos rojos, la cruz que llevaba al cuello contra los labios, sollozando entre las oraciones que murmuraba. Las gemelas estaban sentadas a la mesa y me miraban con satisfacción. Junto a ellas se encontraba la madre de Renzo; solo de verla me quedé sin aliento.

Entonces vi a mi madre apoyada en la puerta con nuestra bolsa de cuero a los pies.

—¡No! —Salté hacia delante. No había pensado en que fuesen a enviarme lejos—. Lo siento. Ha sido un error. Iré a trabajar a la fábrica. No volveré a verlo nunca.

Marie gimió, se dejó caer de rodillas y hundió la cara en su falda mientras Ernesto se desplomaba en una silla. Era evidente que golpearme no había sido idea suya y que lamentaba haber tenido que hacerlo.

Mamá dio un paso al frente y me aferró el brazo con mirada acerada.

—Has deshonrado a esta familia. Mi hermana se niega a tenerte bajo su techo, y si pudiera elegir, no te tendría bajo el mío. No me has traído más que vergüenza.

Ya no notaba el escozor del golpe de Ernesto cuando me sacó por la puerta, me llevó escaleras abajo y luego por el callejón. Mulberry Street se convirtió en una confusión de formas, sonidos y olores sin significado. Las palabras de mamá, y su gélido silencio posterior, me abrieron una herida. Tambaleando a su espalda, recta e implacable, me di cuenta de lo terrible que era lo que había hecho.

18

Effie

Mable se apoyó en la pared de la habitación que había encima de la capilla con los brazos cruzados mientras veía a Edna coger bastidores de bordado del cesto.

—No me hables —me dijo cuando me acerqué a ella—. Ve a la ventana. Iré contigo cuando esté lista.

Hice lo que me decía y observé a Dorothea, que estaba en la alfombra junto a otra niña, con las piernas extendidas delante del fuego para calentarse los pies. Me preocupaba que pudiese acercarse a mí, pero se limitó a saludarme con la mano, que acto seguido se llevó a la espalda.

De espaldas a la hermana Mary, Mable arrastró dos sillas y Edna le entregó un bastidor con un retal de tela, sin molestarse en incluir aguja o hilo.

Las dos chicas se sentaron, alisaron la tela sobre los aros de madera y los ajustaron.

—Apóyate en la ventana y haz como si estuvieras mirando las estrellas —me dijo Mable en voz baja, con el rostro animado y el cabello rubio recogido en una gruesa trenza sobre un hombro. La oí susurrar a mi espalda—. Mañana por la noche es la cena anual de la Ladies Associates. Es el mejor momento para intentarlo. Las monjas estarán distraídas y cansadas; además, siempre se acuestan después de un acto.

Eché una ojeada por encima del hombro. El brillo de sus ojos era el mismo que tenía mi hermana cuando planeaba un acto de rebeldía.

—Pero la habitación estará cerrada con llave —aventuré.

Edna se inclinó hacia delante, con los codos apoyados en las rodillas, y continuó hablando en voz baja:

—Yo puedo conseguir una llave. He descubierto que la hermana Gertrude no es la única que las lleva. La otra noche vi que la hermana Agnes cerraba la habitación y ella no lleva la llave encima, lo que significa que lo más probable es que la tenga en su habitación, y la querida y confiada Agnes no se molesta en cerrar la suya con llave. Me escabulliré durante vísperas, me colaré en su habitación y esconderé la llave bajo estas bellezas. —Sonrió y meneó los pechos hacia mí.

—¿Y si se da cuenta de que no están? —pregunté.

—Para entonces ya hará mucho que nos habremos ido. —Mable se inclinó hacia delante del mismo modo que Edna; tenían las cabezas muy juntas—. Una vez que salgamos por la ventana al techo de la capilla, es un salto directas al suelo. Desde allí tendremos que correr hasta el muro y buscar un árbol al que subir. Sabes trepar, ¿verdad? —Enarcó una ceja hacia mí.

Yo no me había subido a un árbol en la vida, pero asentí.

—Bien —dijo—. Una vez que estemos al otro lado, echamos a correr. Con suerte será una noche oscura. Las hermanas no perderán tiempo y darán nuestras descripciones a la policía. Hay una mujer que alberga a prófugas. En el 961 de la Quinta Avenida. Todas las chicas de aquí dentro han memorizado esa dirección. Solo tenemos que llegar hasta ella antes de que nos atrapen. Rica como el demonio, he oído, y buena como un ángel.

—Es la única a la que merece la pena rezar, en lo que a

mí respecta —dijo Edna—. La oí hablar una vez en una concentración y juro que es lo más hermoso que he visto. He oído que da trabajo a las chicas que puede y ayuda a las demás a encontrar empleo. Te ayuda sea cual sea tu historia, pero la mayoría dan mucha pena, sobre todo la tuya. —Edna dio una palmada en el muslo de Mable—. Al menos a mí me pillaron robando un gofre de un carrito, completamente borracha. —Escupió y me guiñó el ojo—. Aquí Mable ni siquiera vivía en Nueva York cuando la encerraron. Vino un fin de semana para visitar a su tía y a su tío. ¿No es cierto, Mable?

Mable dio una patada a la pata de la silla de Edna.

—Calla, no me lo recuerdes.

—Recordar es la única forma de asegurarnos de que no se nos olvida odiar al sexo opuesto. —Lanzó un puñetazo al aire—. Tenemos que marchar contra ellos para que los cabrones como el tío de Mable no se salgan con la suya. Se tomó la libertad de meter las manos bajo la falda de Mable. Su tía lo pilló y él juró que Mable se había levantado la falda para él. Su tía le gritó a Mable que era una puta, y la víbora mentirosa de su tío se llevó a Mable a rastras y la encerró para volver a caer en gracia al demonio de su mujer. Ni siquiera pidió permiso al padre de Mable.

—Estoy segura de que a mi padre no le habría importado un comino —susurró Mable entre dientes—. Son todos iguales. Yo no me iría a casa aunque pudiera. Esa dama rica es mi única esperanza, o las calles, que preferiría antes que las monjas de este sitio. ¿Tú por qué estás aquí? —me preguntó de pronto.

—Sí —dijo Edna—. ¿Qué hiciste?

Me planteé contarles la verdad. Parecía apropiado, ya que estaba a punto de saltar y, posiblemente, morir con ellas. Pero había algo en mi interior que no quería confesarles mi historia.

—Me pillaron con un chico —dije, ciñéndome a la mentira que le había contado a la hermana Gertrude.

—No estarías vendiéndote en las calles, ¿verdad? Se te ve demasiado flaca para eso —dijo Edna.

Se me acaloró la cara y negué con la cabeza. «Venderse» era un término que no había comprendido hasta hacía poco.

—Ah —canturreó Mable—. La has avergonzado. Muchas chicas de aquí son putas o borrachas. Yo enseguida me di cuenta de que tú no eras ninguna de las dos cosas. —Se puso de pie y me arrojó el bastidor—. Devuélvelo a su sitio por mí, ¿quieres?

Edna, siempre a la zaga, se levantó y me dejó su bastidor también. Se cogieron del brazo y se alejaron dando saltitos para unirse a un grupo de chicas en torno a un piano que nadie tocaba.

Esa noche, acostada en la cama, la idea de escapar por una ventana saltando a la oscuridad me aterraba. No parecía ni de lejos tan fácil como la primera vez que lo había imaginado. ¿Y si me rompía un tobillo? Las consecuencias de que nos atraparan me parecieron entonces demasiado reales. ¿Qué opción tenía? Había abandonado toda esperanza de que mis padres me encontraran. El criador de ostras era el único que sabía que estaba allí. Aunque mis padres hubieran publicado un aviso en el periódico, lo más probable era que él no lo viese. No parecía el tipo de persona que se gasta un buen penique en un periódico. A las monjas poco les importaban las noticias del mundo exterior. Yo solo había visto a la hermana Jane —una mujer menuda y nerviosa que daba la impresión de cuestionarse su fe a diario— leer el periódico los sábados, durante nuestra hora de esparcimiento.

La buena hermana lee un titular del New York Times: *«Chica desaparecida». El nombre le resulta familiar, pero no reconoce el apellido ni la cara ligeramente borrosa de la niña, que se parece a cualquiera de las muchachas que tiene alrededor. No continúa leyendo, sino que pasa a un artículo sobre la sufragista, la señorita Pankhurst, que, encerrada en Ellis Island, amenaza con una huelga de hambre si le prohíben entrar en su país. Preguntándose si tendría más vocación como sufragista, la hermana Jane retuerce el periódico y lo arroja a la chimenea, donde se calienta las manos cuando saltan las llamas.*

Eso me decía a mí misma, que mis padres habían intentado encontrarme y habían fracasado. De lo contrario, nada tenía sentido.

Rodé sobre un costado, barajando la posibilidad de escapar, imaginando la cara de mis padres cuando entrara por la puerta, la impresión y el llanto. Luella estaría allí, y nos abrazaríamos deshaciéndonos en lágrimas y disculpas.

Junto a mi cama apareció Dorothea, una figura diminuta con su camisón blanco. Me hice a un lado, dejé que se metiera bajo las mantas y le sostuve la delicada mano mientras le susurraba la mejor historia que se me ocurría, llena de duendes, conjuros secretos y magia de hadas con un glorioso final feliz.

—Mañana por la noche —le dije cuando hube acabado—, quiero que te quedes en tu cama. Pase lo que pase, no debes venir aquí. ¿Vale?

—¿Por qué?

—Tú haz lo que te digo.

Sus ojos eran un mar de dudas, pero asintió con gesto obediente y metió el brazo debajo de la manta, se hizo un ovillo y cerró los ojos. Le aparté el pelo de la mejilla hundida; tenía los párpados veteados de venas azules y el rostro tranquilo. Pensé en todas las noches que me había pasado escuchando las quejas de Luella sobre las restricciones de su vida. Qué no darían aquellas chicas por una vida como la nuestra, donde el mayor peligro que corríamos era acudir a hurtadillas a un campamento gitano. El verdadero peligro era ver la cara de tu madre aplastada. El verdadero peligro era que tu tío te manoseara y te encerraran de manera injusta. El verdadero peligro era que la hermana Gertrude te amordazara y te arrojara al sótano. El verdadero peligro era saltar desde la ventana de un primer piso y echar a correr en medio de la oscuridad.

El domingo era el único día que no teníamos servicio de lavandería, y el único día que el capellán, el reverendo Henry Wilson —un hombre barrigudo y vil, de mirada vaga y voz aguda— nos honraba con su presencia. Sus sermones eran farragosos y diligentemente aburridos. No paraba de moverse en el púlpito, cambiando de un pie al otro hasta que acababa el sermón, momento en que recorría la habitación con la mirada en silencio y meneaba la cabeza ante la tarea imposible de redimir a una sola de nosotras siquiera.

El resto del domingo lo pasábamos leyendo y recitando las Escrituras. Había una pausa para comer, más Escrituras, cena y, finalmente, vísperas.

Para cuando tomé asiento en la capilla, estaba temblando de anticipación. Mientras repetía la letanía de salmos sobre mis transgresiones y pecados, me moría por volverme hacia Edna, pero mantuve la cabeza gacha. Cuando por fin nos dejaron marchar, la encontré subiendo las escaleras a mi lado, con una sonrisa triunfal. Me dieron ganas de cogerla de la mano, pero imaginé que me empujaría contra la pared si me atrevía, así que contuve la emoción con una sonrisa fugaz.

El dormitorio estaba helado, pues ya corría el mes de diciembre. Las chicas habían dejado de remolonear en ropa interior, saltaban directamente a la cama y se cambiaban bajo las mantas en medio del alboroto creado por el parloteo y los chirridos de muelles de los colchones. Para cuando la hermana Marie se plantó en la puerta y encendió y apagó las luces para imponer silencio, Edna y yo ya estábamos acostadas con el camisón puesto de manera estratégica encima del vestido. Mable tardó un poco, levantada a los pies de su cama, mirando alrededor con un temor nada propio de ella en el rostro.

—Para —susurró Edna desde su almohada—. Vas a llamar la atención.

—La hermana Marie está más ciega que un murciélago. No va a verme desde la puerta. —Mable se sentó al pie de su cama y el vestido de algodón asomó bajo su camisón—. ¿Tienes la llave?

—Sí.

—Bien. —Se tumbó en la cama, sin arroparse—. Odio los domingos. Tanto arrodillarnos y rezar me agota más que la lavandería. Seguro que me quedo dormida, y Edna, tú duermes como un tronco. —Entonces me miró—. ¿Podemos confiar en que te mantengas despierta?

Asentí, tan nerviosa que no podía imaginarme durmiendo.

—Pues vale, voy a cerrar los ojos solo un minuto.

Se volvió a un lado y se puso una almohada encima de la cabeza.

Edna miraba el techo.

—Yo no voy a dormirme. No merece la pena arriesgarnos. Será a mí a quien pillen con la llave por la mañana si nadie se despierta.

Al cabo de un rato, a pesar de sus esfuerzos, la respiración de Edna se hizo más profunda, se le relajó la boca y sus párpados cerrados aletearon en sueños. Yo me quedé completamente despierta, viendo la luna creciente que asomaba por una esquina de la ventana. La luna era más luminosa de lo que quería Mable, pero a mí no me preocupaba. Una vez que cayera al otro lado del muro, sabía exactamente en qué dirección ir a casa, cruzando el bosque.

Cuando la luna alcanzó el centro de la ventana, me bajé de la cama con sigilo y desperté a Edna con una sacudida. Abrió los ojos de golpe y se incorporó, limpiándose un hilo de baba de la comisura de la boca. Se puso en pie tambaleante y arrancó la almohada de la cabeza de Mable, que se incorporó como un resorte, perpleja solo un momento antes de esbozar una sonrisa blanca con aquellos dientecillos torcidos. Sin decir una palabra, las tres nos quitamos los camisones, los metimos debajo de las mantas y los ahuecamos para darles la forma más parecida posible.

Cruzamos a hurtadillas la habitación, con Mable cargada con una montaña de sábanas que había cogido del armario, nos abrimos paso hasta la puerta... nos detuvimos... prestamos atención. El único sonido era el siseo de vapor de las rejillas de ventilación y el crujido ocasional de algún tablón de madera, y entonces:

—¿Effie?

Nos volvimos. Dorothea se encontraba en la puerta del dormitorio de las niñas, con el pelo enredado a un lado. Parecía aturdida.

—¿Adónde vas? —me preguntó, abatida, como si estuviese huyendo de ella.

—Vuelve —dije enfadada. Iba a estropearlo todo—. Te dije que te quedaras en tu habitación.

—Jesús —juró Edna—. Deshazte de ella y asegúrate de que no dice nada.

Bajó las escaleras, moviéndose rápido. Mable la siguió, con las sábanas ondeando en sus brazos como fantasmas alborotados.

—Ve —le dije a Dorothea, pero no se movió. Me acerqué a ella y me agaché cuando se le llenaban los ojos de lágrimas—. Lo siento. Si eres buena chica y vuelves a la cama, intentaré buscar a tu papá, ¿vale?

Se le iluminó el rostro.

—¿Conoces a mi papá?

—¿Cómo se llama?

—Charles Humphrey.

—Lo encontraré. Ahora vuelve a la cama.

—¿Lo prometes?

Sabía que era poco probable y, sin embargo, contesté:

—Lo prometo.

Y Dorothea me dio un beso rápido y suave en la mejilla, luego se deslizó al interior del dormitorio a oscuras. El dobladillo de su camisón desapareció como una onda en la superficie de un estanque.

Bajé las escaleras a toda prisa, preocupada por que fuese demasiado tarde y me hubiesen dejado atrás. Pero Edna y Mable aún estaban enredando con la cerradura de la puerta de la habitación que había encima de la capilla. Las llaves emitieron un sonoro ruido metálico que reverberó en las paredes y me quedé inmóvil. Transcurrió una eternidad hasta que Edna dio con la llave correcta y la cerradura cedió por fin con un ruidito seco.

La habitación me resultó sobrecogedora e irreconocible en la oscuridad cuando nos acercamos a la ventana, donde Mable dejó caer las sábanas al suelo.

—Atadlas fuerte. Si se deshace algún nudo, somos papilla.

Las sacudimos, hicimos doble nudo en los extremos y tensamos la tela todo lo que pudimos. Las sábanas se amontonaban como si fuese una soga. Lentamente, Edna levantó la ventana cuanto le fue posible. El aire gélido se arremolinó a nuestro alrededor y caí en la cuenta de que no llevábamos abrigo. Las monjas nunca nos dejaban salir fuera en invierno, así que no los necesitábamos; a menos, claro está, que una intentase escapar en una noche heladora. Correr mantendría a Edna y a Mable en calor, pero yo no contaría con ese lujo. Una vez que cayese al suelo, tendría que avanzar a un paso constante o me arriesgaría a sufrir un ataque azul.

El trasero de Edna se redondeó delante de mí cuando se asomó al exterior y empujó los barrotes flojos mientras Mable sujetaba un extremo de la sábana y dejaba caer el resto hacia el pico que se alzaba en el tejado de la capilla, más abajo.

—Tú primero. —Edna se había dirigido a Mable. A mí me dijo—: Yo voy detrás, mientras me sujetas los barrotes. Tú puedes colarte después. Eres lo bastante delgada.

Mable ya tenía una pierna fuera de la ventana, con el vestido levantado hasta el muslo, los pololos expuestos como los bombachos de un artista de circo, cuando pasó con una agilidad sorprendente al alféizar y desapareció de la vista.

Edna me propinó un codazo, me incliné hacia fuera y agarré los barrotes de hierro helados, descansando el codo en el alféizar de la ventana, cuya madera se había quebrado y astillado con el paso del tiempo. El frío serpenteó por mi manga y un escalofrío me recorrió el costado. Justo debajo, Mable estaba sentada en el borde bajando las sábanas hasta el hueco entre dos tejados que caían en unos ángulos terroríficos.

Edna no era tan ágil como su compañera. Levantó una pierna con pesadez, pasó la otra y se impulsó hacia fuera. Se arañó el pecho al agarrarse al marco de la ventana para bajar. Abultaba demasiado para pasar cómodamente entre los barrotes y tuvo que empujar el hombro contra el costado del edificio para salir. Mable, que sujetaba con fuerza la punta de las sábanas, intentó guiar el pie de Edna hasta el borde, pero esta perdió el equilibrio enseguida y cayó con un golpe sordo. Se oyó un gemido, seguido de unas risitas ahogadas mientras las dos avanzaban por las tejas.

Ninguna levantó la vista para comprobar si yo las seguía. Me subí al alféizar y balanceé las piernas mientras veía a Mable descender hasta que alcanzó la grieta donde se unían los dos tejados y se aupaba con el lío de sábanas en los brazos. Se me puso la piel de gallina y me hormiguearon las plantas de los pies. Aferré los barrotes con ambas manos y cerré los ojos, paralizada de miedo. Pensé en la carta de La Muerte, en aquel esqueleto con armadura. Tray había dicho que no significaba la muerte. Era lo inesperado, la pérdida, las fechorías, las mentiras. Yo era todas esas cosas. Si sobrevivía, quizá mi resultado, El Mundo, estuviera esperándome.

Entonces me pareció oír la melodía lejana de un violín, abrí los ojos y alcé la vista. Unas estrellas frías y luminosas salpicaban el cielo negro. La intensa luz de la luna proyectaba sombras en el campo y el ancho curso del Hudson se abría más allá de los árboles como un manto negro echado con descuido sobre la noche. No me equivocaba. Era música lo que oía, y llegaba débilmente del otro lado de la colina. Los gitanos estaban allí y tocaban para mí.

Me volví sobre el estómago y miré hacia la puerta, imaginando que la hermana Gertrude irrumpía por ella en el momento en que me deslizaba por el borde. Bajé, agarrándome como si me fuera la vida en ello, cuando una astilla de madera se me clavó en el centro de la palma de la mano; no sería hasta más tarde cuando acusaría el dolor. Los barrotes se salieron con facilidad de los agujeros cuando pasé la espalda entre ellos, con los brazos estirados, desencajándose cuando los pies me colgaban de forma precaria por encima del borde. Alargué el cuello y vi que Edna se inclinaba hacia Mable en el tejado de abajo. No había esperado para ayudarme y de pronto se me resbalaron los dedos. Oí un siseo aterrador de aire cuando me golpeé contra el estómago y me deslicé por las tejas. Edna levantó un brazo y me atrapó antes de que chocara contra Mable y la arrastrara conmigo tejado abajo.

—¡Maldita sea, vas a hacer que nos matemos! —me espetó—. Más pequeña y más torpe que las dos. Ahora aguanta y baja despacio.

El corazón me palpitaba con violencia contra las costillas magulladas. Afiancé los pies en las tejas resbaladizas y descansé junto a Mable, que tenía el vestido levantado y los pies apoyados en el canalón.

—Eso debería aguantar, mientras no ceda el canalón. Edna, ve tú primero. Eres la que más pesa. Si te aguanta a ti, soportará el peso de las dos.

—¿Y si no? —La turbulenta huida no atenuaba el tono de desdén de Edna.

—Es una caída limpia hasta abajo. Estarás bien. Nosotras seremos las que nos quedemos aquí atrapadas con la sábana suelta. ¡Venga, date prisa!

Mable se apartó el pelo de los ojos mientras bajaba las sábanas.

Edna se agarró a la tela.

—Allá vamos —dijo, y se lanzó por el borde.

El canalón crujió bajo su peso, pero aguantó. Mable y yo nos asomamos y la vimos balancearse en el aire, y luego golpear el lateral de la casa y deslizarse por las sábanas a una velocidad de vértigo hasta que se soltó y quedó despatarrada en la hierba con los brazos extendidos. Una carcajada reverberó hasta nosotras.

—Chisss —chistó Mable, pero Edna o no lo oyó o le dio igual, pues su risa restalló en la noche—. Baja rápido y haz que se calle. —Mable me tendió la sábana—. Si te caes y te haces daño, te quedas atrás, ¿entendido? No pienso parar por nadie.

Cogí la sábana con ambas manos y me escurrí por el borde del tejado sobre el estómago; me golpeé el hombro con el costado del edificio al caer. Pensé que bajaría despacio, pasando una mano detrás de la otra como una escaladora diestra, pero mi cuerpo pesaba más de lo que había previsto y me encontré con que la tela de algodón me despellejaba las palmas al deslizarme hasta abajo y me golpeé contra el suelo con tal fuerza que me quedé sin aire. Permanecí tumbada junto a Edna, cuya risa se había convertido en hipo. A pesar de los temblores, una sensación de alegría me burbujeó en el pecho al contemplar el amplio cielo, con la hierba fresca y húmeda bajo mis manos raspadas. Las estrellas parecían luces de Navidad parpadeantes. Me acordé de cuando volvía a casa de la escuela con Luella los primeros días de diciembre, en que oscurecía temprano, y veía nuestro árbol por la ventana. Tal vez mi hermana estuviera ahí fuera, en ese preciso momento, bailando con los gitanos a la luz de la luna. La perdonaría por haberme abandonado. Le perdonaría cualquiera cosa con tal de volver a estar cerca de ella. Teníamos tantas cosas que contarnos...

Recuperé el aliento, me puse de rodillas y me levanté, mientras veía a Mable saltar al suelo y caer de pie como si llevara toda la vida escalando edificios. Tiró de Edna para que se incorporase y, sin mirarme siquiera, echaron a correr como si hubiese sonado un pistoletazo de salida. Los brazos les ondeaban a los costados y las faldas se hinchaban cuando cruzaban disparadas el campo. Durante unas décimas de segundo las seguí muy de cerca, y mis fuerzas me engañaron hasta que el corazón se me sobrecargó y me obligó a aminorar hasta un paso rápido.

Fue entonces cuando oí a los perros. No fue un estrépito lejano, sino un coro de ladridos claros y cortantes que surgió de la nada y sonó aterradoramente cerca. Ni una sola vez hasta entonces había pensado en ellos, y el sonido hizo que el pavor me recorriese la columna. Los salvajes ladridos se fueron acercando y cobrando ferocidad, y corrí, con el corazón palpitante y el aire cincelando mi aliento. Me golpeé el pecho con el puño, enfadada con mi corazón, con mi cuerpo inútil, con mi candidez.

Yo era más pequeña, más débil, más lenta. Era el cebo.

Cuando los perros se aproximaban, vi que las siluetas de Edna y Mable desaparecían entre los árboles al pie de la colina. Oí un chasquido sobre mis talones y el sonido de la tela al rasgarse cuando un perro me enganchó la parte posterior de la falda. Caí al suelo boca abajo, jadeando. Oí un gruñido cerca de mi oreja, y luego la voz de un hombre que gritaba, ordenándoles que se apartaran con un ladrido propio. Era mi oportunidad, pensé, de decirle mi verdadero nombre a ese hombre, de reivindicar mi historia.

Pero mis palabras se perdieron, mi intención se vio traicionada por el mero esfuerzo de llenarme los pulmones de aire. Cuando alcé la vista, el borde del cielo cayó como un párpado que se cerrara sobre mí.

Lo último que recuerdo es la punta del rabo de un perro que me golpeaba la mejilla y el sonido de una voz grave que lo elogiaba.

19

Jeanne

Fue el cambio de tiempo lo que acabó por quebrarme, que el gélido invierno se impusiera sobre el frescor del otoño. Durante el último mes, las llamadas diarias al departamento de policía, las caminatas por Penn Station y las visitas a los hospitales transcurrieron sin lágrimas. Mis pasos rápidos, en *staccato*, por los andenes y pasillos de paredes blancas, el sinfín de preguntas que hice con los labios apretados a enfermeras y mozos de estación, fueron todos mesurados.

Me mantuve de una pieza hasta una mañana de diciembre, cuando me desperté y vi que el viento había arrancado hasta la última hoja del árbol del jardín. Las ramas desnudas del roble cruzaban el cielo blanco como si fuesen estrías, y la fragilidad de esas ramas peladas y la permanencia de las hojas muertas en el suelo helado me colmaron de una desesperación inmutable. Todo se había venido abajo. Se acercaba el invierno y mis niñas estaban perdidas en medio del frío. Mi amor por ellas, mi incapacidad de mantenerlas conmigo, a salvo, me atravesaron, me desgarraron del mismo modo en que lo hicieron tiempo atrás como pequeños bebés indefensos. Caí de rodillas con la cabeza hacia el suelo, gritando. No oí que Emory se levantaba de un salto de la cama, ni sentí que sus manos me sacudían. Lo único que sentía era el llanto que me laceraba los pulmones, el aire, las paredes, hasta que me quedé ronca y rodé hecha un ovillo de sollozos desconsolados.

Cuando al fin recuperé el aliento, vi las caras alarmadas de Margot y Emory por encima de mí. Mi marido intentó levantarme, pero lo aparté de un empujón.

—Estoy bien. —Me dolía la garganta, pero eso era todo. Me agarré al alféizar de la ventana y me incorporé, mirando a Margot, que se había quedado plantada con los hombros hacia delante, lista para saltar sobre mí. Con serenidad, añadí—: Hace un frío sorprendente esta mañana, creo que hoy me pondré el Tricotine de lana. Si eres tan amable de traérmelo de mi armario...

Margot vaciló, siguiéndome con la mirada mientras se dirigía al armario para sacar el vestido negro, serio y sombrío, un traje de luto. Emory se quedó temblando en pijama, sin pronunciar palabra, mirándome como si hubiese perdido la cabeza. Me pregunté si perder a los hijos y perder la cabeza causaban la misma impresión en una madre.

—Señora... ¿seguro que se encuentra bien? —Margot se me acercó con cautela, como si fuese a romperme.

—Sí, gracias, estoy bien. Puedes irte. Me vestiré sola. —Cogí el traje de sus brazos—. ¿Sabes, Margot? No recuerdo la última vez que comí algo sustancioso. Dile a Velma que me gustaría tomar dos huevos, fritos, con una tostada y una taza de café solo, fuerte.

Margot asintió al tiempo que se retiraba por la puerta echando un vistazo fugaz a Emory, que no me quitaba ojo.

Me vestí delante del espejo de cuerpo entero bajo la mirada confundida de mi esposo. Con cada botón que abrochaba y cada horquilla que prendía, dominaba la sensación de que me desgarraba. Tras cerrar el último corchete del cuello, me volví hacia Emory. No pensaba fingir más. Estaba segura de la verdad, por mucho que me costase afrontarla.

—Effie ha muerto —dije.

Emory se me acercó y me apoyó las manos en los hombros; el contacto fue suave y vulnerable.

—La encontraremos, Jeanne. Es una chica lista y fuerte. Esté donde esté, lo superará como ha hecho siempre y la traeremos a casa.

Negué con la cabeza; volvían las lágrimas.

—Le exigimos demasiado. No vimos cuánto la debilitaba perder a su hermana. Tuvo un ataque azul terrible después de que Luella se marchara. Estaba en el jardín, doblada. Me convenció de lo contrario, pero ahora estoy segura. ¿Recuerdas que cuando era pequeña lloraba y se ponía histérica? Era horrible ver que se le ponían los deditos azules. Recuerdo desear que muriera sin más con tal de no tener que pasar por aquello una y otra vez. ¿No es espantoso?

—No. —Emory nunca me había parecido tan perdido—. No importa lo que deseases, siempre has estado ahí para ella. La tuya ha sido siempre la mano que sujetaba. De pequeña yo no la vi llorar una sola vez. No podía. Dejé que te preocuparas por los dos. Lo siento.

Emory bajó las manos de mis hombros y se dirigió al armario.

Nunca lo había visto tan indefenso y me esforcé por sentir alguna clase de compasión, pero no pude. Lo vi quitarse el pijama, con el vello del pecho muy rizado, y pensé en lo absurdo que era que aún nos pasásemos los días llevando a cabo tareas insignificantes, como vestirnos y discutir sobre nuestras hijas en tono apacible, como si estuviesen en la habitación de al lado.

Desde que Effie desapareció, de poco más habíamos hablado. Seguimos adelante, hacíamos lo que se esperaba de nosotros, pero solo tratábamos de evitar hundirnos, y resultaba agotador. Yo me había quedado en los huesos, de los que colgaban mis vestidos informes. La belleza de Emory había cedido el paso a unas mejillas hundidas y unos ojos hinchados. Lo vi meter los pies en los zapatos, agacharse para atárselos, y me pregunté cuál de los dos caería primero.

Emory se irguió mientras se ponía bien el chaleco, recuperando el control.

—No está muerta, Jeanne. Si hubiese sufrido un colapso y la hubiesen llevado a un hospital, habrían identificado su cuerpo con la historia de los periódicos.

Me di unos golpecitos en las costillas con el dedo.

—Lo siento justo aquí. Dios me está castigando, tallándome un agujero en el corazón a la altura del suyo.

—¿Castigándote por qué, Jeanne?

—Por no ayudarla. Por no ver la verdad.

Emory se acercó a mí y, ablandándose como no lo había hecho en años, extendió las manos y me retiró los guantes lentamente; sus dedos sobre mi piel desnuda me sobresaltaron.

—No es culpa tuya —me susurró.

Era el contacto que había anhelado, pero llegaba demasiado tarde. Me desagradó aquel intento desesperado, en ese momento, de recuperar lo que habíamos perdido hacía mucho tiempo. Bajé la vista y me lo imaginé sujetando las manos suaves y perfectas de otra mujer.

—Dios nos está castigando a los dos por tus pecados.

Emory retrocedió con brusquedad, soltándome las manos. Parecía traicionado, como si retirarme los guantes fuese un arma secreta que le había fallado.

—¿Me culpas a mí? ¿Crees que esto es responsabilidad mía?

—Nos culpo a los dos. Effie debería haber sido nuestra prioridad. Nos distrajimos y no actuamos como debíamos con ella. No pienso parar de buscar, solo que esta vez lo haré en los lugares correctos. Revisaré los historiales médicos de todos los hospitales de Nueva York y Boston. No dejaré que nuestra hija muera sin identificar, sin un funeral como es debido.

—No está muerta —replicó con tono durísimo, al tiempo que arrojaba los guantes a la mesilla y se encaminaba hacia la puerta.

No traté de detenerlo.

Me senté en la cama y volví a ponerme los guantes sin sentir remordimientos por el momento que habíamos perdido. No me importaba adónde iba o a quién prestara su atención. Yo solo quería a mis niñas de vuelta.

Me apoyé las manos en los muslos, con la espalda recta y los pies planos en el suelo, y me pregunté a quién tenía en este mundo para protegerme aparte de Emory. Mi hermano, quizá. Aún no le había escrito. La culpa por haber fallado a mis propias hijas hurgaba en la herida de la culpa que sentía por no haber protegido a Georges cuando tuve la oportunidad y lo dejé aquel día lluvioso en Port de Calais. Tuve que despegar sus dedos de once años de la manga de mi abrigo mientras lloraba.

—Jeanne, Jeanne, no te vayas. No volverás nunca y no podré encontrarte.

—No seas tonto —le dije—. Te escribiré.

Desde la cubierta superior del barco, donde el aire salado me levantaba el vestido y el brazo de Emory me envolvía la cintura con fuerza, había visto que mi madre, en el muelle, estiraba el brazo y propinaba un manotazo a Georges en un lado de la cabeza antes de caer de rodillas, llorando, no por el golpe que acababa de soltarle a su hijo, sino porque me perdía. Yo era su preferida, apreciada y aplaudida por razones igual de imprecisas que su odio hacia Georges. Para cuando el barco partió, mi hermano había dejado de llorar, y lo vi limpiarse la nariz y saludar valientemente con la mano.

En mi dormitorio, la luz de la mañana entraba por la ventana y se posaba en mi regazo como polvo metálico. Pensé que, como madre, tenía bajo control lo que era amar y ser amada. Intentaba no querer demasiado a mis hijas, no agobiarlas como lo había hecho mi madre conmigo, pero quizá no las hubiera querido lo suficiente.

Mientras me recostaba a la pesada luz del sol, oí una vocecita, la de mi hermano, tan clara como el día, que me llamaba. Procedía del otro lado del pasillo. Me levanté, empujada a seguirla, para coger a Georges entre mis brazos y decirle cuánto lo sentía. Entonces me llegó la voz de Luella, con el tono agudo y ceceante de una niña. «Mamá, el bebé está enfermo», y a continuación los sollozos de Effie de bebé. Me sobrevino una oleada, me agarré al poste de la cama como si fuera el mástil de un barco y sacudí la cabeza para deshacerme de las voces. No estaba loca. No había niños en el pasillo. Mi hermano era un hombre de veintiocho años que vivía en París; Luella, una joven con edad suficiente para fugarse, y Effie... ¿Y si las voces pertenecían a Effie? ¿Tal vez su espíritu intentara ponerse en contacto conmigo?

Salí al pasillo. El presentimiento de muerte con el que me había despertado flotaba en el aire sofocante. Conocía a una mujer, la señora Fitch, que celebraba sesiones para comunicarse con los espíritus. Aquello me parecía un montón de tonterías, pero si necesitabas hablar con los muertos, ¿qué otro modo había? Pasé el dedo por la pared, escuchando. Necesitaba a una médium, alguien que hubiese conocido a Effie y supiera cómo invocarla.

De pronto se me ocurrió algo y bajé las escaleras a toda prisa, cogí el abrigo y salí de casa, enseñando los dientes frente al frío al lanzarme por el campo, sin prestar atención a la escarcha que me estropeaba los botines de piel. El sol se hallaba en lo alto del cielo, claro y despejado, pero no proporcionaba ningún calor, y el aliento se convertía en vaho delante de mí mientras cruzaba la colina hacia el campamento gitano. Unos zarcillos de humo negro serpenteaban desde las chimeneas que sobresalían de los techos de las carretas. Los niños correteaban gritando en un juego de pillapilla mientras un grupo de perros les ladraba de forma desaforada. Una chica que llevaba un abrigo marrón apagado con los botones rojos advirtió de mi presencia con un grito y el juego se detuvo de manera abrupta cuando los niños corrieron a esconderse tras las carretas, desde donde asomaban la cabeza para observar cómo me acercaba. Los perros ladraban, pero, gracias a Dios, estaban atados. Cuando me aproximaba a una carreta, un muchacho flacucho y con los ojos desorbitados salió disparado de detrás de la rueda y subió corriendo los escalones. Alertó a una mujer que apareció en la puerta con un delantal y un pañuelo marrones, y un bebé rollizo a la cadera. Tenía el rostro como si lo azotara el viento, áspero y rojo, y un pequeño cardenal le amorataba el mentón a un lado.

—¿Puedo ayudarla? —Su mirada era recelosa.

No era la mujer a la que buscaba. Ella era mayor, con más experiencia.

—Estoy buscando a la madre de un chico llamado Sydney.

El niño asomó la cabeza por detrás de la falda de la mujer y señaló con el dedo la carreta de enfrente. La mujer le palmeó la mano y el niño desapareció a su espalda.

—¿Por qué la busca? —La mujer entornó los ojos mientras meneaba al bebé arriba y abajo.

—Solo quiero hablar con ella.

Me volví y me abrí paso por una franja de hierba lodosa hasta la carreta que había señalado el niño. De pie en el escalón superior, como si me esperase, había una mujer grande, con la piel aceitunada y los ojos negros como el carbón.

Empecé a hablar, pero ella me interrumpió:

—Sé quién es usted. —Y se apartó, a la espera de que entrase en aquel lugar asqueroso.

Vacilé. Una vez había visto una imagen de una mujer a la que leían la buenaventura en una mesa redonda sobre la hierba. Habría sido preferible, pero la mujer se cruzó de brazos con gesto de sutil desafío y apreté la lengua contra los dientes, subí los inestables escalones y agaché la cabeza ante el marco bajo de la puerta para entrar en una habitación que era un agujero oscuro. La habitación —si podía llamarse así— era cálida y olía a humo de leña. Se oía un suave siseo que me puso nerviosa.

—Soy Marcella Tuttle —dijo la mujer, y cerró la puerta.

—Jeanne Tildon.

—Siéntese. —Fue una orden, no una invitación.

Me acomodé en un banco situado contra la pared tras una mesa pequeña. Mis ojos tardaron un momento en adaptarse y vi que el siseo procedía de un hervidor colocado encima de una cocina salamandra en miniatura. La estancia se hallaba sorprendentemente limpia. En silencio, la mujer maniobró con aquellas anchas caderas por el estrecho espacio, echó unas cucharadas de hojas de té en una tetera y vertió el agua caliente; se elevó un aroma rico, algo especiado y poco familiar. De la parte posterior colgaba una cortina, que imaginé que ocultaba una cama. Me costaba entender que alguien pudiera vivir así, mucho menos mi hija.

Marcella dejó encima de la mesa la tetera con una jarra a juego, de porcelana beige con florecitas rojas. No sirvió el té, como debería una anfitriona, sino que se sentó en un taburete con las manos extendidas sobre las rodillas. Nunca había visto a ninguna mujer con las manos tan grandes.

—No espere que le lea la buenaventura en esas hojas. No le gustaría lo que tendría que decirle. —Sonrió, jugando conmigo.

No hice ademán de coger la tetera. No era té lo que quería. Apoyé la espalda en la pared, presionando la curva de la columna contra la madera.

—¿Puede invocar a los muertos?

Marcella se rio. Es cierto que sonó ridículo una vez pronunciado en voz alta.

—¿Para eso ha venido? ¿Magia y hechizos gitanos? —Se inclinó hacia delante, sin quitarme ojo—. No soy más capaz de invocar a los muertos que usted y tampoco querría hacerlo. Soy madre, como usted. Nada más.

Aparté la vista, agotada y decepcionada. La luz se colaba en finas franjas alrededor de la ventana, cubierta con una cortina. Una taza de té caliente ya me pareció bien, práctica. Me pregunté si era de mala educación servirme, o si ella lo esperaba. No tenía ni idea de qué códigos sociales regían la vida de esa gente.

Marcella extendió el brazo y puso su mano sobre la mía. Una mano fuerte, que pretendía calmarme, creo, pero aquella fuerza no hizo sino desequilibrarme aún más. ¿Qué estaba haciendo allí?

—¿Por qué se marchó mi hija? —solté sin más, pensando que aquella desconocida quizá tuviera una respuesta.

—¿Por qué se marchó la mía? Son jóvenes e insolentes. Creyeron que podían hacer lo que les viniera en gana sin consecuencias. Ahora están pagando por ello.

—¿Cómo?

—Culpa. Su hija pequeña ha desaparecido y la culpa es de Luella.

—¿Está al corriente de lo de Effie?

—Claro. Su hija se encuentra aquí, ¿sabe?

—¿Qué? —Me puse en pie—. ¿Cómo? ¿Dónde? ¿Dónde está?

Marcella se levantó y palmeó el aire con las manos.

—Luella, su hija mayor, está aquí.

Me agarré a la mesa para recuperar el equilibrio. La habitación no era muy amplia y hacía calor, y me tambaleé hasta la puerta, que abrí justo cuando mi hija mayor pisaba el peldaño inferior.

El color abandonó su rostro.

—¿Mamá? —dijo como si fuese un objeto dudoso en lugar de su madre.

Me quedé muda de asombro, completamente desprevenida.

Retrocedió cuando di un paso al frente y bajé los escalones. Su aspecto no era distinto, salvo por la ropa de colores brillantes que llevaban las gitanas y el pelo, más claro a causa del sol, y aun así había algo en su rostro que no reconocí. Esperaba que hiciera un mohín y se enfrentara a mí desafiante, pero se quedó mirándome con la expresión de alguien a quien habían traicionado, como si el mundo estuviese en su contra, y no al revés. Luego agachó la cabeza y se echó a llorar.

El humo de la chimenea giraba a mi alrededor al tiempo que el viento me atravesaba el abrigo y la hierba empapada me calaba las puntas de los botines. Todas las conversaciones que había mantenido con Luella en mi mente, todas las cosas que tenía pensado decirle, se desvanecieron. Mi deseo de tocarla, de sostenerla entre mis brazos, había desaparecido. La ira que sentí al ver que estaba justo ahí, en su propio jardín, y no había ido a casa fue demasiado. No había excusa que pudiera ofrecerme que hiciera aquello soportable.

Detrás de mí, oí a Marcella decir:

—Solo está aquí porque no sabía cómo volver a casa sin su hermana.

Fue lo único que pude hacer para no agarrar a Luella.

—¿Cómo te has enterado de lo de Effie? —Oí el tono exigente con el que me dirigía a ella cuando era pequeña.

Levantó la cabeza y las dos reconocimos que ya no podía exigirle nada.

—Freddy lo leyó en el periódico y vino a buscarnos. Dijo que la culpa era nuestra y que no había excusas. La están buscando, mamá —dijo Luella, y sus palabras apremiantes, pronunciadas entre lágrimas, pretendían cerrar alguna herida—. Freddy, Sydney y Job. No se han movido de aquí por Effie. Han dicho que se quedarán todo el invierno hasta que la encontremos.

«Como si eso fuese a cambiar algo —me dieron ganas de gritar—. Ellos son los causantes de esto. Tú eres la causante». Odié a esa gente. Odié, incluso, a mi propia hija. Un odio vergonzoso y egoísta.

El lloriqueo de Luella se redujo a un hipo y se secó la mejilla con el dorso de la mano.

—No pretendía que Effie viniera en mi busca. Nunca imaginé que lo haría. Le dije que le escribiría en cuanto pudiera. No sé por qué no esperó.

Y así de sencillo, mi odio desapareció deslizándose. Era culpa mía. Yo había mentido a Effie. Dejé que creyera que su hermana la había abandonado sin una sola palabra.

Una bandada de gansos pasó volando, graznando. Miré hacia el prado que se extendía en un manto de hierba marrón, seca y sin vida.

—No esperó porque no llegué a enseñarle tu carta.

Luella se quedó muy quieta, mirándome fijamente.

—Qué... ¿por qué no?

—Ya no estoy segura. —Ya no estaba segura de nada. Me sentía débil, mareada. Deseaba tocar a mi hija, pero la joven que tenía delante me parecía una desconocida. La chica que se había marchado era ya una mujer, hermosa, distante, extraña. Me invadió el pánico—. Vuelve a casa.

Luella me cogió la mano, sus dedos curtidos se curvaron sobre mi guante impecable y exangüe.

—No puedo. No puedo enfrentarme a papá. No puedo enfrentarme a la habitación vacía de Effie. ¿Qué iba a hacer? —imploró con la voz entrecortada—. No hay nada que pueda hacer.

Tenía razón. No había nada que ella pudiera hacer para traer a Effie a casa, viva o muerta. No había nada que ninguno de nosotros pudiera hacer.

Miré las carretas desvencijadas con las ruedas calzadas en surcos helados, el duro prado y el cielo frío.

—No entiendo nada de todo esto.

—Lo sé.

Vi aceptación en la expresión comprensiva de mi hija. Había tantas cosas de ella que no entendía…

Me volví, indefensa y exhausta. Necesitaba irme a casa. Necesitaba acostarme.

—¿Mamá?

Oí a la niña en aquella súplica, pero seguí caminando. Ella sabía dónde encontrarme. Y me tranquilizaba saber que estaba ahí mismo, aunque no aprobara su estilo de vida. Hacía calor en las carretas. Tenían comida y té caliente. Tal vez fuera lo único que había querido siempre.

Las ramitas crujían bajo los pies y un pájaro sostuvo su canto en lo alto como una sola nota al piano. A mi espalda, el campamento gitano guardaba silencio, tanto niños como perros habían enmudecido con mi visita. Luella no corrió detrás de mí, como osé imaginar, y me abrí paso entre los árboles y bajé la empinada colina, de vuelta por el prado hasta el vestíbulo vacío y silencioso de mi casa.

20

Mable

Mamá y yo nos mudamos a una habitación en Worth Street. Estaba en un edificio de cinco plantas, conectadas mediante una escalera de caracol que ascendía por el centro como un tornillo. Nuestro cuarto, individual, se hallaba en el quinto piso, con un baño compartido en el que teníamos el lujo de una bañera y agua corriente caliente. La habitación, sin muebles, tenía las paredes encaladas y, al fondo, una ventana que daba a la calle. Mamá y yo dormíamos en petates con las enaguas hechas un ovillo como almohada. Era temporal, dijo mi madre, solo hasta que pudiésemos permitirnos algo mejor.

Ese agosto hizo tanto calor que me pasaba las horas asomada a la ventana buscando un poco de aire mientras observaba la copa de los sombreros y los carruajes y coches en movimiento continuo y brillante. Todo el mundo parecía tener algo urgente que hacer y me pregunté cuánto esperaría mamá que me quedase ahí arriba mirando la circulación. Se le había pasado el enfado, pero yo sabía que mantenerme encerrada y aburrida era su forma silenciosa de castigarme.

Aquellas primeras semanas las pasé mirando la calle en busca de Renzo, atreviéndome a abrigar la esperanza de que fuera a buscarme. Lo reconocería por su paso tranquilo, sin prisas. Lo llamaría y él levantaría la cabeza y sonreiría, seguro de que estaría esperándolo. Vendría y me cogería entre sus brazos, disculpándose y diciendo que encontraríamos la forma de estar juntos, aunque lo tuviésemos todo en contra.

Renzo no apareció. Intenté enfadarme, pero lo único que sentía era un anhelo tan profundo y punzante como tiempo atrás fuera la añoranza de mi padre. Deseé haber guardado algo que me recordara a él, algo con su olor, aunque fuera aquel maldito calcetín. Eso era mejor que nada. Y nada era precisamente lo que todos nos habían dejado a mamá y a mí.

Pensé que la tía Marie nos echaría lo suficiente de menos para perdonarme, pero ella tampoco apareció. Era cruel que castigara a mamá por algo que había hecho yo y me prometí que la compensaría por ello.

Una noche estaba sentada en el suelo comiendo unas salchichas mientras veía a mamá sacudir su vestido y colgarlo detrás de la puerta. Había vuelto del baño y tenía el largo pelo empapado y desparramado hasta la curva de la espalda, y las líneas de su figura compacta eran visibles a través de la fina tela del camisón. Pensé en ella plantada con el camisón salpicado de barro el día que perdió al último bebé. Estaba mucho más delgada que entonces.

—Iré a trabajar por ti —dije—. Ya tengo edad suficiente para que me den los papeles que hacen falta, y te iría bien un descanso.

—Por encima de mi cadáver vas a trabajar tú en ese sitio dejado de la mano de Dios. —Se llevó las manos a las caderas y me miró con determinación, como solía hacer con mi padre—. Tengo ganas de encontrar algo mejor. Mientras tanto, seguiré en la fábrica y tú estarás ocupada aprendiendo. Fue el aburrimiento lo que te llevó a meterte en líos. Yo no sabía que Marie te dejaba sola. Mientras gane lo suficiente para pagar por esta habitación y darnos de comer, vas a ir a la escuela.

Me quedé pasmada, mirándola con la salchicha a medio camino de la boca. Ninguno de los niños Casciloi iba a la escuela.

—No podemos permitírnoslo.

Mamá se escurrió las puntas del pelo, esparciendo las gotas en el suelo como si regase las semillas de mi futuro.

—No cuesta dinero. Ya lo he mirado. La escuela está a cinco manzanas de aquí y el primer día es el tres de septiembre. —Se desplomó en su petate y se cubrió las piernas con el camisón—. Estoy muerta de cansancio. Date prisa con esa comida y apaga la luz.

Protesté. Sería humillante. Era demasiado mayor para la escuela. No sabía nada. Mamá se giró sobre el costado y, de espaldas a mí, me dijo que lo que tenía que saber era que iba a aprender y que no había nada que discutir.

Tres semanas más tarde, entraba en una escuela grande de ladrillo en Chambers Street, en una clase atestada de chicas con faldas prolijas y blusas blancas, lazos negros en la parte posterior de la cabeza como las alas de un pájaro muerto y brillante. Me sentía ridícula con el vestido azul de Grazia. Hasta las niñas más pobres, con los zapatos rotos y las uñas sucias, llevaban falda y blusa. Algunas de aquellas faldas, y mangas, eran demasiado cortas y los brazos asomaban de largo por los puños, pero al menos no llevaban un ridículo vestido pasado de moda.

Fulminé con la mirada a la primera chica que se atrevió a lanzarme una ojeada, una cosita rolliza de mejillas sonrosadas que reventaba las costuras de su ropa. No tenía ningún interés en hacer amigas. Las gemelas me habían enseñado que las chicas eran mezquinas y malintencionadas, y que tenías que mirar por ti misma.

La maestra, la señorita Preston, una mujer joven y motivada que parecía encantada de embutirse en aquella clase sin aire para enseñarnos, decidió no tener ninguna relación conmigo desde el primer día. Yo leía bastante bien, pero todas las demás conocían los signos matemáticos y sabían ubicar lugares en los mapas y escribir con letras recargadas que se unían unas a otras. La señorita Preston, con sus gafas de montura metálica y su sonrisa entusiasta, no tenía ningún interés en una chica que no sabía aquellas cosas. Tras hacerme un examen, me dijo que debía sentarme al fondo de la clase y hacer todo lo que pudiera por no perder el ritmo. Me pasé los dos meses siguientes mirando por la ventana y haciendo garabatos confusos en las páginas donde se suponía que debía estar resolviendo problemas.

No importó. La escuela no fue una opción que durase mucho.

Una noche de mediados de noviembre, me quité el vestido y noté que mamá me aferraba el hombro con la mano. Tenía cara de horror, como si me hubiese salido otra cabeza o cuernos. Ni siquiera sacarme a rastras de casa de la tía Marie le había contraído el rostro de aquella forma. Le temblaban los labios y las manos se le sacudían en los costados, como si quisiese rodearme el cuello con ellas. Ni siquiera entonces supe lo que estaba ocurriendo, lo cual fue estúpido por mi parte, pero nunca he dicho que fuera muy lista. Mi cuerpo había cambiado tanto en los últimos años que creí que era normal que siguiera redondeándome en algunos puntos.

Tensa y en silencio, mamá me dijo:

—Mañana no debes volver a la escuela. —Y se fue de la habitación diciendo que regresaría al cabo de una hora.

No volvió al cabo de una hora. Apoyé la cabeza en la tosca almohada mientras escuchaba el viento que traqueteaba contra la ventana y silbaba a través de las rendijas, que me lamía la cara con su fría lengua. El cuarto, sofocante en verano, había resultado ser gélido a medida que se acercaba el invierno. Me recordó al frío que atravesaba las paredes de mi litera. Al menos en la cabaña contábamos con el calor crepitante de la chimenea. Ahí, el miserable calor que llegaba subía por las tuberías, soltando vapor, siseando y gruñendo como si lo arrancaran de alguna garganta.

Debí de quedarme dormida, porque lo siguiente que recuerdo es a mi madre inclinada sobre mí. Me había apartado las mantas y me clavaba los dedos en el estómago; su aliento echaba fuego.

—Me haces daño —dije, apartándole la mano.

Mamá se tambaleó hacia atrás y cayó en su cama con un ruido sordo. Yo no había apagado la luz, que titilaba y temblaba en el candelabro de la pared.

—No soy partera, pero sé qué aspecto adopta un cuerpo cuando una vida ha prendido dentro. —Tenía las mejillas de un rojo vivo y arrastraba un poco las palabras, lo que me chocó tanto como lo que acababa de constatar.

Me abracé las rodillas contra el pecho y me fue invadiendo el aturdimiento. Mi madre estaba borracha y yo estaba embarazada.

Mamá se inclinó a un lado y cayó sobre su almohada.

—Puede que tengamos suerte y este tampoco dure —masculló, y se le cerraron los ojos.

La vi dormir, con el pecho subiendo y bajando con cada respiración lenta. Ni se me había pasado por la cabeza que lo que Renzo y yo estábamos haciendo pudiera producir ese resultado. Creí que solo las mujeres hechas y derechas tenían bebés. En ese momento vi lo tonta que era. Esperaba que mamá tuviera razón y perdiera a aquel bebé.

Me deslicé hasta la cama de mamá, me senté a sus pies, le desaté los cordones de los botines, de suelas finas y gastadas, y se los quité. Tenía un agujero en la media y encontré algo infantil y perturbador en el hecho de que le asomara el dedo gordo. Le retiré las medias, que pasé por sus talones mientras le sostenía los pies, pequeños y descalzos, con las manos. No se revolvió; tenía la cara flácida y la boca parcialmente abierta. Lamenté más que nunca causarle tanto dolor.

Al cabo de un rato la tapé con la manta y volví gateando a mi cama.

Al día siguiente, antes de que mi madre se fuera a trabajar, me metió cinco centavos en el bolsillo y me dijo que no debía salir de la habitación nada más que para buscar la cena.

A mí no me importaba estar sola. Era mucho mejor que una escuela llena de niñas que se reían con disimulo y una maestra que no pensaba molestarse en enseñar a las tontas. El edificio de apartamentos estaba tranquilo durante el día. Deambulaba tranquila por los pasillos y me quedaba en el baño todo lo que quería sin que aporrearan la puerta para que me diera prisa.

Unas semanas más tarde, sin embargo, empecé a inquietarme y aburrirme, y a remolonear en la cálida cocina de la primera planta. Nuestra casa la llevaba una mujer delgada con la piel escamosa que se le pelaba en las sienes y se la sacudía del pelo como si fuese polvo. Se llamaba señora Hatch y ocupaba la primera planta entera, donde había un salón atestado de muebles atiborrados de cosas, un comedor que lanzaba destellos caoba y una cocina completa en la que servía comida a los inquilinos a un precio que mamá y yo no podíamos permitirnos.

No hacía preguntas, lo que, según mi madre, era algo bueno, y no parecía importarle que me sentase a la mesa de la cocina a verla preparar las comidas.

Me recordaba a la tía Marie. Echaba de menos la simplicidad de extender la masa sobre el suelo o trocear las verduras. Ocupaba mi mente y lo necesitaba. Cuando le pregunté si podía ayudarla, la señora Hatch levantó las cejas y detuvo la cuchara en el aire.

—¿Sabes cocinar? —me preguntó, recelosa, mirándome la barriga; ya no podía ocultar el embarazo.

—Sí, señora.

La señora Hatch frunció los labios al tiempo que echaba un vistazo a un montón de zanahorias, no de un naranja vivo, como las que solía arrancar de la tierra con papá, sino apagado, con pelusa de invierno.

—Bueno, supongo que no me vendría mal la ayuda. —Suspiró de forma pesada—. Pero no puedes entrar en el comedor, ¿me oyes? —Agitó la cuchara en mi dirección y del extremo salpicó caldo—. Aquí comen sobre todo hombres, y no querrán ver a alguien como tú. Les recuerda su propia naturaleza malvada. —Cogió una cebolla de un cuenco y la dejó caer en mi mano—. Trocéala bien, en pedacitos.

La piel se arrugó y desprendió en mi palma. Fui a la encimera y la corté por la mitad, dejando al descubierto el interior, blanco y crujiente. Me sobrevino una tristeza repentina al recordar haber estado de pie en la cocina de la cabaña, con el violín de papá de fondo y mamá tarareando a mi lado. Di gracias por que la cebolla me escociera en los ojos.

Noté que la señora Hatch me observaba mientras removía la sopa.

—Ahora bien fina, como te he dicho.

—Sí, señora.

La miré y ella negó con la cabeza.

—Es un hombre el que pone a una mujer en tu situación y, aun así, son las mujeres las que pagan por el pecado. El mundo no es justo, pero...

Después de aquello, la señora Hatch siempre tenía algo

apartado para que yo lo cortase, enrollase o machacase. Nunca mencionó pagarme, o reducirnos el alquiler, lo cual esperaba para ayudar a mamá, pero al menos tenía algo que hacer. La señora Hatch no se parecía en nada a la tía Marie. Hablaba con moderación y, cuando lo hacía, era para quejarse de toda la raza humana, y yo no era ninguna excepción. No me importaba. Estar cerca de la cocina caliente era reconfortante, los olores me traían recuerdos de otras cocinas, la de la tía Marie y la de mamá en una época ya muy lejana.

Empecé a ir a buscar a mamá cuando salía del trabajo en el edificio Asch. Cuando acababa con mis tareas en la cocina, colgaba el delantal, me ponía el abrigo y salía al aire helado, donde dejaba que el paseo de tres kilómetros calmara la incomodidad en las piernas hinchadas y hormigueantes. No sentía nada por lo que crecía en mi interior, excepto la molestia de su peso, y no me importaba el frío. Me quedaba en la acera moviendo los pies, viendo cómo las trabajadoras salían en tropel y se desviaban en todas las direcciones, hasta que aparecía la figura menuda de mamá, con el cabello recogido en lo alto por encima del rostro cansado.

Una vez vi a las gemelas reunidas con un grupo de chicas que esperaban el tranvía. Estaba nevando ligeramente y de sus bocas salían nubes de vaho. Cuando Alberta levantó la vista, me escondí detrás de un hombre grande que estaba fumando un puro y hablando en voz alta con la mujer que iba de su brazo. Me daba pavor pensar que las gemelas pudieran informar a la tía Marie de mi barriga. Ya había humillado lo suficiente a mamá delante de su hermana.

Con frecuencia, de camino a casa, mamá se paraba en un carrito de palomitas y compraba una bolsa humeante para compartir. Nos sentábamos en un banco a comer y ver pasar a la gente. Mamá se permitía relajarse entonces. Sus hombros cansados caían y su cuerpo se hundía sobre el mío. Era la única vez que veía que aflojaba el control, y su tranquilidad despertaba un destello de felicidad en mi interior. Con la bolsa de palomitas calientes en las manos y los granos de sal derritiéndose en la lengua, me permitía pensar que las cosas tal vez no acabaran tan mal para nosotras.

—¿Qué deberíamos hacer las tardes de domingo cuando el tiempo sea más cálido? —me preguntó un día en tono distendido.

El frío aún era demasiado intenso para hacer otra cosa que no fuera quedarnos leyendo la Biblia en el apartamento. No habíamos vuelto a ir a la iglesia desde que nos habíamos marchado de casa de Marie, lo cual a mí no me importaba.

—Podríamos ir a Coney Island —le propuse—. Las chicas de la escuela decían que había un parque acuático, con saltadores de trampolín y rodadores de troncos.

—He oído que es mejor en junio. Antes de que haga demasiado calor.

—Daremos un paseo por la playa y comeremos helado.

Sonrió.

—Me gustaría.

Nos arrojábamos palomitas a la boca y hablábamos del Mayor Espectáculo del Mundo de Barnum & Bailey, de hacer pícnics en Central Park, de recorrer la Quinta Avenida y admirar los escaparates. Tal vez, si llegábamos a tener suficiente dinero, cenaríamos en un restaurante de verdad, dijo mamá.

Nos quedábamos allí sentadas planeando nuestro verano hasta que la bolsa se vaciaba y lo único que podía hacer era untar los dedos en la sal del fondo.

Ninguno de nuestros planes incluía a un bebé. Ni una sola vez, desde aquella primera noche, lo habíamos mencionado ni mamá ni yo. No hicimos preparativos. Yo no era como mamá, que hacía planes que nunca ocurrirían, y volvía a casa pensando en nuestro verano con ese destello de felicidad expandiéndose en mi interior.

En marzo estaba enorme. La señora Hatch seguía dejándome pasar a la cocina, pero tenía el ceño más marcado, y yo no le era de gran ayuda. Empezaba a marearme y a cortarme con el cuchillo los dedos, cuya sangre chupaba para que ella no se diera cuenta.

La mayoría de los días estaba demasiado cansada para esperar a mamá a la salida del trabajo. Pero el 25 de marzo de 1911, tuve un antojo de palomitas, y de sentarme con mamá y olvidar lo que se avecinaba. Al pensarlo ahora, tal vez fuera la maldición de la madre de Renzo, o que el demonio me sonrió, o que Dios simplemente me hizo pagar por mis pecados, lo que me llevó a recorrer Green Street un día que podría haber pasado en casa perfectamente. Me dolían los pies y tenía la barriga tan pesada como un saco de patatas y, aun así, decidí que quería una bolsa de palomitas más de lo que quería acostarme.

El día era gris. Unas nubes oscuras ahogaban lo alto de los edificios. De vez en cuando veía un tejado que asomaba como si tratase de recuperar el aliento. Pasé por delante de un carrito de gofres y el olor de la masa dulce hizo que se me hiciera la boca agua. Estaba pensando en intentar convencer a mi madre de que me comprara un gofre en lugar de palomitas cuando la campana más alta que había oído en mi vida sonó tan cerca que di un salto y detuve mis pasos al tiempo que un camión de bomberos tirado por caballos cargaba por delante de mí. Los animales eran pardos, como máquinas, y los cascos los propulsaban como muelles bien engrasados. Tiraban de un carro donde hombres con sombreros relucientes se aferraban a una cúpula plateada, de cuya parte alta brotaba una tormenta de humo. Fue entonces cuando advertí el reguero de agua sucia que se acumulaba en la alcantarilla a pesar de que no llovía. Oí gritos y se produjo una conmoción repentina. Los hombres echaron a correr; las mujeres se pusieron a gritar.

Se reunió una multitud que me atrajo hacia delante; la curiosidad y el horror eran una corriente poderosa. Me vi junto a un grupo de policías, cuyas espaldas formaban un muro de tenso músculo. Unos hombres rápidos y ágiles saltaron del camión de bomberos que había pasado rugiendo. Desenrollaron una manguera que siseó y escupió un tubo de agua al aire, sumándose a otros dos camiones; los cilindros de agua se unieron como un ala blanca y sólida de salvación.

Al principio, mi espesa sesera no registró que se trataba del edificio Asch, que se hallaba envuelto en llamas. Observé fascinada hasta que me di cuenta de qué estaba mirando exactamente y se me hizo un nudo en el estómago. «Mamá está en ese edificio», pensé, y luego: «Seguro que no». Habrían sacado a las trabajadoras. Frenética, la busqué por los alrededores, pero tenía demasiados cuerpos grandes delante. Retrocedí hasta una marquesina de rayas, esperando poder verla entre la multitud desde más lejos. A mi lado había un hombre con un delantal blanco y la mano en la boca. Todo era gris y oscuro y húmedo, excepto las llamas. Las gotitas procedentes de la manguera se posaron en mis mejillas. Me sentía mareada y con náuseas; el calor de las llamas lamía el aire como lenguas calientes. Veía las llamas, que se alimentaban del viento como una bestia gorda e insaciable, y de pronto apareció la figura de una chica en una ventana de las plantas superiores. No hubo pausa, ni siquiera el menor aliento, antes de que saltara. La falda y el cabello se extendieron, pero le fallaron las alas y se estrelló contra el suelo a una velocidad pasmosa. El sonido de su cuerpo al impactar contra la calzada vibró a través del mío. Me doblé. Una mujer chilló y oí un grito ahogado colectivo procedente de la multitud.

Después de eso, la escena se volvió escabrosa, distorsionada, como si mirara a través de un cristal o una lámina de hielo cortada en un ángulo extraño mientras una mujer tras otra chocaba contra el suelo. Saltaban sin vacilar; aquellos pájaros sin alas caían del cielo. Una se detuvo lo suficiente para que el fuego la siguiera hasta el suelo; su pelo en llamas fue un rayo en el aire.

Me vomité en los zapatos. Me ardía la garganta, como si las llamas se hubieran abierto paso en mi interior. El hombre del delantal me apoyó una mano en la espalda.

—No mires —me dijo, pero lo aparté y me limpié la boca con el dobladillo de la falda, sin apartar la vista del fuego. Cualquiera de aquellos pájaros podía ser mi madre.

La gente gritaba y lloraba, y las mujeres cayeron en picado hasta que las ventanas se ennegrecieron, los agujeros se calcinaron y los golpes sordos y perturbadores cesaron. El vapor siseaba en el aire como una serpiente, la calle seguía vibrando a mis pies cuando me tambaleé y crucé la línea de policías desperdigados que trataban de imponer alguna clase de orden. Me acerqué a los cuerpos y miré sus rostros, sus ojos abiertos e inmóviles. No se parecían en nada a las caras translúcidas y tranquilas de mis hermanos nacidos muertos. Aquellos cuerpos habían muerto espeluznados; la sangre, de color óxido, se escurría por la calle.

Una mano tiró de mí con suavidad para levantarme de donde había caído de rodillas, mirando fijamente el rostro de una mujer a la que no conocía.

—Lo siento, señora, pero no puede quedarse aquí. Estamos despejando toda la zona.

Me dejé absorber por la sujeción del policía, que me ayudó a levantarme a duras penas.

—Estoy intentando encontrar a mi madre —dije con voz monótona, carente de sentimiento.

—Vamos a llevar los cuerpos a Charities Pier. Abrirán las

puertas en cuanto los dispongamos. Ahora vuelva a casa con su marido. Este no es lugar para una mujer en su estado.

—¿Y si está viva?

—Entonces volverá a casa por su propio pie, creo.

Reinaba el silencio en las calles cuando el cielo pasó del gris al negro y las luces de la ciudad parpadearon con cautela, con la esperanza de ocultar sus ojos. La escalera de mi edificio estaba vacía, y di gracias por no encontrarme con nadie cuando subí a nuestro cuarto y cerré la puerta. Contemplé el espacio con la sensación de que no tenía ni idea de cómo había llegado tan lejos desde la cabaña, papá y el sitio al que pertenecía. Los únicos objetos de la habitación, aparte de los petates y la ropa, eran una biblia y una fotografía que mamá tenía enmarcada junto a su cama. La habíamos tomado el verano que llegamos a Nueva York. Hasta entonces no me habían hecho ninguna foto. El fotógrafo nos dijo que nos quedásemos completamente quietas mientras él desaparecía bajo una tela negra con una mano levantada en el aire. Se oyó un pequeño estallido y el hombre reapareció, sonrojado y sonriente. A mí nunca me había gustado la fotografía, sobre todo porque mamá y yo salíamos horribles, muy serias, pero se había gastado el salario de una semana entera en ella, así que mentí y le dije que me parecía fabulosa.

Me tumbé en el petate de mi madre y me apreté el retrato contra el pecho, mirando su vestido de los domingos, colgado de la puerta, convencida de que aparecería por ella en cualquier momento. Tenía un sabor agrio en la boca, como si paladeara lo nauseabundo del día. Quería un vaso de agua para deshacerme de él, pero no me atreví a levantarme. No estaba segura de que las piernas fueran a sostenerme.

El sonido de aquellos cuerpos al impactar contra el suelo reverberaba en mis oídos cuando caí en un sueño exhausto.

Soñé con mi madre. Era joven, estaba de rodillas en el suelo de la cabaña sonriendo con la boca abierta, las cejas enarcadas en la frente, lisa y alta, los brazos extendidos, los ojos oscuros, brillantes. «Ven —decía—. Los polluelos han roto el cascarón. Yo te llevo. El suelo está helado y no queremos que te resbales con el hielo». Sentí la suavidad de su pecho cuando me cogió en brazos. Salimos al pálido amanecer y oí el piar de los pollitos.

Me desperté sobresaltada, temblando, con el pecho empapado de sudor. Me incorporé. Todavía estaba oscuro y el petate de al lado seguía vacío. El retrato se había deslizado hasta el suelo, y allí lo dejé, y me levanté para salir y enfilar la calle Veintiséis. Era la primera vez que estaba fuera tan tarde y me sorprendió el ritmo de la ciudad. Las ventanas resplandecían; la gente entraba y salía de edificios y caminaba por la acera como si fuese pleno día. No me hizo falta preguntar dónde estaba la morgue. Cuando me acerqué al muelle del East River, encontré una cola que se extendía a lo largo de la acera como si la gente esperara para comprar tíquets para el teatro. Me puse detrás de un hombre con sombrero alto y un abrigo grueso. Se golpeaba la palma de la mano con los guantes y se inclinó hacia el hombre que tenía delante para preguntarle:

—¿Cuánto falta?

El hombre alzó un reloj de bolsillo.

—Cinco minutos —dijo.

Las puertas se abrieron en el instante en que la campana de una iglesia lejana daba la medianoche. Me impresionó que la policía hubiese sido tan rápida, dado lo arrasador que había sido el fuego. El hombre de delante franqueó las puertas y yo mantuve el ritmo, intentando vaciar mi mente de todo pensamiento mientras recorríamos lentamente una hilera de ataúdes, y luego otra. El sonido amortiguado de los pies al arrastrarse se mezclaba con el ruido de las olas al romper contra el muelle. Las luces se balanceaban en las vigas del techo, dando un brillo sulfúrico que apenas iluminaba los rostros inertes. Los policías se movían con los dolientes, levantando faroles cuando se lo pedían, mientras se oían gemidos a medida que identificaban a una víctima tras otra. Me chocó lo distintos que eran aquellos gemidos guturales de aceptación comparados con los gritos de pánico de horas antes.

No esperaba encontrar a mi madre. Nada de aquello me parecía real, lo inquietante de la hora, todos aquellos desconocidos sollozando. Al final de cada fila a la que llegaba, me sentía más y más segura de que lo había entendido todo mal y mamá estaba en casa, asustada porque estuviera fuera tan tarde.

Y entonces la vi. No necesité el farol del policía para reconocerla. Yacía en un ataúd con los ojos cerrados y la cabeza incorporada, como si durmiese con una almohada alta. Alguien se había tomado la molestia de colocarle las manos, la una sobre la otra, encima del pecho. Tenía la mejilla y el ojo derechos hundidos, pero sus manos estaban ilesas y seguía llevando el pelo recogido. Los ataúdes estaban tan cerca unos de otros que no podía alcanzarle las manos y me entró el pánico. Me desplomé de rodillas a sus pies, con lo que bloqueé la cola detrás de mí. Nadie me dijo que me levantase. La fila se detuvo y la gente inclinó la cabeza en señal de respeto cuando extendí los brazos hacia los pies de mi madre, le desaté los cordones de las botas de forma frenética, lamentando que todo el mundo pudiera ver el agujero que llevaba en la media. Se las quité y sostuve sus pies fríos y descalzos en mis manos. Cerré los ojos y alcé la cara al cielo. Del exterior llegó el chillido solitario de una gaviota. Deseé lluvia en la cara y la mano de mi padre en el hombro. Ese era su papel. Se suponía que debía venir y cubrir el cuerpo por mí.

No hubo mano. Ni lluvia. Solo el olor abrumador de la muerte. Me puse en pie como pude. Me rodeaba un montón de desconocidos iluminados de forma tenue. Ninguno era mi padre. El hedor en las fosas nasales, las luces titilantes y la piel amarilla de los muertos hicieron que se me perlara la frente de sudor. Me abrí paso a empujones hasta la puerta y hui de aquel edificio maloliente, dejando los botines de mamá tirados para que los pisoteasen todos aquellos dolientes. No me quedé a identificarla por su nombre para darle un entierro como era debido. Ni siquiera pronuncié una oración ante su cuerpo.

Para cuando estuve de vuelta en la habitación, temblaba con violencia. Caí de rodillas y apoyé la cabeza en el suelo; tenía la barriga dura como un melón. Era yo quien debía yacer en aquel muelle, no mi madre. Si me hubiese dejado trabajar, como yo quería, pensé, y me planteé si sería mejor arrojarme por la ventana. Quería que acabase. Y no solo ese día, sino cada pedacito de mi vida que había llevado hasta ese día.

Me giré sobre el costado. La ventana, por encima de mi cabeza, estaba negra y mojada por la lluvia. Pensé en cómo era levantar la vista hacia el oscuro cielo nocturno desde el bosque que había detrás de nuestra cabaña, y en que el espacio y las estrellas sin fin no me habían producido ninguna clase de admiración o belleza, sino un miedo espantoso. Era demasiado. Demasiado vacío inexplicable. Era lo más solitario que había visto nunca y había corrido adentro, petrificada porque me hubieran abandonado sin nada más que ese cielo negro. Mamá y papá se habían reído de mí, pero no me importó.

El vacío oscuro e inexplicable llenaba mi cuerpo. No habría podido saltar por esa ventana aunque hubiese querido. La negrura tenía un peso que me inmovilizaba contra el suelo.

21

Effie

Hacía frío cuando me desperté y me dolía todo. Yacía con la mejilla contra el suelo de cemento, frío en contraste con mi ira agotada. Había gritado, mordido y arañado. En ese momento lo estaba pagando, pero me daba igual. Habría vuelto a hacerlo.

Me incorporé y me toqué la cabeza, casi rapada. Me palpitaba la palma, donde se me había clavado una astilla, una magnífica herida de rebeldía. El espacio que me rodeaba era húmedo y oscuro, y olía a moho. El miedo me producía un hormigueo en las plantas de los pies, pero me negué a enfrentarme al fantasma de la chica muerta y la empujé a un lado.

Había perdido la noción del tiempo que había pasado desde que había caído con los perros. Recordé que me habían arrastrado, me habían inclinado la cabeza sobre una pila cuyo borde de porcelana me oprimía la tráquea como una mano fría en torno al cuello. Recordé el sonido de los tijeretazos, que volví la cabeza y mordí la mano que sujetaba las tijeras con toda la furia que me causaba tanto haber sido traicionada como haber fracasado en la huida. Las hermanas tenían intención de quebrarme, pero una ira que no había sentido nunca se me arremolinó en la boca del estómago.

Hice pis en un rincón, me sequé con el borde de la falda e hice caso omiso de la bandeja con agua, pan rancio y melaza. El olor a moho y a orina era nauseabundo. A medida que transcurría el tiempo, el hambre se convirtió en un dolor familiar. Cerraba los ojos y evocaba un sabor: las tartas de limón de Velma, un bastoncillo de menta en Navidad, pato en toda su tierna y salada gloria el día que Luella desapareció y mi madre me llevó al Café Martin's. El hambre fue forjando una realidad extraña en la que mi familia se volvió más escurridiza y surreal que el recuerdo de un trozo de carne salada.

Intenté rememorar el contacto de los dedos de mi padre en mi muñeca, las marcas de las manos llenas de cicatrices de mi madre, y el sonido de los pies de Luella al bailar, pero no sentía más que el suelo frío y húmedo, y el único sonido perceptible era un goteo de agua constante y lejano.

Una y otra vez veía las formas de Mable y Edna desapareciendo colina abajo, y odiaba lo ingenua que había sido. Creí que me habían escogido, de entre todas las chicas, porque les gustaba, como decía Mable. Gustar. Era un deseo tan corriente. Luella las habría calado al instante, sin importarle si les gustaba o no. «Cuidado, Effie, están tramando algo», habría dicho ella, sacudiendo la cabeza con una mano en la cadera.

«¿Dónde estás, Luella?».

Al cabo de un rato, el tiempo se volvió borroso e infinito, sin segundos, minutos ni horas que lo definieran. El aburrimiento era una tortura. Conté los pasos de una pared a la siguiente. Recité las Escrituras, pero me enfurecí con Dios y pasé a Shakespeare. Pensé en los niños gitanos que representaban *Romeo y Julieta* bajo la lluvia, en Tray y Marcella, y en la predicción de mi futuro. Pensé en todos los errores que había cometido. Quería culpar a mi padre por traicionar a nuestra familia y provocar una rebelión en casa, pero ahí abajo, atrapada en las entrañas de la Casa de la Misericordia, le habría perdonado cualquier cosa solo con que fuera a buscarme.

Al final, mi respiración se hizo entrecortada y cobré consciencia de que me ocurría algo en las piernas. Cuando apreté los dedos contra ellas, las noté tensas, como la barriga de las ranas a las que Luella y yo pinchábamos en el arroyo. Me costaba dormir y me despertaba jadeando en busca de aire; la presión del pecho me impulsaba a ponerme de pie hasta que estuve demasiado débil para levantarme del suelo.

La muerte se acercaba con sigilo, en pequeñas oleadas seductoras, me atraía y me repelía, me sacaba de mi cuerpo y volvía a dejarme caer. Yo quería a Luella, pero solo estaba el león en el rincón de la habitación, observando con paciencia desde sus numerosos ojos, con la cabeza entre las patas.

Dejé de tener miedo a la oscuridad, a los fantasmas de mi imaginación, y pasé a tenerlo únicamente al fluido que me llenaba los pulmones y a la sensación aterradora de que me estaba ahogando.

Cuando los ángeles del Señor al fin vinieron a buscarme, apareció una luz tenue y sus voces débiles, en susurros, me calmaron. No hubo bordes que se difuminaran, ni caídas, solo un pinchazo en el brazo, y me sobrevino un sueño delicado al tiempo que la presión del pecho cedía por fin. El alivio fue tan dulce como efímero.

Al final, el cielo no me recibió cuando me desperté, ni Dios, a menos que Dios fuese un hombre con un bigote escaso y una barbilla puntiaguda que se inclinó sobre mí con un estetoscopio en los oídos.

—Estás despierta. —Sonrió y se le tensaron las comisuras de los ojos—. Pensé que te habíamos perdido. —El estetoscopio cayó alrededor de su cuello, se enderezó la bata blanca y toqueteó el tubo que me sobresalía del brazo. Abrí los ojos de golpe con el dolor cuando el médico me dio unas palmaditas en la cabeza y dijo—: No hay de qué preocuparse.

Bien podría haber sido el mismo Dios. «Estoy fuera —pensé—. Mi fabuloso corazón me ha mandado a un hospital». Intenté hablar, pero no era capaz de utilizar la lengua. El peso del pecho, así como la presión y la hinchazón de las piernas, había desaparecido y, aun así, estaba demasiado débil para abrir la boca.

Justo entonces apareció la hermana Mary al lado del médico, con la cofia blanca tan apretada en torno a la cara que parecía estar mudando la piel. ¿Qué hacía ella ahí?

—¿Se pondrá bien?

—Por el momento. Los tratamientos con mercurio mantendrán a raya la hinchazón. —El médico metió las manos en una palangana de agua, las sacudió y se las secó de forma meticulosa con una toalla.

—¿Qué cree que la ha debilitado? —Unas tenues líneas arrugaron las comisuras de la boca de la hermana Mary.

—Cuerpo sometido a tensión, malnutrición. ¿Ha estado comiendo bien?

—Así es —dijo ella con una vocecilla apagada, como un ratón que ha caído en una trampa.

«Mentirosa», pensé, volviendo la cabeza a un lado mientras recorría la habitación con la mirada borrosa. No era ningún hospital. Las caritativas hermanas se habían limitado a arrastrarme del sótano a la enfermería. Quise gritarle al médico, suplicarle ayuda, pero ni siquiera era capaz de levantar un dedo para tocarle. Apenas mantenía los labios abiertos.

—Bueno —dijo el médico, que se quitó la bata blanca

y la arrojó al respaldo de una silla—, relévenla del servicio de lavandería. Que descanse. E intenten que coja peso.

Para cuando regresó el médico, yo estaba lo bastante fuerte para susurrar mi nombre, mi verdadero nombre, pero él no hizo más que menear la cabeza y clavarme una aguja en la vena.

—No te molestes en confesarme nada a mí, señorita. Me dicen todo tipo de cosas aquí dentro. Hace mucho que aprendí a hacer oídos sordos. No serán duras contigo —dijo—. Eso se lo he dicho. —Tiró del tubo e hice una mueca—. Lo siento. —Me dio unas palmaditas en el brazo—. Vuelvo enseguida.

El sueño iba y venía. Prefería dormir mirando el techo. Mis pensamientos seguían un orden inestable. Tenía que esforzarme para comprender la realidad y me obligué a llevar un registro de los pequeños detalles. Estaba en la enfermería, en la Casa de la Misericordia. La cama era mullida, las luces intensas y el doctor educado, pero no amable; el caldo insípido y, aun así, reconstituyente. Todos los días me clavaban una aguja en el brazo y me ordenaban tragar una pastilla de sabor metálico que hacía que me rechinaran los dientes. Al otro lado de las ventanas enrejadas, el cielo era blanco y un manto de nieve cubría el mundo. Era invierno. El tiempo pasaba.

Un día me erguí sobre un codo para evitar que el agua del vaso me resbalase por la barbilla y descubrí que me sentía lo bastante fuerte para incorporarme del todo. Fue entonces cuando vi que no estaba sola. Había una chica tumbada en la cama de enfrente, con los ojos cerrados. Tenía la cabeza afeitada y brillante, veteada de venas azules. Me recordó a la cabeza de un bebé que había tocado una vez, perfectamente suave y vulnerable. Le estaba saliendo un moratón violáceo en la mejilla. Tenía un ojo tan hinchado que se le cerraba, y segregaba un pus amarillo de los labios.

No cabía duda de que se trataba de Mable, parecía una estatua hermosa y maltratada bajo las heridas.

Volví a recostarme en la cama, incapaz de sentirlo por ella. No se merecía los cardenales, pero una parte mezquina de mí se alegró de que no hubiese escapado.

Cuando el médico vino al día siguiente, le pregunté qué le pasaba a ella.

—Es por todos sus pecados —dijo él tranquilamente, al tiempo que hundía la aguja en mi vena.

Intenté mantener los ojos abiertos, seguir preguntando, pero se me quedó la lengua floja y el techo se onduló, se volvió borroso y desapareció.

En un momento dado, una voz enfadada me sacó a rastras del sueño y me abrió los ojos. Alrededor de la cama de Mable había tres hombres de uniforme con gesto muy duro. Ella estaba incorporada con la cabeza apoyada en las barras de la cama. Un policía fornido con fuerte acento irlandés agitó un pedazo de papel en el aire delante de ella, con aspecto de estar conteniéndose con todas sus fuerzas para no sacudirle.

—Este de aquí, ¡este no es tu nombre! Mable Winter es una maestra de escuela dominical de la Iglesia de la Sangre Más Preciada. ¡Hemos dado un buen susto a sus padres al decirles que había saltado de un muro de doce metros! —Dejó caer los puños sobre la cama y endulzó la voz hasta adoptar un tono algo sarcástico y arrogante—. Ahora vas a ser una buena chica y me vas a decir tu nombre de verdad, ¿me oyes?

Mable apretó los labios con fuerza y miró al policía a los ojos. Eso lo enfureció —sin duda tenía mal perder— y retrocedió, agitando el papel al tiempo que gritaba:

—No pienso tragarme este numerito. No eres tonta. Solo otra maldita fulana. Lo veo en esos ojos vivos que tienes. —Acercó su rostro al de ella, haciendo traquetear una cadena que entonces vi que le ataba las muñecas a la cama—. ¡Exijo que me digas tu nombre o acabarás en la trena con chicas mucho peores que las de aquí!

La habitación se hallaba en silencio. Un policía se tosió en la manga, el otro se miraba los pies.

El irlandés se apartó y escupió al suelo.

—Tú misma —dijo con aire de superioridad, como si después de todo hubiese ganado—. Has firmado tu sentencia. —Hizo un gesto con la mano a los otros policías y los tres abandonaron la sala.

Mable no se movió. Parecía consumida por dentro, con los ojos inmóviles, como una roca. No miró en mi dirección ni una sola vez y me apoyé en la almohada, muerta de curiosidad por su nombre real.

No pensaba perdonarla, pero no podía evitar admirar su fuerza de carácter. Se parecía mucho a Luella. Incluso con la ira que acababa de encontrar en mis entrañas, yo nunca habría sido capaz de mirar desafiante a los ojos de un policía. Y ceñirte a una mentira incluso después de que te descubrieran requería una tenacidad que todas las chicas de aquel lugar aplaudirían, sin importar lo mucho que odiasen a Mable. O comoquiera que se llamase.

Pensé en la rica baronesa que había desaparecido. Si se había marchado con un hombre del circo, también se habría cambiado el nombre. ¿Tal vez Mable fuese una baronesa de incógnito? Eso o había matado a alguien. Yo no descartaría ninguna de las dos cosas.

Me quedé dormida reuniendo la determinación para enfrentarme a ella, pero para cuando volví a despertarme, Mable había desaparecido. La cama estaba vacía. Solo quedaba un fino colchón manchado.

22

Jeanne

Cuando te conviertes en alguien a quien ya no reconoces, te resulta sorprendente encontrar un pedacito de ti intacto.

Dos semanas antes de Navidad, Georges se presentó a nuestra puerta. No creí que fuese mi hermano hasta que entró en el salón y me miró con la misma cara del niño fornido que había dejado en el muelle, solo que más delgado y fuerte, con algunas arrugas de cansancio en el ceño. Sonrió con aire juguetón desde la entrada, encantado de ver mi sorpresa.

Me quedé boquiabierta y me sentí extrañamente cohibida por mi aspecto. Ya no me preocupaba de las planchas de rizado o los polvos para la cara, y sin duda le parecería viejísima.

—¿Qué estás haciendo aquí?

—¿Esas son formas de recibir a tu hermano?

Vino hacia mí y me envolvió en un abrazo sorprendente. No me tocaban desde que Emory me había levantado del suelo semanas antes, y mucho menos me abrazaban. El olor de mi hermano era extrañamente familiar, como una especia que hubiese olvidado, y noté que me raspaba la frente con el vello de la cara, algo crecido.

Lo aparté con suavidad, dándole unas palmaditas en la manga del pesado abrigo; sus generosas muestras de afecto me abrumaban.

—Te has convertido en un verdadero caballero francés —dije.

—Qué lástima. Me he esforzado mucho por convertirme en un verdadero caballero inglés.

—¿Por qué ibas a hacer eso?

—Tenía pensado mudarme a Londres justo antes de recibir la carta de tu esposo.

—¿Emory te escribió?

—En efecto.

—¿Acerca de qué?

—De todo lo que ha ocurrido. —Georges me tomó las manos y me las apretó—. Lo siento muchísimo, Jeanne. ¿Por qué no me escribiste? Habría venido antes.

Me invadió un torrente de emociones, y su presencia repentina derritió una parte de mí que había congelado.

—Yo no... Yo...

Me asombraba la facilidad con que mi hermano me ofrecía su devoción cuando no había hecho nada para merecerla. Había pensado en escribirle muchas veces, pero no podía hacer más que mirar el papel en blanco, con la pluma levantada sobre él.

—Está bien, Jeanne. No hace falta. Siento molestarte.

—No. Soy yo quien debería disculparse.

—Por Dios. —Georges me puso las manos en las mejillas y me levantó la cara. Tenía los ojos de un verde muy suave—. No seas tonta. Es comprensible que te costase demasiado ponerlo todo por escrito.

—No, no me refiero a eso. Siento lo de mamá. Haberte dejado.

Georges se rio y me sacó una sonrisa.

—¿Qué sientes? Tenías que marcharte. En cuanto a mamá, me trató bastante mal, pero ahora es inofensiva. —Me soltó las mejillas con una mirada pícara que hizo que me sobrevinieran los recuerdos—. En realidad llegó a pedirme que no me mudara a Londres, aunque no te lo creas.

Su aire tranquilo y su familiaridad hicieron que me invadiera una sensación de ligereza, peligrosamente cercana a la felicidad.

—Me lo creo. Le has sido tremendamente leal, lo que es más de lo que puedo decir de mí misma. Y siento si no te escribí. Quería hacerlo. Lo intenté.

—No importa. Fue muy considerado por parte de Emory, teniendo en cuenta que nunca me había escrito una sola línea. Se disculpó por eso, pero me dijo que se sentía bastante perdido y que no sabía a quién recurrir.

—¿Te pidió él que vinieras?

—Sí.

—Me sorprende. Mi esposo rara vez se siente perdido, y cuando es así… recurre a su madre.

Georges vaciló.

—Está perdido respecto a ti —dijo con suavidad.

Me pareció poco probable. Era un gesto increíble por parte de Emory pedir a mi hermano que viniera, y nada propio de él. Fuera lo que fuera lo que le hubiese contado a Georges, estaba segura de que no era por amabilidad hacia mí.

Si el nacimiento de Effie había sido una grieta, su muerte era un abismo. No quedaba nada de nosotros. No podía creer que pensase que implicar a mi hermano serviría de algo.

En ese momento entró Emory en el salón y rodeó a mi hermano con el brazo como si fuesen los mejores amigos del mundo.

—¡Georges! —Le dio una palmada en la espalda—. Has crecido.

Mi hermano sonrió.

—Eso espero. Tenía once años la última vez que os vi.

—Entonces supongo que es bueno que hayas crecido. Creí que llegabas esta mañana.

—¿Sabías que venía hoy? —le pregunté a Emory.

—Yo mismo reservé el pasaje.

—¿Sin decírmelo?

—Ya está aquí, ¿no? ¿Brandy, amigo mío?

Emory sirvió dos copas y entregó una a Georges. No solo no me ofreció una a mí, sino que ni siquiera me miró.

De pronto comprendí por qué había traído mi esposo a Georges. Emory no estaba perdido con respecto a su amor por mí o la manera de arreglar nuestro matrimonio, solo estaba perdido sobre qué hacer conmigo, y ya no quería esa molestia. Mejor dejar la labor de manejar mi dolor a otro hombre, y mi hermano era la única solución.

El destello de compasión que había sentido cuando Georges me habló de la carta de Emory se convirtió de nuevo en amargura mientras los escuchaba conversar acerca del tiempo y lo bravos que estaban los mares en esa época del año. Georges dijo que el viaje había durado nueve días y solo había visto la luz del sol en una ocasión. Pensé en mi propia travesía: Emory y yo aún no estábamos casados, así que dormimos en camarotes individuales y por la noche dábamos golpecitos en la pared que separaba nuestras camas. Dos golpes para «buenas noches», tres para «te quiero». Había habido algo de tortura y emoción en encontrarse tan cerca y no verlo, en anticipar todo lo que acontecería una vez que estuviésemos casados.

Interrumpí la conversación:

—Si me disculpáis, voy a pedirle a Velma que prepare otro cubierto para la cena.

—Gracias —dijo Georges, que me apretó el hombro cuando pasaba a su lado.

Emory no dijo nada.

Fueran cuales fueran las intenciones de mi marido, di

gracias por tener a mi hermano en casa. Empezaba a sentirme humana de nuevo. Georges era un hombre tranquilo, y su dulzura hacía que no me supusiera ningún esfuerzo revelar el estado de mi corazón. En especial en lo que se refería a Luella.

Emory se había negado a verla después de que le contara que la había encontrado en el campamento gitano. No me preguntó en ningún momento qué hacía yo allí y no se lo expliqué. No me atrevía a volver, pero una parte de mí esperaba todos los días que Luella entrase por la puerta, sin saber si estaría lo bastante furiosa para negarle la entrada o lo bastante arrepentida para rogarle que se quedara.

En Nochebuena, Georges se encargó de visitar a Luella por mí y volvió al cabo de unas horas diciendo que los gitanos eran gente respetable y Luella, una chica amable y considerada.

—Solo está confundida con los deseos de su corazón —añadió.

Había empezado a nevar con suavidad y estaba de pie en el vestíbulo sacudiéndose la nieve de los hombros.

—«Considerada» es la última palabra que utilizaría para describir a Luella. —Emory dio un paso al frente, cogió el abrigo de Georges y lo colgó del perchero—. ¿Tanto la han cambiado los gitanos?

Mi hermano se encogió de hombros.

—No sabría decirte, pues antes no la conocía. Me ha invitado a tomar el té en una caravana abarrotada exhibiendo toda la elegancia de una mujer en un gran salón. Le he hablado de las imperfecciones de mi propia madre y de los misterios de nuestra familia. Ella ha hablado poco, pero me ha escuchado con callado interés. A los jóvenes les tranquiliza saber que la historia de su familia está llena de errores. Les hace sentirse menos defectuosos.

—Mis defectos no la han tranquilizado —dijo Emory—. Más bien al contrario.

Georges apoyó una mano en su brazo.

—Algún día será parte de su pasado y no le importará tanto.

Agradecí la compasión que mostró hacia mi esposo, una compasión de la que yo no me sentía capaz.

Me planteé conseguir un árbol de Navidad ese año, en honor a Effie, a quien le encantaba decorarlos, pero no me vi con el ánimo suficiente. Velma, al menos, había insistido en preparar la cena de Nochebuena y pasamos al comedor, donde había servido cerdo asado, patatas, zanahorias y salsa de arándanos. Yo no tenía hambre. En lugar de comer, observé cómo nevaba más allá de mi reflejo en el cristal de la ventana y pensé en abandonar a mi marido.

Desde la llegada de mi hermano, Emory se había vuelto más difícil que nunca. Me pregunté cómo lo había soportado todos esos años. Ensarté una patata con el tenedor. Y lo que era aún peor, él seguía viéndose con aquella mujer, después de todo lo que había ocurrido. La reconocía por el olor de su abrigo. Un perfume de agua de rosas que no se molestaba en eliminar.

A lo largo del mes siguiente, Georges visitó a Luella todas las semanas, y a continuación nos contaba los detalles a Emory y a mí. Yo pensaba que era buena señal que ella lo recibiera. Al menos una parte de ella quería estar cerca de nosotros.

—Está bastante delgada —dijo Georges una noche en el salón, con las manos unidas a la espalda mientras se situaba entre Emory y yo—. Se requiere un espíritu muy fuerte para soportar ese estilo de vida. El invierno ha sido largo y frío, y podéis estar seguros de que el glamour de la vida gitana ya ha pasado. La desaparición de su hermana no ayuda. Me temo que la está carcomiendo. No habla de otra cosa que no sea Effie. No creo que haya un detalle de su infancia del que no me haya hablado. —Intentó esbozar una sonrisa, pero no lo logró—. Estoy preocupado por ella. No quiero ser alarmista, pero me inquieta que no llegue a la primavera. Ya ha muerto un niño de fiebre allí. He intentado convencerla de que vuelva a casa, pero se niega. Espero que esté bien, aunque me he tomado la libertad de exponerle la idea de viajar al extranjero. Antes de venir aquí ya me había asegurado una casa en Londres. Luella podría quedarse allí hasta que se recupere: con vuestro permiso; por supuesto.

Georges miró a Emory, cuyo brazo descansaba en la repisa de la chimenea con una pose cuidadosa.

Yo estaba sentada en el sofá, pasmada ante la idea de que mi hija, que se exponía a la fiebre y el frío, siguiese negándose a recorrer menos de un kilómetro hasta casa.

—Inglaterra podría suponer un cambio muy bueno para ella —insistió Georges.

Me daba cuenta de que a Emory le dolía oír a Georges hablar de nuestra hija como si supiese lo que era mejor para ella y, aun así, los dos sabíamos que Luella se había encariñado con Georges porque era distinto de su padre en todos los aspectos: directo, sincero y humilde, sin la menor afectación.

—¿Ha accedido a ir? —Emory sonaba poco convencido.

—Sí.

—Bueno, estamos en deuda contigo. Es una oferta muy generosa, por supuesto, si ella está dispuesta a ir.

Dicho esto, abandonó la habitación sin mirar atrás, pues su permiso era lo único que necesitábamos.

Encontré ridículo, llegados a ese punto, fingir que teníamos algo que decir en lo que se refería a Luella, pero Emory se negaba a aceptar su falta de control sobre ningún aspecto de nuestra vida. Seguía insistiendo en que Effie estaba viva, poniendo anuncios en el periódico cada semana, llamando a la policía para preguntar por las novedades. No llegó ninguna.

Georges estaba sentado a mi lado en el sofá, preocupado.

—¿En qué estás pensando, Jeanne?

Desde que mi hermano había comenzado a visitar a Luella, yo había empezado a pensar en el perdón y la reconciliación, pero su rechazo continuo a regresar a casa me desmoralizaba.

—¿Te irías con ella, entonces? —Tampoco soportaba la idea de perder a mi hermano, lo que significaba volver a estar sola en la casa con Emory.

—Sí. Necesitará a alguien. Tú también eres bienvenida, por supuesto, si quieres venir.

Negué con la cabeza.

—No puedo.

Georges asintió para darme a entender que lo comprendía. Yo seguía acudiendo a los hospitales y las morgues todas las semanas. Mi hermano sabía que no descansaría hasta que hubiese dado un entierro digno a mi niña pequeña. Me puse en pie con la necesidad urgente de ir a acostarme en la cama de Effie, algo que hacía de vez en cuando. Aún conservaba su olor y podía sentir su cabecita en la almohada. Me incliné hacia Georges y le di un beso en la mejilla.

—Eres un amor. No puedo expresar mi gratitud por todo lo que has hecho. Luella nunca nos habría escuchado a nosotros. Creo que Inglaterra es la mejor opción para ella, y no podría estar en mejores manos. Lamentaré perderos. Debes dejarme, al menos, que me despida de vosotros cuando partáis. Díselo a ella, ¿lo harás?

—Por supuesto.

Tres semanas más tarde, estaba sentada a una mesa del Café Martin's con mi hija mayor. Habían transcurrido seis meses desde que se había marchado, pero su aplomo contenía una madurez que hacía que pareciera una década. Al menos se había quitado la ropa gitana y llevaba el traje de viaje que le había comprado. Le quedaba demasiado grande, pues abultaba la mitad de lo normal. Cuando la miré, casi pude creer que volvía a pertenecerme; y, al mismo tiempo, apenas sabía qué decirle. Solo había conversado con ella cuando era una niña, y en ese momento nos encontrábamos como dos mujeres adultas.

No nos tocamos ni abrazamos al saludarnos, sino que nos sentamos de manera formal la una frente a la otra, como si nunca hubiésemos compartido mesa. Yo pedí hígado; ella, pollo. Ninguna comió mucho y hablamos poco. Le pregunté si tenía ganas de viajar a Londres. Contestó: «No especialmente».

Para cuando el camarero recogió los platos y nos dejó la carta de los postres, sentí el apremio de nuestros últimos momentos juntas. Su barco partía al cabo de tres horas. Había suplicado a Georges que convenciera a Luella de que pasase la última semana en casa, la última noche al menos, pero ella le dijo que no podía. No sin Effie. Esa comida era lo único que conseguiría de ella en mucho tiempo y lo estábamos perdiendo.

—Esto no va a funcionar —dije con brusquedad. Luella alzó la vista por encima de la carta—. Debemos encontrar el modo de avanzar juntas. Por Effie, o al menos por nosotras mismas. ¿Recuerdas cuando las dos os peleabais y ella te hacía salir de la habitación y volver a entrar para empezar de nuevo?

Luella sonrió.

—Lo había olvidado. Solía frustrarme muchísimo que nunca me dejase seguir enfadada.

—Creo que ahora tampoco querría que estuviésemos enfadadas.

—Yo no lo estoy. —Luella bajó la carta. Había orgullo en sus hombros cuadrados—. Estaba enfadada cuando me fui. Sobre todo con papá, y un poco contigo.

—¿Qué había hecho yo?

—Tolerarlo. —Lo dijo con tal seguridad, como si todo se hubiese aclarado en el tiempo que había pasado fuera. El dolor le había hecho madurar, aunque no en todo.

—Lo quería, Luella. Toleras cosas a la gente a la que quieres.

Ella pareció sorprenderse. Junté las manos encima de la mesa y me incliné hacia delante.

—¿Qué? ¿Creías que tu padre y yo siempre nos habíamos llevado mal? Él también me quería a mí, ¿sabes? Solo se le pasó más rápido que a mí.

—¿Sabías lo que estaba haciendo y con quién? —dijo acalorada, y regresó un destello de la Luella descarada. No había cambiado del todo.

—Sí, querida, mucho antes que tú.

—¿Cómo podías soportarlo?

«Eso, cómo...», pensé mientras echaba un vistazo a las mesas de al lado, donde hombres y mujeres comían tranquilamente. Su idealismo juvenil resultaba conmovedor. Era fácil desde su perspectiva. Estábamos en 1914, y el mundo era un lugar completamente distinto de lo que había sido en 1897, cuando yo conocí a Emory. La generación de Luella no podía entenderlo. Ellas corrían a la universidad, dejaban caer la cintura del vestido y alzaban el dobladillo, exigían el voto, independencia. En ese momento vi que la determinación de mi hija, su voluntad para librarse de aquello con lo que no estaba de acuerdo, incluso si se trataba de su propia familia, era admirable. Yo había dejado a mi madre por miedo, no por confianza, y había saltado de una relación asfixiante a la siguiente. Luella estaba saltando sola.

Sin pensarlo, de pronto me quité el guante y extendí la mano por encima de la mesa, con la palma abierta. No sé por qué le ofrecí la mano llena de cicatrices. Tal vez porque solían consolar a Effie, algo que no entendí hasta que Georges habló de exponer nuestros defectos, de cómo eso hace a la siguiente generación menos vulnerable a los suyos.

Luella se quedó mirando mi mano sin tomarla. Tenía lágrimas en los ojos y se le habían hundido los hombros.

—Siempre me pregunté por qué dejabas que Effie te cogiera la mano desnuda. —Levantó la vista—. ¿Por qué a mí no me dejaste nunca? Una vez intenté quitarte el guante y apartaste la mano de un tirón. ¿Por qué lo hiciste?

—No lo sé, Luella. No lo recuerdo. Te la estoy dando ahora.

—No es lo mismo —masculló, aunque la aceptó de todos modos.

Cerré los dedos en torno a los suyos.

—No debes culparte por lo de Effie —dije, pues me daba cuenta de que aquello ocupaba el centro del sufrimiento que reflejaban sus fríos ojos. Resurgiría cuando menos se lo esperase, y no pensaba dejar que se fuera sin hacerle comprender que no la culpaba.

Negó con la cabeza y las lágrimas le resbalaron por las mejillas.

—Es todo culpa mía. Si no me hubiese marchado, ella nunca habría ido a buscarme. Aunque le hubieras enseñado aquella carta. No le dije adónde iba y tardé demasiado en volver a escribir. He repasado una y otra vez lo que podría haber hecho de otra manera. Podría haber evitado lo que ocurrió.

Retiró la mano de la mía y se echó a llorar con las palmas en la cara.

Dejé que llorara unos minutos, luego le dije en voz baja:

—Effie siempre había estado muriéndose, Luella. Nunca hablábamos de ello. Ninguno de nosotros quería creerlo, tu padre menos que nadie, pero todos los médicos nos decían lo mismo. Que Effie viviera tanto como lo hizo fue un milagro.

Luella levantó la cabeza de golpe.

—¡No está muerta! Sé que no está muerta. Es solo que no entiendo adónde ha ido. ¿Se equivocó de tren y acabó en una ciudad extraña, tal vez llegase hasta California? Nunca habéis buscado fuera de Nueva York y Boston, pero podría estar en cualquier parte.

—Habría llamado por teléfono.

—¿Se quedó sin dinero tal vez?

—Es una chica lista. Habría encontrado el modo de ponerse en contacto con nosotros.

—¿Y si la cogió la policía, pensando que era una vagabunda o algo así, y la metió en una de esas casas para chicas?

—¿Qué clase de casas?

—Como la Casa de la Misericordia o la Casa Inwood.

—Esas son para chicas de la calle. Se parecen a una cárcel. Las impone el tribunal.

—Papá amenazó con meterme allí una vez.

—No hablaba en serio.

—Bueno, a una chica de la escuela la metieron allí.

—¿Sí?

—Sí, fue su padre.

—¿Qué infracción había cometido?

—Recibir un telegrama de un chico.

—Parece extremo.

—Job y Sydney ya buscaron en las casas que había cerca. Las hermanas les dijeron que no había ninguna chica llamada Effie Tildon. Pero podríais comprobarlo en otras ciudades.

—Oh, Luella. ¿No crees que tu padre y yo lo hemos

hecho? He llamado a todos los hospitales e instituciones que se me ocurrían. No en California, pero no hay manera de que hubiese llegado tan lejos.

Luella se hundió en su silla.

—Tray dice que no está muerta.

—¿Quién es Tray?

—Un chico del campamento gitano. Conocía a Effie. Se entendían bien.

—Nunca me lo mencionó.

—Creo que hay muchas cosas que no llegó a contarnos.

El camarero se acercó, volví a ponerme el guante a toda prisa y logré esbozar una sonrisa de cortesía.

—No queremos postre, gracias. Tráiganos la cuenta. —Me saqué el reloj del bolsillo de la chaqueta—. Deberíamos irnos. Georges nos estará esperando y no querrás perder el barco.

En el muelle, mi hija me dejó abrazarla mientras yo lloraba sin ocultarme; el viento helado procedente del agua me congelaba las lágrimas en las mejillas. Georges se hallaba de pie a nuestro lado, con la maleta de cuero en una mano. A su espalda, la pasarela del barco se llenaba de viajeros.

—Vamos —dije, pero Luella no me soltaba. Me aferraba los brazos con tanta fuerza que me hacía daño.

—Creo que no debería irme —contestó, cediendo al pánico de pronto—. Tray dice que debería esperar. Él está seguro de que Effie volverá a casa. Solo me voy porque ya no le creo.

—Ya no hay nada más que puedas hacer, querida. Os avisaré en cuanto tengamos noticias de ella. Volveré a comprobar las casas que has mencionado. Ya compruebo los hospitales a diario. —Solté una risita—. Las operadoras reconocen mi voz antes incluso de que les diga mi nombre. Deberías oír cómo suspiran y siempre me pasan a regañadientes. No pienso abandonar.

La voz de Luella era temblorosa, tenía los ojos rojos e hinchados de llorar.

—La verdad es que me siento culpable por irme, no me lo merezco.

—Tonterías. Tú debes seguir con tu vida.

—No es justo.

—No, nada es justo. Vamos… vais a perder el barco.

Georges me besó en la mejilla.

—Debes visitarnos en cuanto lo creas conveniente.

—Para entonces espero que hayas engordado a mi hija a base de bollos ingleses con nata.

—Haremos lo que se pueda.

Luella me rodeó con los brazos una vez más.

—Lo siento.

—Déjalo ya. Lo hecho, hecho está.

La aparté y la hice volverse hacia el barco.

Cuando el buque se alejaba, vi a Luella inclinada sobre la barandilla en la cubierta superior, diciendo adiós con la mano de manera furiosa, con el ancho sombrero ladeado al viento y el abrigo abierto ondeante. Era una mujer hermosa. La imaginé casándose con un inglés y, algún día, viendo partir a su hija desde alguna costa europea; con las mujeres de la familia atrapadas en un ciclo de intentos de huida. Con el tiempo, Luella descubriría, como había hecho yo, como haría su hija, que no podemos huir de nosotras mismas.

Recordé a mi madre cayendo de rodillas en el muelle cuando partí hacia América tantos años antes y lo mucho que me había molestado su dramática exhibición. En ese momento era lo único que podía hacer para sostenerme en pie, llorar y agitar el brazo incluso cuando ya no veía ni a mi hija ni a Georges en la barandilla mientras el barco se alejaba expulsando vapor.

23

Mable

No me levanté en una semana tras la muerte de mi madre. La señora Hatch me llevaba comida y se quedaba en la puerta con la incomodidad de quien no está acostumbrado a ayudar a la gente en situaciones trágicas. Me dijo que sentía lo de mi madre y que podía quedarme hasta que naciera el bebé, pero luego tendría que encontrar otro alojamiento.

—He oído que hay casas para chicas como tú. —Sonrió ante su propia iniciativa—. Buscaré el nombre de una si quieres.

—Gracias —dije sin importarme cómo fuese. Ya estaba vacía y muerta por dentro. Daba igual dónde acabara el caparazón.

Un día la señora Hatch llamó a la puerta y me dijo que Marie Casciloi estaba abajo preguntando por mí.

—Dice que es tu tía. Creí que habías dicho que no tenías familia. —Sus palabras fueron recelosas.

Recorrí la mancha de humedad de la pared con la mirada.

—Miente. No la conozco.

—Si esto es alguna clase de juego, no me gusta. —Oí que la señora Hatch se rascaba la cabeza y me imaginé cómo caían las escamas por todo mi suelo—. Si tienes familia, no hay motivo para que yo te traiga comida. ¿Es la madre del chico que te dejó embarazada?

—No. No la conozco. Se lo juro.

—Bueno —suspiró con aire pensativo—, yo que tú aceptaría a esa tía, tanto si es real como si no. Parece que ha venido a ayudar.

No respondí. La señora Hatch esperó un minuto, soltó un bufido de frustración y cerró la puerta. Oí sus pasos ligeros escaleras abajo.

La idea de mi tía llorando en la cocina de la señora Hatch, con su olor a cebolla y su mullido pecho, me hizo sentir añoranza, como un sueño inalcanzable. Yo no acudiría a mi tía bajo ninguna circunstancia. Habría humillado a mi madre que su hermana se enterase siquiera de mi embarazo y estaba segura de que lo último que habría querido era que cargase a su familia con un bastardo.

No había honrado a mi madre en vida, y que me maldijeran si no me esforzaba todo lo que pudiera por hacerlo a su muerte.

Esa noche había una nota en la bandeja de la comida, junto a un plato de jamón, nabo y calabaza.

—No la he leído —dijo la señora Hatch, al tiempo que dejaba la bandeja en el suelo y encendía la luz—. Será mejor que te lo comas todo —añadió antes de marcharse.

Rodé sobre un costado y jugueteé con una uña sucia. Hacía dos semanas que no me daba un baño. Lo único que quería era dormir, no tenía ningún problema en conciliar el sueño y muchísimos para salir de él. Abrir los ojos era como arrastrarme en el barro.

Me comí el nabo, pringoso a causa de la mantequilla, y dejé huellas grasientas en el borde de la nota. La letra era pequeña y difícil de leer. Tuve que intentarlo tres veces para discernir que tía Marie había perdido a las gemelas y sentía lo que había ocurrido entre nosotras.

«Como no volvían a casa, fui a buscarlas —escribió—. Para cuando llegué a la fábrica, la policía estaba colocando a las víctimas en la acera, etiquetándolas y cargándolas en carretas. Reconocí a Grazia por el anillo que llevaba de mi abuela. Tenía el pelo apelmazado alrededor de lo que le quedaba de la cara. Lo único en lo que podía pensar era en lo que se enfadaría por cómo se le había quedado el pelo. ¿No es absurdo? Te sorprenderá saber que no lloré. La impresión lo heló todo en mi interior. Cuando el policía la levantó para meterla en un ataúd, agarré el brazo del pobre hombre y le dije que tenía que encontrar a la gemela de mi hija y mantenerlas juntas, fuese como fuese. "No se han separado nunca", le supliqué. Aquel amable hombre me cogió de la mano y recorrimos una hilera de cuerpos hasta que dimos con ella. Tampoco quedaba nada de la cara de Alberta, y sus pobres piernas estaban rotas de tal modo que el hecho de tumbarla recta no lo ocultaba. Solo la reconocí por las medias que le había tejido en Navidad.

»Me quedé para asegurarme de que colocaban el ataúd de Alberta junto al de su hermana. En ese momento no tuve estómago para buscar a tu madre, pero fui a Charities Pier a primera hora de la mañana siguiente. Le habían quitado los zapatos y no los encontré por ninguna parte. Me fui a casa y cogí un par mío para ella.

»El funeral es mañana. Creo que el Señor querría que fuésemos juntas. Después de esto, el pecado de la carne ya no parece tan importante. Por favor, Signe querida, ven con nosotros, salimos para el cortejo fúnebre a las diez. Dios te guarde.

»Marie Casciloi».

A mamá le importaba el pecado de la carne. Tanto que había ignorado mi vientre creciente como si no existiese. Estaba convencida de que a Marie volvería a importarle si me viera en ese estado. Hice pedacitos la nota y dejé que se me deslizaran entre los dedos. Lo sentía por las gemelas, pero del mismo modo aturdido y distante que lo sentía todo. La realidad de cada día quedaba ligeramente fuera de mi alcance, como si la viese desde muy lejos.

A la mañana siguiente salí de la cama, me vestí y me arreglé el pelo. Tenía las piernas rígidas y me dolieron al bajar las escaleras. La señora Hatch no estaba en la cocina, en la casa reinaba el silencio. Me puse el abrigo y salí al frío y la humedad. El abrigo me iba pequeño, y una ligera lluvia se depositó en lo alto de mi barriga protuberante. Había olvidado coger sombrero, así que, para cuando llegué a Washington Square, tenía el pelo lacio y empapado.

Una masa sólida de abrigos, sombreros y paraguas negros se extendía hasta donde me alcanzaba la vista. Una carroza fúnebre se abrió paso al otro lado de la calle, los caballos blancos eran imponentes. El carro estaba cubierto de flores, blancas, moradas y rosas. No sabía si ese funeral era por todas las víctimas, o por alguien importante, pero escogí creer que era mamá quien iba en dicha carroza.

Tras ella avanzaba un cortejo de dolientes. Me coloqué junto a una mujer con una amplia banda púrpura colgada de un hombro. Portaba una pancarta en la que se leía: EL SINDICATO DE COSTURERAS Y MODISTAS LLORA NUESTRA PÉRDIDA. La mujer me sonrió, tenía un rostro fuerte y atractivo. Agaché la cabeza y mantuve la vista en el pavimento, mojado y resbaladizo. La lluvia me goteaba por el cuello y se me colaba por el abrigo, lo que me recordó a otro funeral, en la cabaña. No sabía adónde nos dirigíamos y me daba igual. Solo esperaba que la tía Marie no me viera.

Caminé durante horas, aguantándome la barriga con una mano; mis zapatos hacían un ruido de chapoteo y la falda empapada se me pegaba entre las piernas. Me dolían las caderas y me hormigueaban las piernas, como si se me estuviesen entumeciendo. Intenté sacar fuerzas de la mujer que tenía a mi lado. Ella caminaba con los hombros erguidos y la cabeza alta. Su mirada era desafiante, como si hubiese estado preparada, a la espera de ese día. Pensé en las gemelas, que habían marchado por los derechos de las mujeres, por los sindicatos. Habían estado luchando contra una ciudad entera de hombres, los mismos que las encerraron y las quemaron vivas. Y ahí estaba esa mujer, esa desconocida, esperando infectarme con su fuerza, que yo también sintiera pasión por algo.

Pero para cuando llegamos al puente de Brooklyn, lo único que sentía era agotamiento. Tenía un dolor agudo en la tripa, y la gente que me empujaba por todos lados me ponía nerviosa. Me abrí paso entre la multitud de Chambers Street, donde la acera se abría y me permitía volver a casa. Llegué a duras penas a mi cuarto y me derrumbé en la cama con el peso de un elefante; el ardor que sentía entre las piernas y me estrujaba el abdomen era una clase de infierno completamente distinto.

La señora Hatch me oyó gritar y mandó a buscar a una partera, una mujer fornida, con mucho pecho, que me agarró las manos y apretó con tal fuerza que estuvo a punto de sacarme al bebé empujando, sin dejar de hablar conmigo, con una voz suave y tranquilizadora como la luz de una vela.

Solo que ese bebé decidió trabarse a medio camino y hubo que llamar a un médico. Yo estaba tan mal que apenas noté que la mano del hombre desaparecía bajo la sábana por encima de mis rodillas. No puedo estar segura, pero noté que me retorcía tanto por dentro que creo que el médico me metió las manos hasta arriba y tiró del niño él mismo. Cuando todo terminó, no veía bien.

Se oyó un grito agudo, y el médico dijo:

—De nalgas. Los más difíciles de parir, pero lo has conseguido, jovencita. Mira esta belleza rosada que acabas de traer al mundo. —La partera lo sostenía y volví la cara hacia la pared al instante—. Unos cuantos puntos sin importancia aquí y habré acabado —dijo. Se me saltaron las lágrimas cuando noté una punzada en el cuerpo abierto en canal. Apreté los dientes y me aferré a la sábana hasta que me bajó las piernas y me tapó con las mantas—. Has hecho un buen trabajo. Ahora descansa un poco, ¿me oyes? La señora Hatch es una buena mujer. Cuidará de ti hasta que te apañes.

El doctor me dejó con la partera, que me refrescó la frente con un paño húmedo y me sonrió desde aquel rostro suave y rollizo. Pensé que era la sonrisa más amable que había visto nunca, y me vi deseando que fuese mi madre y se quedase a pasar la noche conmigo. Ni siquiera me importó mucho que me colocara aquella cosa caliente y resbaladiza en los brazos.

—Una niña. —Sonreía de oreja a oreja, orgullosa, como si fuese mi madre. Miró el petate vacío del suelo y me preguntó—: ¿Tienes a alguien que te ayude? —Asentí, pero se mostró escéptica—. No parece que tengas ropa de bebé, ni siquiera una manta para la pequeña. ¿Estás preparada para esto? —Con un gesto de la barbilla, me señaló el pecho, donde el bebé se retorcía indefenso—. Acércatela al pezón. Eso es lo que está buscando.

Volví la vista hacia el techo y no me moví para ayudar al bebé. La partera me pellizcó el pezón y lo empujó hasta la boca del bebé. La succión me dolió una barbaridad.

—Mira qué buena niña es —dijo la partera—. Por ahora es lo único que hace falta. Voy a dejaros dormir a las dos, pero volveré a ver cómo estáis a primera hora de la mañana. Seguirá caliente mientras la mantengas cerca.

Esperé a que la partera se fuese para apartar al bebé. Mi pezón se estiró y emitió un leve chasquido cuando lo soltó.

La partera me había dado una manta de algodón, cortada por el borde, como si la hubiese arrancado de una más grande, y me dijo que debía envolver con ella al bebé hasta que me trajese algo apropiado. Se la puse como había visto que hacía papá con los otros, cubriéndole los pies y ciñéndole los brazos a los lados. Ella tenía los ojos cerrados y no se movió. O se había calmado tras mamar o estaba muerta. Le di unos golpecitos con el dedo, preguntándome por qué no sentía más por ella que cuando era un bulto en mi vientre. Cuando se retorció, lo único en lo que podía pensar era que no había tenido la suerte de dar a luz a un bebé muerto como mamá. La coloqué lejos de mí, sobre el montón de enaguas de mamá, y me volví de espaldas a ella, tan cansada que la habitación me daba vueltas.

Dormí a trompicones, pues los gritos del bebé me despertaban, agudos y exigentes. Cada cierto tiempo se retorcía, estiraba una mano, soltaba un berrido áspero y enmudecía. Hacia medianoche me subía por las paredes.

Culpo de lo que ocurrió a continuación al incendio y a aquellas chicas quemadas, a que papá se marchara y mamá hubiera muerto, y a todos mis hermanos bajo tierra. Los muertos ocupaban tanto espacio en mi interior que podría decirse que fue inevitable. O tal vez solo fuera la falta de sueño.

En plena noche, cuando el llanto de un bebé empezó de nuevo, sentí que me volvía loca. No completamente loca, sino con aturdimiento, como alguien que ha pasado demasiado tiempo bajo el agua y ha sobrevivido, pero no debería haberlo hecho. Lo único que quería era que pararan los gritos. No se me ocurrió dar de mamar al bebé y que me ardiera el pezón de nuevo. Me levanté, me puse los pololos y el vestido, que abotoné a la espalda. Tenía el vientre blando y abultado, y sufría espasmos dolorosos. Me puse el abrigo y cogí al bebé quejoso en brazos, sujetándole la cabeza contra mi pecho para ahogar el ruido. Abrió la boca y enmudeció, y con su cabeza bamboleándose bajo mi mano, bajé las escaleras y me adentré en la noche. Caminé hasta el muelle de la calle Veintidós con un dolor palpitante entre las piernas.

No sé por qué fui allí o qué estaba haciendo siquiera en medio de la oscuridad. Solo recuerdo que necesitaba salir de aquella habitación dejada de la mano de Dios y, dado que ese era el último lugar al que me había dirigido en medio de la noche, me parecía lógico volver allí.

El edificio estaba a oscuras y en silencio; todo el mundo se había ido a llorar sobre las lápidas en lugar de los ataúdes abiertos. Había dejado de llover, pero en el cielo no se veían estrellas, y el aire era frío y húmedo. En un momento dado bajé la vista, me había olvidado del bebé que llevaba en brazos, y fue entonces cuando vi que estaba muerto. A la luz de la luna, tenía el mismo aspecto que aquel bebé pálido al que había enterrado. No se movió ni lloró, y me quedé mirándola fijamente, sin saber qué hacer. No había tierra que cavar. Ni agujero en el que meterla. Rodeé la parte posterior del edificio, donde el muelle se abría sobre el East River y el agua rompía contra el costado de un barco de vapor. Olía a pescado, lo que me hizo vacilar al dejar caer el fardo que llevaba en brazos por el borde del muelle. Produjo un levísimo chapoteo y una gota de agua me alcanzó el dorso de la mano. En ese momento me pareció oír un sonido, una vocecilla, pero cuando me asomé por el borde, el agua seguía negra y en calma, como si no hubiese pasado nada en absoluto. Me dije que no había oído nada. Pero lo oí. Aún lo oigo.

Debería haberme arrojado al río con ella y nunca entenderé por qué no lo hice. Todas las chicas tumbadas en el edificio que tenía a la espalda habían sobrevivido a la infancia solo para acabar saltando de una muerte en llamas a los brazos de cemento de otra. La vida no merecía la pena. Ahogarme en esas aguas oscuras habría sido una bendición, pero no experimentaba ninguna emoción. Me di la vuelta y, estúpidamente, pensé que, dado que ya no tenía al bebé, podría ir a casa de la tía Marie. No había más prueba de su existencia que mi vientre caído.

La calle estaba tranquila y oscura. Oía que el agua rompía contra el muelle. Olía a brea y a pescado podrido. No había una sola persona fuera. Me di prisa, pensando que parecía sospechosa ahí fuera yo sola. No sabía la hora, pero fuera cual fuese, esa noche no podía ir a casa de la tía Marie. Sabría que algo iba mal.

Sin saber adónde más ir, volví a mi cuarto y me acosté en un silencio que zumbaba. Odiaba esa habitación. Echaba de menos mi cama en la cabaña o el dormitorio diminuto del piso con los suaves ronquidos de Marie. Caí en la cuenta de que la partera iría por la mañana y tendría que explicar que la niña había desaparecido. La naturaleza inexplicable de lo que había hecho me obligó a levantarme de la cama y cerrar la puerta con pestillo; descansé la frente en la suave tela del vestido de mamá antes de tumbarme, pero no podía dormir. Estaba acelerada, nerviosa.

La mañana fue colándose en la habitación, una luz tenue que borraba las sombras de las paredes, y el fantasma de mamá detrás de la puerta se materializó como tela e hilo. Llamaron a la puerta y su vestido se movió ligeramente.

—Signe, te traigo el desayuno. —La señora Hatch hablaba en voz baja, intentando no despertar al bebé, seguramente.

—Gracias. Puede dejarlo ahí. Estoy indispuesta —contesté.

—Ya veo. Bueno, ha llamado la partera para decir que tiene otro parto y hoy no puede venir. Pero pasará por aquí mañana a primera hora. De momento estáis las dos calentitas y a salvo. —Se produjo una pausa—. ¿Estáis lo bastante calientes? ¿La niña mama bien?

Mis pechos se habían cristalizado y convertido en piedra durante la noche.

—Sí, estamos perfectas, gracias.

—Muy bien, entonces come y volveré a por la bandeja en un rato.

Me puse de pie, mareada. El aire vibraba a mi alrededor, zumbaba y susurraba. ¿Cuándo fue la última vez que había dormido o comido? La noche antes del funeral de mamá.

Con rapidez y sigilo, tiré de la bandeja y volví a cerrar la puerta. Me obligué a tragar; los huevos, viscosos, me costaron más que la tostada seca, que llenó la cama de migas. La leche me resultó agradable, fría y refrescante, y pensé en nuestra vieja vaca, Mandy, y en sus ojos, tristes y enternecedores. Me pregunté si seguiría con vida. ¿Cuánto vivían las vacas?

Cuando acabé, dejé la bandeja vacía en el pasillo para que la señora Hatch no cuestionara mi falta de apetito. La comida me dio sueño, pero luché contra él. Me gustaban el brillo del agotamiento, el hormigueo y la viveza.

Entrada la tarde, el aire empezó a mermar mis fuerzas. La luz estallaba en las comisuras de mis ojos y me dolía mantenerlos abiertos. Entonces me acosté, y a pesar del esfuerzo, me dejé arrastrar por el sueño más profundo que había tenido nunca. Dormí hasta el día siguiente, cuando me despertó un golpeteo en la puerta. Tardé un momento en recordar dónde estaba. Me sentía pesada y desaliñada, como si me hubiesen sacudido y me hubiesen dejado con todas las partes al revés.

—¿Signe?

Me incorporé.

—¿Sí? —La voz me salió cargada.

—Soy la señora Hatch. ¿Estás bien?

—Sí, intento dormir un poco, eso es todo.

—Son las diez de la mañana y no has tocado la bandeja que te he dejado en la puerta. ¿Está bien el bebé?

—Sí. Está dormida. Deje la bandeja. Me pondré con ella cuando me vaya bien.

—Ha venido la partera, pero me ha dicho que no te despertara —dijo tras una larga pausa—. Volverá esta tarde.

—Muy bien.

Salí de la cama como pude y me costó atarme los cordones de los zapatos. El sueño y la mañana, cruda y luminosa, lo volvían todo nítido y real. Santo Dios, ¿qué había hecho? Estaba segura de que arrojar al río a un bebé, aunque ya estuviera muerto era un crimen.

Escuché hasta que la señora Hatch se marchó, acto seguido asomé la cabeza por el pasillo para asegurarme de que no había nadie, cogí un trozo de pan de la bandeja y salí corriendo. La lluvia persistía en las aceras. Los charcos destellaban. Enormes nubes blancas flotaban en lo alto de los edificios como un mundo duplicado que descansara sobre este. «Ojalá pudiese desaparecer en ese mundo mullido», pensé, pues aquel en el que me encontraba era frágil como los huesos.

Avancé sin un rumbo claro; los puntos que tenía entre las piernas me tiraban con el roce de los muslos. Deseé tener dinero para una comida como era debido. Me había acabado el pan y todavía me dolía el estómago del hambre. Pensé en ir a Mulberry Street. Tal vez Renzo estuviera sentado en su caja, fumando en el patio. Podría confesarle lo que había hecho. Trasladarle a él la carga. Hacer que se lamentara por no haberse quedado conmigo. O podía fingir que no había tenido ningún bebé y pasar por delante de él directa a casa de la tía Marie. Ella quería que volviese. Lo había dicho y ya no había nada que humillase a mamá.

La realidad enfermiza de mi situación me mantuvo caminando todo el día, a pesar del dolor que sentía entre las piernas. Recorrí calles que no había visto nunca, viendo los coches y carruajes pasar con estruendo, y a la gente dando vueltas en todas las direcciones como una marea sin rumbo, mientras el sol cambiaba las sombras de los edificios de un lado de la calle al otro. Sentía que se me desgarraban los músculos del estómago, pero las punzadas del hambre habían cesado, y solo me sentía algo mareada a causa de la falta de comida y agua. Lo peor era la leche que me goteaba de los pechos y me mojaba la parte delantera del vestido. Di gracias por que el abrigo me los tapase bien. Me lo abroché hasta arriba, me metí las manos en los bolsillos y mantuve la vista pegada al suelo.

Había oscurecido cuando llegué a Columbus Circle. No me di cuenta de que había ido a propósito hasta que tuve a Ernesto delante, engañándome a mí misma con que encontraría consuelo en el rostro amable y conocido de mi primo. Abrió aquellos grandes ojos por la sorpresa y nos miramos como tontos, ninguno de los dos sabía qué decir. Un hombre bien vestido cogió un periódico del montón que tenía Ernesto a los pies, dejó caer una moneda en la mano manchada de tinta de mi primo y se alejó enrollando el diario.

Ernesto lanzó la moneda en el aire y se atrevió a decirme:

—Siento lo de tu madre.

—Yo siento lo de tus hermanas.

—Parece una estupidez decir «lo siento». —La moneda dio varias vueltas y cayó en su palma—. Es mucho más que eso, pero no me salen las palabras.

—A mí tampoco. —Se produjo un silencio incómodo antes de que me diera cuenta de que no lo acompañaba su hermano—. ¿Dónde está el Pequeño Pietro?

—Ahora lo tiene mamá en casa.

—¿Cómo se lo puede permitir?

—Armando ha vuelto a casa.

—Eso es bueno, supongo. ¿No funcionó con aquella mujer?

—Supongo que no. No ha dicho nada.

Otro hombre se detuvo a comprar el periódico y dejó caer la moneda en la mano de Ernesto sin mirarlo.

Desvié la vista a la pila y oí que Ernesto me preguntaba cómo lo llevaba en el preciso momento en que leía el titular: PESCADOR SACA A BEBÉ DEL EAST RIVER. Me quedé sin aliento. Cogí el periódico. «A las tres de la madrugada de ayer, 6 de abril de 1911, se encontró a una niña ahogada en el East River. La policía intenta rastrear el origen de la tela en la que se hallaba envuelto el bebé y ruega la colaboración de cualquiera que tenga información relacionada con este crimen abyecto». No había ninguna imagen del bebé, solo la manta rasgada de algodón en un pequeño recuadro situado junto al texto.

Dejé caer el periódico y eché a correr. La voz de Ernesto fue desvaneciéndose a mi espalda. Esquivaba a la gente. Una mujer dio un grito ahogado cuando la adelanté y doblé una esquina a ciegas; corrí hasta que me quedé doblada con un fuerte calambre en el costado. Un hilillo cálido me resbalaba por la pierna y me pregunté si se me habían saltado los puntos. «Ahogada». ¿Cómo lo sabían? ¿Tenía agua en los pulmones? Se le habrían llenado de agua aunque hubiese muerto antes, ¿no? No importaba. Me colgarían, pensé mientras avanzaba a toda velocidad por la acera; ya no me sentía aturdida, sino aterradoramente lúcida. Tenía pensado contarles a la señora Hatch y a la partera que había entregado al bebé en un orfanato. Ya nunca me creerían. La partera había rasgado aquella manta ella misma. Sabría exactamente de quién era.

Pensé en la fotografía que había dejado atrás, de mamá y yo mirando fijamente con cara seria y pálida. Mi imagen saldría en todos los periódicos. Marie se enteraría, y Renzo y su madre. Yo no era una Casciloi, pero jamás se librarían del escándalo. Había vuelto a fallar a mi madre. «Signe Hagen condenada por asesinato». Al final sería el buen nombre de mi padre el que arruinaría.

Pensé en todas aquellas pequeñas vidas que enterramos juntos. Todos aquellos bebés que él esperaba que vivieran y rezaba por ello. Y ahí estaba yo, que había quitado la vida de uno perfectamente sano sin ningún motivo.

Acabé en Green Street y dejé atrás el edificio Asch incendiado y el restaurante en cuya acera había vomitado. Una pareja salió por la puerta riendo como si allí no hubiese pasado nada. Habían limpiado la sangre y la gente se paseaba sin miramientos por los lugares donde habían caído los cuerpos. El único recordatorio del fuego era la parte alta del edificio Asch, arrasada, y una escalera de incendios que colgaba de un lado como un brazo machacado. Miré los restos calcinados mientras me debatía entre saltar al río desde el muelle o desde el puente de Brooklyn. Tenía la mente lo bastante despejada para hacerlo en ese momento. Me alejé del edificio tras decidir que no importaba desde dónde saltase. De todas formas no sabía nadar, y el agua se me llevaría rápido.

Me dirigí al este con la cabeza gacha, sumida en mis pensamientos y moviéndome rápido, doblé la esquina de la Decimosegunda Avenida y me choqué contra un hombre con un largo abrigo negro al que se le cayó el bombín al suelo.

—¡Santo Dios! —gritó, y me agarró cuando perdí pie y me tambaleé hacia él. El impacto me mareó e intenté recuperar el equilibrio y apartarme, pero el hombre me sostuvo con firmeza por la cintura—. ¿Estás bien?

—Estoy bien —dije, pero cuando me soltó, me deslicé al suelo como si tuviera las piernas de mantequilla. Dejé escapar una risa avergonzada—. Qué tonta estoy.

El hombre se puso en cuclillas a mi lado. Era agradable a la vista, de constitución ligera, y tenía unos rasgos delicados, dispuestos a la perfección. Recogió el sombrero y lo balanceó en las puntas de los dedos.

—La acera no es el mejor sitio para sentarse a esta hora del día. Ven. —Me tendió el brazo y me ayudó a levantarme—. Un poco de comida hace milagros, ¿o no? —añadió guiándome calle abajo.

Yo estaba demasiado alterada para protestar o pensar en algo que no fuera poner un pie detrás del otro. Al final de la manzana, el hombre abrió una puerta y entramos en una sala llena de humo, caótica a causa del ruido y el olor acre a sudor y puros. Miré alrededor preguntándome cómo podía haberme desviado tan fácilmente del propósito de saltar al río.

—Este lugar no es para todo el mundo —me dijo en voz alta al oído—. Pero no pareces una chica acostumbrada a grandes finuras en la vida.

Aquel insulto fue un puñetazo en la boca del estómago. ¿Cómo demonios sabía él a qué estaba acostumbrada? Retiré el peso de mi cuerpo de su brazo mientras me conducía hasta una barra de madera donde hombres y mujeres se mezclaban en altos taburetes, tomando copas y blandiendo cigarrillos. Había una hilera de mesas redondas, cada una con una lámpara que proyectaba una tenue luz roja, que se extendía por la pared hasta una sala trasera donde se oía música alta por encima del barullo de risas y conversaciones.

En lugar de pedirme comida, el hombre me pidió una copa con la que tosí y me escupí en la parte de delante del abrigo.

—Hay que dar un poco de color a esas mejillas.

Se rio y, con arrogancia, alcanzó el botón superior de mi abrigo y lo desabrochó con cuidado. Esperaba que no notase la leche reseca del vestido cuando me retiró el abrigo de los hombros y se lo colgó del brazo. Tenía la nariz pequeña y refinada. Para nada el tipo de hombre que imaginaba que frecuentaría un sitio como ese.

—No te preocupes por la copa. Lo que importa es la música.

Me cogió de la mano y me llevó más allá de las mesas, hasta la sala de atrás, donde había un hombre de color al piano; sus dedos volaban por las teclas. El suelo vibraba bajo mis pies mientras la gente bailaba de formas que no había visto nunca.

El hombre hizo bocina con una mano y me gritó al oído:

—Scott Joplin. El rey del ragtime.

Le olía el aliento a whisky. Algo que recordaba que papá bebía de vez en cuando.

Sin perder un segundo, se quitó el abrigo y el sombrero, me tomó la copa de la mano, lo dejó todo en los brazos de un camarero que pasaba y me llevó a la pista de baile.

La única música que yo conocía era el violín de mi padre y lo que cantaban los Casciloi alrededor de la mesa durante la cena. Sin duda no sabía bailar, pero el hombre me agarró de las caderas y las movió de una forma rápida y brusca que, de algún modo, tenía sentido. Todo se desvaneció cuando la música subió vibrando por mis piernas y el suelo rodó bajo mis pies. El alcohol me ardía en la garganta y me hacía sentir que flotaba. Ya no tenía hambre ni cansancio, y el ardor en las piernas se había reducido a un dolor sordo. Ni siquiera me importó que las manos del hombre vagaran por donde no debían. Me recordó cuánto me gustaba estar con Renzo. Me olvidé de todo el plan de saltar al río. Y fue la primera hora entera desde que me había despertado esa mañana en que no pensaba en lo que había hecho y las cosas malas que se avecinaban.

Al cabo de tres canciones volvimos a la mesa para recuperar el aliento. El hombre llamó al camarero con la mano y pidió dos copas más.

Esa era dulce y sabía a menta y a limón. Me la bebí a toda prisa.

—¿Qué es? —pregunté.

—Gin fizz. —El hombre apoyó los codos encima de la mesa—. ¿Y qué eres tú, querida niña?

Vi cómo resbalaba una gota de agua por mi vaso. Estaba claro a qué se refería y de ninguna manera iba a obtener ninguna clase de respuesta por mi parte.

—¿Una tímida? —Sonrió—. ¿Me das al menos un nombre que vaya con esa bonita cara?

Me vino a la mente el titular. Al día siguiente, mi nombre estaría en todos los periódicos. La música resonaba en la sala y el hombre dijo:

—Te sacaré tu nombre de un modo u otro. —Y me levantó hasta la pista de baile.

El piano era rápido y animado, y me moví junto a él, con soltura y dejadez. Miré alrededor, a los brazos y las piernas de los bailarines que seguían el tempo, y no pude evitar pensar en los miembros de las chicas que habían caído al pavimento.

—¿Tu nombre? —El hombre apoyó una mano a la altura de mis riñones; sus labios estaban cerca de mi oreja.

—Mable Winter —dije, recordando el nombre de la profesora de la escuela dominical de la iglesia de Marie. Siempre me había parecido precioso.

—Mable Winter.

El hombre soltó un silbido, me apartó lentamente de la pista de baile y me apretó contra el muro del mismo modo que lo había hecho Renzo en la entrada del piso. La cabeza me daba vueltas y me pitaban los oídos con el sonido del teclado del piano, las voces, los vasos que entrechocaban y los zapatos que golpeteaban el suelo. Los labios del hombre estaban salados y sabía como la bebida de mi vaso. Ese hombre no era bueno y, aun así, dejé que se apretase contra mí. Me gustaron el calor sofocante y la sensación arrolladora. O no advirtió la leche que me goteaba por la parte delantera del vestido o le dio igual. Me besaba rápido y con fuerza, y estaba deseando que me succionara la vida cuando de pronto cedió la presión. Abrí los ojos para ver cómo se llevaban al hombre a rastras por el cuello de la camisa.

—De acuerdo, ya basta.

Un hombre fornido, con cara de niño, se encontraba ante nosotros, con la placa destellando a la luz de las lámparas.

La música había cesado y se oía un barullo de voces. La habitación basculó y me sentí mareada y acalorada. La partera ya había acudido a la policía, pensé, al tiempo que el pánico me impulsaba hacia delante. El agente me agarró del brazo.

—Ah, no, tú no. Ya hemos pasado por esto.

«¿Ah, sí?», me pregunté mientras me empujaba por la puerta. Fuera, el aire era fresco y húmedo. Oí gritos y juramentos, y las luces de los edificios se inclinaron y dieron vueltas contra el cielo nocturno, y desaparecieron con un fuerte ruido cuando me metieron en la trasera de un furgón policial.

Resulta que aquel hombre que no tenía buenas intenciones me salvó. ¿No es lo curioso de la vida? No dudo ni un instante que habría saltado al río o vagado por las calles hasta que me reconocieran y me condenaran por matar al bebé, si no me hubiese topado con él. En lugar de eso, me desperté en una celda como una prostituta.

El alcohol hacía que mi memoria de la noche anterior fuese confusa como la copa de ginebra. No fue hasta que abrí los ojos a la luz procedente de una pequeña ventana cuadrada cuando recordé que me habían arrestado. Me levanté, me dolía todo el cuerpo y caminé hasta ese recuadro de luz. Me apoyé en el muro de cemento y me di golpecitos en las sienes doloridas con las yemas de los dedos. Había seis chicas más conmigo, dos dormidas de cualquier manera contra la pared, el resto sentadas en un banco con los codos en las rodillas. Parecían cansadas y enfadadas, y venían a decir con la mirada «no te metas conmigo. No estoy de humor». El dolor entre las piernas era atroz y me sentía como si tuviese un estropajo pegado a la lengua. Hasta media mañana no apareció un policía por el pasillo, golpeando con la porra los barrotes de metal de manera que tuvimos que taparnos los oídos. Se rio, abrió la puerta y nos condujo, en fila india, por el pasillo hasta una puerta lateral en la que otro agente nos llevó hasta un furgón policial.

Nos trasladaron a un tribunal reluciente, donde nos sentamos hombro con hombro en bancos lisos bajo unas luces intensas. El juez nos llamó una a una, observándonos desde su posición elevada. Cuando me llegó el turno y me preguntó cómo me llamaba, dije «Mable Winter» sin vacilar.

Aquel juez idiota condenó a Mable Winter a tres años en un reformatorio por prostitución, un lugar tan seguro como cualquier otro para esconderse.

Después de eso, Signe Hagen bien podía estar muerta.

LIBRO TERCERO

24

Effie

Me permitieron salir de la enfermería el día que cumplía catorce años. Era Año Nuevo y las chicas habían preparado una actuación musical. En la sala situada encima de la capilla, la luz del sol invernal se colaba a duras penas por las ventanas sucias donde la hermana Agnes y la hermana Mary acompañaban a las chicas a las sillas, moviendo mucho las manos y cloqueando como gallinas nerviosas.

Miraron en mi dirección, susurrando y dándose codazos cuando tomé asiento. Me senté en una silla del fondo buscando a Mable con la mirada. Al no verla, eché un vistazo a las espaldas de las niñas más pequeñas, delante, en busca de Dorothea, pero tampoco la vi. Una chica a la que no reconocí se sentó al piano y pasó los dedos por encima de la tapa polvorienta con una mueca exagerada de asco que desató las risas en la sala. La hermana Gertrude la reprendió con aspereza, y la chica apretó los labios y levantó la tapa.

Cuando movió los dedos por las teclas, me vi invadida por la añoranza. Estaba tocando *Années de Pèlerinage,* de Liszt, una canción que yo solía interpretar para Luella mientras ella practicaba sus arabescos. La gracia de los brazos de mi hermana y el leve ruido sordo de sus pies volvieron a mí con la música; el recuerdo fue tan brusco que empecé a llorar. Apreté la mandíbula y contuve las lágrimas al tiempo que me obligaba a recordar el duro suelo y el dolor del pecho. No iba a llorar. Mis recuerdos eran bagatelas de dolor comparados con el maltrato al que se hallaba sometido mi cuerpo.

La canción llegó a su fin con un estallido de aplausos al tiempo que la chica hacía una reverencia teatral. Siguieron otros números. Cantaron duetos y solos, del piano brotaron más melodías que las chicas recibieron con vítores y abucheos, pues empezaban a ponerse nerviosas. Cuando acabó, hubo un pastel amarillo con cobertura blanca —regalo de la Ladies Aid Society— que me comí sin ganas. Había dado unos mordiscos cuando noté que una mano me estrujaba el hombro y levanté la cabeza hacia el rostro blanco y sin edad de la hermana Gertrude, que esbozó una sonrisa.

—Me alegro de que estés de vuelta con nosotras —dijo; sus ojos eran como fragmentos de un cielo en una calma engañosa—. «Dios Todopoderoso, Gobernador supremo de todas las cosas, cuyo poder no hay criatura capaz de resistir, a quien justamente pertenece el castigar a los pecadores y ser misericordioso con los que verdaderamente se arrepienten». —Dejó de apretar—. Dios te ha dado una segunda oportunidad. Confío en que la utilices sabiamente. Acaba. —Asintió con gesto maternal hacia mi plato y esperó hasta que levanté el tenedor.

La ira se reveló en mis entrañas, pura, inmensa y gratificante. Corté el pedazo de pastel con el tenedor, mirando de reojo las manos de la hermana Gertrude en busca de las señales de mis dientes. Por desgracia, estaban tan lisas, sin marcas, como su rostro, y me pregunté a quién había mordido.

—¿Dónde está Dorothea? —quise saber; no me atrevía a preguntar por Mable.

—Vino su padre a buscarla. —La hermana Gertrude se regodeó al decirlo, para enfatizar el hecho de que a mí no había venido a buscarme nadie—. Cuando acabes, debes ir directa al dormitorio —añadió alejándose; el dobladillo del hábito se meneaba por el suelo como la cola de un gato.

Contuve una sonrisa mientras masticaba, con pedacitos de aquel pastel, dulce y esponjoso, pegados al paladar. A Dorothea había ido a buscarla su padre. Había conseguido su final feliz.

Un hombre espera en el porche retorciéndose el sombrero entre las manos y golpeteando el suelo con los pies fríos mientras contempla la colina nevada. Está nervioso y se pregunta si ha cometido un error. Ese lugar es mucho más bonito que nada que él pueda ofrecer a su hija. La puerta se abre con brusquedad, lo que lo sobresalta, y su hija corre hacia él tan rápido que su cuerpo delgado produce un impacto contra sus piernas mucho mayor de lo que ninguno de los dos esperaba. Ella hunde la cara en su vientre y le abraza la cintura con fuerza. Él no había previsto llorar. Cuando levanta la vista, la hermana que se halla de pie en la puerta hace una mueca, como si le disgustasen los reencuentros o la debilidad de un hombre que llora. A él le da igual. Coge a su hija en brazos y sabe, sin ninguna duda, que no ha cometido un error.

Acaricié esa imagen todo el tiempo que tardé en comerme el pastel y subir a la cama, deleitándome en la ausencia de Dorothea en la habitación de al lado, a pesar del hecho de que la extrañaba.

Las hermanas decidieron que estaba lo bastante bien para separar la ropa, y al día siguiente retomé mi puesto en la lavandería. Esperaba el silencio y las miradas pétreas de costumbre, pero en cuanto la hermana Agnes cerró la puerta tras de sí, las chicas acudieron a la mesa de clasificación y me acosaron a preguntas. «¿Desde qué ventana saltasteis?», «¿Hasta dónde llegaste?», «¿Viste caer a Edna?», «¿Hubo mucha sangre?», «¿Te alcanzaron los perros?», «Hemos oído que te arrancaron un pie de un mordisco, ¿nos dejas verlo?».

No estaba acostumbrada a ninguna clase de popularidad, de modo que las rehuí y bajé la vista a la mesa en silencio. «Vamos —decían—. A nosotras no vas a engañarnos con el numerito de chica tímida». Siguieron preguntando y presionando hasta que alguien gritó:

—¡Dejadla en paz!

Alcé la vista hacia Mable, que se hallaba de pie tras una tina de agua humeante. Estaba delgada, tenía las facciones duras y marcadas, y el rostro húmedo y perlado de sudor, y se le tensaban los músculos del cuello. Le había crecido el pelo, una pelusa amarilla que le coronaba la frente y le sobresalía en torno a las orejas. Incluso desde el otro lado de la sala, el azul espectral de sus ojos resultaba desconcertante. Sin apartarlos de mí, introdujo la mano en la tina y volvió a frotar, y mi popularidad se fue desvaneciendo a medida que las chicas fruncían el ceño y volvían a sus puestos refunfuñando.

Si pretendía que la perdonara, no pensaba hacerlo. Estando en el agujero, había descubierto que prefería la ira a la desesperación.

A lo largo de los meses siguientes fui alimentando el fuego de mi resentimiento, que ardía un poco más cada día. Mantuve fresca la imagen de Mable y Edna cuando se alejaban corriendo de mí, junto con el recuerdo de mi padre tropezando al subir las escaleras con Inez y mi pelea con Luella la mañana que se fue al campamento gitano sin mí.

Busqué recuerdos dolorosos, como el de mamá insistiendo en que llevara guantes para taparme las uñas en cuchara y Luella diciendo que envidiaba mis ataques azules, con lo que reconocía el mérito de algo que a mí me hacía débil y a ella, fuerte.

Me enteré de la muerte de Edna por fragmentos de rumores. Una chica me dijo que Edna había saltado del muro sin mirar y cayó en la orilla rocosa del Hudson.

—¡Se rompió diecinueve huesos! —gritó—. La policía no la encontró hasta primera hora de la mañana y la llevaron corriendo al hospital Washington Heights, pero estaba muerta antes del anochecer.

Una chica llamada Tilly, que había pasado a dormir en la cama de al lado de la mía, decía que había oído que Edna pasó tres días viva en las rocas antes de que la encontraran.

Algunas chicas aseguraban que había escapado en medio de la noche y que la hermana Gertrude se había inventado aquella historia para asustarnos. «Porque ¿cómo si no sobrevivió Mable?», se preguntaban. Con facilidad, pensé, al recordar la agilidad con la que había saltado de la soga, comparada con la caída a plomo de Edna.

Nadie se atrevía a preguntarle nada a Mable, pero no tenían reparos en dirigirse a mí. Les conté la verdad. Yo no llegué al muro. Me desmayé en el jardín. No vi nada.

—Entonces ¿por qué estuviste tanto tiempo en la enfermería? —inquirió Suzie Trainer una noche, cuando ella y otras seis chicas me rodearon en el pasillo de camino a la capilla.

—¿Has estado alguna vez en el agujero? —repliqué con un dejo de satisfacción que había estado perfeccionando—. Tú también acabarías enferma.

Ninguna pareció creerme, pero no pensaba enseñarles mis cartas. Me gustaba que las chicas no supiesen nada de mi enfermedad del corazón; ni siquiera Suzie Trainer, que no me había prestado atención en nuestra época en la Escuela Chapin. Por primera vez en mi vida, me veían como osada y valiente. Al fin y al cabo, ¿qué importaba la verdad?

Mi verdad se había basado en que Luella estaba allí dentro, y no estaba. Mi verdad había consistido en huir adentrándome en la noche, y no hui. La verdad de toda mi vida era que me fallaba el corazón, y en ese momento se había estabilizado, lo que significaba que el médico de aquel manicomio había logrado lo que no conseguían los médicos de mis padres. Quizá me hubiera salvado al encerrarme a mí misma allí. Quizá esa fuera la verdad. Y si Edna había muerto al caer del muro, entonces la verdad era que ella y Mable no me habían dejado como cebo. Me habían salvado la vida.

En marzo, los tratamientos de mercurio semanales habían logrado mantener la hinchazón y los ataques azules bajo control, pero un fino velo enturbiaba mis pensamientos. Dejé de inventarme historias. La escena de Dorothea y su padre fue la última que me conté a mí misma, y se convirtió en una pepita de oro que sacaba y pulía para mantenerla reluciente, como si recordarla una y otra vez, de algún modo, fuese a despejarme los sentidos. Tenía poco apetito y a menudo vomitaba en el baño. Me sobresalía la clavícula y las costillas se me marcaban como una tabla de lavar. Traté de ocultar los temblores, pero apenas podía sostener el tenedor sin que repiqueteara contra el plato.

—Tienes que comer más —me dijo Tilly un día cuando entrábamos en el comedor—. Mantener las fuerzas. Si estás bien, podrás ir a Valhalla en mayo.

Valhalla era una granja a la que llevaban a un grupo selecto de chicas en verano. Un programa diseñado para mostrar a los administradores el buen trabajo que hacían las hermanas proporcionando empleo a las chicas y fondos extras para las instalaciones.

—En realidad —Tilly sonrió de satisfacción—, la hermana Gertrude se embolsa el dinero para su jerez y sus filetes. La tierra de la granja es tan mala que no podemos cultivar nada, pero da igual. Yo plantaría mala hierba con tal de respirar un poco de aire fresco.

—¿Quién puede ir?

—Solo las más reformadas.

A pesar del agotamiento y la falta de coordinación, estaba decidida a emprender un camino de virtud, a llegar con entusiasmo a la Santa Eucaristía de las siete de la mañana, alzar la voz durante la oración y trabajar en la lavandería con la cabeza gacha y el odio palpitándome bajo las costillas.

Mable, advertí, estaba haciendo lo propio. No provocó agitación y dejó de abofetear y atormentar a las chicas nuevas. Mantenía la boca cerrada y la cabeza alta, mirando a los ojos a cualquier chica que osase observarla como si fuese a comérsela viva. Todas guardábamos las distancias con ella, lo cual había pasado a ser fácil desde que ya no era la jefa de lavandería. La había sustituido una chica irlandesa llamada Darvela. Más grande que Mable, se plantaba ante la mesa de planchado y recorría la sala con aquellos ojos verdes, lista para propinar una colleja a una holgazana o echar agua a la cara de cualquiera que no le gustase.

Yo no quitaba ojo a Mable, preguntándome si intentaría hablar conmigo. No podía quitarme de la cabeza la imagen de aquel policía gritándole en la enfermería y cómo había aguantado ella. Me pregunté acerca del nombre falso, de lo raro de que las dos estuviésemos ahí con identidades de mentira. Yo deseaba saber, tanto como aquel policía, qué había hecho, y en la bruma de mi mente empezó a formarse un plan. No tenía los detalles, pero implicaba lograr que Mable confiara en mí, lo cual no iba a ser fácil. Sus ojos aún reflejaban la indiferencia vidriosa que había advertido cuando el policía se hallaba de pie junto a su cama, pero a veces sí me observaba desde el otro lado de la lavandería, como si considerara nuestras posiciones en un juego cuyas reglas ninguna de nosotras conocía.

Empecé a sentarme con ella para la cena y en la capilla. No le decía nada, pues no quería resultar demasiado evidente, pero necesitaba que creyera que la había perdonado.

Fue a finales de mayo, durante la comida, cuando la hermana Gertrude anunció los nombres de las chicas que irían a la granja. Una carreta, dijo sonriente, iría la semana siguiente para llevar a las veinticinco chicas a Valhalla. Contuve el aliento, con el huevo duro y las espinacas enfriándose en el plato. El tiempo era más cálido, así que nos dejaban salir una vez al día al patio amurallado situado detrás de la capilla, un cuadrado de tierra salpicado de piedras y mala hierba desde el cual apenas se veía el cielo por encima de las ventanas enrejadas y los tejados inclinados. El mero hecho de extender la mirada hasta un horizonte, y mover los dedos de los pies en la hierba, sería una bendición. Escapar, un milagro. Pero Mable también debía ir, si no mi plan no funcionaría nunca.

La sonrisa de superioridad de la hermana Gertrude mientras anunciaba los nombres con una lentitud intencionada alimentó la ira que me abrasaba el estómago. Estaba disfrutando de aquella tortura. Pronunció el nombre de Mable y suspiré de alivio, hasta que concluyó:

—Eso es todo. Recoged los platos y dirigíos a la capilla. —Y se marchó de la sala.

No había dicho mi nombre. Me ardían las orejas. Mable no se había reformado más que yo. La hermana Gertrude lo había hecho a propósito, para ponernos una en contra de la otra. Recogí mi plato, mordiéndome la cara interna de la mejilla, decidida a utilizar su propia táctica contra ella.

Remoloneé mientras las chicas pasaban por delante de mí en fila, esperando para acercarme a la hermana Agnes, que se quedó atrás para asegurarse de que todas seguíamos avanzando. No había olvidado la llave robada, y cuando me acerqué, levantó los brazos y sacó pecho, como un pájaro enjaulado listo para darme un picotazo.

—Venga —me siseó—, ve con las demás.

Me planté delante de ella y advertí que había crecido desde mi llegada.

—Quiero hablar con la hermana Gertrude.

La hermana Agnes agitó la parte delantera del hábito.

—No tienes derecho a hacer esa petición, señorita.

—Tengo información importante sobre la identidad real de Mable.

Me encantó ver la estupefacción en el rostro de la hermana Agnes. Abrió la boca, la cerró de golpe y me hizo girar agarrándome por los hombros.

—Vuelve al trabajo y no andes causando problemas.

Obedecí, pero, menos de una hora después, vino a buscarme la hermana Mary a la lavandería. La hermana Gertrude quería verme de inmediato, dijo. Miré a Mable, cuyos ojos me acompañaron hasta la puerta cuando seguí a la hermana Mary afuera.

Cruzamos la pequeña sala de espera y entramos en la habitación del centro de la casa, donde, hacía ya tantos meses, Herbert Rothman se había hecho pasar por mi padre. La lámpara de la mesa seguía proyectando un charco de luz en la madera brillante. La hermana Gertrude apoyó los brazos en el resplandor y se inclinó hacia delante, con el rostro tenso y pálido; la piel blanca y el hábito negro se fundían con la habitación sin color como si estuviese sentada en su propia fotografía; los ojos, de un azul espléndido, eran el único rasgo que apuntaba a que se hallaba entre los vivos.

A mi espalda oí cómo la hermana Mary se retiraba arrastrando los pies y luego el ruido seco de la puerta al cerrarse. Clavé la vista en la escultura de Jesús que tenía a un lado de la mesa, con las palmas de las manos extendidas y la mirada tranquila, tan engañosa como la de la hermana Gertrude. Él no había expulsado a ningún demonio de las chicas descarriadas en ese lugar. En mi opinión, eran criaturas del diablo.

—Me han dicho que tienes información para mí. —La voz de la hermana Gertrude era una octava más alta de lo normal.

Estabilicé mi respiración.

—Aún no, pero la tendré, si me envía a la granja con Mable.

Una risa rompió la quietud de la habitación.

—¿Qué te da derecho a presentarte aquí para exigir nada?

Era una jugada peligrosa. No podía descartar que la hermana Gertrude volviese a arrojarme al agujero. Afiancé los pies ligeramente separados, una postura que había visto que Darvela utilizaba para imponerse.

—Sé que la policía quiere el nombre real de Mable, les oí decirlo. Si me da usted tiempo, puedo sonsacárselo.

Mi plan, cuando consiguiera el nombre real de Mable, era decirle a la hermana Gertrude que solo revelaría la información a la policía. Una vez que estuviera ante ellos, les contaría quién era yo y haría que se pusiesen en contacto con mi padre antes de desvelar la identidad de Mable. Era mi última oportunidad. Traicionar a Mable no me suponía ningún problema.

La hermana Gertrude se recostó en su silla, calculando si estaría a la altura.

—La mayoría de las chicas están aquí porque o van camino de la bebida y la prostitución o ya han llegado a ella.

No hay motivos para que Mable dé un nombre falso a menos que esté ocultando un delito mayor. Conociendo a esa chica, no me extrañaría que hubiese cometido un crimen más atroz. —Por las pausas, y su pronunciación lenta, estaba claro que la hermana Gertrude intentaba sembrar el miedo en mí—. No me gusta tener a una chica aquí por un delito del que no soy consciente. Nos pone a todas en peligro. Estarías cumpliendo tu deber al averiguar su nombre real. No nos vamos a la granja hasta dentro de una semana. Estoy segura de que puedes sacárselo antes.

Yo no tenía ni idea de cómo Mable iba a decirme su nombre en absoluto. Pero era imposible que lo consiguiese en una semana.

—No accederé a hacerlo si no me manda a mí también a la granja —insistí.

Advertí una pequeña contracción en la comisura de la boca de la hermana Gertrude, y me dio un leve vuelco el corazón. Lancé una mirada al Jesús de mármol; sus ojos de piedra eran tan fríos como los que se cernían sobre mí.

—¡Hermana Agnes! —gritó la hermana Gertrude al tiempo que se ponía en pie y cogía un farol del estante.

La hermana Agnes entró rápidamente, como un pájaro entrenado, cogió el farol de la hermana Gertrude con una mano y a mí con la otra, cerrando los dedos en torno a mi brazo para sacarme de la habitación y guiarme por el pasillo. Cuando pasamos por delante de la puerta de la lavandería y no nos detuvimos, me flaquearon las piernas.

—No pueden volver a mandarme al agujero —exclamé—. Enfermaré y tendrán que llamar al médico. Tendrán que darle explicaciones a él. Estoy demasiado débil para el agujero.

Recibí un gruñido en respuesta y se me doblaron las piernas cuando la hermana Agnes abrió de golpe la puerta del sótano. Me levantó de un brazo y tiró de mí como si fuese una muñeca de trapo. Mis zapatos golpeaban cada escalón con ruido metálico. Me arrastró hasta el final del pasillo, se sacó un manojo de llaves del bolsillo y las agitó delante de mi cara.

—Ahora las llevo siempre encima, gracias a vosotras tres. —Dejó el farol en el suelo y descorrió el cerrojo—. Venga. Al menos ya no hace el frío de invierno. —Me empujó adentro y el cerrojo volvió a su sitio con un ruido metálico.

Me engulló la oscuridad. Los pasos de la hermana Agnes se alejaron de nuevo por el pasillo y, en algún punto de aquella espesa negrura, oí el goteo constante del agua sobre el suelo de piedra. Una tensión familiar me oprimió el pecho y me puse la cabeza entre las rodillas. El médico no me había curado. Solo había aliviado los síntomas durante un tiempo.

En lugar de escabullirme hasta un rincón o hacerme un ovillo, me desabroché el vestido, me lo saqué por la cabeza, me quité los pololos y me tumbé con la espalda desnuda contra el frío suelo. Me hizo pensar en la forma de la espalda de mi madre el día que se desvistió delante de mí. Quería verla. Me mordí la parte interna de la mejilla y escupí la sangre en las palmas de mis manos. No evocaría el contacto de los dedos de mi padre contra mi muñeca, las crestas en las cicatrices de mi madre o el sonido de los pies de Luella al bailar. Ya no me sustentaba en esos recuerdos.

Cerré los ojos y pensé en la última carta que había sacado con Tray. Esa era mi verdad. Evoqué al león que había acudido a mí en sueños, al buey, al águila y al hombre, y los coloqué en las cuatro esquinas de la habitación. Les di alas y ojos, y los puse a cantar «santo, santo, santo, Dios todopoderoso». Yo era el centro, la mujer desnuda con las varitas mágicas. Era mi boca la que goteaba saliva de un rojo sangre.

Al cabo de un rato empecé a coger frío, me incorporé y volví a vestirme. En un momento dado se abrió la puerta y deslizaron por el suelo una bandeja con pan y agua. Me lo comí, sin dejar de hacer que las criaturas bailaran en el rincón. Me aliviaban la tensión del pecho y me permitían comer y dormir bajo su atenta mirada.

No debió de haber transcurrido más de un día o dos cuando vino a verme la hermana Agnes. Se quedó de pie en la entrada con el farol, que proyectaba sombras danzarinas en su rostro, y me condujo por las escaleras del sótano y la puerta principal hasta la luz deslumbrante de la mañana, sin saber muy bien qué estaba ocurriendo. Un agente de policía, cuyo cuello, pálido y grueso, salía apretujado de la camisa del uniforme como una salchicha con demasiado relleno, me cogió del brazo y me subió a la trasera de un furgón negro. Me deslicé por el banco junto a Tess, una chica de huesos grandes a la que solo conocía de nombre. Había más chicas apretujadas a mi lado y el policía cerró las puertas con fuerza. El motor arrancó ahogado y nos pusimos en movimiento.

—Cuidado. —Tess me empujó y apreté las piernas contra el banco e intenté no resbalar hacia ella cuando la camioneta se detuvo de pronto.

Por las rendijas se colaban unas voces masculinas. Se oyó una risa ronca y el sonido de una verja al abrirse, y el furgón se puso en movimiento de nuevo.

Estábamos saliendo. Poco menos de un kilómetro y pasaríamos por delante de mi casa. Contuve las ganas de saltar, de apoyar la boca en la rendija de la puerta y llamar a gritos a mis padres. ¿Y si mi madre estaba en cuclillas en el jardín en ese preciso minuto, retirando hojas de sus bulbos, o papá se encontraba de pie en la entrada mirando al cielo? ¿Y si Luella había vuelto a casa y estaba saliendo de camino a clase de danza o ideando alguna fechoría sin mí?

Avanzamos traqueteando. El furgón se bamboleaba y vibraba, el aire era denso y sofocante. El humo de gasolina, junto con el olor a brea caliente, se colaba en el interior. Los sonidos de la ciudad rebotaban como pelotas de tenis dentro de las paredes metálicas de la camioneta: las bocinas, los motores, el sonido de cascos y de metal de los tranvías acabaron dando paso al ruido sordo del furgón, y el crujido de las ruedas en la gravilla.

El tiempo transcurrió en silencio hasta que el furgón se detuvo con brusquedad y se abrieron las puertas.

—Vamos, salid —dijo el agente, alegre, como si hubiésemos llegado a un destino de vacaciones junto al mar.

Entorné los ojos para contemplar la pista de tierra y un campo amplio lleno de hierba; el aire olía a madreselva. Un segundo furgón se detuvo traqueteando detrás de nosotras, levantando una tormenta de polvo. Se apeó un grupo de chicas alborotadas, con Mable al final. Un policía bajó tras ella y el polvo se asentó en los hombros de su traje azul marino. Él y otro agente nos condujeron por la puerta principal de una granja de piedra blanqueada con numerosas ventanas. Sonreí. Después de todo, la hermana Gertrude me había mandado a la granja. ¿Qué eran unos pocos días en el agujero? Había ganado.

Detrás de la granja había un prado salpicado de flores silvestres moradas. Una emoción tranquila me invadió al darme cuenta de que lo único que nos retenía era una valla de árboles escuálidos talados, con la corteza cayendo de los troncos como escamas de piel seca.

Una mujer robusta, con arrugas profundas en la cara, nos recibió en la puerta e intercambió un gesto de asentimiento con los agentes. Nos guio por un vestíbulo de techo bajo hasta una habitación pequeña y vacía con empapelado rosa desvaído y anchos tablones de madera en el suelo. Estábamos allí encerradas como ganado con la mujer plantada en la puerta; su falda marrón era abultada, como un montón de tierra del que le había brotado el tronco.

—¿Veis esta habitación? —preguntó, recorriéndonos con la mirada—. ¿Veis un solo mueble? —Nadie respondió y ella se llevó una mano a la oreja—: No os oigo. —Algunas mascullaron «no». La mujer sonrió—. Muy bien. No sois ni de lejos tan tontas como dicen las hermanas.

A mi alrededor, las chicas arrastraron los pies y se cruzaron de brazos; el esbozo de sonrisa de aquella mujer bastaba para hervir la sangre más fría.

—No hay muebles —continuó—, porque no vais a sentaros más que a la mesa para comer. Esto no son vacaciones y estoy convencida de que Valhalla no cumplirá vuestras entusiastas expectativas. Esto es una granja de trabajo. Os levantaréis antes que el sol y os iréis a la cama con él. Se os darán tareas rotativas y, si el trabajo es demasiado, trabajaréis más. El baño es el sábado por la noche. El domingo se pasa de rodillas rezando. Os dirigiréis a mí como «señorita Juska». Si creéis que habéis tenido una vida dura, la mía lo fue más aún. No acepto quejas y castigaré a la primera chica que amenace con inquietarse siquiera. Las arrugas de mi cara no son de amabilidad y me importa un pimiento vuestra salvación. En lo que a mí respecta, vais a ir todas al infierno. Si ese bosque os tienta a escabulliros, pensadlo bien. Solo una chica lo ha intentado y se la comieron los coyotes. Los bosques están llenos. Osos. Gatos monteses. Os arrancarán la carne de los huesos antes de que recorráis dos kilómetros y no hay más casas en treinta. No hacen falta muros cuando tienes tierras salvajes, es lo que les digo a las hermanas. Si elegís aventuraros en ellas, solo os dirigiréis hacia vuestra condena más rápido.

Su discurso concluyó con un gruñido y vi que había tenido éxito en su intención de asustarnos cuando miré los rostros de las chicas que sabían tan poco del mundo natural como yo. Puede que viniéramos de zonas distintas de la ciudad, pero seguía siendo una ciudad. Un bosque con coyotes y osos era un peligro completamente distinto.

—Seguidme.

La señorita Juska dio una palmada y salimos en fila de la habitación para subir un tramo de escaleras, calladas y en orden como hormigas; la madera crujía bajo nuestro peso. En lo alto, la voz de la señorita Juska nos dividió en grupos de seis, y la suerte quiso que Mable y yo acabáramos juntas. La señorita Juska se sacó un reloj de oro del bolsillo del delantal, lo abrió con un clic y nos ordenó que nos cambiásemos y nos reuniésemos con ella al pie de las escaleras al cabo de cinco minutos.

Las habitaciones eran pequeñas. Seis camas en cada una, de tres en tres, tan pegadas que apenas quedaba espacio para pasar. Contra la pared del fondo había una sola cómoda. Margaret, una chica de piel oscura y cejas peludas, comenzó a abrir los cajones y a arrojarnos vestidos ásperos de lino.

Yo me cambié rápido, mirando por la pequeña ventana con el cristal sucio y resquebrajado. Un mar de árboles gruesos y ondulantes se extendía hasta donde me alcanzaba la vista. Hacía que el muro que rodeaba la Casa de la Misericordia pareciera una pulsera que podías quitarte sin más.

Lo único que me tranquilizaba, mientras bajaba a toda prisa las escaleras hasta donde la señorita Juska contaba el tiempo, era el hecho de que no tenía que escapar. Lo único que tenía que hacer era conseguir que Mable me dijera su nombre.

25

Mable

La noche que intentamos escapar de la Casa de la Misericordia, lo único en lo que podía pensar era en mi madre. Si a mí me había asustado mirar por encima de la tubería, me imaginaba el terror que sentiría ella al saltar de la novena planta de aquel edificio. Edna, que cayó al suelo como un pez al que arrojaran por la borda de un barco, riéndose al ver las estrellas encima de ella, me quitó el miedo de una sacudida. Edna podía quitarme cualquier cosa de una sacudida.

Durante los primeros meses que pasé en la Casa de la Misericordia, hice mis tareas con una desgana que me habría llevado a la tumba de no ser porque Edna me sacaba de mis pensamientos oscuros.

Nuestras camas estaban la una junto a la otra, y aunque yo no pronunciaba palabra, ella parloteaba y parloteaba hasta que me quedaba dormida con su voz abriéndose paso a través de mis sueños.

—Todas hemos sufrido y estamos deshechas —me dijo una noche, casi con alegría—. Tú no eres distinta. Vas por ahí con esa cara de pena como si fueses la única que ha pasado apuros. ¿Has intentado mirar a la cara de otra? Aquí dentro lo ha pasado mal todo el mundo.

Estaba preciosa, acostada a la luz de la luna, con el cabello negro esparcido por la almohada.

—Venga, cuéntame tu historia. No tiene sentido que te la guardes. Si pronuncias las palabras en voz alta, verás que no es tan malo como piensas. De algún modo, siempre parece peor en tu cabeza. Hicieses lo que hicieses, no es culpa tuya. Nada de esto lo es. Somos despojos. Por eso tenemos que luchar por cada bocanada de aire que tomamos. Venga, sácalo. Cerraré la boca y escucharé.

Me inventé una historia que Edna se creería, sobre un tío que se había aprovechado de mí. «Los hombres son la causa de todos nuestros problemas», le había oído decir en más de una ocasión. Era de las que protestaban y luchaban. Hablaba como si hubiese participado en todas las marchas por los derechos de la mujer que hubiera habido. Edna me recordaba a la mujer junto a la cual había caminado durante el cortejo del funeral, y me vi deseando estar con ella todo el tiempo.

Pese a que me resistía a tener amigas, empecé a encontrar fortalecedor estar rodeada de mujeres listas para luchar. Era la fuerza que hacía la unión lo que llegó a gustarme. Y Edna. Nunca había querido a nadie tanto como a Edna.

Fugarnos fue idea suya. Yo intenté persuadirla.

—Solo nos queda un año —dije. Lo cierto era que me daba miedo lo que me esperaba fuera.

—Estoy harta. —Edna escupió por el borde de la cama al suelo del dormitorio—. Si no podemos luchar por salir de aquí, ¿cómo vamos a unirnos a las mujeres que luchan ahí fuera por conseguir el voto?

Me metí en la cama a su lado y nos quedamos tumbadas en la oscuridad haciendo planes para un futuro imposible: encontraríamos a la famosa sufragista. Ella nos acogería y marcharíamos a su lado, viviríamos de nuestras victorias, respiraríamos seguridad y libertad. Me gustaba ese sueño. Me colgaba una banda por el hombro y me plantaba en medio de la multitud con la misma expresión orgullosa que había visto a aquella mujer durante el cortejo fúnebre.

—Si acabamos en la cárcel... —Edna alzó la voz, y le tapé la boca con la mano. Me mordió el dedo con suavidad y ahogué una risa—. Como iba diciendo —susurró—, habrá merecido la pena. Prefiero una cárcel de verdad a este convento de trabajos forzados.

Fue idea suya utilizar a la chica nueva, Effie. Edna la tomaba con las débiles. Pensaba que había que sacrificarlas a todas para dejar sitio a las chicas lo bastante fuertes para cambiar el mundo.

La noche que salimos a toda velocidad en medio de la oscuridad, con la libertad abrasándonos las piernas, cometí el error de mirar atrás. Edna nunca miraba atrás. «No es problema mío», habría dicho ella. Fue la cara de pena de Effie, y su forma delgada e indefensa en medio de la noche, lo que hizo que me invadiera la culpa. Mi amor por Edna era una espada de doble filo, porque me producía un número sorprendente de emociones de las que había huido, sentimientos de vergüenza y dolor. Sin embargo, cuando Edna me tendió la mano, dejé de pensar en Effie y me lancé hacia un futuro que se presentaba como un engaño. Al pie de la colina, la tierra se elevaba de manera irregular y nos tambaleamos, agarrándonos la una a la otra, mientras buscábamos a tientas el árbol más cercano. Los ladridos insistentes de los perros me recordaban a los coyotes a los que oía las noches de luna llena, con papá sentado en la losa del patio.

Los perros se callaron y me sobrevino la urgencia.

—Date prisa —dije mientras aupaba a Edna hasta la primera rama, y subí tras ella.

Su sombra oscura reptó por encima de mí cuando se deslizó peligrosamente de la rama al árbol sobre el vientre.

—Si me muevo un centímetro, este culo gordo va a caer rodando —dijo riendo.

Aquello no era ninguna broma. La oscuridad, el silencio y la altura del muro me pusieron nerviosa.

—Aguanta hasta que te alcance —le ordené, y me senté en la rama, con los pies colgando en un abismo negro. Lo único que veía era a aquellas chicas saltando del edificio Asch—. Cógeme la mano —dije, y la ayudé a ponerse de rodillas. Edna se incorporó y apretó su cuerpo contra el mío.

—Nunca me ha servido de nada rezar, pero este podría ser el momento, incluso si Dios se ha olvidado de nosotras —dijo ella.

—A mí el único que me ha escuchado alguna vez es el diablo.

—Entonces rezaremos al diablo. Es el único que nos querría mantener a las dos con vida.

No pude evitar sonreír.

—A este ritmo, vendrán a por nosotras antes de que pisemos la libertad.

—Estoy lista. —Me apretó la mano.

—A la de tres. Una, dos, tres.

Nos sumimos en una oscuridad resbaladiza y nuestras manos se separaron. Es sorprendente las imágenes que pueden pasar por la cabeza de alguien en unos segundos: la cara destrozada de mi madre, los ojos castaños de Renzo, a la tía Marie rezando de rodillas y a las gemelas enrollándose el pelo delante del espejo.

Cuando impacté contra el suelo, las imágenes se desvanecieron de golpe y porrazo. Caí con tanta fuerza que no podía respirar. Jadeé y me incorporé a duras penas; el dolor me fue ascendiendo poco a poco por la pierna derecha.

—¿Edna?

Su forma silenciosa y oscura a mi lado desencadenó el horror del fuego y las chicas que caían, hasta que, entre bufidos e hipidos, oí su risa.

Me dejé caer de espaldas, al tiempo que se me saltaban las lágrimas.

—Deja de reírte y ayúdame a levantarme —dije.

Un hilo de sangre caliente me resbalaba por la pantorrilla, pero me daba igual. Lo habíamos conseguido. Habíamos pasado al otro lado del muro. Estábamos juntas. Podía oler las agujas de pino y oír los troncos de los árboles que crujían con la fuerte brisa.

—Que Dios se apiade de nuestras almas, ¡lo hemos conseguido!

Edna rodó y las estrellas titilaron cuando me besó, apoyando las manos en la parte superior de mis brazos. El beso fue lento y tierno, como si tuviésemos todo el tiempo del mundo.

Podría haberme quedado para siempre en aquel momento maravillosamente feliz.

Unas ramas desnudas quedaron a la vista cuando Edna se apartó y se levantó para ayudarme a ponerme en pie.

—¿Estás herida? —me preguntó, sujetándome la cintura con el brazo.

—Creo que me he golpeado la pierna contra una roca.

—¿Te duele mucho?

—No —mentí.

Le pasé el brazo por el hombro y, arrastrando la pierna inútil, fuimos tropezando con raíces y piedras; la sangre me goteaba en el zapato.

Avanzábamos despacio y apenas habíamos recorrido nada cuando los perros empezaron a ladrar de nuevo. El sonido me provocó terror y la pierna me palpitaba con cada aullido como si me frotasen sal en la herida. Recordé a los coyotes, la cara pálida y tranquila de mi padre a la luz de la luna cuando levantó el rifle y disparó a la oscuridad. No sirvió de nada. Por la mañana, lo único que quedaba de las gallinas eran plumas desperdigadas. Recuerdo que pensé: «No puedes con ellos, papá».

—Vas a tener que continuar sin mí. —Bajé el brazo del hombro de Edna y me afiancé sobre un solo pie—. No tiene sentido que nos cojan a las dos.

—No pienso dejarte —dijo, aunque advertí por su voz que estaba preparada para hacerlo.

—La debilidad es un fracaso. ¿Recuerdas?

—Tú no eres débil, estás herida.

—Es lo mismo. Venga, date prisa. Corre todo lo que puedas. Les contaré algún disparate para confundirlos durante un rato. Tendrás tiempo si corres mucho.

Estaba demasiado oscuro para ver la cara de Edna cuando me dio un abrazo. Me gusta pensar que su expresión era una mezcla de pena y gratitud.

—Nunca te olvidaré, Mable Winter. Prométeme que me buscarás cuando salgas de esta casa infernal, ¿me oyes?

Mi nombre falso enturbió el aire.

—Sin ninguna duda —dije cuando se apartaba.

Teniendo en cuenta todo aquello por lo que había pasado, parece estúpido pensar que el hecho de que Edna me dejase fuera una de las cosas más dolorosas. Sabía que jamás la encontraría en todo ese espacio imposible y ella no me encontraría a mí con mis mentiras.

Me apretó la mano por última vez, se volvió y el bosque se la tragó; el crujido de ramas pequeñas y su respiración rápida se vieron engullidos por los ladridos cada vez más apresurados de los perros. La luz de las estrellas se colaba a través de los árboles y en unos segundos los chuchos me rodearon gruñendo. Se acercó un hombre que les tiró del collar y les ordenó que pararan. Gimiendo en señal de protesta, los perros retrocedieron y se sentaron en los cuartos traseros, grises y enjutos. Se les veía tan engreídos como las caras coloradas de los dos policías que levantaron sus faroles y me atraparon en un charco de luz. Uno era achaparrado; el otro, más alto, tenía una espalda ancha que le daba un aire de autoridad. El más bajo me agarró del brazo con gesto de desagrado.

—¿Dónde está la otra chica? —me preguntó, y su aliento fétido me obligó a ladear la cabeza.

Me tiró del brazo y me dieron ganas de escupirle. Al menos era lo bastante alta para mirarle a los ojos.

—Se ha caído —dije—. Ha saltado demasiado cerca de las rocas junto al río. Está herida.

—Hay una caída de doce metros —dijo el otro policía—. Hace dos años recogimos a una chica que saltó y se rompió diecinueve huesos. No salió con vida del hospital.

Esa era justo la historia que recordaba haber leído en el periódico, apoyada en un taburete junto a los fogones del piso de los Casciloi. Me pregunté cómo aquellos idiotas no se daban cuenta de que la estaba recreando. Probablemente no se les ocurrió que supiera leer.

—Tú... ven a enseñarnos dónde. —El que me cogía del brazo me empujó hacia delante y caí de rodillas con un grito ahogado de dolor. Sostuvo el farol en alto mientras el otro agente me levantaba el vestido, pegajoso a causa de la sangre, y dejaba al descubierto los pololos hechos jirones. Una herida abierta me desgarraba la pantorrilla—. ¿Adónde exactamente pensabas que ibas con eso? Te lo tienes bien merecido. —Soltó un escupitajo que cayó en el suelo con un leve siseo—. ¿A qué distancia ha quedado tu amiguita? —Tiró de mí para incorporarme.

—Cerca del muro, donde empezaban las rocas, creo.

Desde las sombras intervino una tercera voz:

—Id vosotros dos. Yo me quedo con esta hasta que volváis.

Cuando alcé la vista, lo único que vi fue la silueta de un hombre que acariciaba la cabeza de uno de los perros.

—¿No estás de humor para una escena sangrienta?

El policía más bajo se rio.

El hombre de las sombras guardó silencio, un silencio del que no me fiaba.

El policía más alto soltó un silbido seco y los perros salieron corriendo; sus ladridos hendieron el aire. Los dos agentes los siguieron dando pisotones con las pesadas botas. La luz se desvaneció y me envolvió la oscuridad.

Habría dado cualquier cosa por poder utilizar la pierna. Presentía que el hombre de las sombras no tramaba nada bueno. Los hombres que ocultan su rostro nunca lo hacen. Me moví. Se oyó el chasquido de una ramita y el hombre me agarró por los brazos. Mi cuerpo se puso rígido del pánico. Pensé que quería inmovilizarme, pero me empujó contra el suelo, con la bota contra el pecho. Recé por que la mantuviera ahí. Mejor la bota, pensé. Sin embargo, la retiró y se puso de rodillas; su forma negra descendió sobre mí como un buitre. Aquello no era pasión, ni siquiera un deseo retorcido. Era un frío poder que sabía que tenía sobre mí.

Intenté liberarme, pero él me dio la vuelta y me empujó la cabeza contra el suelo; una rama pequeña y nudosa me cortó la mejilla. Su aliento era húmedo en mi cuello y olía a tabaco. No se oía más sonido que su respiración superficial. Una piedra se me clavó en el estómago mientras me concentraba en las punzadas de la parte inferior de la pierna en lugar de la quemazón que me atravesaba entre las dos. El hombre emanaba un asco y una rabia que me hicieron sentir que era el enemigo al que llevaba años queriendo apalear.

Acabó rápido y retiró el cuerpo tan repentinamente como se había abalanzado sobre mí. Me arrastré hasta el árbol más cercano y recordé cómo se había arrastrado mi madre hasta la tumba de su bebé. Me apoyé contra el tronco, me subí los pololos y me sacudí la falda para taparme las piernas. Me sentía enferma, débil y sucia. Oí cómo encajaba en su sitio la hebilla del cinturón del hombre con un leve ruido metálico. Un hilillo viscoso me resbaló por la cara interna del muslo y me dieron ganas de arrancarme los pololos y frotarme la piel hasta dejarla en carne viva. Entonces llegaron las lágrimas. Otra debilidad. Edna había hecho bien en dejarme atrás. Me imaginé que llegaba a una puerta segura y la hacían pasar a una habitación resplandeciente y llena de promesas. Le darían comida y un baño. Tal vez una doncella se sentase en el borde de la bañera para frotarle la espalda con una esponja. La misma la ayudaría a salir del agua, envolvería el cuerpo inmaculado de Edna con una toalla suave y la conduciría a una cama caliente repleta de sueños sin mácula.

26

Jeanne

Fue Georges quien organizó lo de mi apartamento, pues yo no tenía control sobre mi propio dinero, y en caso contrario, no habría sabido ni por dónde empezar a gestionarlo. Antes de marcharse a Londres con Luella, mi hermano pagó una suma por adelantado y abrió una cuenta bancaria a mi nombre. No se lo conté a Emory.

A pesar de haberlo planeado de manera cuidadosa, no tuve el valor de irme inmediatamente. Cada objeto, cada habitación, guardaba recuerdos de mis hijas. Lo más difícil iba a ser dejar atrás el dormitorio de Effie, pues la ausencia de Luella ya me parecía una partida natural. Había crecido y había abandonado su habitación, pero Effie aún rondaba la suya.

Había seguido la sugerencia de Luella y había ido a los hogares para chicas descarriadas, pese a que no me imaginaba a Effie en ninguno. En la Casa Inwood no me habían dejado pasar de la puerta. Cuando aguardaba de pie en el enorme porche, una monja de aspecto adusto había asomado la cabeza y me había dicho que solo admitían a mujeres de más de dieciocho años, y enseguida me cerró la puerta en las narices. En la Casa de la Misericordia al menos me permitieron acceder al vestíbulo, donde esperé siglos antes de que una monja imponente se deslizara hacia mí.

—Mis disculpas. —Sonrió, y sus ojos azules me recordaron a los de Emory—. Las chicas justo se están acomodando en la capilla para las oraciones matinales. ¿En qué puedo ayudarla?

Le hablé de forma breve de mi hija desaparecida.

—No sé cómo es posible que acabase aquí, pero si se cometió un error en alguna parte...

—No. —La monja sonrió con dulzura—. No hay nadie con el nombre de Effie Tildon a nuestro cuidado, y además —posó su mano de porcelana en la manga de mi abrigo y me habló como si fuese una niña—, nosotras no cometemos errores, querida. No admitimos a nadie por su cuenta. Debe firmar el registro un juez o un tutor legal. —Bajó la voz—. Estas chicas no son inocentes como su pequeña. Todas se han descarriado de alguna manera y le aseguro que no muchas vienen de una familia como la suya. De ser así, nos daríamos cuenta. Siento mucho que no hayamos podido serle de más ayuda.

Del otro lado del pasillo me llegó el parloteo de voces de chicas.

—Gracias de todos modos —dije cuando me acompañó a la puerta.

Fuera, con cuidado, bajé los escalones y recorrí el camino helado hasta la verja, donde un hombre grande y barbudo forcejeaba con la gigantesca cerradura de la cancela. La sensación de estar atrapada tras ella me resultó angustiosa y me alegré cuando por fin me dejó salir.

Un día templado de abril, mientras la nieve se derretía en la ciudad, me despedí por última vez de la habitación de Effie y pedí a Margot y a Neala que recogieran mi ropa y artículos de tocador y que me los enviaran a la dirección de la calle Veintiséis. Llevaba la llave en secreto conmigo desde hacía dos meses. Me planteé montar una escena, decirle a Emory que me marchaba y confrontarlo con su amante. Preguntarle por qué nos había hecho aquello. Al final no fui capaz. Estaba demasiado cansada y era inútil enfrentarme a él. En lo que a mí respectaba, mi matrimonio se había acabado y quería empezar a pensar en una vida lejos de mi marido.

Cuando Emory llegó a casa del trabajo ese día de abril, yo ya me había ido.

El apartamento era pequeño, pero cómodo y bien amueblado. La primera noche me quité los guantes y los guardé en mi bolso antes de cenar en una mesita de té junto a la ventana. El frío metal del tenedor en contacto con mis dedos desnudos me produjo una sensación desconcertante que siempre asociaría con la independencia.

En menos de un día, Emory descubrió mi paradero a través de Neala y vino a exigirme que volviera. Su ira, sin embargo, se vio aplacada en el momento en que puso un pie en el apartamento. A ninguno de nosotros le quedaban fuerzas para pelear. Incluso su confesión acerca de Inez fue apática. Reconoció que estaba enamorado de ella, pero, desde la desaparición de Effie, apenas sentía ningún deseo por nada.

Fue raro tener a Emory en un espacio que solo me pertenecía a mí. Me hizo sentir una extraña tranquilidad. Podía pedirle que se fuera en cualquier momento. No cabía duda de que el cambio de escenario también lo desconcertaba a él. Se quedó plantado en medio de la alfombra, retorciendo el sombrero entre las manos y mirándome con expresión de súplica.

—¿Cómo ha acabado todo tan mal? —preguntó, como si de verdad esperara una respuesta.

Le dije lo mismo que a Luella, que no debía culparse a sí mismo, lo cual fue generoso por mi parte.

—Acabamos agotados tratando de encontrar el eslabón en la cadena de acontecimientos que llevaron a la desaparición de Effie. Podría achacarse a cualquiera de esos eslabones. No tiene sentido intentar analizarlo.

—¿Y qué hay de los eslabones que llevan hasta nosotros? —Me sorprendió la desesperación de su voz.

Por un momento estuve a punto de ablandarme, pero sabía que aquello no tenía que ver conmigo. Tenía que ver con que él perdiera todo aquello que creía que conservaba bajo control.

—Demasiados para contarlos —dije—. ¿Te apetece una taza de té?

—¿Tienes café?

—Sí.

Fui a la cocina, al fondo del apartamento, encendí los fogones y calenté un cazo que había preparado antes. Me hacía gracia pensar que nunca me había hecho mi propio café hasta entonces, y ahí estaba, apenas llevaba un día sola y lo hacía como si nada. Margot había intentado preparármelo, pero insistí en hacerlo yo. «De momento estamos las dos solas —le había dicho—. No puedes hacerlo todo por mí». Con el tiempo buscaría a una cocinera, alguien a tiempo parcial solo, pero, por el momento, me bastaba con comer fuera y hacerme mi propio café.

Cuando volví con dos tazas humeantes, Emory estaba sentado a la mesita del té y miraba por la ventana.

—Tienes unas bonitas vistas.

—Pues sí. —Dejé las tazas encima de la mesa—. Dos azucarillos, nube de leche.

—Gracias. —Emory dio un sorbo—. Sabes que madre va a perder la cabeza con nuestra separación.

Me senté frente a él y rodeé la taza con las manos para calentármelas.

—Pues sí.

—Aunque esto es temporal, ¿verdad? Eso le diremos. Cuando Luella vuelva a casa, o Effie, tú también regresarás. —No fue una pregunta, sino una afirmación. Emory me miró las manos desnudas—. Yo nunca te pedí que llevases esos guantes, lo sabes.

—Nunca me pediste que no los llevase.

Se quedó mirando su taza como si contemplara la realidad antes de apurar el resto del café y ponerse en pie. Rodeó la mesa y se me acercó lo suficiente para que oliera la madera de cedro y la pomada. Me tendió las manos para levantarme y se inclinó para darme un beso.

—Emory —di un paso atrás, sorprendida—, es demasiado tarde para eso.

Siguió agarrándome, y fue la primera vez en años que sentí sus manos desnudas en las mías. Durante un instante quise lo que fuera que tuviera que ofrecerme. Sin embargo, de pronto caí en la cuenta, al mirarlo, de que llevaba el pelo peinado a la perfección sobre la frente, los gemelos prendidos, el abrigo cuidadosamente planchado. Era evidente que no había salido corriendo de la casa arrastrado por el pánico por mi paradero.

Retiré mis manos de las suyas.

—Creo que es hora de que te vayas.

Se metió las manos en los bolsillos.

—Contaremos a la gente que te estás tomando un tiempo. Lo entenderán, después de todo lo que ha ocurrido.

—Cuenta lo que quieras.

Lo acompañé a la puerta, la cerré a su espalda y apoyé la frente contra la fría madera. Una parte de mí quería seguirlo, una parte de mí siempre querría. Del mismo modo que una parte de mí siempre seguiría buscando a Effie. Ya no contaba con ninguno de los dos, pero nunca los dejaría ir del todo.

27

Effie

En la granja nos levantábamos a las cuatro de la madrugada, nos vestíamos en medio de la oscuridad, desayunábamos a la luz de los faroles y nos mandaban a trabajar. Las tareas rotaban cada semana. La primera me tocó cargar agua de la bomba a la cocina, y a cada paso que daba salpicaba por el borde del cubo y me empapaba los zapatos. Barría el carbón de la cocina, con los brazos negros de hollín; frotaba suelos, recogía huevos, daba de comer a los animales, paleaba el estiércol de los establos y llenaba esos mismos establos de heno que se me pegaba al pelo y al vestido. Por la noche me derrumbaba sobre el colchón relleno, con los miembros doloridos ajenos a la paja que me atravesaba los pololos y picaba una barbaridad.

Nunca me quedaba a solas con Mable. Y aunque lo hubiera hecho, estaba demasiado cansada para convencerla de nada, mucho menos sonsacarle su nombre. En la granja no había tratamientos de mercurio. Volvía a tener las piernas hinchadas y la creciente opresión que sentía en el pecho era un presagio. El aire era denso contra mi piel, y dormía de manera irregular; el gong de la mañana me sacaba de mis sueños.

Comíamos en bancos arrimados a una larga mesa hecha con planchas del establo colocadas sobre caballetes. Era imprescindible no dejar caer el tenedor, pues se perdía entre los grandes huecos en los tablones. Durante las comidas no se hablaba; al menor susurro, la señorita Juska levantaba sus ojos de lechuza del plato. Y siempre encontraba a la culpable. El castigo consistía en perderse una comida, y nadie quería saltarse ninguna. A diferencia de la Casa de la Misericordia, la comida de la granja era abundante y sustanciosa: huevos, tortitas de maíz, estofado de carne, pan del día, leche, queso y tarta de frutas.

—Las chicas que comen poco rinden poco —dijo la señorita Juska—. De esta forma no pueden recurrir a la debilidad como excusa.

Había dos supervisoras más en la granja, la señorita Carlisle y la señorita Mason, las dos calladas y severas, y con la constitución de pequeños caballos de tiro, con arrugas permanentes en las comisuras de la boca. La señorita Mason se encargaba de la cocina e instruía a sus favoritas en la elaboración de pan y queso. Al resto nos tocaba tirar agua sucia de los platos sin parar. Yo no me contaba entre las favoritas.

Esa semana estaba de rodillas entre hileras de patatas, arrancando malas hierbas que no se parecían en nada a los brotes tiernos que solía ayudar a arrancar a mamá de sus parterres. Esas estaban enmarañadas y se agarraban a la tierra como si les arrancase el alma. Me salían ampollas y se me reventaban en las palmas de las manos.

Llevaba dos días en ello cuando oí que susurraban mi nombre. Me enderecé y vi a Mable en el caballón de al lado, inclinada hacia delante, con el vestido claro amarillento y manchado de tierra. Era primera hora de la tarde. No había una sola nube en el cielo y el sol era abrasador. La señorita Carlisle había estado rondando las hileras antes del almuerzo. En ese momento daba la impresión de que nos habían dejado solas, pero teníamos conocimiento suficiente para no ponernos cómodas. Siempre había alguien vigilando desde la casa. En cuanto una de nosotras descansaba demasiado, o se atrevía a incorporarse y estirar la espalda, una de las supervisoras, o Joe, el jornalero que dormía en el establo y no estaba bien de la cabeza, salía dando pisotones y nos ordenaba que volviésemos al trabajo.

Me acerqué poco a poco a Mable, arranqué una mala hierba, con lo que se esparció la tierra, y el olor me recordó al arroyo y a Luella. Me dieron ganas de quitarme los zapatos y retorcer los dedos de los pies en ella.

—Voy a intentar escapar —me susurró Mable.

No era así como se suponía que debía ir. Yo no tenía intención de planear otra fuga descontrolada. Yo escaparía sonsacándole su nombre, ganándome su confianza.

—¿Ahora mismo?

La luz del sol se le colaba por el sombrero y le moteaba la cara como si tuviese el doble de pecas.

—No, lerda, y no me mires.

No alzó la vista del suelo. Yo centré la mirada de nuevo en la hierba con espinas que estrangulaba la parte superior de una planta. Mable no había caído en la trampa calculada de la señorita Juska: sembrar el miedo en nuestros corazones y la fatiga en nuestros huesos para que no pensáramos en nada que no fueran las comidas y la hora de acostarnos. Tiré de la mala hierba y con ella salió una patata pequeña y morada. Enseguida volví a meterla en el agujero y le eché tierra encima, consciente de que era solo cuestión de minutos que las puntas verdes de lo alto se marchitaran y delataran mi descuido.

—¿Cuándo? —pregunté.

—Pronto —dijo—. ¿Quieres venir?

—¿Por qué yo?

—Es más seguro así. No me iría bien sola ahí fuera. —Desvió la vista hacia los árboles.

—¿Por qué no una de las otras chicas?

Se encogió de hombros.

—No me fío de ellas. Cualquiera me delataría. Tú no eres una soplona. Eso lo sé.

Se me habían aflojado los jirones de tela que había rasgado de las enaguas para vendarme las manos ensangrentadas la noche anterior, y me puse de rodillas y empecé a colocármelos de nuevo; la sangre reseca crujía contra el lino. Tenía calor y sed, y el sudor me goteaba por el borde del sombrero.

—¿Por qué debería confiar en ti después de la última vez?

Mable tiró de un hierbajo, lo arrojó a su montón y se inclinó.

—Ahora tampoco es que tengas elección, ¿no?

La ira que había aflojado a causa del agotamiento regresó.

—Yo no me fío de alguien que miente sobre su propio nombre —repliqué, sin pasar por alto la hipocresía de mis palabras.

Mable dejó de arrancar malas hierbas. Enderezó la espalda, se apoyó las manos sucias en los muslos y observó el horizonte como si buscase un defecto, esperando encontrar un cielo verde en lugar de azul, algo que demostrara el error.

—De todos modos, no puedes fiarte de nadie —dijo—. Puedes venir si quieres, o no. Tú decides. —Estiró la mano hasta mi caballón y sacó la patata que yo había vuelto a enterrar, la frotó contra la falda y le dio un mordisco; la carne blanca quedó perlada de humedad—. ¿Aún no has aprendido a deshacerte de las pruebas?

La vi comerse la patata con un sigilo impresionante. Detrás de ella, el bosque oscuro y espeso ensombrecía el margen del campo. No soportaba la idea de regresar a la Casa de la Misericordia. Los temblores habían desaparecido y mi mente estaba más despejada, pero mi piel había adoptado un tono pálido y apagado, y tenía las piernas tan hinchadas que imaginé que si me clavaba un alfiler estallarían como un globo. Los ataques azules habían vuelto y me despertaba por la noche sintiendo que se me venían encima las paredes.

Mable terminó de comerse la patata y avanzó por la hilera, arrancando malas hierbas con la misma eficiencia con la que había planchado en la lavandería. Había llevado a Edna a su perdición y lo más probable es que estuviese llevándome a mí a la mía. Pero no veía otra forma de salir y se me estaba agotando el tiempo.

A la mañana siguiente encontramos el modo de hablar mientras recogíamos judías, pues las trepadoras proporcionaban cobertura parcial de las miradas de la casa. Hacía días que no llovía y los terrones se reducían a polvo bajo nuestros pies. No eran más que las siete de la mañana, pero ya sentía el calor del sol, que subía lentamente por detrás de los árboles.

—La señorita Juska no mentía acerca de los osos —susurró Mable, con la cabeza gacha, de manera que lo único que le veía era el ala del sombrero—. Debemos tener cuidado. Ojalá tuviese un rifle. Eso sí que estaría bien. Aunque entonces tendría la tentación de disparar a la señorita Juska y liberarnos a todas.

Las cigarras cantaban y el calor rielaba sobre el campo. Me sentía mareada. Si alguien iba a morir devorada por un oso, sería yo. ¿Iba a ser su cebo de nuevo?

—No te quedes tan pasmada. —Mable se aplastó un mosquito en el brazo—. Tú mantente alejada de las crías y no te pasará nada. Conozco estos bosques.

—¿Qué quieres decir con eso?

—Da igual, confía en mí. —Alzó la vista y advertí un destello de sus dientes torcidos—. O inténtalo.

Una vaina se quebró entre mis dedos. Sentí que me rebelaba contra Mable. Me estaba atrayendo hacia sí como había hecho con Edna, como había hecho Luella con los gitanos. Yo ya no quería que me mangonearan. No me fiaba de ella ni del delito que hubiera cometido, fuera cual fuese.

La noche anterior me había contado su plan entre susurros mientras el resto de las chicas dormían. Esa noche robaríamos un par de botas cada una a las supervisoras mientras dormían, nos colaríamos a hurtadillas en la despensa para coger comida, velas y un cuchillo de cocina, lo meteríamos todo en una funda de almohada y nos escabulliríamos por la puerta de atrás.

—Viejas damas confiadas. —Mable se había reído en la oscuridad—. No cierran ninguna puerta con llave. Qué pena que no hayan tenido en cuenta que yo no soy una chica de ciudad.

Miré hacia la granja. La señorita Carlisle no había salido con nosotras esa mañana y me pregunté desde qué ventana oscura nos vigilaría.

—Vámonos ya —solté.

Mable se rio y se puso en cuclillas para buscar vainas más bajas. No iba ni a plantearse hacerlo a mi manera.

Las otras chicas estaban desperdigadas por los caballones, con los sombreros inclinados al sol; sus manos se movían de las plantas a los cestos con confianza. No había nadie mirando.

—La campana de la comida no va a sonar en horas —dije.

—Nunca lo conseguiríamos sin comida. Está demasiado lejos. No sé tú, señorita que no había hecho la colada en la vida, pero yo no me veo capaz de matar a un animal con mis propias manos y comérmelo crudo.

Yo no temía a la muerte. Había muerto cuando las paredes se vinieron abajo, cuando me tambaleé desde la cama con el estúpido carmín de Mable en la cara, cuando me dejaron en el agujero. ¿Qué era una muerte más?

Mable permaneció en cuclillas donde estaba, recogiendo judías que dejaba caer en el cesto, arrastrando la falda por la tierra a su alrededor.

Yo no confiaba en ella, pero por alguna razón ella confiaba en mí. Yo no era de fiar. Pensaba entregarla para salvarme a mí misma, la cuestión era que podía salvarme a mí misma. No estaba indefensa. No tenía que debatirme entre ambas cosas. Podía elegir.

Di un paso atrás. La sombra tentadora del bosque se extendía a mi izquierda. Mable se puso en pie, mirándome con incredulidad, provocándome con el gesto. Ella no me veía capaz, pero lo que no sabía era que la verdadera cárcel era mi cuerpo malformado; el bosque no era nada comparado con despertarme sin poder respirar. Me estaba muriendo. Huir ya no cambiaba nada.

Llevada por un impulso, dejé caer la cesta, me di la vuelta y eché a correr. La linde del bosque me atrapó con su sombra fresca y las agujas de los pinos amortiguaban el golpeteo de mis zapatos. Corrí a toda velocidad, sin importarme si mi corazón mantenía el ritmo, con la mente vacía de todo pensamiento. El viento me refrescó las mejillas y se me voló el sombrero de la cabeza. El suelo fue elevándose poco a poco, y me vi obligada a aminorar y a remangarme la falda para avanzar por las piedras grandes que sobresalían entre los árboles. Cuando empecé a marearme, me senté en una roca para recuperar el aliento mientras mis ojos se acostumbraban al cambio. «Tendré que ir más despacio —pensé—, caminar a un paso que no vuelva el mundo patas arriba. Buscaré una carretera, pararé una carreta o un coche y conseguiré llegar a casa».

Me puse en pie al oír un estrépito en la maleza, cuando Mable apareció tambaleándose desde un matorral de laurel de montaña, con el rostro encendido, el pelo corto empapado de sudor y rizado por encima de las orejas como las puntas abarquilladas del caramelo.

—Vamos, no podemos descansar —dijo, trepando por la roca que tenía delante de mí—. La loca que ha salido corriendo a plena luz del día eres tú. Ya he oído la campana. Lo único que podemos esperar es que no sepan en qué dirección nos hemos ido.

—Yo no puedo seguir corriendo.

Se detuvo y miró atrás.

—Como si no lo supiera. Caminaremos, pero rápido. ¿Te ves capaz?

Asentí, me remangué la falda y la seguí por las piedras. Al cabo de un rato, la colina se niveló y descendió hasta un suelo forestal llano. Avanzábamos a buen ritmo; el silencio era alentador. No nos seguían ni perros ni hombres, todavía. Advertí que Mable había tomado la iniciativa.

—¿Sabes dónde está la carretera? —pregunté.

—Ni idea. De todos modos, buscar una carretera no es buena idea. El primero que pase nos llevará de vuelta derechas a Valhalla. La gente adora ser héroes. Da igual lo que les contemos. Las chicas siempre tienen una historia y nadie las cree nunca. —Alzó la vista al cielo—. Vamos hacia el norte.

Dejé de caminar.

—No —dije—. Yo voy a buscar una carretera. Puede que no se crean tu historia, pero la mía se la creerán.

Mable se volvió.

—Tan buena es tu historia, ¿no? Cuanto más disparatada, menos probable será que te crean. —Su rostro se suavizó—. Si te he enseñado una sola cosa es que no te puedes fiar de la gente. Quienquiera que conduzca por esa carretera sabrá exactamente de dónde has salido. ¿Por qué crees que la señorita Juska nos viste a todas igual? Si es una mujer, lo verá como su deber cristiano llevar nuestras almas atormentadas directamente de vuelta, y si es un hombre, nos tomará por putas y hará lo que quiera con nosotras. Estos bosques son la mejor cobertura que tenemos, y mejor no quedarse solas aquí. Si le ocurre algo a una de las dos, está la otra para ayudar. Te necesito tanto como tú a mí.

Mable guardó silencio. A nuestro alrededor, el bosque se revolvía lleno de vida: las ardillas trepaban por los troncos de los árboles, las hojas crujían y los pájaros piaban. Sospechaba que Mable estaba intentando compensarme, pero yo seguía sin fiarme de ella por completo.

—¿Qué hay en el norte? —pregunté.

—Mi casa.

Sentí un anhelo en el pecho al escuchar aquellas dos palabras. Empezaba a tener sed y ya tenía las piernas cansadas, pero habría seguido aquellas palabras a cualquier parte.

—¿A qué distancia?

Mable se encogió de hombros.

—No tengo ni idea.

28

Mable

Cuando mamá y yo íbamos en el tren con destino a la ciudad de Nueva York tantos años antes, tomé nota de cada población por la que pasábamos. Así podría volver a buscar a mi padre en todas ellas cuando creciera. Valhalla no estaba más que a unas paradas de donde empezamos, a unos treinta kilómetros como mucho, lo que significaba que Effie y yo llegaríamos a Katonah en un día o dos. Aunque, claro, nunca había tenido un gran sentido de la orientación.

Para el tercer día empecé a desesperarme.

El tiempo seguía siendo seco y caluroso. Bebimos de un arroyo y dormimos bajo las estrellas, pero no habíamos comido nada y teníamos las piernas débiles y flojas. ¿Por qué no me había enseñado mi padre qué comer en el bosque? No había visto una sola baya. Tal vez la corteza de los árboles fuese una opción.

Hasta el momento, Effie había mantenido un ritmo constante, pero esa mañana se había despertado como si alguna criatura despiadada le hubiese chupado la sangre durante la noche. No había salido una sola palabra de sus labios desde que se había sacudido las pinochas del pelo, había echado un vistazo al cielo y se había puesto en marcha.

A primera hora de la tarde apenas avanzaba. Cada jadeo sonaba como si un pequeño serrucho le despedazara los pulmones.

—Te saco cinco puntos si no oyes a un frailecillo silbador —dije.

Ninguna de nosotras distinguía el canto de los pájaros, pero nos habíamos inventado un juego en el que soltábamos el nombre de cualquier ave que nos viniera a la cabeza cuando uno graznaba o trinaba por encima de nosotras. A cinco puntos el pájaro, le sacaba uno de ventaja a Effie.

Dejó de caminar y me miró, con los ojos moteados de dorado, como si le hubiesen caído hojas diminutas en los iris. Esperé a que dijera algo, pero se limitó a ladear la cabeza con expresión confundida y volvió a avanzar con sus pasos lentos y pausados.

Se lo había puesto en bandeja. Lo único que tenía que decir ella era «frailecillo silbador».

—Esto es culpa tuya —dije, y mis zapatos partieron una ramita por la mitad—. Echar a correr sin motivo. Te dije que teníamos que conseguir provisiones. Si hubiésemos robado comida de la despensa, no estaríamos en esta situación. —La suerte me había llevado hasta Valhalla solo para morir de hambre en el bosque, pensé—. Podríamos rezar —dije en voz alta—. Lo más probable es que no ayude, pero tampoco puede hacer daño.

Verme en el furgón que llevaba a Valhalla fue la respuesta a una oración, pero tenía mis recelos. Era imposible que dejarme salir fuese un acto de compasión por parte de la hermana Gertrude. Tenía algo que ganar. No estaba segura de qué. Había visto cómo se desvanecía el contorno oscuro de la Casa de la Misericordia en la ventanilla del furgón como una imagen que desaparecía en el marco, y supe que no volvería a pisar aquel lugar jamás. La hermana Gertrude tenía algo contra mí, y no esperaba dejar la granja sino con grilletes.

Huir no era nada, pues imaginaba que prácticamente ya me habían colgado.

Que las monjas enviaran a Effie a la granja tampoco tenía sentido, enferma como estaba y todo eso, pero imaginé que había sido un golpe de suerte. Una oportunidad de expiación. No de mis pecados —eran demasiado importantes—, sino porque se lo debía a Effie. Lo cierto era que me gustó el momento en que me dio una patada en la espinilla aquella primera noche. No era débil, como creía Edna. Mientras estaba acostada en la enfermería, oí que el médico le decía a la hermana Mary que la gente con la enfermedad cardiaca de Effie rara vez vivía más de doce años y que nunca había visto a nadie que llegara hasta los catorce. Effie era más dura que ninguna de nosotras.

Después de que la policía me diera una paliza por engañarles acerca de Edna, me arrastraron de vuelta con las hermanas y pasé tres semanas sin lavarme, con la suciedad de aquel hombre sobre mí y punzadas de dolor en la cara. Si no hubiera tenido las manos encadenadas a la cama, habría estrangulado a la primera persona que se me hubiera acercado. Effie no. Ella volvió del agujero y, con tranquilidad, dejó que aquel médico le clavara una aguja todos los días. Ni siquiera se opuso cuando las monjas la enviaron a trabajar de nuevo en la lavandería. No de forma externa, al menos, pero vi que por dentro no dejaba de resistirse.

A mi espalda, la respiración de Effie cambió de pronto a algo superficial y peligroso. Me detuve.

—Estoy cansada. Necesito una pausa —dije, pues sabía que ella continuaría avanzando hasta su último aliento.

El sol se filtraba abrasador entre los árboles. Los insectos zumbaban. Effie apoyó las manos en las rodillas y agachó la cabeza. El pelo enredado le cayó hacia delante, con lo que dejó al descubierto unas picaduras de mosquito, rojas e hinchadas, en la nuca. A mí también me picaban, y me las frotaba con las yemas de los dedos para no rasgarme la piel.

—Esas cigarras son más ruidosas que el tráfico de Nueva York —dije con la esperanza de que se riese o gruñese. Lo que fuera. Lo único que salió de ella fue una respiración lenta y entrecortada, y sentí que mi propio pecho se oprimía. Entonces percibí algo más a lo lejos, un galope constante. Agucé el oído, y el sonido fue cobrando volumen y claridad—. ¿Oyes eso? ¡Son cascos! Vienen de esa dirección. ¿Puedes seguir?

Effie se enderezó, con el rostro del azul de la sombra de la luna. La rodeé con el brazo y me sorprendió lo afilado de sus costillas.

—Te pondrás bien en cuanto metamos un poco de comida en ese cuerpo. —Intentó replicar, pero la acallé—. Ahorra la saliva —dije, y nos movimos todo lo rápido que pude en la dirección en la que había oído el caballo.

El pánico aumentó cuando lo único que vi fueron más y más árboles. Entonces el suelo bajó en una pendiente abrupta, y me aferré a Effie cuando nos tambaleamos hasta una ladera y acabamos en una carretera sucia y llena de baches.

—¡Alabado sea Dios! —exclamé. El cerebro embotado hizo que me pusiera ligeramente histérica mientras retiraba a Effie de mi hombro. Entre el calor y la falta de comida, fue lo único que pude hacer para no desmayarme. Respiré hondo, alcé la vista y volví a enfocar los árboles y la carretera—. Madre mía, estoy mareada.

Effie se sentó en la carretera y me miró.

—Tienes que subirme a un tren. Tengo que volver con Luella.

Era la frase más larga que había hilvanado en días y el esfuerzo la hizo inclinarse hacia delante. A través del vestido se le marcaba la columna curvada, como si fuese de madera nudosa.

Me dejé caer junto a ella. Los surcos eran duros y polvorientos a nuestro alrededor.

—No puedo subirte a un tren sin dinero. No te preocupes, encontraré la forma de que llegues a casa. Solo tenemos que conseguir comida y descansar primero. Luego podremos pensar con claridad.

Para cuando oí el chirrido de las ruedas de la carreta, un atardecer naranja había prendido las copas de los árboles. Por la carretera, a lo lejos, se acercaba lentamente un carro tirado por caballos. Me puse en pie de un salto, la cabeza me daba vueltas y tenía el corazón acelerado. Me pasé la lengua por los labios agrietados con la esperanza de que no me sangrasen; tenía la boca tan seca que notaba la tierra del camino en la lengua. Me había crecido un poco el pelo e intenté alisármelo hacia atrás, pero no paraba de resbalarme hacia la cara.

—Sooo. —El conductor tiró de las riendas y levantó las cejas, blancas y pobladas, con gesto de sorpresa. Llevaba un sombrero de paja inclinado hacia atrás y las mangas de la camisa a cuadros enrolladas hasta los codos, con lo que dejaban al descubierto unos antebrazos muy morenos—. ¿Necesitan ayuda, señoritas? —Tenía la voz cascada por la edad.

—Solo que nos lleve, si es tan amable —dije, y mi propia voz sonó seca y tensa.

—¿Adónde? —El hombre se quitó el sombrero y se secó la frente con el brazo—. Hace calor para andar por aquí. ¿Tu amiga está enferma? —Asintió hacia Effie, que estaba sentada en el suelo con la cabeza entre las rodillas.

—Se pondrá bien. Solo tiene calor. Estamos intentando llegar a Katonah.

El hombre señaló con el pulgar por encima del hombro.

—Queda por ahí atrás, a unos cinco kilómetros.

—¿Este es el camino de Toll? —El hombre asintió y se me hinchó el pecho. Estábamos tan cerca—. Puede dejarnos en el cruce de más adelante.

Ayudé a Effie a levantarse y a subir a la trasera del carro, y luego monté tras ella; nos acomodamos junto a un montón de cajas de madera vacías. El hombre me ofreció una botella de leche de cristal, que habían lavado y llenado de agua. Dejé que Effie diera el primer trago, el agua le resbaló por la barbilla, antes de beber yo. El agua estaba tibia, pero limpia y refrescante. Nunca imaginé que me haría tanta falta.

—Creo que no os iría mal algo de comer también.

El hombre cogió una cesta que llevaba a los pies. Hacía mucho que se me había cerrado el estómago por completo.

—Cree bien —dije cuando me tendió la cesta por encima del respaldo del asiento—. Gracias, es usted muy amable.

El hombre chasqueó la lengua al caballo.

—Arre —dijo, y el carro se puso en marcha con una sacudida cuando el animal retomó su lento ritmo por el camino.

Con manos temblorosas, desdoblé la tela a cuadros de la cesta y partí una rebanada de pan negro en dos, le di la mitad a Effie y me embutí la otra mitad en la boca; tragué tan rápido que se me encogió el estómago en señal de protesta. Me dio igual. Había lonchas de jamón y queso amarillo, y tarta de arándanos. Effie y yo comimos con los dedos y nos chupamos las yemas azules sin reparos. La comida devolvió parte del color a las mejillas de Effie, cuyos ojos parecieron abrirse de nuevo al mundo. Cuando acabamos, me repantingué y apoyé la cabeza en el carro, y contemplé las gruesas hojas verdes que pasaban por encima de nosotras con profunda gratitud. Me había pasado dos años encerrada, cuatro si contamos el tiempo en Nueva York. Era otro tipo de encierro, pero estaba atrapada de todos modos. Hasta entonces no me había dado cuenta de que la libertad era una bocanada de aire limpio, una ráfaga de brisa en los árboles y el sonido lento y pesado de los cascos de los caballos. Effie se inclinó hacia delante y apoyó la cabeza en los brazos, mirándose las palmas. Me pregunté si encontraba su libertad ahí, en el pequeño universo de sus propias manos. Parecía habérsele estabilizado la respiración, y el pecho le subía y bajaba de manera regular.

—¿Ves? —dije—, lo único que se necesita en este mundo es descansar y comer.

—Y a la familia —dijo ella, cerrando los ojos.

—De eso ya no estoy tan segura —respondí.

En el cruce del camino, el hombre tiró de las riendas para detener el caballo. El cielo había pasado del naranja a un morado oscuro.

—¿Hacia dónde vais? —preguntó.

El camino que conducía a mi vieja cabaña estaba a corta distancia, a la izquierda.

—Bajaremos aquí —dije, me apeé y ayudé a Effie, que se apoyó en mí. El polvo de los cascos se revolvió a nuestro alrededor.

—¿Tenéis familia cerca? —El hombre parecía preocupado—. No hay una sola casa en kilómetros.

—Estamos bien, gracias.

Señaló a Effie con la barbilla.

—No me parece bien dejaros aquí a las dos. Pronto anochecerá. Sois bienvenidas a pasar la noche en mi casa. Lo más probable es que mi esposa haya hecho tarta de melocotón. Los melocotones caen de nuestro melocotonero como la lluvia.

La tarta de melocotón me pareció un sueño. Negué con la cabeza.

—No, gracias, señor. Como le he dicho, estaremos bien.

Me estaba poniendo nerviosa que el hombre nos hubiese echado un buen vistazo. La señorita Juska se aseguraría de que nuestras caras saliesen en el periódico. No era de las que admitían la derrota.

Nos apartamos del carro, sujeté a Effie y la conduje poco a poco por el camino en dirección contraria a donde tenía intención de ir.

El hombre gritó a nuestra espalda:

—Nuestra granja está a menos de un kilómetro. Mi mujer estaría encantada de daros de comer. No le gustaría saber que os he dejado deambulando por aquí.

Agité la mano por encima de la cabeza y su voz se fue apagando a medida que seguía caminando. No nos dimos la vuelta hasta que estuve segura de que se había ido, entonces regresamos al cruce y seguimos la misma dirección que había tomado el carro.

—Ya estamos cerca —dije, y noté la emoción en el vientre.

Ya no había camino, solo zarzas y pastinaca que me llegaban a la altura de las rodillas. Tuve que hacer tres intentos hasta encontrar el círculo de pinos en el que el sendero desembocaba en el camino. Papá solía decir que traía buena suerte construir tu casa cerca de una pineda perfecta.

Qué equivocado estaba, pensé, mirando aquel sendero cubierto de malas hierbas durante tanto tiempo que Effie acabó por hablar:

—¿Es aquí donde estaba tu casa?

—No exactamente —contesté. El miedo empezaba a hacer mella en mi entusiasmo—. Procura no alterar la maleza. Aunque ese viejo granjero intente entregarnos, es poco probable que nos encuentren aquí.

El sendero parecía más largo de lo que recordaba, pero avanzábamos con lentitud. Habían brotado árboles nuevos y la maleza era densa y espinosa. Cuando alcanzamos el manzano silvestre y la losa en la que mi padre y yo nos sentábamos a esperar a los coyotes, me dio un vuelco el corazón.

La cabaña se alzaba a unos metros, dolorosamente familiar, con las ventanas como ojos curiosos que vigilaban nuestro acercamiento. El musgo cubría el tejado y la mala hierba llegaba hasta los cristales resquebrajados de las ventanas. El techo del establo había cedido y el gallinero era un montón de palos, pero las cinco losas que señalaban dónde se encontraban mis hermanos seguían intactas, sobresaliendo de la hierba seca como rodillas dobladas.

Effie se quedó atrás. Levanté el brazo, cogí una manzana del árbol y se la tiré.

—Vamos —dije en voz alta, tratando de vencer el sentimiento seductor que me invadía.

Cogí otra manzana del suelo y le di un mordisco. Estaba dura y ácida, y llena de agujeros. Me comí aquella cosa harinosa entera de todos modos, y el sabor en la lengua y el sendero bajo mis pies me trasladaron de vuelta a la infancia con una fuerza para la que no estaba preparada. Una parte de mí quería salir corriendo en la dirección contraria. Imaginé que la cabaña crujía y estiraba los brazos cuando entrábamos, como si despertara de un largo sueño. Solo nos recibió el sonido de los ratones que corretearon por el suelo y desaparecieron en la oscura chimenea.

Es sorprendente lo que el vacío puede hacer a un lugar. Reinaba el silencio, y había tierra y hojas esparcidas por el suelo. El techo, salpicado de agujeros, estaba lleno de telarañas como si las arañas hiciesen todo lo posible por mantener las cosas unidas. Las sillas estaban volcadas y la puerta del dormitorio se había salido de los goznes.

—No tiene sentido… una puerta que no se usa y se sale de los goznes. —Mi voz perturbó la quietud—. ¿Qué, se cansó de estar ahí encajada y pensó «si tampoco va a usarme nadie, bien puedo relajarme»? —Me reí, luchando contra la desesperación que se iba apoderando de mí.

Los platos seguían apilados en los estantes, los melocotones en los tarros, el reloj parado en la repisa de la chimenea, la sartén de hierro fundido y el cubo de la ceniza justo donde mamá y yo los habíamos dejado. Todo estaba cubierto de telarañas y polvo, pero no lo habían tocado más que el viento y la lluvia que se colaban por los cristales rotos de las ventanas.

Papá no había vuelto a por nosotras.

Se oyó un crujido y me volví hacia Effie, que se había sentado en la mecedora con una sonrisa en la cara pálida.

—Qué maravilla sentarme en una silla de verdad. ¿Tocas? —Asintió hacia el violín, que se había escurrido de la pared al suelo de manera que la funda de cuero quedaba parcialmente oculta por hojas marrones y abarquilladas.

—Tocaba, un poco.

—¿Me tocas algo?

Recogí una silla que había caído hacia un lado, demasiado cansada para hacer otra cosa que no fuera sentarme, y la madera crujió bajo mi peso.

—Ha pasado demasiado tiempo —dije.

—¿Por favor? —Puso una voz aflautada y débil, y juntó las manos como si rezara—. El último deseo de una moribunda.

—No te estás muriendo y no hagas bromas con eso.

—Ah, pero es que me estoy muriendo. Me estoy muriendo desde que nací. —Sonrió con tristeza—. No puedes decir que no a alguien que se muere.

No le faltaba razón.

—Muy bien.

Me levanté y abrí la funda del violín. Dentro, el terciopelo seguía siendo suave y brillante. Me recordó a las puntas de los mirlos de alas rojas a los que solía ver dando saltitos por el alféizar de la ventana mientras papá tocaba. Yo fingía que tenían celos de que su música fuera más bonita que la de ellos y que escuchaban para tomar nota.

El violín tenía el aspecto de siempre, con las cuerdas tensas e intactas. Toqué una y surgió una nota lastimera. Giré las clavijas y toqué las notas hasta que parecieron algo afinadas. Effie me miraba embelesada.

—Bueno, no esperes gran cosa —dije mientras tensaba las crines de caballo del arco, y me levanté con una reverencia—. Señora. —Carraspeé y me llevé el violín al hombro. Las cuerdas chirriaron como uñas que arañaran el aire y bajé el instrumento a un lado—. Te lo dije.

Effie dio palmadas.

—No te atrevas a parar.

Hice una mueca y continué, pasando el arco por las cuerdas hasta que el sonido se suavizó como las arrugas de una sábana. Después de eso, la música fluyó y la habitación cobró vida. Me vi pensando que, si mi última hermanita hubiese vivido, en ese momento habría tenido cinco años y estaría sentada con las piernas cruzadas en el suelo mientras yo tocaba para ella. Mamá estaría en la cocina con el pelo revuelto en lo alto de la cabeza, tarareando mientras cocinaba. Papá asentiría al ritmo de la música y atizaría el fuego, y me señalaría mis errores cuando hubiese acabado.

Si ese bebé no hubiese muerto, todos seguirían ahí.

Ensartando una tras otra, recordé todas las canciones de papá. La música me fue liberando del cansancio, y cuando me acercaba a la última canción, me permití sentir la realidad de la situación. No había mamá y papá. No había hermanita. No había vuelta atrás. Debía dar gracias a Dios por haber conservado mi casa de recuerdos polvorientos y darme una última oportunidad de despedirme.

Toqué la nota final, la sostuve todo lo que pude y el sonido hizo que me vibraran los huesos. Entonces supe lo que tenía que hacer. Lo primero que haría a la mañana siguiente sería ir al pueblo y vender el violín. El dinero bastaría para subir a Effie a un tren de vuelta a Nueva York y comprarme un billete para viajar al oeste. El Salvaje Oeste, había oído que lo llamaban, el lugar perfecto para que una chica como yo empezase de nuevo.

En la habitación hacía calor y el sudor me goteaba por las mejillas cuando volví a guardar el violín en el estuche. Es extraño saber que estás haciendo algo por última vez. Noté que se me saltaban las lágrimas y no quería que Effie lo viera.

—Tengo que hacer pis —dije, me fui afuera y me puse en cuclillas sobre la hierba. Me quedé mirando las tumbas.

Pestañeé para deshacerme de las lágrimas, regresé y le dije a Effie que la muerte planeaba sobre ella otra vez y que debería acostarse. La cama estaba desnuda; las sábanas, dobladas y apiladas en la cómoda. Las sacudí y salieron volando polvo y excrementos de ratón. Tenían agujeros por todas partes.

—Esos ratones han estado viviendo a lo grande.

Sacudí las almohadas y di unas palmadas al colchón, intentando dejarlo lo mejor posible, teniendo en cuenta toda la suciedad.

A Effie le dio igual. Se dejó caer sobre las sábanas como si fuesen de seda.

—Nunca había sentido tanto placer con nada. —Sonrió.

—A mí se me ocurren unas cuantas cosas —respondí, me quité los zapatos, que arrojé a un lado, y subí a su lado, demasiado cansada para quitarme la ropa.

—Qué bonito oírte tocar. Me ha recordado a mi hermana. Era bailarina.

—¿Era?

—Quizá lo sea todavía. —Soltó una risa extraña—. Ya no sé nada de ella.

—Al menos tienes una. Todas mis hermanas están enterradas ahí atrás.

Bajo las mantas, Effie me cogió de la mano. Me recordó a Edna y sentí la tentación de apartarla, pero ella mantuvo los dedos en torno a los míos y no me vi con fuerzas de soltarla.

—No quiero seguir luchando por respirar —me susurró.

Era extraño pensar que algo tan natural para mí pudiese ser tan difícil para otra persona.

—No es algo que puedas dejar de hacer sin más —dije.

—No tengo elección.

Nos quedamos calladas un rato oyendo corretear a los ratones y el crujido de las hojas por el suelo.

—¿Me cuentas una historia? —dijo Effie—. Me sirve cualquier cosa. No he sido capaz de inventarme ni una buena desde el tratamiento con mercurio. Es como si me hubiesen embutido un cojín en el cerebro.

—No me sé ninguna buena historia.

—Entonces cuéntame la tuya. No sé nada de ti. Te contaría la mía, pero estoy demasiado cansada. —Hablaba en voz baja, jadeante—. Venga. —Me apretó la mano.

Tal vez fuera porque estaba en casa después de pensar que no volvería a verla nunca, o por el olor tenue y dulce del agua de rosas de mamá, que imaginé que seguía en la cama, o por la música, que se apagaba en mis oídos. O tal vez fuera porque sabía que Effie se estaba muriendo y eso la convertía en una confidente fiable. Fuera cual fuese la razón, le conté mi historia, las palabras salieron como animales enjaulados.

La época de mi infancia era viva y alegre; la época tras la muerte de mi madre, crispada y confusa, sin color, como una placa de fotografía. Nada me parecía real. Pensé que Effie quizá se quedase dormida escuchando, pero mantuvo los ojos alerta. No omití nada. Le conté que me había acostado con Renzo, la muerte de mi madre y que había arrojado a mi bebé al río, que no quería escapar de la Casa de la Misericordia porque solo me esperaban cosas malas, que lo había hecho por Edna, que me dejó herida en el bosque, donde me forzó un policía como un demonio.

Cuando acabé, la mano de Effie seguía en la mía y tenía lágrimas en los ojos.

—Lo siento —dijo.

No me esperaba comprensión. Me encogí de hombros.

—Ya no tiene sentido lamentarse. Lo hecho, hecho está.

—No me has dicho tu verdadero nombre —dijo.

Di vueltas al nombre en mi cabeza como si se tratase de un objeto mate al que intentara sacar brillo para reconocerlo.

—Signe Hagen.

Me pareció apropiado recuperar mi nombre ahí, aunque solo fuera por esa noche.

Sonrió.

—Me gusta. Te pega.

—Me lo puso mi padre. Me decía que significaba «victoriosa» y que debía intentar estar a la altura de mi nombre. Cuando tenía siete años, corté una falda por el medio como si fuese un pantalón, me tizné de hollín bajo los ojos, afilé un palo y salí a correr por el bosque gritando como una guerrera. Me quedé fuera hasta mucho después de que anocheciera solo para probar lo valiente que era. Pensé que me llevaría una paliza cuando llegara a casa, pero mi padre solo me preguntó por qué no había cazado nada para la cena y mi madre me puso el plato de comida fría en la mesa y me dijo que me lo tomara. «Una guerrera necesita comer bien para conservar las fuerzas», me dijo ella. —Sonreí al pensarlo.

—Parece una buena madre. —Effie desvió la vista de mi cara al techo.

—Lo era. —Estaba cansada y ya no quería pensar en el pasado—. Deberíamos dormir un poco.

Effie negó con la cabeza y movió los labios en silencio, como si susurrara algo a las paredes.

—Tú misma. —Me giré hacia la ventana—. No puedo mantener los ojos abiertos ni un segundo más —dije, aunque me quedé tumbada largo rato mirando al otro lado de los cristales oscuros de las ventanas, que se sacudían con el aire en el alféizar como pequeñas montañas transparentes. Aún no había oscurecido del todo y vi que crecían capullos de un rosa vivo en el rosal silvestre. Me pregunté si por eso olía a mamá en la cama.

Las monjas dicen que te sientes más liviana cuando confiesas tus pecados. Supongo que tiene algo de cierto, porque una vez que lo hube hecho, cuando al fin cerré los ojos, me sentí como si estuviese hecha de aire, como si flotase. En mis sueños, mi madre cogió una rosa y pasó el brazo por la ventana para prendérmela en el pelo.

29

Effie

Noté el peso del cuerpo de mi hermana en el colchón a mi lado. Estiré el brazo y palpé su espalda firme y cálida bajo las yemas de mis dedos. Intenté pronunciar su nombre, pero, debido a la opresión del pecho, se me atascaron las palabras en la garganta y me incorporé. La habitación, iluminada por la luna, oscilaba en mi visión como agua rizada. No era mi habitación. Intenté preguntar a Luella dónde estábamos, pero lo único que logré hacer fue darle un golpe en la espalda.

—¿Qué pasa? —Saltó de la cama, se golpeó la pierna contra el estribo y maldijo, con la voz tomada por el sueño.

Fue entonces cuando vi que no se trataba de mi hermana y los recuerdos encajaron en su sitio con una claridad escalofriante.

Mable me puso una mano en el hombro y me sacudió.

—¿Puedes respirar? ¿Qué pasa? ¿Por qué no dices nada? —Me dejé caer de espaldas y blasfemó de nuevo—. ¡Maldita sea! No se me ocurrió buscar una luz. Voy a pedir ayuda. Al menos hay luna. Veré lo suficiente para llegar al camino. No te me mueras. ¿Entendido? —Me colocó una almohada debajo de la cabeza—. ¡Es esta casa! Esta puñetera casa maldita. Voy a buscar a ese granjero. Es el que más cerca está. Te traeremos un médico, ¿vale? —Negué con la cabeza y se inclinó hacia mí—. ¿No? Tienes razón. Un médico no querrá que te muevas de aquí. Hará demasiadas preguntas. Tenemos que llevarte a casa. ¿Tus padres quieren que vuelvas siquiera o te enviarán de nuevo a la Casa de la Misericordia? ¿Cómo es que no me has contado una sola cosa de ti? ¿Cuál es tu dirección? ¿Adónde te llevo? —Su tono era chillón.

Le apreté la mano y logré susurrar:

—Bolton Road.

Esto la entristeció.

—La Casa de la Misericordia no es tu casa, Effie.

Cerré los ojos y me concentré en cada respiración superficial; el aire entraba en mis pulmones como la marea al retroceder. No recuerdo haberme dormido, pero de pronto cobré consciencia del canto de los primeros pájaros. «Frailecillo silbador —pensé—, cinco puntos para mí». Abrí los ojos y el techo se onduló. Pensé que me había dejado sola, pues los únicos ruidos que oía eran los pájaros y el saltamontes ocasional que producía un sonido metálico al chocar contra un lado de la casa. Pero cuando la luz entró por la ventana rota, vi a las criaturas del apocalipsis agazapadas en los cuatro rincones de la habitación. En silencio. A la espera. Con las alas recogidas como polluelos. El león apoyó la cabeza en las zarpas y el águila levantó el pico mientras el becerro pateaba el suelo de madera. Todos aquellos ojos negros estaban puestos en mí. Solo los del hombre eran del azul claro de mi padre, y cuando lo miré, se puso de rodillas y empezó a desplegar las alas; la luz se arremolinó desde estas y se extendió sobre mí como una fresca oleada de agua. Lo encontré familiar y erróneo al mismo tiempo, así que cerré los ojos con fuerza y tensé el cuerpo. No pensaba irme sin mi hermana.

Cuando volví a despertarme, me acunaban los brazos de un hombre grande con la barba blanca y los ojos, amables, entornados. Mi cabeza volvió a caer contra su hombro. Oí pasos y una respiración pesada, y el crujido de hojas.

—Tú aguanta, señorita. Ya casi estamos —dijo el hombre, y cuando abrí los ojos de nuevo, había algo blando debajo de mí y un manto platino en lo alto.

—Iré atrás con ella. —El rostro de Mable apareció ante mí y sentí que me levantaba la cabeza y se la apoyaba en el muslo. Su diente partido destelló tras su sonrisa—. ¿Ves?, lo único que tenía que hacer era sacarte de esa casa maldita. Ya respiras bien, ¿a que sí? Al menos ya no pareces un cadáver. Sigues blanca como la pared, pero ya no tienes el color de la muerte.

Sus labios continuaron moviéndose, pero no la oía a causa de los chirridos del carro. Las hojas de los árboles se mecían y una ligera llovizna me salpicó las mejillas. Oí el murmullo de una voz masculina, luego me levantaron y me colocaron sobre algo liso y fresco.

De nuevo oí a Mable:

—Este hombre se llama Joseph Idleman. Va a llevarte a la ciudad en este bonito coche. Le he pagado con el contenido de la cabaña, así que no vayas a dejar que te saque nada más, ¿me oyes?

Sus palabras aclararon las cosas de golpe. Mable tenía intención de dejarme, y un sonido gutural escapó de mi garganta. La necesitaba. Sin ella estaba sin palabras. Sin historias.

—No te alteres. —Tenía su cara encima; parpadeaba agitada y preocupada—. Estarás bien. El granjero es un buen tipo. No ha hecho una sola pregunta. No van a entregarnos, así que no te preocupes. —Encontré fuerzas para agarrarla del brazo y gritó—: ¡Maldita sea! No me necesitas. Eres tú la que huyó primero, ¿recuerdas? —Frunció el ceño—. Espera un momento. —Desapareció, y cuando regresó, se dio una palmada en el muslo—. Tú ganas. De todos modos, el señor Idleman no piensa llevarte si no es conmigo. Por lo visto, no se fía de que no te mueras y le toque lidiar con un cadáver. Voy a sentarme delante, si no te importa. Nunca he montado en coche y lo más probable es que no vuelva a pasar, así que, ya puestos, voy a hacerlo bien.

Se cerró una puerta, luego otra. Se oyó un estruendo y un crujido, y sentí la velocidad bajo mi cuerpo. Fui dando cabezadas y me desperté cuando paramos a repostar. El olor a gasolina y a caucho me recordó a mi padre. Cuando volvimos a ponernos en marcha, el sol apretaba y un viento fuerte me azotaba las mejillas. Me pregunté si iba camino de mi casa, y me invadió un miedo inesperado a que las cosas no fueran como las recordaba cuando apreté la cara contra el respaldo del asiento de cuero y me dormí de nuevo.

30

Mable

Entrar en la ciudad fue demoledor, y el hecho de hacerlo en un coche rojo brillante no facilitaba las cosas. Me imaginaba a un policía esperándome en cada esquina, golpeándose la palma de la mano con la porra. Lo más probable es que estuviese gordo y pálido, tuviese la nariz chata y el pelo ralo. En mi opinión, eran todos iguales y cada uno de ellos me estaba buscando.

El señor Idleman era un tipo impenetrable. No apartó la vista de la carretera una sola vez y no pronunció ni una palabra en todo el camino, lo cual tampoco era de extrañar, dado el estrépito que hacíamos. No dejé de lanzar miradas a Effie, a su rostro aplastado contra el asiento, al cuerpo diminuto bajo el vestido de lino. Les había explicado al granjero y al señor Idleman dónde estaba la cabaña, y les dije que podían repartírselo todo. Nunca más volvería allí. No les advertí de que sobre ella pesaba una maldición mortal. Tendrían que averiguarlo solos. Nada sale gratis.

No fue hasta que el coche se detuvo con una sacudida cuando me permití pensar en Edna, al alzar la vista hacia el imponente edificio delante del cual habíamos aparcado: grandes ventanales y torretas, y toda clase de adornos que no iban conmigo.

El señor Idleman rodeó el coche, me abrió la puerta y

me ayudó a bajar al bordillo. La velocidad, el viento y el sol me habían dejado aturdida.

—¿Estás segura de que es el sitio correcto? —preguntó.

—Ahora lo veremos —dije.

Cruzó los brazos regordetes a la altura del pecho.

—¿Por qué no lo compruebas antes de que me moleste en cargar con esta chica hasta la puerta?

—Parecerá más urgente si la sostiene en brazos.

Vaciló, mirando la forma fantasmal de Effie en el asiento de atrás.

—Si os dicen que deis media vuelta, yo os dejo en la puerta. Esto es lo más lejos que he accedido a traeros.

El señor Idleman soltó un gruñido al levantar a Effie del coche, jadeando los pocos pasos que le separaban de la puerta principal. Lamenté haberle dejado la mitad de la cabaña. El viejo granjero había cargado con Effie como si fuese una pluma. Mejor que se lo llevase todo él, pensé, pero ya no podía hacer nada al respecto.

Llamé al timbre y, tras lamerme la palma, me alisé lo mejor que pude el pelo, alborotado por el viento. Una chica delgada con cofia y delantal blancos abrió la puerta, echó un solo vistazo a Effie, nos hizo pasar y cerró la puerta tan rápido que cualquiera habría dicho que nos seguía una tempestad.

El vestíbulo estaba a oscuras. Tardé un momento en acostumbrar la vista y advertir las paredes empapeladas en granate y la alfombra polvorienta que cubría el suelo.

—Tenéis suerte de que la señora esté en casa. Esperad.

La chica desapareció tras una puerta cerrada y enseguida regresó con una mujer que llevaba un vestido sin forma, de cintura alta, que le quedaba por encima de los tobillos y dejaba al descubierto unos zapatos de tacón bajo. La mujer tenía una pequeña mancha de nacimiento en la mejilla y unos labios rojos magníficos. Se acercó a Effie, retorciendo la larga ristra de cuentas negras que llevaba alrededor del cuello. No prestó ninguna atención al señor Idleman, sino que volvió sus ojos, de un castaño claro, hacia mí.

—¿Está muy enferma? —me preguntó.

—Sí —respondí—. Es algo relacionado con el corazón.

Una expresión inquisitiva cruzó el rostro de la mujer cuando llevó la mano a la frente de Effie y le miró la cara con atención.

—¿Cómo se llama?

—Effie Rothman.

La mujer levantó la cabeza de golpe.

—Rothman no. —Desvió la vista de mí a Effie, y luego a la chica que nos había dejado entrar—. Amelia, acompaña a este hombre arriba, a la habitación amarilla, y llama inmediatamente al médico. ¿Es usted responsable de la chica? —le dijo al hombre en voz tranquila y apremiante.

—No. —El señor Idleman movió a Effie con incomodidad en sus brazos, le sudaba la cara—. Solo la he traído hasta aquí como un favor a esa chica. —Me señaló con la barbilla.

La mujer se había puesto en movimiento, lanzándome una mirada de recelo al tiempo que cogía su sombrero del perchero.

—¿Cómo te llamas?

—Mable Winter.

—¿Eres responsable de ella? —Se caló el sombrero.

—Algo así.

—Pues muy bien. Debes quedarte hasta que vuelva. Si se despierta, querrá ver a alguien conocido. Amelia os traerá cualquier cosa que necesitéis. —Se dirigió al hombre—: Después de que la lleve a la cama, Amelia le acompañará a la cocina para que coma algo, luego puede irse. —Su voz la siguió mientras se apresuraba por la puerta.

Me quedé mirándola, con las palmas sudorosas. ¿Y si

me había reconocido y corría para hablar con las autoridades? Todavía podía intentar huir. La puerta estaba completamente abierta y el hombre ya iba por la mitad de las escaleras, con Amelia abriendo camino.

—Puedes venir por aquí —me dijo Amelia desde el último escalón—. Te traeré algo de comer en cuanto ella esté instalada.

El señor Idleman me hizo una mueca, nada contento por verse obligado a hacer más de lo acordado.

Por la puerta abierta se oyó el murmullo del tráfico, el sol parecía débil y borroso a través del humo de los tubos de escape. La verdad era que tenía demasiado calor y estaba demasiado cansada para correr. No había dormido ni comido bien en días, y la idea de alimentarme y sentarme en un lugar acogedor era lo único que quería. Sabía que me arriesgaba al quedarme, pero regresé al frescor del vestíbulo y subí las escaleras de todos modos, preguntándome si esa única decisión, tomada sin esfuerzo, era todo lo que hacía falta para deshacer aquello por lo que había luchado.

31

Jeanne

El 21 de agosto de 1914, cuando Inez Milholland llamó a la puerta de mi apartamento en la calle Veintiséis, yo estaba sentada en la sala abanicándome con el periódico. Había dado la tarde libre a Margot, y la chica que cocinaba y limpiaba para mí había ido a la carnicería pese a que le había dicho que me conformaba con comer fiambre de la nevera.

Con las criadas fuera, fui yo quien abrió la puerta a una Inez colorada. Le faltaba el aliento y tenía las mejillas húmedas y el sombrero torcido, como si hubiese subido corriendo los tres tramos de escaleras hasta mi puerta. Nunca nos habíamos visto cara a cara y, aun así, la reconocí al instante. Había visto su fotografía en el *Woman's Journal and Suffrage News*, y el perfume de agua de rosas lo confirmó. Era más arrebatadora en persona, con grandes ojos castaños y unos labios rojos impresionantes. Me dolió su belleza, aunque solo un momento, supongo. En el fondo no me alteraba su apariencia, o el modo en que se llevó la mano al pecho y me pidió disculpas —un poco demasiado efusivas— por molestarme y me rogó que la acompañara de inmediato. Cogí el sombrero del perchero y la seguí hasta el calor exterior sin hacer preguntas.

Inez caminaba a una velocidad incómoda, con las manos moviéndose en circulitos nerviosos a los costados, y la gente se apartaba para dejarnos pasar. Di por sentado que aquel recado de urgencia estaría relacionado con Emory, a pesar del hecho de que su madre, la vieja y buena Etta, me había asegurado que había puesto fin a su relación con Inez.

Dos semanas antes, Etta se había sentado en mi humilde salón y me había contado, con la arrogancia de quien está acostumbrado a que le obedezcan, que Emory todavía me quería y que debía acabar con aquella ridícula farsa y retomar mis deberes como esposa. Yo me había limitado a sonreír y a servirle otra taza de té. No tenía fuerzas para decirle que ese deber ya no significaba nada para mí. El paisaje de mi vida se había visto alterado de manera irreparable. Lo que yo buscaba era transparencia, y eso a su hijo no se le daba muy bien.

En retrospectiva, la presencia de Inez en mi puerta debería haberme producido consternación y, aun así, la verdadera razón por la que me apresuré a su lado por las calles áridas y bochornosas no se me pasó por la cabeza. Estaba preocupada por Luella. Esa misma mañana había oído que los alemanes habían bombardeado una ciudad belga y habían matado a nueve civiles. Lo único de lo que se hablaba era de la guerra. Georges me había asegurado que Luella se hallaba a salvo, pero yo no paraba de leer sobre bombas arrojadas sobre los puertos del canal de la Mancha. Y luego, en París, estaba mi madre, que también me aseguraba que se encontraba bien, a pesar de que la violencia se extendía hasta su ciudad.

Seguía visitando los hospitales en busca de mi hija pequeña, aunque me avergüenza decir que, con la guerra y el transcurso del tiempo, la ausencia de Effie se había deslizado hasta un rincón oscuro de mi mente que ya no creía que la encontraría.

Cuando entré en casa de Inez y me condujo escaleras

arriba hasta una habitación en la que había una chica acostada de espaldas a mí, con el cabello corto y oscuro levantado en pequeñas ondas sobre la almohada, me quedé confundida. Miré con gesto interrogante a Inez, que se había plantado contra un fondo de papel amarillo limón retorciéndose las manos. De pronto se oyó el timbre de la puerta.

—Será el médico —exclamó, y salió a toda prisa de la habitación.

—Está bastante dispersa esa mujer.

Sorprendida, me volví y vi a otra chica sentada en una silla, observándome con los ojos azules llorosos. Di por sentado que se refería a Inez, quien, al cabo de unos momentos, irrumpió en la habitación con un hombre corpulento que llevaba una chaqueta negra. Vi cómo el hombre dejaba su maletín de cuero en la mesilla, lo abría y sacaba un estetoscopio.

La visión del estetoscopio me hizo contener el aliento, como todas las veces que había acompañado a Effie mientras acercaban aquel artilugio a su pecho. Desvié la mirada hacia la cama. Ese hombro fino y marcado no podía ser de mi hija. «Inez no la conoce. Se ha equivocado», pensé mientras el médico volvía a la chica de espaldas y empezaba a desabrocharle la blusa.

Hubo un momento de quietud, un vacío insípido, un derrumbamiento y una absorción de sonidos. Entonces dejé escapar un grito y me tambaleé hasta la cama. Effie tenía los ojos cerrados, el rostro de un blanco desgarrador. Pensé que no respiraba hasta que vi que se le elevaba el pecho y un sonido ronco brotaba de su garganta. Le cogí la mano, suave, caliente y delicada como el ala de un pájaro. No podía creerme que fuera ella de verdad. Después de todo lo que la había buscado, y esperado, y de creer que estaba muerta, y aparecía así, de forma tan instantánea.

El médico ladeó la cabeza en silencio y levantó la mirada

mientras escuchaba su corazón. Yo me aferré a mi hija, negándome a tenderle su mano cuando le examinó con atención las uñas en cuchara de la otra. El médico tiró de las mantas y le levantó la falda mugrosa; yo ahogué un grito y caí de rodillas. Effie tenía el estómago distendido y las piernas, pálidas e hinchadas.

El doctor frunció el ceño y se quitó el estetoscopio.

—¿Es usted su madre? —me dijo en tono severo y acusador. Yo asentí, incapaz de hablar, apenas capaz de respirar—. ¿Cuánto tiempo lleva así?

Me quedé mirando fijamente. La habitación se me venía encima.

—Lleva días mal, pero anoche empeoró de verdad —oí que decían.

Me volví para ver que la chica desconocida se levantaba de su sillón y se acercaba a la ventana. Tenía la nariz salpicada de pecas y el cabello rubio, cortado a trasquilones, le caía en ángulos extraños sobre las orejas.

El médico le bajó la falda a Effie y la arropó de nuevo con la sábana. Miró a Inez, que rondaba la puerta.

—No sé qué chanchullos se traen ustedes aquí, y no me importa. —Volvió sus ojos hacia mí—. La hinchazón se debe a la acumulación de ácido úrico. Si sigue así, entrará en coma, sus riñones dejarán de funcionar y morirá en menos de una semana.

Con el estómago revuelto, apreté la mano de mi hija contra mi frente y cerré los ojos. No podía encontrarla solo para perderla de nuevo tan rápido. Dios no podía ser tan cruel.

—Me dijo que la estaban tratando con mercurio. Tal vez vuelva a funcionar —dijo la chica, y alcé la vista para verla de pie justo delante de la ventana abierta, con las cortinas ondeando a ambos lados del cuerpo.

—¿Quién? ¿Quién la estaba tratando? —El médico echó

un vistazo en su dirección, dejó caer el estetoscopio dentro de su maletín y lo cerró de golpe—. Da igual. No importa. El mercurio reduce la hinchazón, pero tiene unos feos efectos secundarios, y de todos modos le fallarán los riñones. El mercurio solo le da más tiempo y, al final, no estoy seguro de que merezca la pena.

Toqué la frente de mi hija. No se movía. Se la veía tan frágil y pequeña; su mano parecía una hoja marchita en la mía. La recordé de pequeña, sus pies preciosos y sus manos diminutas, la cabeza suave y delicada. A cualquier edad, me había preparado para su muerte. Tras su desaparición, estaba segura de que había fallecido. Me había imaginado cómo ocurriría un centenar de veces, y en ese momento me daba cuenta de que no podría haberme preparado para ello. Me sentí como si me destriparan, me vaciaran por dentro, me pusieran del revés.

—Está la *Digitalis* —estaba diciendo el médico—. Dedalera. Tengo un poco en la consulta. Es conocida por ayudar a reducir la hinchazón sin los efectos secundarios del mercurio. No es una cura, pero ayudará. ¿Quiere que vaya a por ella?

Me costaba apartar los ojos de Effie. No sé cómo, encontré las fuerzas para desviar mi atención a las palabras del médico e intentar adoptar una actitud maternal. Me puse en pie.

—Lo que usted crea que es mejor —logré articular.

Pero el médico ya no estaba escuchando. Se había quedado mirando a la chica de la ventana y la expresión de indiferencia de su rostro pasó al asombro.

—Te conozco —balbució, abrió mucho la boca y luego la cerró de golpe.

La chica le sostuvo la mirada, con osadía, entornando los ojos. Vi cómo acariciaba el marco de la ventana con la mano.

—¿Está seguro? —Se apartó el pelo de los ojos y levantó la cabeza, con la cara despejada y sin miedo.

El médico daba la impresión de haber recibido un golpe.

—¿Que si estoy seguro? —replicó escupiendo. Se había puesto colorado—. Ese parto de nalgas me persigue por las noches. Me hicieron visitar tu habitación e identificar tu foto, y por si eso fuera poco, la policía me llevó a la morgue para identificar al bebé muerto. —Se giró de golpe hacia una sobresaltada Inez—. Hago la vista gorda cuando me trae usted aquí para que trate a chicas desamparadas con un tobillo torcido o sífilis, pero esto no puedo pasarlo por alto. Imagino que no conoce a la mitad de las maleantes a las que acoge bajo su techo y no tengo estómago para revelarle el horror de esta. Dejaré que lo haga la policía. —Agarró su maletín y se encaminó a la puerta.

Inez se plantó rápidamente delante de él, bloqueando la entrada con su figura voluptuosa, y habló con voz autoritaria:

—En este preciso momento, doctor, lo que haya hecho o dejado de hacer esa chica no me incumbe. Si hay alguien a quien debería reconocer es a la chica de la cama. ¿Recuerda los artículos del periódico sobre ella? Creo que había una recompensa por devolverla a casa. ¿Me equivoco, señora Tildon? —Me miró sin pestañear, con un aire imponente.

—La había. La hay —tartamudeé; tenía la sensación de que las cosas estaban ocurriendo muy deprisa y escapaban a mi control.

La chica se asomó por la ventana y se inclinó sobre el alféizar como si tuviese intención de saltar. Inez levantó la mano como si fuese a sujetarla desde el otro lado de la habitación, una mano que apoyó en el pecho del médico con una sonrisa seductora.

—Estoy segura de que la señora Tildon considerará conveniente otorgarle el mérito por encontrar a su hija, si se muestra cooperador. ¿Verdad, señora Tildon?

—Sí, por supuesto —dije enseguida.

El médico no iba a dejarse influir.

—¡Me importa un pepino esa recompensa! Esa chica... —la señaló con un dedo regordete— va a ir a la cárcel y, si hay justicia en este mundo, la colgarán por lo que hizo. ¿Dónde está su teléfono? —gritó.

—Me temo que está averiado —dijo Inez con aire afligido, retiró la mano y jugueteó con las cuentas de su collar—. Mi querido doctor Langer, le aseguro que no estoy por encima de la ley. No tengo intención de dejar que el crimen de esta chica quede sin explicación. Solo me preocupa salvar la vida de la niña enferma primero. Si va usted a por la medicina, le prometo que no nos moveremos de aquí hasta que regrese, y entonces podemos llamar a las autoridades y aclarar todo este desagradable asunto como es debido.

—Se le escapará en cuanto tenga oportunidad, y no pienso dejar que se libre por segunda vez. La primera aún pesa sobre mi conciencia.

Inez miró a la chica.

—No te me vas a escapar, ¿verdad?

—No, señora —respondió la chica, y una sonrisa exagerada se extendió por su cara cuando se inclinó de manera precaria por la ventana.

La vi arrancarse un pedacito de piel de los labios agrietados con los dientes y un hilo de sangre le perló la boca. De pronto me miró y advertí que su seguridad flaqueaba. Sus ojos parecían buscar ayuda. Agarré la mano de Effie con más fuerza.

El médico agitó el puño hacia Inez.

—¡Apártese de mi camino!

Inez se hizo a un lado y el médico salió a toda velocidad

por la puerta al tiempo que ella saltaba hacia la chica y la apartaba de la ventana.

—Caer muerta en la entrada de mi casa no es forma de darme las gracias. Tienes mucho que explicar, pero no hay tiempo. La verdad es que no quiero saberlo. Sea cual sea el crimen, lo achacaremos a las circunstancias y a la situación desventajosa. Te has jugado el cuello al traer a la hija de la señora Tildon aquí y no pienso dejar que te lo rompas por esa ventana.

La chica liberó el brazo con gran esfuerzo.

—He saltado por otras ventanas y no pienso quedarme a esperar a las autoridades. Me rompería el cuello antes de dejar que vuelvan a ponerme sus sucias manos encima.

—No voy a llamar a las autoridades. —Inez se desplomó en un sillón y se llevó la mano a la frente—. Pero no tardarán en llegar con ese médico a la caza. Aunque huyas, te encontrarán. —Dejó caer la mano sobre el brazo del sillón y me miró con lágrimas en los ojos—. Lo siento, Jeanne. Lo siento muchísimo. Lo de Effie, todo. —Bajó la voz—. He acudido primero a ti. Me ha parecido que una madre debería ser la primera en enterarse, pero alguien debería ir a buscar a Emory.

A pesar de la conmoción, el pitido en mis oídos y el ruido procedente de la calle, me concentré únicamente en la respiración entrecortada de mi hija. Era un sonido que no había oído nunca. Esta vez el corazón le fallaba de verdad. Me había perdido el último año de su vida y esa chica a la que no conocía había arriesgado la suya para devolvérmela. Me daba igual qué crimen hubiera cometido. Esa chica y mi hija estaban conectadas de alguna manera, y de pronto tuve la sensación de que si salvaba a una, quizá salvase a la otra.

La habitación cobró nitidez de golpe. Me volví hacia Inez y encontré irritante la angustia que reflejaba su rostro, tanto como sus intenciones, exageradas en mi beneficio.

—Si eres tan amable de enviar a una criada a buscar a Emory y quedarte con Effie por mí, te estaría agradecida. —En el momento en que lo dije, no estuve segura de poder dejar a mi hija. Effie aún no me había visto. No sabía que estaba a su lado. La última persona ante la que quería que despertase era Inez.

Inez se acercó enseguida a la cama y me apoyó una mano tranquilizadora en el brazo.

—¿Adónde vas?

Miré a la chica, que volvía a asomarse a la ventana.

—Tengo una idea de adónde llevarte, si estás dispuesta a acompañarme.

Me miraba con recelo.

—¿Por qué iba usted a ayudarme?

—Estoy en deuda contigo.

—¿Por qué?

—Por devolverme a mi hija.

—¿Por qué no fue a buscarla usted misma?

—No sabía dónde estaba.

Tardó un momento en asimilar mis palabras.

—No parece probable —dijo—. Pero no le preguntaré por su historia si usted no me pregunta por la mía.

—De acuerdo. —Me volví hacia Inez, cuya cálida mano seguía en mi brazo—. No tengo ni idea de cómo ha llegado mi hija hasta aquí, pero me da igual. También estoy en deuda contigo. Iré todo lo rápido que pueda, pero tienes que prometerme no dejarla ni un segundo.

—Lo prometo.

—Si se despierta, dile que volveré enseguida y que no tiene de qué preocuparse.

—Por supuesto. —Inez, seria y atenta, dio un paso adelante y tomó la mano de Effie—. Estaré justo aquí cuando vuelvas.

Me alejé de la cama a regañadientes.

—Venga, debemos darnos prisa —le dije a la chica.

Vaciló, arrancándose otra pielecita de los labios agrietados.

—Cuando se despierte, ¿le dirás adiós de mi parte?

—Por supuesto.

En la puerta, se volvió hacia Inez.

—¿Alguna vez vino una chica llamada Edna Craig?

Inez negó con la cabeza.

—Creo que no. No, no me suena ese nombre.

—Vale.

La chica echó un último vistazo a Effie antes de salir por la puerta.

Yo también miré atrás. Dejar a Effie era un suplicio, pero me impulsaba lo que había visto en los ojos de la chica cuando miraba por la ventana. Por miserable que fuese la situación de esa chica, aún había esperanza en ella.

32

Mable

Resultó que ese día volví a montar en coche. El taxi no era ni de lejos tan elegante como el coche del señor Idleman, pero agradecí que tuviera techo y me evitara el sol y el viento en la cara. Aún no había comido nada y había empezado a sentirme como si me hubiese deslizado bajo el agua; las cosas se me venían encima de manera confusa.

Reconocí al médico en cuanto entró en la habitación. Podría haber huido, haber escondido la cara y haber salido por la puerta con la cabeza gacha, pero me sentía aletargada, muerta de cansancio. Tal vez fuera de andar de acá para allá por el bosque sin comida, o solo los años de dolor que había acumulado, pero la idea de saltar por una ventana como había planeado hacer antes y acabar con todo me pareció más fácil que escapar.

Y en ese momento me veía atrapada en el tráfico, avanzando lentamente. En cualquier momento nos pararía un coche de policía y me ordenarían salir. No me fiaba de esa mujer que afirmaba ser la madre de Effie. El apellido de Effie era Rothman y había empezado a preguntarme si la tal señora Tildon pretendía entregarme a las autoridades después de todo. Recelaba de su riqueza y esplendor. Solo que... no llevaba guantes y tenía las manos feas y llenas de cicatrices. Solo la gente trabajadora tenía las manos llenas de cicatrices.

Me apreté contra la puerta y rodeé la manija con los dedos, pensando quizá en salir rodando al tráfico. Tal vez lo hubiera hecho también si esa mujer no se hubiese quitado el sombrero de pronto y me lo hubiese puesto a mí, ladeándolo de manera que me ocultaba el rostro.

—¿Mejor así? —preguntó sin apartar la vista del frente.

Me recosté en el asiento y miré por la ventana, decidiendo que no me quedaban muchas opciones aparte de confiar en aquella mujer.

El taxi giró lentamente a la izquierda y las casas quedaron atrás, los árboles espaciados proyectaban las ramas por encima de la carretera como brazos protectores. No reconocí dónde estábamos hasta que pasamos por delante de la verja de la Casa de la Misericordia. Alarmada, me lancé hacia delante, pero el coche siguió avanzando y la verja se perdió de vista.

No muy lejos, la señora Tildon dio un golpecito con la mano en el asiento delantero.

—Puede dejarnos aquí.

El conductor se detuvo a un lado de la carretera, salió y ayudó a la señora Tildon a bajar del coche.

—Aquí no hay nada, señora —dijo al tiempo que me tendía la mano a mí. Yo la ignoré y me apeé sola.

—Estaremos bien, gracias.

La señora Tildon rebuscó en su elegante bolso de mano y sacó un billete doblado que entregó al conductor. Este inclinó el sombrero y volvió a subirse al coche.

Cuando el taxi desapareció, la señora Tildon miró hacia el bosque, con los labios apretados y la cara pálida y con gesto decidido.

—Por aquí —dijo, y pasó de la carretera a un manto de agujas de pino.

La seguí, y la curiosidad venció al miedo cuando subimos a lo alto de la colina, desde donde se veía un círculo de carretas coloridas y caballos de pelo brillante.

La señora Tildon se detuvo y me cogió el sombrero de la cabeza para ponérselo de nuevo.

—Voy a darte la recompensa de mil dólares por devolverme a mi hija y debes entregársela a estas personas.

—¿Por qué iba a hacer eso? —grité. Mil dólares era una cantidad pasmosa.

—El dinero no te servirá de nada si te encuentra la policía. Estoy segura de que el médico ya les habrá informado. Dudo que puedas subir a ningún tren y un taxi no te llevará muy lejos. Sola eres vulnerable. Si esta gente accede, podrías esconderte entre ellos. Solo te sugiero que no digas que has cometido un crimen.

—Entonces ¿por qué razón exacta se supone que voy a esconderme entre ellos?

Apretó los labios, pensándolo.

—Ya se me ocurrirá algo. Un paso detrás de otro. Vamos.

El calor ascendía desde la hierba marrón y rizada a medida que cruzábamos el prado hacia una mujer robusta que nos observaba con aprehensión. Acariciaba el costado de un caballo tordo con expresión severa.

La señora Tildon se detuvo justo delante de ella. La mujer era tan recia y corpulenta como el animal que tenía al lado.

—Hemos encontrado a Effie —dijo la señora Tildon sin saludar—. Está enferma, pero viva.

La mujer se relajó un poco.

—Tray —llamó.

Un muchacho delgado de mirada despierta salió de la trasera de un carro y saltó a la hierba con un golpe sordo.

—Han encontrado a Effie —dijo, y el chico sonrió abiertamente.

—Está bien, ¿verdad? Te dije que estaría bien, ¿verdad, mamá? —El muchacho era muy flaco, con el tronco delgaducho y los brazos fibrosos.

—Está enferma —dijo la mujer.

—Quiero verla. ¿Puedo verla? —El chico miró a la señora Tildon, que se pasaba los dedos con nerviosismo por el dorso de las manos llenas de cicatrices.

No le respondió, sino que se dirigió a la mujer:

—He venido a ver si os vais u os quedáis otro invierno.

—Nos vamos en cuanto llegue el frío. ¿Por qué?

—Necesito vuestra ayuda.

Estaba claro que esas mujeres se respetaban, pero también que no se gustaban la una a la otra.

La señora Tildon me tocó la manga con la mano.

—Esta chica es responsable del regreso de Effie, lo que significa que tiene derecho a la recompensa. Una recompensa que os traerá si estáis dispuestos a acogerla.

La mujer posó sus ojos castaños e impenetrables en mí.

—¿Cuánto?

—Mamá. —El chico le dio un codazo como si hubiese soltado una grosería. Yo habría hecho la misma pregunta—. ¿Eres capaz de trabajar? —Me miraba enarcando las cejas con seriedad.

—En los últimos dos años no he hecho más que eso —respondí.

—¿Lo ves? —El chico pasó un brazo por los hombros de su madre—. Nos será útil. Nos vendría bien otro par de manos ahora que Patience ha vuelto a marcharse.

Marcella no le hizo ningún caso.

—¿Cuánto? —repitió, levantando la barbilla.

—Mil dólares —dijo la señora Tildon.

Tray soltó un silbido.

—Vales un dineral. ¿Para qué nos necesitas? —Se inclinó hacia su madre, sin dejar de rodearla con el brazo.

—Necesita protección —interrumpió la señora Tildon—. Dejémoslo ahí. Cuanto antes esté fuera de la ciudad, mejor. Si estáis de acuerdo, el dinero es vuestro y dejaré que tu chico venga a ver a Effie antes de que os vayáis.

Con un movimiento inesperado, Tray se acercó y abrazó a la señora Tildon, que se puso rígida.

—Ya está, ya está —dijo, apartándolo.

El chico retrocedió con una sonrisa radiante.

—Tengo que preguntárselo a mi marido. —Marcella no me quitaba ojo—. Pero sé que si eres honrada y cumples con tu parte, el dinero es tuyo y puedes hacer lo que quieras con él. De momento, Tray puede enseñártelo todo.

—Desde luego. —Tray me tendió la mano con una leve reverencia y de pronto me di cuenta de lo sucias que llevaba yo las mías.

Me las metí en los bolsillos de la falda.

—Mejor me las guardo, gracias.

—«Y aunque pequeña, es de índole fiera». —Tray sonrió.

—Yo no soy pequeña —dije a la defensiva.

—No, en absoluto. Eres más alta que mi madre, aquí presente, y no muchos la intimidan. Vamos, hay estiércol de caballo que limpiar.

Lo seguí, sintiéndome desconectada mientras me encaminaba hacia una nueva vida más. Tenía una pala en la mano y olía a estiércol, y de pronto estaba cavando un agujero como había hecho todas aquellas veces para los bebés de mi madre. Solo que la tierra estaba dura y seca, y cuando levanté la vista, no tenía nada que enterrar y no llovía, solo había un arco de cielo azul claro y un chico que me devolvía la mirada.

—Estás temblando —dijo—. ¿Cuándo fue la última vez que comiste algo?

—No me acuerdo.

—Eso podemos arreglarlo —dijo mientras me quitaba la pala de los dedos con cuidado.

Sus rasgos delicados reflejaban fuerza; sus ojos resplandecían. En esa ocasión sí cogí la mano que me ofrecía, sin saber, todavía, que ese chico crecería hasta convertirse en un hombre rebosante de una luz imposible de extinguir.

Su alegría se haría contagiosa y en él encontraría mi identidad.

33

Effie

Las mejillas pronunciadas de mi madre, lo afilado de su nariz y la línea de sus labios parecían reales. Pero fue el halo que le rodeaba la cabeza, una esfera de luz dorada que coronaba su grueso cabello oscuro, lo que me hizo darme cuenta de que no era más que un sueño. Ella estaba llorando y, cuando le acaricié la mejilla, me asombró que un sueño pudiera reproducir la humedad de las lágrimas.

—¿Cómo te encuentras? —susurró.

Entonces, por encima de su cara, apareció la de mi padre, con el ceño fruncido, el azul de sus ojos dolorosamente familiar, y algo cambió. Aquello no era un sueño.

Intenté responder a mi madre, pero no podía. Me había quedado sin palabras. Tenía las piernas ancladas a la cama, me hormigueaba el cuerpo y notaba el pecho hundido contra la columna vertebral. Eché un vistazo a la habitación en busca de las criaturas apocalípticas que habían pasado tanto tiempo agazapadas conmigo que su ausencia, en ese momento, fue como un abandono. Las caras de mis padres se cernían sobre mí en su lugar y me pregunté, cuando la habitación desapareció de la vista, y el halo de detrás de mis ojos se volvió cálido y acogedor, por qué no estaba Luella.

Me desperté con una intensa claridad, la habitación estaba iluminada y el calor de las mantas me resultaba sofocante. Las aparté de una patada al tiempo que mi madre saltaba a mi lado. Me cogió la mano, con el rostro contraído de preocupación.

—¿No llevas los guantes? —dije al notar las protuberancias irregulares de su piel.

—Ya no los llevo nunca. —Extendió los dedos sobre los míos.

—Puedo respirar.

Asintió.

—Hemos encontrado una buena medicina.

—Hay una luz encima de tu cabeza.

—Es un efecto secundario.

—Es bonito. —Eso hizo sonreír a mi madre—. ¿Dónde está Luella?

—Está de camino.

—¿Y papá?

—Estoy aquí mismo. —Me volví y lo vi al otro lado de la cama. Me cogió la otra mano, me presionó la parte interna de la muñeca con el dedo y se le arrugaron las comisuras de los ojos—. Sigue haciendo tictac.

Había tantas cosas que decir, necesitaba saber tantas cosas... ¿Dónde estaba mi hermana? ¿Y cómo había llegado yo allí, y dónde estaba Mable? Pero mamá me puso una mano en los labios.

—No digas nada. Acabas de volver con nosotros. Por favor, por favor, no hagas esfuerzos. Tenemos tiempo de sobra para ponernos al día.

«De sobra» era una exageración. Para cuando Luella llegó a casa de Inglaterra, la dedalera había bajado la inflamación y ya no sufría ataques azules, pero notaba que mi cuerpo se dejaba ir poco a poco.

El día que llegó Luella me puse una falda y una blusa azul marino, y bajé a desayunar con mis padres a pesar de que me habían rogado que me quedase en la cama. Era finales de septiembre y el cielo estaba despejado; el aire era ligeramente caliente.

—Quiero encontrarme con ella junto al arroyo —dije.

Mamá y papá intercambiaron una mirada de preocupación. Habían dicho que sí a todo lo que les había pedido desde que llegué a casa, lo cual encontraba grato y preocupante a un tiempo.

—Está cerca y prometo ir despacio. Me llevaré el cuaderno. Por primera vez en mucho tiempo no me tiemblan las manos y será agradable volver a escribir. Me gustaría salir antes de que haga frío.

Mamá envolvió la taza con la mano y pasó el pulgar arriba y abajo por el asa. Seguía sin acostumbrarme a verle las manos al descubierto, pero me gustaba.

—Yo te acompaño —dijo papá, y mamá apretó los labios sin apartar la vista de su taza.

—Estaré bien, mamá —contesté.

Esbozó una sonrisa tensa, al borde de las lágrimas.

—Claro que sí.

Esa tarde papá cruzó el prado conmigo. La hierba era dorada, quemada tras un verano caluroso. Subimos a través de los árboles hasta el borde del arroyo, donde seguía corriendo un hilo de agua. Papá extendió una manta y me dejó allí sentada con el cuaderno en el regazo.

—Si el buque llega tarde, vengo yo mismo a buscarte —dijo.

Asentí y le despedí agitando la mano, sorprendida por el alivio que sentía al dejarme sola en el bosque. No había una sola nube en el cielo, y me tumbé boca arriba y contemplé el abismo azul claro, con un halo amarillo como la corona de Dios cerniéndose sobre lo que veía. Prefería pensar en ello como en el resplandor de un ángel que me seguía, en lugar de un efecto secundario.

Estaba nerviosa por ver a Luella, lo cual no me esperaba. Me preocupaba que el reencuentro fuese prudente y vacilante. Que no reconociésemos a las personas en las que nos habíamos convertido.

Mientras el viento hacía susurrar las hojas, pensé en Mable, en el vínculo que habíamos creado, en cómo oí el violín por primera vez, en aquel preciso lugar, y luego en cómo tocó para mí en la cabaña. Una semana antes, cuando Tray fue a verme, me dijo que se iban a New Jersey y se llevaban a Mable con ellos. «Es más fiera de lo que estamos acostumbrados —había dicho—. Ni tu hermana era tan apasionada. Pero mamá es buena con las fuertes».

Cuando se marchó, noté algo suave y frío debajo de la almohada. Lo saqué y vi que me había dado la carta de «El Mundo», igual de nueva que la primera vez que la había cogido, y las criaturas seguían danzando alrededor de la mujer voluptuosa de las varitas. En la esquina, Tray había escrito: «Al final, todo bueno».

Tumbada junto al arroyo, saqué la carta del bolsillo y la alcé hacia el cielo. Le debía estar ahí a Mable, una chica a la que apenas conocía y a la que, no obstante, echaba de menos. Me di la vuelta, abrí el cuaderno y empecé a escribir.

Escribí hasta que oí que unos pasos hacían crujir las hojas. Levanté la vista y vi a Luella, que venía a través de la arboleda. Se detuvo a unos metros de mí y su vacilación me hizo sentir que todo había cambiado entre nosotras. Los ojos de mi hermana eran más serios de lo que los recordaba; el rostro y la figura, más delgados; los hoyuelos, menos marcados. Se produjo un momento de silencio mientras nos mirábamos. Y cuando concluyó, fui yo quien se acercó a ella. No quería que se sintiese culpable ni que se disculpase. Solo quería que me reconociese.

Nos abrazamos largo rato; las palabras eran demasiado para las dos.

—Necesito sentarme —dije cuando me cansé, y Luella se apartó con gesto de dolor.

—Por supuesto. Qué desconsiderado por mi parte tenerte de pie.

Me cogió de la cintura y me llevó hasta la manta, donde nos sentamos apoyadas la una en la otra.

—¿Sigues escribiendo? —Abrió el cuaderno encima de la manta a su lado.

—Acabo de empezar otra vez. Es una larga historia.

—¿Una buena?

—Una fabulosa.

—Llevo siglos sin escuchar una buena historia. ¿Es sangrienta?

—Un poco.

—¿Tiene una heroína deslumbrante?

—Sí.

—Pues bien, estoy deseando leerla. —Volvimos a guardar silencio unos instantes, luego añadió en voz baja—: Siempre he creído que regresarías.

Apoyé la cabeza en su hombro.

—Yo dejé de creer que volverías. Por eso me metí en tantos problemas. Creo que es más fácil ser la que se ha perdido.

—Lo siento mucho, Effie. Volvería atrás si pudiera. He repasado el día que me fui una y otra vez, y todos los días que llevaron a aquello.

Me aparté y contemplé los ojos brillantes de mi hermana y los finos mechones que el aire le llevaba a la frente. A la luz del sol, en nuestro viejo rincón familiar, tampoco parecía tan cambiada.

—Es raro lo poco que importa ahora que estamos juntas de nuevo. ¿Te acuerdas del miedo que pasé la noche que nos perdimos en estas colinas? Ahora podría quedarme aquí sentada toda la noche, hasta la mañana, y no temer nada.

—Siempre has sido más valiente de lo que creías.

—Tal vez. —Me incliné y recosté la cabeza en su regazo—. Quiero que me lo cuentes todo de los gitanos, y de Londres y de Georges, mamá dice que es encantador.

Luella me soltó el pelo y me lo acarició con los dedos.

—Quiero llevarte a Londres para que conozcas a Georges en persona. Quiero hacer planes de futuro contigo.

No dije nada y nos quedamos allí largo rato, escuchando el rumor del arroyo y el correteo de los animalillos. Pasó volando, en perfecta formación, una bandada de gansos, cuyos graznidos perdieron volumen a medida que se convertían en motas negras en el cielo.

—Hemos perdido tiempo —dijo Luella bajito, y por su voz supe que estaba llorando.

—Lo sé.

—Nunca creí que estuvieras muriéndote.

—Lo sé. —Me incorporé y me deslicé hacia el borde del riachuelo turbio; el suelo húmedo me caló hasta los pololos—. No es primavera, pero también podríamos hacerlo.

Luella se corrió hasta mi lado, con lo que se manchó de barro el elegante vestido de viaje mientras se desataba las botas. Nos quitamos las medias y nos sujetamos la una a la otra para caminar por las rocas resbaladizas. A pesar de las lágrimas, Luella sonreía como cuando se salía con la suya con algo deliciosamente malcriado.

Si bien el verano había sido seco, el agua fría aún me llegaba a los tobillos y sentí que me hormigueaban y entumecían los pies. A mi lado, Luella se quitó las horquillas del pelo, que dejó que le cayera por los hombros. La vi inclinar el rostro al sol; el arco de la luz que tenía en mi visión la hacía brillar.

Ese día salí del arroyo con mi hermana sintiéndome más fuerte de lo que me había sentido en mucho tiempo; sin embargo, hacia mediados del invierno, las criaturas volvieron, desplegando las alas para recibirme, extendiéndose en lo alto de un cielo resplandeciente mientras otro arroyo se arremolinaba alrededor de mis pies... «disfrutando de los placeres de la vida bajo la vigilancia de los guardianes divinos». El tiempo se detuvo de pronto, luego avanzó a toda velocidad. Cuando bajé la vista, me vi el arco translúcido del pie y las piedras duras y blancas de los dedos de los pies. Con el susurro del viento en el pelo y la mano de mi hermana en la mía, por fin comprendí el significado de aquella predicción.

Yo era huesos y piel y tierra y cielo. La muerte no era literal, como me había dicho Tray. El tiempo era infinito. Mi existencia, eterna.

EPÍLOGO

Jeanne

Effie murió el 23 de enero de 1915. Tenía quince años. Pese a que quise creer que aguantó por nosotros, lo que la hizo seguir adelante fue la historia que estaba escribiendo. Murió el día que la acabó, tras dictar sus últimas palabras a Luella.

Esa mañana me levanté antes de que saliera el sol y fui a ver cómo estaba, como hacía siempre desde que había regresado. Luella dormía en la cama de Effie, cogiéndole la mano. Effie apenas respiraba, deteniéndose con cada inspiración, como si decidiera intentarlo una vez más. Le tomé la mano y le acaricié las uñas en cuchara, escuchando cómo su respiración se hacía cada vez más dificultosa y superficial, hasta que el corazón le dio un último vuelco y se paró en su pecho.

La muerte no era lo que me esperaba. No despojó a Effie de nada, ni la dejó vacía o cenicienta. Se aposentó en su interior con una calidez que dotó sus mejillas de un tono rosado, de bebé. La contemplé hasta que el sol se coló por las ventanas. Luella se revolvió y llamé a Emory, que recorrió el pasillo a toda prisa descalzo y en pijama. Fue la única vez en mi vida que le vi llorar.

Luella lloró más que nadie, sin apartarse de su hermana, negándose a dejarla ir. Al final fue su padre quien la levantó de la cama. La llevó hasta un sillón y se sentó sosteniéndola como a un bebé mientras ella hundía el rostro en su pecho. Emory me tendió el brazo que tenía libre. Yo me acerqué y me rodeó las piernas con él, sin soltarme. Durante un último momento fuimos una familia, con una hija llorando en el hombro de su padre y la otra dejándonos con la bendición de haber vivido.

Me había mudado de nuevo a la casa después de que volviera Effie. Mientras vivía, dormí en la habitación de invitados, donde me creé un espacio propio al que iba y venía como me placía. Tenía pensado mudarme de nuevo después de que falleciera, pero, debido a la guerra, Luella ya no podía regresar a Inglaterra. Y como no quería dejarla, me quedé.

Luella y yo tardaríamos cinco años en poder viajar al extranjero. Ella volvió a Inglaterra, donde acabaría casándose con un hombre de campo inglés que le permitía llevar vestidos cortos y celebrar unas fiestas salvajes, pues el mundo estaba cambiando de un modo que encajaba con ella. Yo regresé a París, adonde Georges venía a verme a menudo, y mi madre se relajó con la edad, satisfecha porque su hija hubiese vuelto por fin a casa.

Emory nunca dejó Bolton Road. Durante los años que Luella y yo vivimos con él, no cambió de hábitos. Hubo un periodo de duelo por Effie, luego empezó a salir a hurtadillas para jugar; las mujeres se apiñaban a su alrededor aún más a medida que encanecía con elegancia. Me dolía solo un poco tenerlo cerca. La mayor parte del dolor se debía a la muerte de mi hija y la culpa por haberme perdido la mayor parte del último año de su vida.

Nunca hablé a nadie de la chica a la que había llevado con los gitanos. Inez tampoco. Contó a las autoridades que el hombre que había dejado a Effie en su puerta se había negado a decirle su nombre y que no había ninguna otra chica con él. «Pobre doctor Langer —había dicho, seduciendo a un policía joven y susceptible con su sonrisa—, haber dejado escapar a esa chica antes... —Chasqueó la lengua—. Imagino que la culpa hace que la vea en todo el mundo». Las sirvientas confirmaron su historia, al igual que yo, y la policía dejó correr el asunto.

Saqué el dinero de la cuenta que había abierto Georges para mí y entregué la recompensa a la chica en persona. Me dijo que se llamaba Mable.

No fue hasta después de la muerte de Effie, y de leer la historia que había escrito, cuando descubrí que se llamaba Signe.

Dediqué años a intentar que publicaran la historia de Signe. El interés fue nulo. Nadie quería oír la historia de la lucha de una chica en nuestra gran ciudad de Nueva York. La verdad de Signe era lo último que podía procesar el mundo. Se había visto dañado y desgarrado por la guerra, y quería historias que brillaran, con lujo y ostentación. No fue hasta 1939, veintitrés años más tarde, cuando otros estarían listos para ella.

Cuando abrí el paquete de la editorial y vi el libro de Effie, con la cubierta de un azul alegre con un solo pájaro blanco alzando el vuelo, me proporcionó algo más que un cierre. Dio sentido al año que perdí a mi hija. Me hizo sentir que al salvar a una chica, de hecho, había salvado a la otra.

Mable

Fue Tray quien me trajo el libro, que colocó con suavidad en la encimera de la cocina, donde me encontraba pelando guisantes. Ese día había ido hasta el mismo Boston a ver a su hermana. Era uno de esos días perfectos, con el aire suave y fresco, el sol entrando y saliendo de las altas nubes blancas, y los árboles tan verdes y espesos que destilaban abundancia.

Pocas cosas me sorprendían ya, pero cuando vi el título en la cubierta de ese libro, reconozco que fue como si Effie me recordara qué se sentía al notar que se te paraba el corazón. Debí de ponerme pálida, porque Tray me quitó con cuidado las vainas de los guisantes de la mano y me llevó hasta el sofá. Teníamos cuatro hijos, y creía que ya me había enfrentado a todos los momentos de infarto posibles al ver a los mayores crecer e irse de casa sin demasiadas heridas y cicatrices.

Tray me puso el libro en las manos.

—Hay que dar de comer a los animales —dijo, y me dejó sola.

El libro crujió al abrirlo, con las páginas blancas y resplandecientes como la carne de una manzana, y olía dulce, a diferencia de nuestros libros, viejos y con olor a humedad. Resulta inesperado que te cuenten tu propia historia de nuevo. No había vuelto a susurrar el nombre de Signe Hagen desde esa noche en la cabaña con Effie.

Ni siquiera a Tray, que volvió al cabo de una hora, asomó su delgado cuerpo por la puerta y me miró con la naturalidad que le caracterizaba.

—¿Lo has leído? —le pregunté.

—El trayecto hasta casa es largo. —Sonrió; le bailaban los ojos como cuando no era más que un muchacho—. Ha sido muy raro que Effie me contara tu historia después de todos estos años.

Cerré el libro de golpe.

—¿Qué te hace pensar que esta es mi historia? No aparece ninguna Mable en ella.

—Bueno, déjame ver... —Tray se sentó a mi lado, estiró las piernas y juntó las manos detrás de la cabeza—. Esa chica, Effie, consigue escapar de la Casa de la Misericordia con otra chica que le salva la vida antes de desaparecer en una cabaña en el bosque. —Recorrió nuestra granja con la mirada—. No demasiado lejos.

—Esto no significa que vayamos a hablar de ello.

—Supongo que sería demasiado pedir a la que ha sido mi esposa durante diecinueve años.

—Pues sí.

—De acuerdo, entonces.

—Y los niños no deben enterarse nunca.

—Sí, señora. —Tray me pasó el brazo por los hombros.

El crepúsculo bañaba la habitación cuando apoyé la cabeza en su pecho, escuché el leve latido de su corazón y miré por la ventana.

Nuestro amor había sido sencillo. Yo, desde luego, no lo buscaba. Aquellos primeros años con los gitanos mantuve la cabeza gacha e hice lo que me decían. Me sentía agradecida hacia ellos y decidida a no estropearlo. Pero cada vez que levantaba la cabeza, ahí estaba Tray sonriéndome.

Me ayudaba con el trabajo, me leía la buenaventura y me hacía reír. No me había reído tanto en la vida. La parte del amor nos pilló por sorpresa. Tray tenía dieciocho años y yo veintiuno cuando nos casamos. Seguimos viviendo en la carretera una temporada, pero el mundo cambió tan rápido que al cabo de un tiempo no había dónde poner la carreta sin que alguien te gritara que te largaras de su propiedad. Utilizamos el dinero que me había dado la madre de Effie para construir esa cabaña y empezar a criar animales. Yo se lo había entregado todo a Marcella y a Freddy, pensando que apenas saldaba mi deuda con ellos, pero ellos lo habían cosido en la parte inferior de su colchón y lo habían guardado para nosotros.

Por alguna razón, allí sentada con el pasado alzándose desde ese libro, y pensando en lo amable que fue siempre conmigo la familia de Tray, me eché a llorar, lo cual me enfadó. Me esforcé por incorporarme, pero Tray me abrazó con más fuerza para que no me moviera.

—Eso fue hace mucho tiempo —dijo—. Eras una niña, Mable. Ya nadie te considera responsable. Ya es hora de que tú también dejes de hacerlo.

Aquello solo consiguió hacerme llorar aún más. El cuerpo entero se me sacudía con los sollozos. Fue un alivio que los dos pequeños hubieran ido a pasar la noche con Marcella y Freddy. Nunca lloraba delante de los niños.

Tray me sostuvo en silencio hasta que se me agotaron las lágrimas, momento en el que me di una palmada en los muslos y me puse en pie, agradecida por la tarea práctica de sacar guisantes de las vainas.

—Bueno, mira, apenas tenemos una noche a solas y me muero de hambre. No hablemos más de eso. —Hice un gesto de rechazo con la mano hacia el libro, que había arrojado al sofá.

Nunca le había hablado a mi esposo de Edna, o de la

fuga durante la noche, o de aquel policía. No hay nada en este mundo que Tray le reproche a nadie. Perdonaría a una pulga por picarle. Aun así, dado que nunca fui capaz de contarle en persona lo que había hecho, o lo que me habían hecho a mí, me alegré de que por fin lo supiera. Aunque no era ninguna sorpresa que me perdonase por mis errores, supuso un alivio.

—Signe es un nombre bonito. Te pega —dijo.

—Eso es justo lo que dijo Effie, pero no pienso recuperarlo nunca.

—No esperaba que lo hicieras. Solo quería que supieras que tu verdadero nombre me parece bonito.

Se me volvieron a saltar las lágrimas y le aparté la mano de un zurriagazo.

—Ya está bien —dije, fui a la cocina y puse un cazo con agua al fuego.

Más tarde, esa misma noche, me levanté de la cama mientras Tray dormía profundamente. Él había colocado el libro con cuidado en nuestra estantería. Lo saqué, salí con sigilo de la casa con él metido bajo el brazo y me dirigí al peñasco del jardín de atrás que los niños usaban para saltar, rascándose cada centímetro de las rodillas. Me subí a él y me senté con las piernas colgando por el borde de la piedra lisa. El aire era templado y agradable. Alcé la vista hacia la luna llena, esa piedra dura y fría en el cielo que de algún modo proyectaba una luz lechosa. Había disparado a los coyotes con papá bajo esa luna, había saltado de un tejado bajo esa luna, había perdido a Edna bajo esa luna y había escapado con Effie. Era la misma bajo la cual había arrojado a mi bebé al río, la misma que se elevó solo horas después de la muerte de mi madre, esa esfera gorda, sólida y fiable. Tal vez mi padre estuviera sentado debajo de ella en ese preciso momento. Tendría sesenta y nueve años.

Mientras daba manotadas a los mosquitos que se me

comían las piernas, abrí el libro y hojeé las páginas hasta el final. Si Tray había dado con el libro de Effie tan fácilmente, era posible que mi padre también lo encontrara. Siempre me sentí culpable por deshacerme del nombre que él me había puesto. No era una historia de la que estaría orgulloso, pero al menos aparecía mi nombre en ella, preservado para siempre junto con el recuerdo de mamá.

Contemplé la cubierta: «*Casa de la Misericordia*, de Effie Tildon». Me alegré de haberle contado mi historia. Su nombre también sería recordado. Jugarme el cuello para devolverla junto a su familia era lo único realmente desinteresado que había hecho en mi vida. Incluso dejar que Edna se marchara había sido egoísta. La quería, y hacer algo por alguien a quien amas es siempre un poco egoísta.

Incliné el rostro hacia la luna y dejé que su frescura me bañara mientras elevaba una pequeña oración por Effie antes de volver a la casa.

Esa noche, en sueños, se me aparecieron unas criaturas extrañísimas. Eran aladas y tenían montones de ojos, y cuando extendieron las alas, sus plumas ondearon por debajo de mí como una masa grande y oscura de agua. De la superficie surgió Effie, con el mismo aspecto que la primera vez que la vi en la lavandería de la Casa de la Misericordia. Sonreía, y le acaricié la suave mejilla cuando las criaturas la envolvieron con sus alas y se la llevaron, dejando un cielo rebosante de la luz blanca y trémula de la luna.

Nota de la autora

En 1891, la Casa de la Misericordia, un asilo tristemente célebre para «mujeres descarriadas e indigentes», se alzaba en el punto más alto de Inwood Hill Park, en Manhattan, un edificio enorme que daba mal augurio y ocupaba toda la meseta a lo largo. Las reclusas no estaban al tanto de la vista desde las ventanas enrejadas de su dormitorio, o desde la humeante lavandería, y desde luego no desde el sótano, donde las aislaban a la menor infracción. Esas mujeres tenían suerte si pasaban un día entero sin machacarse un dedo o escaldarse las manos con los barreños de agua hirviendo mientras frotaban, planchaban y doblaban. Pasaban las interminables jornadas con los miembros agotados y doloridos, y punzantes dolores de cabeza a causa de los gases en el espacio cerrado, rezando por no enfermar de tuberculosis y que las enviaran a morir, desgraciadas y solas, a la Casa de Descanso para Tuberculosos, otro gran edificio situado un poco más arriba.

De pie en la pintoresca ladera de la colina, me imaginé la mansión que tiempo atrás se había erigido imponente, las caras de las mujeres contra las rejas, la ira y la injusticia que hervirían en sus ojos. La determinación.

Cuando empecé a documentarme para *Las niñas sin nombre*, no sabía nada acerca de la Casa de la Misericordia. Me había visto atrapada por los horrores de las lavanderías de las Magdalenas irlandesas, asilos que la Iglesia vendió por millones de dólares con cementerios sin lápidas que contenían tumbas de las que no rindieron cuentas, gran material para la ficción.

No obstante, una vez que empecé a investigar, descubrí que justo aquí, en Estados Unidos, existieron numerosas lavanderías de las Magdalenas. La primera abrió en Kentucky en 1843. Hacia finales de siglo la habían seguido veinticuatro más. Se trataba de instituciones religiosas que afirmaban que ayudaban a mujeres desamparadas, que las reformaban, que ponían en su sitio a condenadas por delitos de naturaleza sexual. En realidad, recluían a mujeres y niñas de todas las edades por cualquier comportamiento considerado «inmoral». Se trataba, de hecho, de cárceles. No cambiaba nada cómo las llamaran: «penitenciarías», «hogares» o «lavanderías». Esos establecimientos aceptables encerraban, maltrataban y esclavizaban a mujeres y niñas mientras la Iglesia ganaba millones con su servicio de lavandería y confección de encaje.

Me pasé horas desenterrando artículos sobre la Casa de la Misericordia en un intento de dar vida a esas mujeres. A medida que ahondaba en mi investigación, me di cuenta de que al menos Irlanda había sacado a la luz la corrupción de la Iglesia en nombre de la salvación, mientras que las lavanderías que se hacían pasar por instituciones religiosas en Estados Unidos nunca han tenido que rendir cuentas. Rara vez se habla de lo que les ocurrió a las mujeres en «hogares» como la Casa de la Misericordia de Nueva York, que apenas se recuerda.

Effie, Mable y Luella nacieron de la vida de esas mujeres reales y audaces. A través de ellas quería crear un tapiz de la ciudad de Nueva York a principios de siglo, compuesto de inmigrantes y casas de vecindad, de los romaníes que acampaban en Inwood, junto con los victorianos adinerados que se aferraban a sus valores tradicionales, aun cuando los jóvenes de la edad de oro compartían esos mismos valores.

Me gustaría abordar brevemente el uso de la palabra «gitano» a lo largo de la novela. El término puede resultar ofensivo, puesto que no distingue el pueblo romaní —una comunidad étnica que se vio desplazada de su tierra natal— de los nómadas que representan un estilo de vida escogido. Y aun así decidí utilizar la palabra «gitano» para mantener el rigor histórico, por el marco histórico y los personajes que no serían conscientes del uso de un lenguaje distinto. Soy consciente de que muchos consideran ofensiva la palabra «gitano», y de nuevo la utilización aquí pretende ser indicativa de un tiempo y un lugar, y no refleja de ningún modo mis propias opiniones acerca de la comunidad romaní.

Me documenté de forma concienzuda acerca de la vida del pueblo romaní en la América de 1910 para crear personajes que reflejasen la realidad y no perpetuasen estereotipos o creencias despreciativas. Espero haber retratado a dichos personajes —Patience, Tray, Marcella, Sydney— con precisión y respeto, y que a través de la humanidad de todos mis personajes, las líneas de la pobreza, los privilegios y las diferencias culturales se vean desafiadas de modos que nos muestren, al final, lo mucho que nos parecemos todos.

En *Las niñas sin nombre*, todos estos mundos chocan y se entrecruzan de maneras inesperadas sin dejar de exponer la oscura realidad de lo que implicaba ser mujer en cada uno de esos círculos sociales en 1913. Las voces de Effie, Mable y Luella se hacen eco de las voces de mujeres cuyas historias nunca se han contado, mujeres que sufrieron, resistieron y sobrevivieron.

Agradecimientos

Quiero dar las gracias a las siguientes personas:

Stephanie Delman, por tu dedicación a mi carrera como escritora y los años de apoyo, tenacidad y perspicacia, que nos han abierto un camino juntas y han hecho posible todo esto.

Laura Brown —editora sin igual—, por meterte de lleno en este libro, con entusiasmo, claridad y corazón, y pulirlo hasta que brilló.

A todos en Sanford J. Greenburger Associates, en especial a Stephanie Diaz, por luchar por mis libros en el extranjero. Al equipo de Park Row Books con el que tengo la suerte de trabajar: Erika Imranyi, Margaret Marbury, Loriana Sacilotto, Justine Shaw, Heather Foy, Linette Kim, Randy Chan, Amy Jones, Rachel Haller, Kathleen Oudit, Punam Patel, Canaan Chu, Tamara Shifman, Scar de Courcier.

Mis primeros lectores, Ariane Goodwin, Michelle King, Christina Kopp-Hills y Heather Liske, por vuestra agudeza y sabiduría. Sarah Heinemann, por sudar tinta con el material de investigación de la Biblioteca Pública de Nueva York (te debo una), y Melissa Dickey y Julianna Comacho, por presentarme a escritores que desafiaron y expandieron mi forma de pensar.

Estoy en deuda con *Origins of the Magdalene Laundries*, de Rebecca Lea McCarthy; *Reform, Respite, Ritual: An Archaeology of Institutions*, de Lu Ann De Cunzo; *Before They Could Vote: American Women's Autobiographical Writings, 1819-1919*, de Sidonie Smith y Julia Watson; *Romani Routes*, de Carol Silverman, y *The Time of the Gypsies*, de Michael Stewart.

No hay palabras suficientes para expresar mi gratitud a mis padres y al resto de mi familia, por vuestra fe y vuestra confianza inquebrantables en mí, y a Silas y a Rowan, por hacer sitio en vuestras vidas para este libro.

Por último, y fundamentalmente, a Stephen, por proporcionarnos una vida que me concede la libertad para escribir y el espacio para soñar.

«Para viajar lejos no hay mejor nave que un libro».

EMILY DICKINSON

Gracias por tu lectura de este libro.

En **penguinlibros.club** encontrarás las mejores recomendaciones de lectura.

Únete a nuestra comunidad y viaja con nosotros.

penguinlibros.club